ARCHE

MURAT ISIK

Das Licht im Land meines Vaters

Roman

Aus dem Niederländischen von
Gregor Seferens

ARCHE

Die Originalausgabe erschien 2012 unter dem Titel
Verloren Grond bei Anthos, Amsterdam

Der Verlag dankt der Dutch Foundation for Literature
für die Förderung der Übersetzung.

MIX
Papier aus verantwortungsvollen Quellen
FSC® C083411
FSC www.fsc.org

ISBN 978-3-7160-2744-8

Deutsche Erstausgabe
1. Auflage 2016

Lektorat: Mirjam Madlung

Gesetzt aus der Adobe Caslon Pro
Satz: Greiner & Reichel, Köln
Druck und Bindung: CPI books GmbH, Leck, Germany
Printed in Germany

www.arche-verlag.com
www.facebook.com/ArcheVerlag

Leipzig, 20-3-2016

Für meine Familie

Für Rainer,

Viel Lesevergnügen!

Bu benim aile hikayem :)

Der Schrei verwandelte meinen Vater für immer in einen gebrochenen Mann.

Ich saß im Wartezimmer des Krankenhauses von Muş und zuckte zusammen, als ich hörte, wie sich die Säge mühsam durch den Knochen fraß. Dann ertönte der verzweifelte Schrei meines Vaters. Nach ein paar Zügen des Stahlblatts mit den scharfen Zähnen ging das Schreien in ein anderes Geräusch über, das zunächst etwas Tierisches und dann etwas Monströses hatte. Langsam wurde es zu einem bizarren Kreischen, in das sich düster klagendes Gegurgel mischte. Es war, als presste mein Vater den Schmerz aus seinem Körper heraus, als suchte ein Teil seiner Seele einen Ausweg aus dem tiefsten Inneren.

Ich rannte weg, um dem Geräusch zu entkommen, aber es verfolgte mich. Selbst als ich draußen stand und mir die Ohren zuhielt, hörte ich es noch.

Manchmal, wenn ich meine Augen schließe und nur Stille mich umgibt, höre ich ihn wieder: den Schrei, der unser Leben ein für alle Mal verändert hat.

1

Ich wurde im Sommer 1953 auf einer *yayla* geboren, in gut zweitausend Metern Höhe. Meiner Mutter zufolge habe ich nicht geweint, sondern gelächelt, als sie mich zum ersten Mal in ihre Arme nahm, und mein schwarzes flaumiges Haar wehte im Gebirgswind, als sie mich hochhob und rief: »Du sollst leben! Du wirst groß und stark werden und uns ewiges Glück bringen!«

Man gab mir den Namen meines Großvaters: Miran. Mit diesem Namen wurde ich die ersten zehn Jahre meines Lebens angesprochen, bis ich plötzlich einen anderen Namen erhielt. Es war kein Zufall, dass ich auf der Yayla zur Welt kam. Jeden Sommer, wenn die Hitze in unserem Dorf Sobyan unerträglich wurde und die Häuser fast in Flammen standen, zogen die Frauen mit ihren Kindern und dem Vieh auf die Hochebene, wo die kühle Bergluft sie aus ihrem Hitzedämmer weckte.

Als meine Mutter zum Plateau hinaufstieg, war sie etwa im siebten Monat mit mir schwanger. Mein Vater hatte sie bei der Hand gefasst und angefleht, sie möge im Dorf bleiben, denn der schwere Aufstieg und die dünne Luft in Hunderten Metern Höhe könne unmöglich gut sein für eine hochschwangere Frau. Er hatte sogar versprochen, ihr während der sengenden Mittagshitze Kühle zuzufächeln.

»Liebste Aşme, ich werde meine Arbeit unterbrechen und mit einem Fächer an deinem Bett stehen, bis die Sonne untergeht und du ruhig einschläfst«, hatte er mit leiser Stimme gesagt.

Doch gegen ihre Sturheit kam auch mein Vater nicht an. »Was redest du da, Selim? Diese Hitze bringt mich noch um. Mir kleben die Kleider am Leib, und ich kann kaum atmen. Lieber sterbe ich beim Hinaufsteigen, als dass ich noch einen Tag länger hier unten bleibe.«

Ich habe den Verdacht, meine Mutter wollte weniger der Hitze des Dorfes entfliehen als auf gar keinen Fall den Höhepunkt des Jahres verpassen. Trotz des Drängens meines Vaters weigerte sie sich, auf einem Esel zu reiten, und bewältigte die Steigung mit überraschender Leichtigkeit. Nur ein einziges Mal, auf halber Strecke, ließ sie sich auf einem Felsblock nieder, um wieder zu Atem zu kommen. Ihre Ausdauer nötigte sogar den Männern Respekt ab, die die Gruppe begleiteten. Sie ächzten unter der Last der Vorräte, die sie, wie Packesel beladen, hinaufschleppten.

Die Männer bauten die Zelte auf. Sie waren zum Teil so groß, dass vier Familien darin Platz fanden, und verwandelten die Hochebene in eine Art Zeltlager. Während der Hitzeperiode verbrachten die Frauen rund zwei Monate auf der Yayla. Getrennt von ihren Männern, mussten sie sich nur um ihre kleinen Kinder kümmern. Für sie war dies eine Zeit, in der sie endlos tratschen konnten, unter dem Sternenhimmel Sonnenblumenkerne knacken und bitteren Tee trinken. Die jüngeren Kinder spielten bis zum Sonnenuntergang draußen und legten dann erschöpft den Kopf in den Schoß ihrer Mütter. Die Versorgung des Viehs übernahmen die Jungen, die später Hirten werden sollten. Im Dorf blieben die Männer mit den Söhnen, die alt und stark genug waren, körperlich zu arbeiten. Sie beackerten den trockenen Boden, so gut es ging, und schützten das Dorf vor Plünderung durch umherstreifende Banditen.

Als bei meiner Mutter die Fruchtblase platzte, verlangte sie, dass mein Vater sofort benachrichtigt würde. »Jemand soll losgehen und Selim holen!«, schrie sie. »Worauf wartet ihr? Holt meinen Mann!«

Ein mageres Bürschchen, das keinen Moment still sitzen konnte, wurde hinuntergeschickt. Angeblich riskierte der Junge beim Abstieg sein Leben und überholte unterwegs sogar einige Bergziegen, trotzdem schaffte es mein Vater nicht rechtzeitig.

Als er außer Atem auf der Hochebene ankam, hielt meine Mutter mich in die Höhe und sagte: »Selim, du hast einen Sohn«, um dann mit kräftiger Stimme hinzuzufügen: »Aber dieser wird leben! Dieser Junge wird groß und stark werden!«

Meine Mutter erzählte später, mein Vater habe wie ein Landstreicher ausgesehen. »Er stank wie ein alter Ochse«, sagte sie lachend. Sein Gesicht war von der gnadenlosen Sonne verbrannt, und in den Furchen auf seiner Stirn saß der rote Staub, den der Wüstenwind durch das Dorf blies. Mein Bruder Yusuf und meine Schwester Zilda sahen zu, wie mein Vater mich in seine Arme nahm. Er kam mit seinem Gesicht meinem Kopf ganz nah, betrachtete mich mit seinen strahlenden Augen und sagte: »Willkommen, Miran. Willkommen, mein Sohn.« Dann küsste er mich auf die Nase.

Lange Zeit fürchteten meine Eltern, ich könnte plötzlich sterben, so wie meine Zwillingsbrüder Salman und Muse, die zwei Tage nach ihrer Geburt kurz nacheinander gestorben waren. In unserem Dorf Sobyan gab es damals noch keine Medikamente, geschweige denn einen Arzt. Wir waren der Gnade der unbarmherzigen Natur ausgeliefert. Die Angst vor meinem Tod hielt meine Eltern im Würgegriff. Vor allem meine Mutter ließ mich während meiner ersten Lebensjahre keinen Moment aus den Augen. Wenn ich mich verschluckte, schlug sie mir hysterisch auf den Rücken, und nach einem unglücklichen Sturz eilte sie sofort herbei, um mich zu trösten. Mehr als einmal brach sie dabei in heftiges Weinen aus.

Ich fieberte das ganze Jahr über unserem Aufenthalt auf der Hochebene entgegen. Wir Kinder spielten bis zum Sonnenuntergang draußen, und es waren keine Männer da, die uns streng ermahnten, wenn wir es zu bunt trieben. An manchen Abenden durften meine Freunde und ich zusammen in einem Zelt schlafen. Wir blieben dann die ganze Nacht wach, schauten immer wieder nach den Sternen und erzählten uns unheimliche Geschichten.

Für mich war es die glücklichste Zeit im Jahr.

Damals konnte ich unmöglich ahnen, dass ich nach dem Sommer 1965 die Yayla nicht wiedersehen würde. Ein Jahr später traf uns das Schicksal und machte unserem Glück für immer ein Ende.

2

Unser Dorf war vor langer Zeit von Armeniern gegründet worden, sie nannten es Sobyan. In der Osttürkei lebten damals außer den Zaza und den Kurden viele Armenier. In meiner Kindheit wurde Sobyan jedoch ausschließlich von Zaza bewohnt, und bis zu meinem zehnten Lebensjahr sprach ich nur Zazaki. Mein Vater erzählte mir, dass unsere Vorfahren aus dem Norden des früheren Persien stammten. Die südlichen Küstengebiete des Kaspischen Meeres bildeten lange Zeit ihren Siedlungsraum. Er sagte, sie seien von dort in die Türkei gezogen und hätten sich vor allem im heutigen Ostanatolien niedergelassen.

Die Urgroßeltern meiner Mutter kamen nach Sobyan, als sie einer Familienfehde wegen vom *muhtar* aus ihrem Dorf verbannt worden waren. Zusammen mit einer Gruppe von Dorfbewohnern, die auf ihrer Seite waren, hatten sie sich auf die Suche gemacht nach einem Ort für einen Neuanfang. Man erzählte ihnen von einem Dorf in der Nähe von Varto, das von den Armeniern verlassen worden war. Nach tagelangem Fußmarsch erreichten sie Sobyan, wo Jahrzehnte später ich zur Welt kam.

Mein Vater führte zwar viele Gespräche mit den Dorfältesten – ausnahmslos Bauern, die weder lesen noch schreiben konnten –, doch warum die Armenier Sobyan verlassen hatten, fand er nicht heraus. Manche sagten, sie seien vertrieben worden, andere meinten, sie seien, beeinflusst von Missionaren, lieber in die Vereinigten Staaten und nach Russland ausgewandert, bevor sie es, so wie die umliegenden Dörfer, mit der Gewalt von staatlicher Seite zu tun bekämen. Der älteste Mann des Dorfes, der weise Memla, den ich nicht gekannt habe, starrte schweigend vor sich hin, als mein Vater ihn nach dem Schicksal der ehemaligen Bewohner unseres Dorfes fragte, bis er schließlich sagte: »Die Armenier haben fürchterlich gelitten, mein Junge. Kein Volk in Anatolien hat so schwer zu tragen gehabt.«

Nachdem sich die Urgroßeltern meiner Mutter und ihre Gruppe in Sobyan niedergelassen hatten, wuchs die Einwohnerzahl rasch an. Die Geschichten über Steinhäuser mit Baum- und Gemüsegärten und einen großen Bedarf an kräftig zupackenden Landarbeitern erreichten schon bald die Dörfer im weiteren Umkreis. So kam es, dass junge Familien zuzogen, aber auch einsame Tagelöhner, die ihre Muskelkraft gegen eine Mahlzeit und ein Dach über dem Kopf eintauschten. Alle Neuankömmlinge gehörten zu den Zaza und waren, wie meine Familie, Aleviten.

In den ersten Lebensjahren überschütteten mich meine Geschwister Zilda und Yusuf und meine Eltern mit Liebe. Es war eine Zeit voller Wärme und Glück, bis das Schicksal zuschlug und uns Zilda nahm. Erneut mussten meine Eltern ein Kind begraben. Es folgte eine Zeit tiefster Trauer, die erst ein Jahr später endete, als meine Mutter spürte, dass sie wieder schwanger war. Ich war fünf, als meine Schwester Elida geboren wurde. Sie brachte Licht und Freude in unser Leben zurück und wurde sofort der Liebling der Familie. Und so wie meine Schwester Zilda mich immer verhätschelt hatte, so umhegte ich Elida und wich ihr keinen Augenblick von der Seite. Aber für meine Mutter kam das Glück möglicherweise zu früh. In den ersten Monaten glaubte sie, dass Zilda in Elida fortlebte. Ich war verwirrt, wenn sie das Baby, das sie im Arm hielt, Zilda nannte, und sie hörte erst damit auf, als mein Vater sie flehentlich darum bat, weil der Klang dieses Namens sein Herz weinen ließ.

Wir wohnten in einem großen Steinhaus mit Flachdach. Fenster gab es nicht, weswegen Tageslicht nur durch das wassermelonengroße Loch in der Decke kam, das mit einer Glasplatte abgedeckt war. Das spärlich hereinfallende Licht wurde von Öllampen verstärkt, die an mehreren Stellen im Haus hingen. In der Mitte des Wohnraums befand sich eine offene Feuerstelle und darüber eine breite Esse, durch die im Winter schneidend der Wind hereinpfiff und das Feuer wieder auszublasen drohte. An solchen Tagen ging ich fröstelnd in den Stall, der durch einen engen Gang mit dem Wohnraum verbunden war. Dort, bei den warmen Körpern der Kühe, Schafe und Ziegen, war es viel angenehmer.

Meine Mutter bereitete die Mahlzeiten über dem offenen Feuer. Trotz der Esse füllte sich das ganze Haus mit Rauch, wenn sie kochte. Der herrliche Duft von Gewürzen und gebratenem Fleisch durchzog alle Räume. Am besten war der Geruch von *lavaş*, dem frischen pfannkuchenartigen Brot, das auf einer Eisenplatte über dem Feuer gebacken wurde. Im *tandır*, einem im Boden versenkten Lehmofen, etwa einen Meter tief und einen halben Meter breit, buk meine Mutter *non*, ein Brot, das wir nur an besonderen Tagen aßen. Ich liebte es, dabei zuzusehen, wie sie den Teig zunächst ausrollte und ihn dann an die Wände des Lehmofens drückte. Ich durfte nicht zu nah herantreten, weil sie fürchtete, ich würde in den Ofen fallen. Stundenlang konnte ich am Tandır sitzen, und manchmal warf ich auch Gegenstände hinein, wie Löffel, Gabeln oder Becher. Meine Faszination für das Feuer ängstigte meine Mutter. »Eines Tages wirfst du noch ein Laken in den Ofen und steckst das ganze Haus in Brand«, sagte sie immer. Vergeblich versuchte sie mir Angst einzujagen, indem sie erzählte, es seien schon viele Frauen aus dem Dorf in einen Tandır gestürzt und ums Leben gekommen. Einmal hielt sie sogar kurz meine Hand über den Ofen, damit ich fühlte, dass ich mir wehtun konnte. Aber ich musste nur lachen, hielt ihr auch die andere Hand hin und rief: »Die bitte auch!«

Unser Wasser holten wir auf dem Dorfplatz, wo der Staat kurz nach meiner Geburt einen Wasserhahn für alle installiert hatte. Außerdem floss aus den Bergen ein schmaler Bach herab, der zum Bewässern der Gemüsegärten benutzt wurde.

Mein Bruder Yusuf wurde jeden Morgen losgeschickt, um Wasser zu holen. Ich beobachtete oft voller Bewunderung, wie er mit zwei vollen Eimern zurückkehrte, ohne auch nur einen einzigen Tropfen zu verschütten. Obwohl sein Gesicht rot anlief und die Adern auf seinen Unterarmen anschwollen, guckte er so gleichgültig wie möglich. Er wollte nicht, dass ich ihm half, weil er einen alten Mann im Dorf einmal hatte sagen hören, dass kleine Kinder, die schwer schleppen müssen, im Wachstum zurückbleiben.

Im Gemüsegarten vor unserem Haus züchteten wir Kartoffeln, Knollengemüse, Gurken und Tomaten, und in unserem Obstgarten wuchsen Pflaumen, Aprikosen und Äpfel. Hinter dem Dorf gehörte uns ein Streifen Ackerland, auf dem wir Weizen anbauten. Mein Vater erledigte die schweren Arbeiten auf dem Feld. Er verlangte nicht, dass mein Bruder und ich ihm dabei halfen. »Ihr seid Hirten«, sagte er, »keine Landarbeiter so wie ich.« Doch mehr noch als ein Landarbeiter war mein Vater der *dengbej,* der Geschichtenerzähler und Sänger des Dorfes. Die Dorfbewohner nannten ihn achtungsvoll Dengbej Selim und versuchten, seinen Handrücken zu küssen, wenn sie ihm begegneten. Selbst Männer, die viel älter waren als er, beugten ihren Kopf zu seiner Hand hinunter, aber mein Vater wollte das nicht zulassen. Beschämt zog er seine Hand zurück. Es war einer der Bräuche im Dorf, die er für rückständig hielt. In der ganzen Gegend war er bekannt für seine großartigen Geschichten und seine wunderbare Stimme. Manchmal griff er mitten in einer Erzählung plötzlich zu seiner *saz* und stimmte ein Lied an, und nicht selten war sein Publikum zu Tränen gerührt. »Ach, Dengbej Selim, du hast uns wieder zum Weinen gebracht«, riefen seine Zuhörer am Ende, während sie sich mit ihren verschlissenen Ärmeln die Augen trockneten.

Er erzählte seine Geschichten meist im Haus des blinden Ilyas, wo die Männer des Dorfes an manchen Abenden in einem großen Raum zusammensaßen. Mein Vater nahm den Gastgeber dann mit in Welten, die dieser nur noch in Gedanken besuchen konnte. An warmen Abenden versteckte ich mich oft mit Freunden unter Ilyas' Fenster, um meinem Vater zu lauschen. Dutzende von Geschichten habe ich ihn so erzählen hören, eine beeindruckender als die andere.

Wenn er sich nach dem Abendessen von der schweren Feldarbeit erholte, standen manchmal Freunde von ihm an der Tür. Sie baten ihn, mitzukommen und ihnen eine Geschichte zu erzählen. Und so, wie mein Vater nie an einem Hilfesuchenden vorübergehen konnte, brachte er es auch nicht übers Herz, eine solche Bitte abzuschlagen, wie müde oder krank er auch sein mochte. Doch wenn meine Mutter oder wir Kinder auch nur eine leichte Erkältung hatten, war alles anders. Ohne zu zögern, sagte er dann: »Es tut mir leid, Freunde, aber heute bin ich kein Dengbej.« Meine Mutter wusste das nur allzu gut, und wenn sie ihn für sich haben wollte, täuschte sie erhöhte Temperatur vor, sah ihn traurig an und streichelte zärtlich seine Hand. »Bleib bei mir, Selim, bitte. Ich fühle mich nicht gut.« Mein Vater konnte sich ihrem Wunsch nicht widersetzen. Er machte ihr sogleich einen Tee, gab eine halbe ausgepresste Zitrone und ein paar ordentliche Löffel Honig hinein und schaute ihr geduldig dabei zu, wie sie den Tee trank. Dann trug er sie ins Bett. Dort nahm er ihr das Kopftuch ab, zog ihr die langen Kleider aus, die sie wie die anderen Frauen im Dorf übereinander trug, und deckte sie sorgfältig zu. Er setzte sich auf den mit Stroh bedeckten Fußboden neben ihre Matratze und hielt ihre Hand, bis sie eingeschlafen war. Manchmal klagte meine Mutter in schelmischem Tonfall, ihr werde einfach nicht warm. »Komm, leg dich zu mir, Selim«, sagte sie mit aufleuchtenden Augen. »Nur dein warmes Herz kann meine eiskalten Knochen wärmen.« Dann sprang mein Vater auf, schickte uns hastig zu Bett und machte die Öllampen aus. Im letzten Licht sahen wir noch, wie er rasch seine graue Jacke ablegte, die weite schwarze Hose auszog und nackt zu ihr unter die Decke kroch.

Mein Vater heiratete meine Mutter, als sie sechzehn war. Er war damals achtunddreißig. Doch wer die beiden sah, als ich noch klein war, hätte einen solchen Altersunterschied niemals vermutet, denn ungeachtet seiner sechsundfünfzig Jahre war er von beispielloser Leidenschaft erfüllt und flatterte wie ein verliebter Jugendlicher um sie herum. In unserem Dorf war es höchst unüblich, dass Männer und Frauen sich in der Öffentlichkeit berührten, aber das kümmerte meinen Vater nicht. Im Haus schlich er sich von hinten an meine Mutter an, um ihr einen Kuss auf den Hals zu geben, und wenn sie zusammen durchs Dorf gingen, legte er einen Arm um sie oder ließ seine Hand gemächlich über ihre breiten Hüften gleiten. Und manchmal umarmte er meine Mutter ganz unerwartet auf dem Dorfplatz, küsste sie auf den Mund und rief ihren Namen, als wollte er allen zeigen, wie sehr er sie liebte.

An den Abenden, an denen mein Vater die Öllampen eilig löschte, lag ich mit offenem Mund unter meiner Schafwolldecke und wartete auf die vertrauten Geräusche. Yusuf, Elida und ich schliefen auf der anderen Seite desselben großen Raums. Zuerst hörte ich den Pieps, wenn Elidas Kopf ins Kissen sank. Danach das Schnarchen meines Bruders. Es dauerte nicht lang, und meine Mutter kicherte, woraufhin mein Vater sie vergeblich ermahnte, leise zu sein. Dann herrschte eine unnatürliche Stille, unterbrochen vom Geräusch heftig bewegter Decken und vom beschleunigten Atmen meiner Eltern. Das alles geschah so leise, dass ich meine Ohren spitzen und die Luft anhalten musste, um es zu hören. Nach ein paar Minuten war alles vorüber, und vollkommene Ruhe erfüllte den Raum.

3

Mein bester Freund hieß Ali. Wir waren unzertrennlich. Er war nur ein halbes Jahr jünger als ich, aber einen ganzen Kopf kleiner. Er hatte sanfte braune Augen und einen kleinen runden Kopf, den seine Mutter kahl rasierte, damit er keine Läuse bekam. Die abgelegten Sachen, die er trug, hatten an den merkwürdigsten Stellen Löcher.

Ali wohnte ein Stück weit entfernt im kleinsten Haus des Dorfes. Als er vier war, wurde sein Vater plötzlich krank und starb. Seitdem lebte Ali mit Mutter und Schwester in Armut. Als Einzige im Dorf hielten sie keine Tiere, und ihr kleiner Gemüsegarten erbrachte nicht genug, um die Familie zu ernähren. Sie waren auf Almosen angewiesen, und zu ihrem Glück nahm sich das ganze Dorf ihr Schicksal zu Herzen. Meine Mutter mochte Ali sehr, und sie sorgte dafür, dass er möglichst oft bei uns mitessen konnte. Ich dachte damals, Ali sei so klein, weil er zu Hause wenig zu essen bekam. Deshalb schaute ich voller Zufriedenheit zu, wenn er bei uns einen Teller Linsensuppe nach dem anderen in sich hineinlöffelte.

Als wir fünf Jahre alt waren, wurden Ali und ich gemeinsam beschnitten. Meine Eltern hatten seiner Mutter angeboten, die Kosten für das Beschneidungsfest zu übernehmen. Mit Tränen in den Augen hatte sie diese Einladung angenommen. Für die vielen Gäste vor Ilyas' Haus gab es reichlich zu essen, es wurde auf der Saz gespielt und gesungen. Ali und mir hatte man nicht gesagt, was uns bevorstand, auch nicht, als wir plötzlich aus dem feierlichen Treiben herausgefischt wurden. Im Haus steckte man uns in weiße Kleidchen und legte uns in einem dunklen Zimmer nebeneinander auf einen Teppich. Erst dann bemerkten wir den *sünnetçi*. Er trug eine kleine runde Brille und hielt ein kleines scharfes Messer in der Hand. Ali und ich sahen uns erschrocken an. Ich fing an zu schreien, und sogleich packten große Männerhände meine Füße und Handgelenke und drückten sie auf den Boden. Der Sünnetçi kam auf mich zu wie ein Raubtier, das eine Beute im Fangeisen entdeckt hat. Als meine Beine gespreizt wurden, fing ich instinktiv an, noch lauter zu schreien, so als wüsste ich bereits, dass er vorhatte, in mein Glied zu schneiden. Doch sosehr ich auch zappelte und mich wand, ich konnte mich aus dem Griff der Männer nicht befreien. Mit den Augen suchte ich meinen Vater, aber ich konnte ihn nicht entdecken. Ich hörte nur seine Stimme. »Ruhig«, sagte er mit sanftem Ton, »ruhig, mein Sohn, es tut nicht weh.«

Als der Sünnetçi sich vor mich hinkniete, ergriff Ali meine Hand.

»Nein, nicht, ich will nicht!«, schrie ich. Aber der Mann nahm mein Geschlecht in die Hand und zog die Vorhaut straff nach vorn. Ich hielt den Atem an und versuchte, mit erhobenem Kopf zu sehen, was er machte, aber das Kleidchen nahm mir die Sicht. Mit einer schnellen Bewegung entfernte er die Vorhaut, und ich kreischte laut los. Ali gab keinen Laut von sich, als er an der Reihe war. Ich bewunderte ihn sehr.

Seine kleine Gestalt und der kahl geschorene Kopf ließen Ali mindestens drei Jahre jünger aussehen, als er war, und das machte ihn zu einem willkommenen Opfer für Schikanen älterer Jungen. Aus Selbstschutz schaute er immer mürrisch drein, als wäre mit ihm nicht zu spaßen, aber auch das verhinderte nicht, dass er oft ohne Anlass Prügel bezog. Vor allem der Quälgeist Hakan, der Sohn des Schlachters Atilla, hatte es auf ihn abgesehen. Und so wie jeder im Dorf den Schlachter wegen seines Temperaments fürchtete, so fürchteten wir seinen unberechenbaren Sohn. Hakan war nur wenige Monate älter als ich, aber viel größer und kräftiger. Diesen Vorteil nutzte er nur allzu gern aus. Mit seinem plumpen Körper streunte er oft durchs Dorf, auf der Suche nach Ali und mir oder anderen Opfern, mit denen er kämpfen konnte. Wir gingen ihm möglichst aus dem Weg, denn wenn er einen zu fassen bekam, vergaß man das nicht so schnell. Mehr als einmal habe ich Ali aus Hakans Klauen retten müssen, indem ich mich so lange an sein Bein klammerte, bis er meinen jammernden Freund losließ. Einmal kam sein Vater mit blutiger Schürze und einem großen Messer in der Hand aus seiner Schlachterei gelaufen, um dem Radau ein Ende zu machen, der ihn von der Arbeit ablenkte. Er verpasste Hakan einen Schlag auf den Hinterkopf und brüllte Ali und mich an, wir sollten nach Hause gehen und uns besser von seinem Sohn fernhalten. Wir rannten weg, so schnell wir konnten.

Atillas Schlachterei lag neben seinem Wohnhaus. Er hatte sie bauen lassen, nachdem er in einem Nachbardorf unter dubiosen Umständen eine große Partie Vieh günstig hatte kaufen können. Seitdem hatte Atilla ein Auge auf unser Vieh geworfen. Mehrfach fragte er meinen Vater nach dem Preis. Oft hielt er während der kurzen Verhandlungen ein Lamm im Arm, dem er sanft über den Kopf streichelte. Jedes Mal antwortete mein Vater, sein Vieh sei nicht zu kaufen. Die Standhaftigkeit erregte Atillas Ärger, hielt ihn aber nicht davon ab, das Angebot stets um ein paar Lira zu erhöhen. Sein massiger Körper überragte uns bei den Gesprächen wie eine gewaltige Birke und warf einen kühlen Schatten auf uns. Mein Vater sah ihn scheu an, als fürchtete er, es könnte jeden Augenblick ein Ast aus dieser Birke brechen und uns erschlagen. Und für einen Moment schien er in sich zusammenzuschrumpfen, wenn Atilla ihn drängte: »Wann kommen wir verdammt noch mal ins Geschäft? Sag mir das, Selim *bey*!«

Doch mein Vater blieb dabei, und das machte mich stolz. »Mein Vieh ist nicht zu kaufen. Es ist unsere Einnahmequelle.« Er sah mich an, legte mir die Hand auf den Kopf und sagte ruhig: »Und es ist die Zukunft meiner Söhne.«

Nach jedem abgelehnten Angebot sah Atilla meinen Vater wuterfüllt an. Einen Moment lang fürchtete ich, er könnte dem Lamm auf seinem Arm auf der Stelle den Hals umdrehen, wenn er lospolterte: »Alles hat seinen Preis, Selim Bey! Vergiss das nicht. Alles hat seinen Preis.«

Meine Mutter schickte Ali und mich regelmäßig los, um *tezek* zu sammeln, der als Brennmaterial für das Feuer diente. Wir mussten nicht nur im Stall den getrockneten Mist mit einer Schaufel vom Boden kratzen, sondern wir sammelten auch den auf die Straße geworfenen Dung, um ihn in der Sonne zu trocknen. Den Tezek teilten wir mit Alis Mutter. Wenn uns nichts aufgetragen war, schlenderten Ali und ich auf der Suche nach Zeitvertreib durchs Dorf. Am liebsten erkundeten wir die nähere Umgebung, weil es uns verboten war, dorthin zu gehen. In den heißen Sommern zogen wir unsere Kleider aus und sprangen in den kühlen Bach hinter dem Dorf. Stundenlang tobten wir im Wasser, bis wir erschöpft ans Ufer kraxelten, uns in der Sonne trocknen ließen und dem Gequake der Frösche lauschten. Ab und zu hüpfte einer bis zu uns heran, und wir stürzten uns auf ihn. Den meisten Fröschen gelang es zu entkommen, aber die weniger glücklichen wurden Opfer unserer zupackenden Hände und finsteren Experimente. Einmal hielt Ali einen Frosch an den Vorder- und Hinterbeinen fest, während ich seinen Bauch mit einem scharfen Stein aufschnitt. Der Frosch wehrte sich heftig, auch als all seine Eingeweide bereits heraushingen. Dann schnitt ich ihm die Beine ab, um zu sehen, ob sie wie Spinnenbeine weiter zucken würden, und schleuderte sie kreischend nach Ali.

Uns faszinierten auch die dunkelgrünen Riesenheuschrecken, die aufsprangen, wenn wir durch die Klatschmohnfelder rannten. Als wir zum ersten Mal eine fingen, trauten wir unseren Augen nicht. Nie zuvor hatten wir ein so großes Insekt gesehen. Wir setzten sie vor uns auf den Boden, aber sie sprang nicht weg, sondern sah uns seelenruhig an, als wollte sie zeigen, dass sie, die Königin des Insektenreichs, keine Angst vor uns hatte. Wir betrachteten sie gebannt, um ihr nur wenig später stoisch den majestätischen Kopf vom Rumpf zu ziehen und ihr die kräftigen Beine der Reihe nach auszureißen.

Mit den Jahren schwand unsere Grausamkeit gegenüber Tieren und machte der Zuneigung Platz. Wir waren gut zu den Kälbern, Ziegen und Hühnern, die meine Eltern hielten. Vor allem aber liebten wir die Lämmer. Oft rannten Ali und ich nach dem Essen in den Stall, um sie zu streicheln.

Manchmal übernachtete Ali auch bei uns. Einmal stieß er mich im Bett an, als ich gerade eingeschlafen war.

»Was ist?«, fragte ich.

»Nichts.«

»Warum stößt du mich dann an?«

»Ich wollte wissen, ob du schon schläfst.«

»Jetzt nicht mehr.« Ich gähnte und streckte mich. »Was ist denn? Wolltest du etwas sagen?«

»Nein.«

Ich richtete mich auf und knuffte ihn sanft in die Seite. »Doch, bestimmt, und jetzt kann ich nicht mehr einschlafen, bis du's mir erzählt hast.«

Er schwieg.

»Los, sag schon!«

Zuerst dachte ich, dass er kicherte, aber es war ein leises Schluchzen. »Manchmal … manchmal wünschte ich … deine Eltern wären auch meine.« Er zog die Nase hoch.

Ich wusste, was er nun sagen würde, und fühlte einen Kloß in der Kehle.

»Dann hätte ich eine Mutter, die mich nicht schlägt.« Seine Stimme zitterte. »Und dann hätte ich auch noch einen Vater.«

4

Als ich sieben Jahre alt war, rettete mein Bruder mir das Leben. Es geschah an einem Nachmittag, als Ali und ich Pflaumen pflückten. Meine Schwester Elida war damals ein Jahr alt und wackelte um uns herum. Genau in dem Moment, als ich kräftig in eine reife Pflaume biss, machte Ali ein komisches Gesicht, sodass ich in Lachen ausbrach, und der Kern rutschte mir in die Kehle. Da blieb er stecken, bombenfest. Sosehr ich auch versuchte zu husten, ich bekam keine Luft mehr. Ich dachte, mein Leben sei vorbei, beendet durch eine blöde Pflaume. Sofort kam mir meine Mutter in den Sinn: Ich erschauerte bei der Vorstellung, dass sie mich leblos auf dem Boden finden würde und nach den Zwillingen und meiner Schwester Zilda erneut ein Kind würde beerdigen müssen. Während ich versuchte, diesen Gedanken wegzuschieben, kam es mir so vor, als träte ich aus meinem Körper heraus und stiege langsam empor. Ich betrachtete mich selbst von oben, während ich rot anlief. Ich sah Ali erschrocken gucken und Elida verständnislos den Kopf in die Höhe recken. Gurgelnde Geräusche kamen aus meiner Kehle. In blinder Panik packte ich Ali im Nacken, und während meine Fingernägel in sein weiches Fleisch drangen, schüttelte ich ihn kräftig. Er schrie, ich solle ihn loslassen, damit er Hilfe holen könne, doch ich hatte Angst, ich könnte dann endgültig in einer unergründlichen Tiefe versinken. Ali war mein Rettungsring. Aber zum Glück war er standhaft. Mit wilden Armbewegungen riss er sich los und rannte schnell zu unserm Haus.

Und während Elida weinte, kehrte er kurz darauf mit meinem Bruder wieder. Der stürmte mit weit aufgerissenen Augen auf mich los und umklammerte sogleich meinen Kopf. Er öffnete meinen Mund und schob, ohne zu zögern, seinen Zeigefinger tief in meinen Hals. Er stocherte so lange herum, bis er den Kern gelöst hatte. Prustend spuckte ich ihn aus und schnappte nach Luft. Erschöpft fiel ich auf die Knie und stützte mich mit den Händen auf dem Boden ab. Mein Bruder streichelte mir durchs Haar, wischte mir den Sabber vom Mund und sagte, ich solle tief und ruhig atmen.

Jahrelang rührte ich keine Pflaume mehr an, bis ich nicht mehr wusste, wie sie schmeckten, und die Erinnerung an jenen Nachmittag mein Herz nicht mehr schneller schlagen ließ.

Ab meinem fünften Lebensjahr brachte mein Bruder mir bei, die Kälber und Schafe zu hüten. Zusammen ließen wir die Tiere jeden Tag auf den Feldern rund um das Dorf grasen. Mit einem dünnen Stock trieben wir sie ins hohe Gras, wo sie stundenlang in der sengenden Sonne weideten, während mein Bruder mich geduldig lehrte zu kämpfen.

»Du musst die Fäuste hochhalten, Miran!«, sagte er immer wieder. »Sonst gehst du beim ersten Schlag zu Boden! Halt sie hoch!«

Um seine Worte zu bekräftigen, versetzte er mir einen beherrschten Schlag aufs Kinn und sah mich grinsend an. »Pass auf, Miran, den nächsten fühlst du deutlicher.«

Ich begann wie wild mit den Armen zu fuchteln, ohne ihn jedoch zu treffen.

»Du hast überhaupt keine Deckung!«, warnte er mich, schlug mir erneut aufs Kinn und fragte dann gleich, ob es wehgetan habe. Meistens war ich nach zehn Minuten so erschöpft und durstig, dass ich mich an einen Baum setzte und meinen ganzen Wasservorrat auf einmal austrank. Dann schlief ich ein, während mein Bruder über das Vieh wachte. Und über mich. Ich fühlte mich sicher bei ihm und wusste, dass er mich vor allen bösen Dingen auf der Welt beschützen würde.

Ich war neun Jahre alt, als meine Eltern beschlossen, Yusuf für zwei Jahre in die Stadt Muş zu schicken, weil es in unserem Dorf keine Schule gab und mein Vater nicht wollte, dass seine Söhne als ungebildete Hirten endeten. Tagelang war ich untröstlich. Die Entscheidung meiner Eltern hatte weitreichende Folgen: Mein Bruder lernte lesen und schreiben und Türkisch sprechen; aber er entdeckte in der Stadt auch eine neue Welt, die ihn mehr anzog als das eintönige Leben im Dorf. Erst nach anderthalb Jahren kam er für ein Wochenende zu Besuch. Ein halbes Jahr später, zum vereinbarten Zeitpunkt seiner Rückkehr, tauchte er nicht auf. Meine Eltern waren ratlos und fürchteten, ihm sei etwas Ernstes zugestoßen. Die Sorgen meiner Mutter wuchsen ins Unerträgliche, und sie schickte meinen Vater nach Muş. Aber der kehrte ohne meinen Bruder wieder. Als meine Mutter ihn in der Türöffnung sah, mit düsterem Blick und hängenden Schultern, da dachte sie, der Tod habe ein viertes Kind von ihr gefordert. Doch noch ehe sie einen Verzweiflungsschrei ausstoßen konnte, beruhigte mein Vater sie, indem er sagte, sein ältester Sohn habe ihn angefleht, noch länger in Muş bleiben zu dürfen, weil er noch mindestens ein Jahr brauche, um sein Türkisch zu verbessern. Mein Vater hatte nachgegeben und ihm zusätzliches Geld zugesteckt, unter der Bedingung, dass er nach einem Jahr heimkehre. Doch als es so weit war, erschien mein Bruder wieder nicht.

5

In meiner allerfrühesten Erinnerung sehe ich nicht meine Mutter oder meinen Vater, sondern ein Mädchen.

Es war immer in meiner Nähe, befand sich am häufigsten in meinem Blickfeld. Das Mädchen wollte mit mir spielen. Manchmal hielt es mich fest und wiegte mich, bis es mich nicht mehr halten konnte. Wenn ich mich wehrte, streichelte es meine Wange und sagte, ich brauchte nicht zu weinen, Mama käme gleich wieder.

Es war die Stimme des Mädchens, die ich am häufigsten hörte. Sie weckte mich mit sanftem Ton. Sie klang entrüstet, wenn die großen Jungen mich in die Wange kniffen, sodass ich weinen musste.

Es war die Stimme meiner Schwester Zilda.

Mein Vater erzählte mir später oft von Zildas Gewitztheit und ihrer Fähigkeit, bereits als kleines Kind gut und deutlich zu sprechen. Schon mit drei sprach sie in ganzen Sätzen, was nicht nur bei meinen Eltern, sondern auch bei den anderen Dorfbewohnern Erstaunen und Bewunderung hervorrief. Laut meinem Vater war ihr das bewusst und bestärkte sie noch in ihrem Drang, aufzufallen und gehört zu werden. Wie eine geborene Theaterschauspielerin ging sie in die Mitte eines jeden Raums, den sie betrat, um die verrücktesten Dinge zu sagen und zu fragen. Dinge, die Kinder ihres Alters nicht sagten und die nicht nur ihre eigene Erlebniswelt betrafen, sondern auch die Diskussionen, die meine Eltern gelegentlich führten.

Ohne zu zögern, verbesserte sie Yusuf, was ich nie gewagt habe. Zweifellos war das rebellische Wesen meiner Mutter direkt auf sie übergegangen. Mich hat nie auch nur ein Hauch davon erreicht. Ich ähnelte mehr meinem Vater mit seiner seltsamen Sanftheit und Engelsgeduld, beides Eigenschaften, die im Dorf als Tugenden betrachtet wurden.

Wenn mein Bruder irgendwelchen Unsinn anstellen wollte, rief Zilda ihn zur Ordnung. Wenn er nicht gehorchte, ging sie zu meiner Mutter und entrüstete sich, Yusuf sei unartig gewesen. Doch meistens hörte er auf sie, denn er wusste, dass sie recht hatte.

Meine Eltern konnten nicht sagen, wann sie damit anfing oder wie oft sie es tat, doch irgendwann bemerkte meine Mutter, dass Zilda die schwarze Erde aus unserem Gemüsegarten aß. Händeweise stopfte sie sich die Erde in den Mund, als hätte sie eine seltene Leckerei entdeckt, von deren Existenz nur sie wusste. Meine Mutter hielt ihr Verhalten zunächst für Neugierde, wie sie bei kleinen Kindern häufiger vorkommt, wenn sie die Welt um sich herum entdecken. Darum gab sie ihr nur einen Klaps auf die Hände und sagte, das sei eklig, was sie da tue. Aber nachdem meine Schwester einmal auf den Geschmack gekommen war, aß sie heimlich weiter Erde.

In Momenten, in denen sie sich unbeobachtet in den Gemüsegarten schleichen konnte, verschlang sie gierig die schwarzen Klumpen, als könnte jeder Bissen ihr letzter sein. Es begann vermutlich mit kleinen Mengen, und je größer ihre Hände und ihr Mund wurden und je mehr Appetit sie hatte, desto größere Portionen nahm Zilda zu sich. Manchmal entdeckte meine Mutter zu ihrem Schrecken noch ein paar Erdkrumen in Zildas Mundwinkeln, obwohl sie angenommen hatte, meine Schwester habe damit aufgehört. Sie steckte ihr rasch die Finger in den Hals und versuchte, so viel Erde wie möglich herauszuholen.

Von einem Tag auf den anderen begann meine Schwester über Bauchschmerzen zu klagen. Vor allem abends weinte sie, bis die Schmerzen wieder abklangen. Anfangs waren es ein paar Abende in der Woche, aber mit der Zeit litt sie immer häufiger darunter. Irgendwann tat ihr der Bauch jeden Abend weh. Immer wieder fragte meine Mutter sie, ob sie von der schwarzen Erde gegessen habe, doch immer schüttelte Zilda mit tränennassen Augen den Kopf. Solange die Schmerzen anhielten, wiederholte meine Mutter, dass sie nicht von der Erde essen dürfe.

Aber Zilda konnte es nicht lassen. Ihr Bauch wurde steinhart, und sie konnte den Darm nicht mehr leeren. Mit ihrem Latein am Ende, versuchte meine Mutter nach ein paar Tagen, Zilda mit dem Zeigefinger Erleichterung zu verschaffen, aber sie bekam nicht mehr als ein paar pechschwarze, nahezu geruchlose Köttel heraus.

Die Bauchschmerzen hörten nicht mehr auf, und meine Schwester stöhnte ununterbrochen. Sie bekam Fieber und war tagelang schweißgebadet, während draußen ein kühler Wind die Ankunft des Herbstes und der dunklen Tage ankündigte.

Eine Woche später starb meine Schwester, einige Monate vor ihrem fünften Geburtstag. Ich war damals dreieinhalb.

Meine Mutter schrie verzweifelt und drückte Zilda an sich. Wenig später legte sie ihren nackten Körper im Garten auf einen Tisch und übergoss ihn mit Wasser. Sie rieb zunächst sanft über den Körper, beinahe zärtlich, dann schneller und kräftiger. Sie begann zu scheuern. Das Wasser lief auf dem Boden zu einer Pfütze zusammen.

Meine Mutter sank auf die Knie und fing an zu weinen. Sie nahm nasse Erde in ihre Hand, führte sie zum Mund und aß davon. Als ich fragte, was sie da mache, sagte sie mit einer Stimme, die ich nicht kannte: »Ich will auch sterben.«

Ich setzte mich neben sie auf den Boden, nahm auch ein wenig von der nassen Erde und folgte ihrem Beispiel. Es schmeckte so vertraut, als hätte Zilda mich einmal kosten lassen, um es mir danach für immer zu verbieten.

Ich kaute auf der nassen Erde. Und während ich zu meiner toten Schwester hochschaute, sagte ich: »Dann will ich auch sterben.«

6

Im Winter 1963 wurde ich eines Morgens durch ein seltsames Geräusch geweckt. Es war das Hupen eines Autos, das kurz nach Sonnenaufgang in unser Dorf gekommen war. Ich sprang aus dem Bett und rannte zum Dorfplatz, wo sich eine immer größer werdende Menschenmenge um das Auto versammelte. Der Chauffeur stieg aus und öffnete die Hintertür. Ein Mann in einem makellosen schwarzen Anzug und mit Lederslippern, die im frühen Morgenlicht glänzten, stieg langsam aus. Er hatte einen bleistiftdünnen Schnurrbart, und sein Haar war mit Brillantine straff nach hinten gekämmt. Der Muhtar des Dorfs trat auf ihn zu und schüttelte ihm mit breitem Grinsen die Hand. Anschließend wandte er sich händereibend der Menge zu und sagte mit übertriebenem Stolz in der Stimme: »Das ist Zengin Bey aus Trabzon. Er wird unseren Kindern Türkisch beibringen.«

Zengin fügte den Worten des Muhtar mit lauter Stimme etwas in einer Sprache hinzu, die ich nicht verstand, von der ich aber annahm, dass es sich um Türkisch handelte, eine Sprache, die nur ganz wenige im Dorf konnten. Der Muhtar war einer von ihnen. Sein Türkisch reichte gerade aus, um sich mit Behördenvertretern über einfache Angelegenheiten auszutauschen. Er hatte Fatih, einen schüchternen Burschen von sechzehn, siebzehn Jahren, gebeten, diesmal den Dolmetscher zu spielen. Niemand in Sobyan sprach besser Türkisch als er. Wie mein Bruder hatte er die Schule in Muş besucht. Er hüstelte verlegen und sagte: »Ich übersetze die Worte Zengin Beys. Von nun an wird in Dewrans altem Haus Unterricht erteilt. Alle Kinder ab acht Jahren werden dort morgen früh um neun Uhr erwartet.«

Ein Murmeln ging durch die Menge. Zengin sagte wieder etwas auf Türkisch, und Fatih nickte artig. »Zengin Bey geht davon aus, dass sich alle beteiligen werden und dass er keinen negativen Bericht nach Ankara schicken muss. Er dankt allen für die Mitarbeit.«

Der Muhtar lachte wie ein Schaf, während er Zengin zu dem Haus begleitete, das ihm als Unterkunft dienen sollte. Ein paar Männer schleppten seine Koffer hinterher. Aus irgendeinem Grund nahm ich an, die Ankündigung Zengins betreffe nicht mich, doch irgendwann am Vormittag teilte mein Vater mir mit, am nächsten Tag würde ich zur Schule gehen, um Türkisch zu lernen. Er sagte es so, als wäre es ganz selbstverständlich, dass ich, ein zehnjähriger Zaza-Junge, Türkisch lernen sollte. Wozu? Wir sprachen zu Hause Zazaki, ich sprach mit meinen Freunden Zazaki, und das übrige Dorf sprach auch Zazaki.

»Warum muss ich Türkisch lernen, *apo?*«

»Weil Türkisch die Sprache ist, die im übrigen Land gesprochen wird.«

»Aber wieso muss *ich* Türkisch lernen?«

Er dachte kurz nach. Mein Vater hatte nie zuvor mit mir über solche Dinge gesprochen. »Wer weiß, vielleicht gehst du eines Tages in die große Stadt, um Arzt zu werden oder sonst etwas Verantwortungsvolles. Dann ist es wichtig, dass du die Sprache sprichst.« Er wirkte zufrieden mit seiner Erklärung.

»Aber ich will überhaupt nicht Arzt werden, ich will dasselbe machen wie du.«

Er streichelte mir über den Kopf und lächelte. »Das darfst du auch. Wenn du nur die Sprache lernst.«

Am nächsten Morgen hörte ich meinen Vater fröhlich singen. Morgens sang er immer die Lieder aus seinem Heimatdorf. Lieder von Hoffnung, Glück und Liebe. Ich hatte noch nicht einmal den

Hahn krähen gehört, als er sanft meine Wange berührte und flüsterte: »Aufwachen, Miran, du musst in die Schule.«

Ich roch seinen strengen Morgenatem, während ich in seine freundlichen Augen schaute. Ich wollte in meinem warmen Bett liegen bleiben, ich wollte nicht mit den Schuhen aus Kuhfell, in denen meine Füße nicht warm blieben, durch den Schnee gehen. Aber mein Vater zog mir langsam die Decke weg und sagte das, was seine Wirkung nie verfehlte: »Steh auf, bevor *daye* kommt. Ich habe dir etwas Brot hingelegt.«

Ich sprang auf, rieb mir den Schlaf aus den Augen und nahm den Pullover, der neben mir auf dem Boden lag. In der Küche besprenkelte ich mein Gesicht mit ein bisschen Wasser und steckte mir schnell ein Stück Brot in den Mund. Es klopfte an der Tür. Als ich die Haustür öffnete, schlug mir die Kälte wie ein Fausthieb ins Gesicht.

»Komm schnell rein, Ali«, sagte ich und schloss die Tür. »Wie hast du es geschafft, bei dieser Kälte zu uns zu kommen?«

Mein Freund sah mich mit einem Blick an, in dem Verwunderung und auch ein wenig Stolz lagen.

»Man gewöhnt sich schnell daran«, sagte er so gleichgültig wie möglich, aber ich sah das Funkeln in seinen Augen.

Draußen schnitt mir der Wind in die Wangen. Fröstelnd schlug ich den Pulloverkragen hoch und presste die Hände unter die Achseln. Der Schnee knirschte, und nach ein paar Schritten waren meine Füße kalt und gefühllos.

Ali bückte sich. Mit bloßen Händen schob er einen kleinen Schneehaufen zusammen, machte einen Ball daraus und warf ihn nach mir. Er zerplatzte unter meinem linken Auge. Und während ich mir die schmerzende Stelle rieb, traf mich ein zweiter Schneeball mitten auf die Stirn. Ali juchzte vor Freude. Schnell formte auch ich einen Schneeball und zielte auf Alis Kopf, doch er duckte sich geschickt. Meinem zweiten Geschoss konnte er nicht ausweichen. Es traf ihn genau auf die Nase und warf mich sofort mit meinem ganzen Gewicht hinterher. Lachend rollten wir über den Boden und rieben einander Schnee in Gesicht und Mund. Unsere Wangen und Hände begannen zu glühen vor Kälte, doch wir balgten uns weiter im Schnee, bis ich mich aufrappelte und Ali aufhalf.

»Jetzt kommen wir bestimmt zu spät«, sagte er.

Wir liefen zu dem Haus am Dorfrand, das, seit ich denken konnte, leer stand. In einer fernen Vergangenheit hatte dort ein einsamer Mann namens Dewran gewohnt. Eines Tages war er ohne Vorankündigung verschwunden und nie zurückgekehrt. Jahre später beschloss der Muhtar, das Haus zu einer Schule umbauen zu lassen. Er hoffte, der Staat würde bald einen Lehrer ins Dorf schicken, aber schließlich dauerte es drei Jahre, bis der Lehrer Zengin in unser Dorf kam.

Im Klassenraum saßen rund zwanzig Jungen und Mädchen schweigend auf Holzbänken. Sie waren zwischen acht und vierzehn Jahre alt. Vorne stand Herr Zengin und las etwas in der Sprache vor, die ich nicht verstand. Wir blieben hinten stehen, bis er uns bemerkte und etwas Rätselhaftes rief. Weil wir keine Ahnung hatten, was er von uns wollte, rührten wir uns nicht. Mit wütenden Schritten kam er auf uns zu, verpasste uns eine Ohrfeige und schob uns unsanft zu der Bank, in der nur Hakan saß. Kaum saß ich neben ihm, flüsterte er mir grinsend zu, ich sei ein Dummkopf, und als Herr Zengin nach vorne ging, schnippte er mir mit dem Zeigefinger gegen das Ohrläppchen.

Schweigend und mit wegen der Kälte verschränkten Händen saß ich hinten in der Klasse, während der Lehrer unbekannte Zeichen an die Tafel schrieb und uns allerlei merkwürdige Laute nachsprechen ließ. Ab und zu rief er aus unersichtlichen Gründen einen Schüler nach vorn, um streng auf ihn einzureden und ihm mit einem dünnen Stock auf die Handflächen zu schlagen. Das Geräusch des peitschenden Stocks und der darauf folgende Schmerzensschrei erfüllten den Raum und ließen alle ängstlich erstarren. Ich versteckte mich hinter dem Rücken des dicken Haydar.

Am Nachmittag, als ich zu Hause mit meinen Eltern und Elida

Tee trank, klopfte es an unserer Tür. Es war Herr Zengin, in Begleitung von Fatih. Er gab nur meinem Vater die Hand und begann sogleich, auf Türkisch zu reden. Als er zu Ende gesprochen hatte, nickte er Fatih zu, der alles ins Zazaki übersetzte.

»Zengin Bey hat Ihnen eine wichtige Mitteilung zu machen«, sagte er in einem Ton, als wäre er ein Abgesandter des Staates. »Es geht um Ihren Sohn Miran.«

Ich fürchtete, nun im Beisein meiner Eltern die tatsächliche Strafe für mein Zuspätkommen zu erhalten.

»Ich bitte Sie, den ausländischen Namen Miran durch einen türkischen zu ersetzen. In der Türkei müssen die Schüler einen türkischen Namen haben.« Nachdem er das gesagt hatte, senkte Fatih seinen Blick, als schämte er sich dafür, uns dies in unserem Haus mitteilen zu müssen.

Meine Mutter sah meinen Vater erschrocken an, doch der schaute mit gefalteten Händen geduldig auf Fatih, als wäre ihm nicht soeben kundgetan worden, dass der Name seines Sohnes nicht taugte, sondern dass durch die Installation eines zweiten Wasserhahns der Wassermangel im Dorf behoben werden sollte. Mein Vater hatte mir einmal gesagt, man müsse die Menschen immer aussprechen lassen, auch wenn man nicht einverstanden sei mit dem, was sie sagten. Diese Lektion habe ich ihn öfter, als mir lieb war, in die Praxis umsetzen sehen. In Momenten, in denen ich inständig hoffte, er werde vor Wut platzen und dem unverschämten Redner ins Wort fallen, schaute er ihn teilnahmsvoll an, bis es an ihm war, etwas zu erwidern.

Erneut ergriff mein Lehrer das Wort, und gegen Ende seines Vortrags schnappte ich den Namen Mehmet auf. Ich ahnte, dass dieser Name nie wieder aus meinem Leben verschwinden würde.

»Der neue Name Ihres Sohnes«, sagte Fatih, der plötzlich ein erstaunliches Gefühl für Spannungsaufbau an den Tag legte, »soll Mehmet sein!« Diesmal sah er meinem Vater doch ins Gesicht, als wollte er sich vergewissern, dass seine Worte angekommen waren. »Ich bitte Sie, von nun an nur noch diesen Namen zu verwenden, wenn Sie Ihren Sohn ansprechen, und dies auch nach außen hin bekannt zu machen.«

Herr Zengin lächelte, was ich ihn danach nur noch selten habe tun sehen. Er schaute zufrieden, als habe er eine wichtige Mission erfüllt, für die der Unterricht nur eine Nebensache war. Mein Vater nickte und sagte ruhig: »Gut.« Er hatte offenbar kein Problem damit, dass jemand anderes seinem Sohn einfach so einen neuen Namen gab. Ich dachte später, er habe mich vielleicht nie Miran nennen wollen, weil der Name ihn zu sehr an seinen verschwundenen Vater erinnerte. Aber eigentlich war mir klar, dass vor allem sein nachgiebiger Charakter es ihm erleichterte, sich mit meinem neuen Namen abzufinden. Die wenigen Kämpfe, die er in seinem Leben ausgefochten hatte, waren sorgfältig gewählt. So hatte er zum Beispiel um meine Mutter gekämpft, doch der Name seines Sohnes war ihm offenbar einen Streit nicht wert.

Plötzlich erhob meine Mutter sich von ihrem Sitz. »Das kommt gar nicht infrage!«, rief sie und deutete dabei mit ihrem Zeigefinger auf den Lehrer. »Mein Sohn heißt Miran, und er wird auch weiterhin Miran heißen. Das ist der Name meines Schwiegervaters und der Name, den mein Mann und ich ihm bei seiner Geburt gegeben haben.«

Verdutzt schaute der Lehrer von meiner Mutter zu Fatih, der die Worte im Flüsterton übersetzte, als wagte er es nicht, sie laut auszusprechen. Der Lehrer hörte ihm kopfschüttelnd zu und antwortete dann meiner Mutter in noch bestimmterem Ton. Er fuchtelte dabei so zornig mit den Armen, dass es so aussah, als wollte er ihr eine Ohrfeige geben.

»Hierüber wird überhaupt nicht diskutiert«, übersetzte Fatih. »Ankara hat mir die Befugnis erteilt.«

»Und wenn du die Befugnis von Allah persönlich erhalten hättest!«, erwiderte meine Mutter mit sich überschlagender Stimme. »Mein Sohn heißt Miran, und so wird er bis zu seinem Tod heißen!«

Mein Vater ergriff die Hand seiner Frau. Das tat er immer, wenn die Situation aus dem Ruder zu laufen drohte: Er präsentierte sich als jemand, der Verständnis für den Standpunkt des anderen hatte und der versuchte, den Frieden um jeden Preis zu bewahren.

»Zengin Bey, Sie werden verstehen, dass wir von dieser Maßnahme überrascht sind«, sagte mein Vater mit gesenktem Kopf auf Zazaki. Er sprach mit der unterwürfigen Stimme, die ich so hasste, in dem schwächlichen Tonfall, der schon so oft den Sieg seines Widersachers eingeläutet hatte. Und mit einem gezwungenen Lächeln fügte er noch hinzu: »Aber wir werden der Bitte Folge leisten und fortan den neuen Namen unseres Sohnes verwenden.«

So kam es, dass ich ab meinem zehnten Lebensjahr mit »Mehmet« angesprochen wurde. Ein Name, auf den ich während der ersten Jahre kaum reagierte und den ich nicht mit mir identifizierte, bis alle anfingen, mich so zu nennen, und es mir kaum noch auffiel. Alle, bis auf meine Mutter.

Für sie habe ich immer Miran geheißen.

7

Eines Morgens erwartete Zengin Bey die Schüler vor der Schule. Er sagte, es sei an der Zeit, das Gelöbnis zu üben. Wir wussten nicht, was er meinte.

»Hört gut zu«, befahl er und rief wie ein Soldat, der seinem Feldwebel salutiert: »*Türküm, doğruyum, çalışkanım!*« Danach ratterte er den übrigen Text herunter, den keiner von uns wiederholen konnte, geschweige denn verstehen. Er sagte, wir sollten ihm nachsprechen, doch wir sahen ihn nur fragend an. Dann schrieb er den Text an die Tafel. Erst Jahre später sollte ich verstehen, was er genau bedeutete.

> Ich bin ein Türke, aufrichtig und fleißig. Es ist mein Grundsatz, Jüngere zu beschützen, Ältere zu respektieren und mein Land mehr zu lieben als mich selbst. Es ist mein Ideal, aufzusteigen und Fortschritte zu machen. Oh, großer Atatürk, ich schwöre, dass ich Ihrer Spur stets folgen und Ihr Ziel anstreben werde. Möge mein Dasein ein Geschenk für das türkische Volk sein. Glücklich ist, wer sagen kann, dass er Türke ist.

Der Lehrer rief Ali zu sich. Erschrocken sah mein Freund mich an. Erst als er zum zweiten Mal gerufen wurde, ging er mit gesenktem Kopf nach vorn. Seine kurzen Beine machten immer kleinere Schritte, sein Gang zur Tafel schien endlos zu dauern. Der Lehrer gab ihm ein Stück Kreide und deutete auf den Text des Gelöbnisses.

»Abschreiben!«

Ali starrte auf den Text und dann auf die Kreide in seiner Hand.

»Los, Junge, schreib den Text ab!«

»Anlamadım«, murmelte Ali kopfschüttelnd. Er gehörte zu den langsamen Schülern und hatte nach den wenigen Wochen kaum Türkisch gelernt, aber der Satz, den er seit dem allerersten Tag fließend aussprechen konnte, war »Anlamadım«, ich habe nicht verstanden. Mit unruhigem Blick sah Ali in die Klasse. Seine Augen suchten mich. Zögernd räusperte ich mich und sagte dann auf Zazaki: »Ali, schreib die Wörter des Lehrers ab.«

Der Lehrer hob sofort den Finger und sagte: »Wenn ich dich noch einmal in meiner Klasse deine eigene Sprache sprechen höre, gibt es Schläge!«

Er gab Ali einen Schubs. »Worauf wartest du, Junge?«

Alis Unterlippe begann zu zittern.

»Streck deine Hände aus!«, brüllte der Lehrer. »Streck deine Hände aus! Jetzt!«

Er packte Alis Hand, sodass Ali die Kreide fallen ließ. »Mach die Hand auf!« Mit dem dünnen Stock, den er vom Pult nahm, schlug er Ali in die geöffnete Hand. Drei Mal war das Peitschen des Stocks zu hören. Ali stöhnte und versuchte, seine Tränen zu unterdrücken. Seine Schultern zuckten.

»Schreib!«, brüllte der Lehrer.

Ali zog die Nase hoch, bückte sich, um die Kreide vom Boden aufzuheben, und machte sich mit zitternder Hand daran, den Buchstaben »T« an die Tafel zu schreiben. Der Buchstabe stand so schief, dass ich ein lautes Brüllen des Lehrers erwartete, doch der sagte nichts. Dann zog Ali eine grobe Kreidespur, die zuerst ein »ü« und dann ein »r« darstellen sollte. Ein fürchterliches Quietschen erfüllte den Raum, bei dem sich die meisten stöhnend die Ohren zuhielten. Es dauerte eine Ewigkeit, bis Ali den ganzen Text abgeschrieben hatte. Das Resultat war kaum lesbar. Die Sätze standen schräg, und die Buchstaben wurden immer kleiner. Ich machte mir Sorgen um

Ali, doch Herr Zengin klopfte ihm ein paarmal zufrieden auf die Schulter und sagte: »*Aferin.* Übe den Text gut.«

Am nächsten Morgen erwartete uns der Lehrer erneut vor der Schule. Ali und ich kamen wie immer mit den Letzten angerannt.

»*Günaydın*«, sagte der Lehrer, und nachdem die Klasse ihm im Chor ebenfalls einen guten Morgen gewünscht hatte, winkte er Ali zu sich.

»Nicht schon wieder«, flüsterte Ali und schlurfte widerwillig nach vorn. Herr Zengin legte ihm die Hand auf die kurz geschorenen Haare und sagte: »Du wirst heute das Gelöbnis laut vor der Klasse aufsagen.«

Ali drehte verlegen den Kopf und sagte wie beim letzten Mal: »Anlamadım.«

»Das Gelöbnis«, sagte der Lehrer, »du hast es doch geübt? Sag es laut auf und sieh deine Klassenkameraden an.«

»Anlamadım«, sagte Ali erneut. Ich wagte nicht, ihm wieder zu helfen. Keiner wollte den Zorn des Lehrers auf sich ziehen.

»Hör mir zu.« Er schüttelte Ali kräftig, drehte sein Gesicht in unsere Richtung und brüllte: »Türküm!«

Als Ali immer noch schweigend vor sich hin starrte, verpasste er ihm einen Schlag auf den Hinterkopf. Ein dumpfes Geräusch erklang. »Sprich mir nach!«

»Türküm«, murmelte Ali.

»Lauter!«

»Türküm«, sagte Ali kaum deutlicher.

Der Lehrer verpasste ihm einen weiteren Schlag auf den Hinterkopf, diesmal aber kräftiger. »Ich kann dich nicht hören!«

Eine Träne kroch über Alis Wange.

»Türküm!« Es kam aus ihm heraus wie das Kreischen eines kleinen Mädchens.

»Gut so!« Der Lehrer deutete auf uns, woraufhin wir aus voller Brust »Türküm!« riefen.

»Doğruyum«, sagte der Lehrer.

»Doğruyum«, rief Ali mit erstickter Stimme, während er über unsere Köpfe hinwegsah.

»Jetzt alle«, sagte der Lehrer mit einem Grinsen. »Und von Anfang an.«

Ich biss mir auf die Unterlippe und fürchtete, dass mein Freund eine gnadenlose Tracht Prügel bekommen würde. Alle hielten den Atem an, sogar Hakan. Doch plötzlich rief Ali laut: »Türküm!« Augenblicklich beantworteten wir seinen Aufruf im Chor. Danach sahen wir uns voller Verwunderung an, als er das ganze Gelöbnis in einem Stück herunterratterte, ohne einen einzigen Fehler zu machen. Nur mit Mühe konnten wir sein Tempo mithalten. Immer entschlossener und selbstgewisser klang er. Am Ende schaute er mich stolz an.

Als er wieder neben mir in der Bank saß, fuhr ich ihm lachend über den Kopf und sagte wie der Lehrer: »Aferin!«

In den folgenden Wochen benannte Herr Zengin jedes Mal einen anderen Schüler, der seinen Klassenkameraden das Gelöbnis laut vorsagen musste. Jeden Morgen versteckte ich mich mit pochendem Herzen hinter Haydars breitem Rücken und fürchtete mich vor dem Moment, in dem mein Name genannt werden würde. Aber zu meinem Erstaunen und zu meiner Erleichterung wurde ich nicht ein einziges Mal nach vorn gerufen.

Ich entdeckte das geschriebene Wort. Die Buchstaben an der Tafel, die mir in den ersten Schultagen noch ein Rätsel gewesen waren, konnte ich nach einigen Wochen entziffern. Mit jedem Tag gewann jeder Buchstabe an Bedeutung. Buchstaben bekamen einen Klang, sie bildeten Wörter, und Wörter reihten sich zu Sätzen in der fremden Sprache, die so unvermittelt in mein Leben getreten war. Ich lernte neue Wörter für Sonne, Wasser und Brot, und ich lernte, dass *baba* im Türkischen Vater bedeutet und *anne* Mutter. Zu der Zeit fasste ich den Entschluss, meinen Vater nicht länger mit »Apo« anzusprechen, sondern mit »Baba«. Wenn er mich nicht länger bei meinem eigentlichen Namen rufen wollte, dann nannte ich ihn eben auch anders.

Ohne nachzudenken, habe ich seither auch meine Mutter »Anne« genannt, als wären im Türkischen die Worte für Vater und Mutter unauflöslich miteinander verbunden. Elida übernahm es ganz selbstverständlich von mir.

Nach einigen Monaten gab der Lehrer uns ein Kinderbuch mit dem Titel *Küçük Mehmet*, Kleiner Mehmet. Unsere Hausaufgabe war es, darin zu lesen. Anfangs konnte ich mich nicht daran gewöhnen, dass der Junge in der Geschichte den Namen trug, den auch ich einige Wochen zuvor bekommen hatte. Ich fragte mich, ob sein Name ebenfalls durch einen Lehrer geändert worden war. Wie ich wohnte Mehmet in einem Dorf; allerdings wurde nicht erwähnt, wie es hieß. Der Einfachheit halber stellte ich mir vor, dieser Mehmet wohne auch in der Umgebung von Sobyan.

Obwohl das Buch für sehr viel jüngere Kinder geschrieben war, fiel es mir schwer, darin zu lesen. Sooft ich mir die Sätze auch laut vorlas, es bereitete mir große Mühe, sie zu entschlüsseln. Alle Wörter, die ich nicht kannte, schrieb ich in mein Heft, wie es der Lehrer uns aufgetragen hatte. So übten wir nicht nur das Lesen, sondern zugleich auch das Schreiben. Jeden Morgen benannte der Lehrer ein paar Schüler, die Wörter aus ihrem Heft vorlesen durften. Während er das Wort immer wieder laut aussprach, versuchte er, seine Bedeutung darzustellen. Er machte das so leidenschaftlich, dass es eher Ähnlichkeit mit einem Theaterstück als mit Sprachunterricht hatte. Wenn wir aber trotz seiner Bemühungen die Bedeutung nicht errieten, gab er sich seufzend geschlagen und griff zu dem Bilderbuch, in dem Gegenstände, Tiere und Verben abgebildet waren. »Haltet ihr mich etwa zum Narren?«, rief er, während ihm der Schweiß von der Stirn rann. »Wisst ihr wirklich nicht, was ein Koffer ist?«

Anfangs las ich, wenn ich an der Reihe war, gehetzt und mit pochendem Herzen, aber mit der Zeit machte es mir immer mehr Freude. Der Lehrer bemerkte das. Nach etwa einem Jahr lobte er meine Aussprache und ließ mich täglich Passagen aus dem Buch vorlesen. »Hört, wie Mehmet liest«, sagte er dann stolz. »So müsst ihr lesen.«

Als wir das Buch durchhatten, bekamen wir nicht nur ein neues Buch über den kleinen Mehmet, sondern sollten auch jeden Tag aufschreiben, was wir nach der Schule machten. Ich dachte, mein Wortschatz würde nicht ausreichen, um ganze Sätze zu Papier zu bringen. Deswegen begann ich mit einfachen Sätzen wie »Ich habe gespielt. Ich habe geschlafen«. Aber als ich sie am nächsten Tag vorlas und auf ein Kompliment des Lehrers wartete, sah ich Enttäuschung in seinem Blick. Er ermunterte mich, seinen Lieblingsschüler, als Einzigen, mehr zu zeigen. »Mach längere Sätze, Mehmet. Erzähle mehr, mach eine Geschichte daraus. Ich weiß, dass du es kannst.« Nach dem Abendessen saß ich stundenlang vor meinem Heft, aber sosehr ich mich auch bemühte, in den ersten Monaten kam ich nicht weiter als »Ich habe mit Ali gespielt und Brot gegessen«.

Herr Zengin hatte ein Radio mit in unser Dorf gebracht, ein riesiges Ding, das mit vier Batterien betrieben wurde. Er benutzte es, um die Sieben-Uhr-Nachrichten zu hören, und wenn er in wehmütiger Stimmung war, ließ er es danach noch eine Weile laufen, um sich dramatische Lieder anzuhören. Manchmal, wenn er gut gelaunt war, summte er kurz mit. Aber es dauerte nie lange, bis er das Radio wieder ausschaltete, um im Licht der Öllampe in einem seiner vielen Bücher zu lesen.

Als der Frühling kam, standen Ali und ich abends oft mit einigen Klassenkameraden an seinem Fenster und lauschten voller Staunen dem Radio. Anfangs jagte Zengin Bey uns weg, doch als wir immer wieder kamen, durften wir bleiben, nachdem wir feierlich versprochen hatten, mucksmäuschenstill zu sein. Das erste Wort, das wir lernten, war *haberler,* Nachrichten. Danach wurde unser Wortschatz allmählich um Vokabeln erweitert, deren Bedeutung wir erst am nächsten Tag beim Lehrer erfragen durften. Wir dachten zunächst, Herr Zengin könne zaubern und er erwecke den Apparat jeden Tag zum Leben. Doch als er uns später mit viel Mühe zu verstehen gab, dass in den großen Städten wie Ankara oder Istanbul viele Familien ein Radio hätten, schwand ein Teil der Magie. Wir waren nicht länger Zeugen eines einzigartigen Phänomens.

Am liebsten hörten wir den Liedern zu. Voller Spannung und Ungeduld warteten wir auf das Ende der Nachrichten. Wenn wir Glück hatten, lief das Radio dann noch eine Zeit lang weiter. Einige von uns begannen zu tanzen und auf und ab zu springen, wenn das erste Lied erklang, doch Ali und ich lauschten atemlos den verträumten Frauenstimmen und den melancholischen Stimmen der Sänger, die von Dingen zu singen schienen, die sie verloren hatten. Es waren kurze Momente der Glückseligkeit, die von Herrn Zengin ohne jede Ankündigung abgebrochen wurden. Plötzlich hörten wir die Grillen wieder und waren zurück in unserer eigenen Welt, ohne magische Pianoklänge und wirbelnde Trommeln. Auf dem Heimweg sangen wir die Lieder in unseren eigenen Worten.

Als Ali und ich eines Tages zur Schule kamen, sahen wir zu unserem Erstaunen alle Schüler vor der verschlossenen Tür stehen. Ich fragte den dicken Haydar, wo der Lehrer sei, aber der zuckte die Achseln. »Keiner weiß, wo der *hoca* ist.«

Ich sah mich um. Von unserem Lehrer war keine Spur zu sehen. Wir warteten noch eine Weile, bis einige ungeduldig wurden und mit frechem Blick vorschlugen, nach Hause zu gehen.

»Was sollen wir tun, Mehmet?«, fragte Ali.

»Ich weiß es nicht«, erwiderte ich. »Wir könnten zum Haus des Hoca gehen und nachschauen, wo er bleibt. Vielleicht hat er verschlafen.«

Nur Ali und mein schweigsamer Freund Bilal begleiteten mich, der Rest lungerte weiter vor der Schule herum oder ging nach Hause. Ich fühlte, dass irgendetwas nicht stimmte, denn der Lehrer war immer als Erster in der Schule gewesen und hatte nie verschlafen.

Die Türen und Fenster seines Hauses waren verschlossen. Ich drückte mein Gesicht gegen die Fensterscheibe und sah durch die halb geöffneten Vorhänge, dass das Haus vollkommen leer war. Alle seine Sachen waren verschwunden: die Kleidung, das Radio, der Koffer, die Bücher. Nur sein Lesesessel stand verloren mitten im Zimmer.

»Er ist weg«, stotterte ich. »Unser Hoca ist weg!«

»Lass sehen! Lass mich sehen!«, rief Ali hastig. Er musste sich auf die Zehenspitzen stellen, um bis ans Fenster zu reichen, und selbst dann konnte er kaum hineinschauen. »Heb mich hoch, so sehe ich nichts. Los, heb mich hoch!«

Bilal und ich nahmen ihn jeweils bei einem Bein und stemmten ihn in die Höhe. »Ja«, sagte Ali mit aufgeregter Stimme, »ich sehe es. Er ist weg!«

Bilal und ich wussten nicht, ob wir uns freuen sollten oder ob es passender wäre, traurig zu sein, doch Ali vollführte sogleich Freudensprünge und rief: »Wir sind frei! Wir sind frei!«

Erst viel später erfuhren wir vom Muhtar, dass der Lehrer nach anderthalb Jahren vom Heimweh verzehrt wurde und keinen Tag länger in Sobyan bleiben wollte. Der Mann, der mir für immer einen anderen Namen gegeben und mir das geschriebene Wort geschenkt hatte, war nach Trabzon zurückgekehrt, ohne von uns Abschied zu nehmen. Es kam niemand, um ihn zu ersetzen. Das Gelöbnis haben wir nie wieder laut aufgesagt.

8

Wochenlang hatte ich der Rückkehr meines Bruders entgegengefiebert, unzählige Male mir vorgestellt, wie es sein würde, ihn wiederzusehen. Er würde mich kräftig bei den Schultern nehmen, mich an sich drücken und sagen, er habe mich vermisst. Er würde mir ein Geschenk überreichen, das er sorgfältig in einem Geschäft in Muş ausgesucht hatte. Dann würde er mir von den vielen Abenteuern berichten, die er erlebt hatte.

Doch wie ein Jahr zuvor warteten wir am vereinbarten Tag vergeblich auf meinen Bruder. Es begann zu dämmern, und bald war das Dorf in Dunkelheit gehüllt. Meine Mutter begann zu weinen. Sie fürchtete, ihrem Ältesten sei etwas zugestoßen. Als er auch am nächsten Tag nicht aufgetaucht war, machten mein Vater und Ibrahim sich bei Sonnenaufgang mit dem Pferdewagen auf den Weg nach Muş. Ich hoffte inständig, dass ihm nichts fehlte.

Nachdem ich das Vieh am frühen Nachmittag, innerlich beunruhigt, in den Stall gebracht hatte, betrat ich den Wohnraum. Da saß mein Bruder, auf einem Kissen, zwischen meinen Eltern und Elida. Er aß wie ein Verhungernder von dem Omelett mit Maulbeeren, das meine Mutter extra für ihn gemacht hatte. Drei lange Jahre war er fort gewesen und in all der Zeit nur einmal kurz zu Besuch gekommen, nach anderthalb Jahren.

Ich erkannte ihn kaum wieder. Er hatte dunkle Ringe unter den Augen, und seine Haut sah grau aus. Sein Haar war lang und fiel ihm hin und wieder vor die Augen, die Stoppeln auf Wangen und Kinn waren kräftiger als früher. Als er seine Tasse nahm und schlürfend den heißen Tee trank, sah er mich kurz an. Es war ein Blick, mit dem man einen Fremden im Vorbeigehen betrachtet. Er nickte kaum wahrnehmbar und stürzte sich dann wieder auf sein Omelett. Bevor er weggegangen war, war ich ihm immer in die Arme geflogen, wenn ich ihn nur einen halben Tag nicht gesehen hatte. Jetzt aber spürte ich eine Distanz, die mich erschreckte. Als säße dort nicht mein Bruder, sondern ein entfernter Onkel, den ich vor langer Zeit ein paarmal gesehen hatte und der nun unerwartet zu Besuch gekommen war.

»*Bao* …«, sagte ich, während ich zögernd auf ihn zutrat und meine Hand ausstreckte. »*Ma be gerdi.*«

Ohne aufzusehen, antwortete er auf Türkisch: »*Merhaba.*« Seine Stimme klang anders, tiefer, als ich sie kannte, und ihr fehlte die Wärme, die seine Worte früher begleitet hatte.

Meine Mutter überließ mir ihren Platz. »Komm, setz dich neben deinen Bruder, Miran«, sagte sie. Sie guckte, als müsse auch sie sich an das Äußere meines Bruders und an die Kälte, die er ausstrahlte, gewöhnen. »Dann könnt ihr euch unterhalten, während ich Tee koche.«

Mit leichtem Unbehagen ließ ich mich an seiner Seite nieder. Ich nahm einen durchdringenden Geruch wahr, der nicht zu ihm passte. Es war ein kräftiger Körpergeruch, wie ich ihn normalerweise nur von Männern kannte, die lange Tage auf dem Feld arbeiteten. Alter Schweiß, vermischt mit einer kräuterartigen Ausdünstung. Er roch nun wie ein Mann.

Während er ein Stück Brot ins Omelett tunkte und es hastig zum Mund führte, spürte ich, dass ich etwas sagen, ihn willkommen heißen musste. Aber mir fiel nichts anderes ein als: »Ich bin froh, dass du wieder da bist.«

Er reagierte nicht.

»Wie geht es dir?«

Er stieß, durch sein Schmatzen hindurch, ein undeutliches Geräusch aus, das alles Mögliche bedeuten konnte oder auch nichts, denn vielleicht bildete ich mir nur ein, er habe auf meine Frage etwas erwidert. Ich schaute zu meinem Vater hinüber und hoffte, er werde etwas sagen, doch der starrte nur ununterbrochen auf seine Tasse, als habe er sich zuvor schon den Kopf an der Mauer eingerannt, die mein Bruder um sich errichtet hatte.

Ich unternahm noch einen Versuch. »Wie war es in Muş?«

Er sah mich nun zum ersten Mal aus der Nähe an. Seine Augen, die vor seinem Weggang gestrahlt hatten, waren jetzt trübe.

»Gut«, sagte er maulfaul. Ich erschrak. Jetzt erst sah ich, dass seine Zähne die Farbe von faulen Birnen hatten.

»Hast du Sobyan vermisst?«, fragte ich ihn plötzlich. Ich hatte das nicht vorgehabt, es war keine der Fragen, die ich mir zurechtgelegt hatte, aber sein Verhalten drängte sie mir auf.

»Manchmal«, antwortete er, doch ich glaubte ihm nicht.

»Hast du etwas Leckeres mitgebracht?«, fragte Elida hoffnungsvoll.

Er seufzte tief. »Nein, Elida.«

Sie sah ihn verständnislos an. »Warum nicht?«

»Mein Geld war alle.« Er wischte sich den Mund mit dem Handrücken ab und stand auf, ohne noch etwas zu sagen. Erst da bemerkte ich, wie sehr er gewachsen war, nicht nur in die Höhe, sondern auch in die Breite. In keiner Hinsicht ähnelte er noch dem mageren Burschen, der er gewesen war. Vor uns stand ein kräftiger junger Mann. Und während er zur Latrine ging, vermisste ich meinen Bruder auf cinmal.

9

Von allen Geschichten, die mein Vater erzählte, hat die Geschichte über Dengbej Musey zweifellos den größten Eindruck auf mich gemacht.

Als Ali und ich eines Abends erwartungsvoll unter dem Fenster von Ilyas' Haus hockten, hörten wir, wie die Männer im Wohnraum um die Geschichte über Dengbej Musey baten. Mein Vater räusperte sich und begann, in einer anderen Tonhöhe zu sprechen, mit der Wärme, die unverwechselbar zu dem Geschichtenerzähler in ihm gehörte.

»An einem warmen Sommertag ist Dengbej Musey, zusammen mit anderen Geschichtenerzählern, Musikanten und Sängern, zu Gast in der prächtigen Burg des mächtigen und gefürchteten kurdischen Bey Reso. Wie ihr wisst, bedeutete es eine große Ehre, von Reso eingeladen zu werden, eine Ehre, die nur den besten und beliebtesten Dengbejs zuteilwurde. Zum Vergnügen von Reso Bey und gegen einen fürstlichen Lohn mussten sie ihre schönsten Geschichten und Lieder zu Gehör bringen. Während aus dem Burghof der Gesang einer Nachtigall erklingt, lauscht Musey geduldig den Geschichten der anderen Dengbejs und labt sich an dem gegrillten Fleisch, dem Gemüse, den frischen Feigen, Datteln und Trauben. Er trinkt begierig von dem roten Wein, den Männer in weißen Leinenanzügen einschenken, und isst von den betörenden Süßspeisen, die in goldenen Schüsseln auf den Tischen stehen. Während er sich einen Bissen des zarten Lammfleischs in den Mund steckt und seinen Blick über den Körper einer Bauchtänzerin gleiten lässt, winkt ihn Reso Bey von seinem goldenen Thron aus zu sich. Musey schaut erschrocken in die Runde und fragt sich verwundert, ob er etwa schon an der Reihe ist. Reso Bey lächelt ihn an wie ein Vater seinen Sohn und nickt ihm zu. Zögernd steht Musey auf. Er fühlt, dass seine Schritte durch den herrlichen Wein unsicher geworden sind, und geht langsam zu Reso Bey, neben dem zu beiden Seiten große Leibwächter stehen. Die Bauchtänzerin verschwindet, und die Musik verstummt.

›Dengbej Musey, willkommen in meiner Burg. Ich habe viel von dir gehört. Wenn ich den Berichten glauben darf, berühren deine Geschichten das Herz eines jeden zutiefst. Ich würde nach all dem Tanz und Gesang gern eine märchenhafte Geschichte hören, die bis zum Morgengrauen dauert.‹

Musey schluckt und schaut sich um. ›Reso Bey, ich danke Euch sehr herzlich für die Einladung und die Ehre, Euch meine Geschichte präsentieren zu dürfen.‹

Mit einem Mal sieht Reso Bey ihn streng an: ›Aber ich will nicht, dass du mir einfach so eine Geschichte erzählst. Nein, du wirst mir eine Geschichte erzählen, in der auf keinen Fall die Worte ‚alt‘ und ‚Tod‘ vorkommen dürfen. Auf gar keinen Fall! Verstehst du, Musey?‹

Musey denkt kurz nach und antwortet dann: ›Wie Ihr wünscht, Reso Bey. Ich werde Euch eine Geschichte erzählen, die bis zum Morgengrauen dauert und in der die Worte ‚alt‘ und ‚Tod‘ nicht vorkommen.‹

›Sieh dich vor, Musey!‹, warnt Reso Bey ihn. ›Wenn dies nicht das letzte Mal war, dass du diese Worte in meinem Beisein aussprichst, wirst du es bereuen.‹

Reso Bey ist sehr alt, und man flüstert, er sei schon lange krank. Allwöchentlich lasse er Ärzte aus Istanbul kommen, um seine Angst vor dem Tod zu vertreiben. Die Ärzte könnten nicht mehr tun, als ihn mit Medizin vollzustopfen, deren Wirksamkeit nie nachgewiesen wurde.

Musey nimmt auf einem Stuhl in der Mitte des großen Saales Platz, der von Dutzenden von Kerzen erleuchtet wird. Er weiß, dass er eine schwere Aufgabe zu vollbringen hat. Einen Moment lang denkt er nach und trinkt ein paar Schlucke von dem Wein. Er beschließt, seine besten Geschichten zu einer einzigen großen Geschichte zu verweben. Dann fängt er an zu erzählen, wie er es noch nie zuvor getan hat. Mit seiner warmen, jugendlichen Stimme, die nicht zu dem struppigen Bart passt, gelingt es ihm, den Saal zu verzaubern. Reso Bey lehnt sich zufrieden zurück und zieht an seiner Wasserpfeife. Musey erzählt von dem legendären Dorf Altindağ, in dem es nicht nur den fruchtbarsten Boden von ganz Anatolien gibt, sondern das auch noch über Vieh verfügt, das sich mit unnatürlich großer Geschwindigkeit vermehrt. Er erzählt von den tapferen Brüdern Tarhan, die als Wächter fungieren und ein ums andere Mal vielköpfigen Banditenbanden den Zugang zum Dorf verwehren. Die Brüder kommen stets als Sieger aus großen Feldschlachten. Und jedes Mal, wenn seine Zuhörer den Atem anhalten, weil sie fürchten, das Wort ›Tod‹ könnte fallen, kommt Musey mit einer unerwarteten Wendung und weicht von der ursprünglichen Fassung ab. Er nutzt all sein Talent und seine ganze Fantasie dafür, die verbotenen Wörter zu umgehen. Er erzählt von der wunderschönen Akgül, die aus ganz Anatolien Heiratsanträge bekommt, aber von ihrem Vater nicht freigegeben wird, weil er alle Männer für ihrer nicht würdig hält. Und er erzählt von dem jungen Hirten Şükrü, der in den Wäldern tagelang von einem Wolfsrudel verfolgt wird, aber diesmal überlebt. Doch als die Sonne beinahe über dem Horizont auftaucht – Musey erzählt schon seit neun Stunden ohne Unterbrechung und ohne auch nur einen Schluck Wasser getrunken zu haben –, da überkommt ihn eine große Müdigkeit. Der halbe Saal ist inzwischen eingeschlafen, doch als die ersten Sonnenstrahlen auf die Burg fallen, lauscht Reso Bey noch immer atemlos. Musey spricht nun immer langsamer, und er stolpert hin und wieder über Wörter. Dann erscheint plötzlich, wie aus dem Nichts, eine wunderschöne Frau. Sie trägt ein tiefgrünes Kleid, und um ihren

Hals schlängelt sich ein weißer Seidenschal. Ihr süßer Duft erfüllt den Saal. Alle sind augenblicklich hellwach. Sie stellt ein Tischchen neben Reso Beys Thron und kehrt kurz darauf zurück, mit einer Teekanne und einer Silberschale, die mit Joghurt, Honig, Walnüssen, gebratenen Eiern und Brot gefüllt ist. Musey schaut wie verzaubert zu ihr und fühlt, wie sich feuriges Verlangen in seine Brust schleicht und in ihm Urtriebe weckt, die er lange nicht verspürt hat. Er überlässt sich ihnen, und ehe er es bemerkt, verliert er die Kontrolle über seine Zunge, und es schleichen sich Sätze in seine Geschichte, die dort nicht hineingehören. Seine Augen nähren die unbändige Leidenschaft, als Musey sagt: ›Er, unser mächtiger Gastgeber, der Bey, dessen Wille Gesetz ist und dessen hohes Ansehen bis Istanbul wirkt, hat alles, was ein Mann sich wünschen kann. Er residiert in einer Burg, um die ihn jeder Fürst im Westen beneiden würde, er sitzt auf einem goldenen Thron und verwöhnt seine Gäste, als wären sie von Adel. Vor allem hat er eine wunderschöne Gemahlin, die das ewige Leben besitzen muss. Doch welch Jammer, unser mächtiger Bey ist alt, und der Tod ist ihm auf den Fersen.‹ Als er diese Worte ausgesprochen hat, scheint Musey aus einer Art Halbschlaf zu schrecken, und ein Zittern geht durch seinen Körper. Erschrocken schaut er sich um in der Hoffnung, die Wörter nur in Gedanken ausgesprochen zu haben, doch zu seinem Entsetzen brechen die erwachten Zuhörer in schallendes Lachen aus. Sogar die Leibwächter stimmen darin ein. Und dann geschieht das Undenkbare: Resos Gemahlin beginnt zu kichern. Erst leise und verschämt mit einer Hand vor dem Mund, dann aber kann sie sich nicht mehr beherrschen, und sie lacht wie der übrige Saal lauthals. Reso Bey schaut sich verdutzt um. Nie zuvor hat man ihn in seiner Burg ausgelacht, nie zuvor wurde er vor seinen Gäste derart beleidigt. Doch was den alten Bey am tiefsten trifft, ist, dass seine Frau ihn öffentlich auslacht. Er fühlt sich ob seines Alters und des nahenden Endes von Musey verspottet. Wütend erhebt er sich von seinem Thron. ›Das hättest du nicht tun dürfen, Musey, du wirst es bereuen!‹, brüllt er. ›Bringt ihn in die Folterkammer.‹

Augenblicklich packen ihn die Leibwächter unsanft und schleifen ihn über den Boden zum Kerker der Burg. Sie befehlen ihm, auf einem messerscharfen *kazık* Platz zu nehmen. Musey wirft sich auf die Knie und bittet Reso um Gnade. Verzweifelt zerrt er an dessen Hosenbeinen und fleht: ›Vergebt mir, Reso Bey, ich war erschöpft und habe mich deshalb versprochen, der Wein und die Müdigkeit haben mich wirr sprechen lassen.‹ Doch Reso Bey kennt keine Gnade und reißt sich von Musey los. Die Leibwächter ergreifen den Ärmsten brutal und drücken ihn auf die scharfe Spitze des Kazıks. Museys herzzerreißender Schrei gellt durch die ganze Burg. Ein Schauder des Abscheus geht durch den großen Saal, Panik entsteht. Musikanten und Sänger springen auf und wollen ins Freie stürmen, aber Resos Leibwächter halten sie auf. Musey stöhnt vor Schmerzen. Tränen strömen über seine Wangen, als er sich noch einmal mit erstickter Stimme an Reso wendet: ›Ich flehe Euch an … Reso Bey … ich habe es nicht so gemeint. Bitte … habt Erbarmen. Bitte!‹ Von der Tür aus sieht Reso, dass nicht nur der Kazık rot gefärbt ist, auch der Boden ist mit Museys dickflüssigem Blut besudelt. ›Dies ist dein verdienter Lohn‹, sagt Reso Bey und spuckt auf den Boden. Als die Tür zuschlägt, bricht Musey in Tränen aus. Reso geht zurück zu seinem Thron, und während er sein Frühstück verzehrt, lässt er einen von Todesangst erfüllten Sänger ein Liebeslied singen. Er speist ausführlich und lässt es sich schmecken. Als die Schale geleert ist, macht er es sich auf seinem Diwan bequem und genießt die Musik des Orchesters, während seine Augenlider immer schwerer werden. Er ignoriert die schwächer werdenden Verzweiflungsschreie aus dem Verlies und nickt ein. Ein paar Stunden später wacht er auf, weil er einen deutlichen Druck in der Blase verspürt. Er geht zu der Toilette, die nur er benutzen darf, eine marmorne Schüssel mit goldener Brille, die extra für den Bey aus Frankreich herbeigeschafft wurde. Als er sein Wasser abschlägt, denkt er zum ersten Mal wieder an Musey. Er zieht die Hose hoch, schlurft langsam zur Folterkammer und sieht Musey todesbleich auf dem Kazık sitzen. Zwei Leibwächter halten ihn aufrecht.

›Musey!‹, ruft der Bey, ›wie geht es?‹

Musey reagiert nicht. Seine Augen sind geschlossen. Reso Bey geht zu ihm hin und gibt ihm einen Klaps ins Gesicht. Langsam schaut Musey auf.

›Musey‹, sagt Reso grinsend, ›sag mal: Hast du je einen schwereren Augenblick erlebt?‹

Musey blinzelt ein paarmal mit den Augen, als könnte er jeden Moment bewusstlos werden, und sagt dann mit schwacher Stimme: ›Ja … ja, Reso Bey, das habe ich.‹

Reso Bey sieht ihn ungläubig an: ›Was? Wann denn?‹

Musey schluckt, er holt tief Luft, als bereite er sich auf seinen letzten Atemzug vor, und sagt: ›Als einmal … unerwartet … Gäste kamen … und ich … nichts im Haus hatte … um es ihnen anzubieten.‹

Verblüfft sieht Reso Bey ihn an. Er weiß nicht, was er sagen soll, er reibt sich verzweifelt das Kinn und sagt: ›Ach, Musey, ich wusste nicht, was für ein guter Mann du bist. Nehmt ihn von dem Kazık herunter. Schnell!‹

Aber es ist zu spät. Musey sinkt geräuschlos zu Boden. Sein Körper zuckt noch ein paarmal, dann stirbt er.«

Plötzlich war es still in Ilyas' Wohnraum. Es war dunkel geworden. Tränen flossen mir über die Wangen. Ich hoffte, Ali würde es nicht bemerken, doch kurz danach hörte ich auch ihn leise schluchzen. Im Haus zogen erwachsene Männer die Nase hoch und sagten mit brüchiger Stimme: »Ach, Musey … ach, ach, armer Musey.«

10

Es war die grenzenlose Hilfsbereitschaft meines Vaters, die unser Leben für immer verändern sollte. An einem trostlosen Dienstagnachmittag im Frühjahr 1966 beschloss er, Ibrahim, dem Vater meines Freundes Bilal, eine Bitte zu erfüllen. Ibrahim brauchte Hilfe beim Bau eines Stalls. Ich wusste, dass es meinem Vater ungelegen kam, aber ich wusste auch, er würde seine Arbeit notfalls tagelang zurückstellen, um einem Freund zu helfen. Er war nicht umsonst bekannt für seine Freundlichkeit.

Ich schaute ihnen nach, als sie zusammen zum anderen Ende des Dorfes gingen. Mein Vater war damals sechsundfünfzig Jahre alt, und sein Leben, und damit auch unseres, sollte eine fatale Wendung nehmen. Ich schaute ihnen hinterher, als ahnte ich dies, als flüsterte mir eine höhere Macht zu, ich müsse nun still von ihm Abschied nehmen. In meiner Erinnerung schob sich in diesem Moment eine Wolke vor die Sonne.

Mein Vater, so wie ich ihn bis dahin kannte, würde nicht zurückkehren.

Plötzlich drehte er sich um, als wollte er dem grausamen Schicksal entkommen, als würde ihm eine mysteriöse Kraft einen letzten Strohhalm zuwerfen. So unsinnig es auch klingen mag – immer wenn ich an diesen Moment zurückdenke, dann hoffe ich erneut, dass er es sich anders überlegt, dass er Ibrahim um Entschuldigung bittet, dass er nach Hause geht und mich mit dem strahlenden Lächeln anschaut, das ich nie wieder sehen würde. Doch sooft ich das Bild auch aufrufe, mein Vater sagt jedes Mal dasselbe: »Gib deinem Bruder Bescheid, Mehmet. Er wird dir mit den Tieren helfen. Bis später!«

Aber ich machte mir nicht die Mühe, meinen Bruder zu bitten. Es hatte sowieso keinen Sinn. Seit seiner Rückkehr hatte er mir nicht ein einziges Mal geholfen mit den Tieren. Außerdem wusste ich nicht, wo er sich herumtrieb. Er war an diesem Morgen wortlos mit zwei Freunden fortgegangen. Ich kratzte mit einer Schaufel den Mist und das Heu vom Boden, bis meine Arme schmerzten und ich den Hunger nicht länger ertragen konnte. Ich ging ins Haus, wo meine Mutter auf dem Boden Teig auf einem Tuch ausrollte. Meinem Empfinden nach war sie, wenn sie nicht im Gemüsegarten arbeitete, den ganzen Tag im Haus beschäftigt. Sie verfügte über eine beispiellose Arbeitsfreude. Meine Schwester, Elida, damals sieben Jahre alt, war bei ihr und versuchte zu helfen, stand aber vor allem im Weg.

»Wo ist Apo?«, fragte meine Mutter, ohne sich umzusehen.

Ich setzte mich auf eines der herumliegenden Kissen. »Er ist zu Ibrahim gegangen, um ihm zu helfen.«

Sie drehte sich um. »Hat er denn schon den Stall ausgemistet?« Sie war mit meinem Vater nicht immer einer Meinung. Sie warf ihm vor, er übertreibe es zu sehr mit seiner Hilfsbereitschaft und er lasse es zu, dass seine Gutmütigkeit missbraucht werde. Immer wieder versprach er ihr Besserung, und immer wieder fiel er in sein altes Verhalten zurück.

»Nein, das habe ich gemacht, und jetzt bin ich hungrig.«

Sie reichte mir ein Stück Brot mit selbst gemachtem Ziegenkäse.

»Ich gebe dir auch gleich etwas für Apo mit, er hat seit heute Morgen nichts gegessen.« Sie seufzte. »Ohne mich würde der Mann wohl verhungern.«

Sie schnitt ein großes Stück Brot auf, legte in Scheiben geschnittenen Ziegenkäse, Tomatenstücke und Gurke hinein. Das fertige Brot wickelte sie in ein Tuch und sagte: »Richte ihm aus, er soll nicht zu spät nach Hause kommen, Miran. Sag ihm nur, er hat hier genug zu tun. Und jetzt lauf los, bestimmt hat er Hunger.«

Mit dem Brot unter dem Arm lief ich hinaus. Am liebsten wäre ich zu Ali gegangen, aber ich musste an meinen Vater denken, der vielleicht hungrig und erschöpft war und trotzdem weiterarbeitete, bis Ibrahim endlich meinte, dass sie nun eine Pause machen konnten. Ich beschleunigte meine Schritte. Auf dem Dorfplatz sah ich Kinder spielen, aber ich ging schnell weiter, damit mich niemand bemerkte.

»Mehmet! Mehmet!«

Ich schaute mich um und sah zu meinem Schrecken, dass es Hakan war. Er kam auf mich zu. Ich blieb bewegungslos stehen und machte mich auf alles gefasst.

»Wohin gehst du, Mehmet?« Mit seiner großen Hand packte er mich kräftig im Nacken, sodass ich beinahe vornüberfiel.

»Ich … ich bringe meinem Vater etwas zu essen.«

Grinsend sah er mich mit seinen kleinen Schweinsaugen an. »Dein Vater kann bestimmt warten. Ich will mit dir kämpfen.«

Sein Griff wurde energischer.

»Hakan … ich muss wirklich zu meinem Vater. Er … er wartet auf mich.«

»Ach was, sei nicht kindisch, Mehmet. Oder soll ich dich Miran nennen? Hörst du dann besser, was ich sage?«

Er wartete meine Antwort nicht ab. Ehe ich es mich's versah, zog er mich mit einer schnellen Bewegung an sich heran und drückte mich dann mit beiden Händen kräftig von sich weg. Ich fiel hintenüber und landete hart auf dem Rücken. Blitzartig fuhr der Schmerz durch meinen Körper. Während ich mich stöhnend aufrichtete, bemerkte ich, dass das Brot aus dem Tuch gerollt war und auf dem staubigen Boden lag.

»Hakan! Schau, was du getan hast!«

Er hob das Brot auf und klopfte ein paarmal mit seinen dicken Fingern dagegen. »Siehst du, kein Dreck mehr. Reg dich nicht auf.«

Er brach ein Stück von dem Brot ab und steckte es sich in den Mund. Mit lautem Schmatzen sagte er: »Und es schmeckt auch noch gut.«

Ich riss ihm das Brot aus der Hand. Eigentlich wollte ich ihm eins auf die Nase geben und ihn einen gemeinen Kerl nennen, aber ich traute mich nicht, obwohl ich zornig war.

»Bist du wütend, Mehmet?« Er packte mich bei den Armen und sah mich mit dem Grinsen an, das ich so hasste. Ich riss mich los und rannte davon, ohne mich umzusehen, während Hakan mir hinterherrief, er sei noch nicht fertig mit mir.

Kurz darauf entdeckte ich meinen Freund Bilal. Mit verschränkten Armen ging er vor seinem Haus auf und ab. Ein paar Männer rannten aufgeregt hin und her. Als Bilal mich sah, kam er auf mich zu und hielt den Blick dabei auf den Boden gerichtet.

»Was ist passiert, Bilal?«

»Dein Vater … er … er …«

»Was ist mit meinem Vater?« Ich packte ihn bei den Schultern.

»Sein Bein … ist ge… gebrochen.«

Ein Stich durchfuhr mich. »Was? Wo ist er?«

Bilal deutete in Richtung Stall. Ich rannte hinters Haus und sah Ibrahim. Er beugte sich über einen auf dem Boden liegenden Mann. Es war mein Vater.

»Baba, Baba!«, rief ich und rannte zu ihm hin. »Baba, tut es sehr weh?«

Seine Stirn war ganz nass. Obwohl er es offensichtlich vor Schmerzen kaum aushalten konnte, sagte er: »Ich hab mir das Bein … ein wenig verletzt.« Er stöhnte und presste die Hand auf sein linkes Bein. »Die andern sagen, es sei gebrochen … aber ich glaube, es ist nur eine Prellung.«

»Was ist passiert?«

Er sah mich mit schmerzverzerrtem Gesicht an und sagte: »Ich bin ausgerutscht … als ich den Bach überquert hab. Ich trug einen Stein … und der fiel auf mein Bein.«

Am anderen Ufer des Bachs lag ein Haufen Steine, große Steine, die alle herübergetragen werden mussten.

»Ahhh!« Er stöhnte und schlug mit der rechten Hand auf den Boden, als ein heftiger Schmerz sein gebrochenes Bein durchfuhr. »Mehmet, lauf nach Hause«, sagte er mit zusammengebissenen Zähnen. »Sag Daye, dass ich mich verletzt habe … aber sag auch, es ist nicht so schlimm.« Erneut stöhnte er laut auf. »Sag ihr … sag ihr … mein Bein wird von Atilla geschient … vorsichtshalber.«

»Aber ich will bei dir bleiben, Baba«, sagte ich. »Ich will dir helfen.«

»Geh lieber … ehe Daye es von den Nachbarn erfährt … und sich Sorgen macht.«

Ich fühlte Ibrahims Hand auf meiner Schulter. Er nickte mir zu. Ich legte das Tuch mit dem darin eingewickelten Brot auf den Boden und rannte schnell zurück nach Hause. Meiner Mutter fiel eine Schüssel mit Gemüse aus den Händen, als ich ihr erzählte, was passiert war. »Allah, wann kapiert dieser Mann endlich, dass er keine dreißig mehr ist!«

Sie sagte, ich solle bei Elida bleiben, während sie schnell zu Ibrahims Haus hinüberlaufe. Ich protestierte und sagte, ich wolle mit ihr gehen. Sie kam mit ihrem Gesicht ganz nah an meins und sah mich streng an. »Du-bleibst-hier-bei-Elida!« Die Worte klangen wie von jemand anderem gesprochen, als hätten sie nicht soeben den Mund verlassen, aus dem so oft liebe Worte geflüstert kamen.

»Nein, ich geh mit!«, rief ich entrüstet. »Baba braucht Hilfe.«

»Hör mir zu, Miran, du …«

»Nein!«

Die kräftige Ohrfeige, die sie mir gab, hatte ich nicht erwartet. Mein Trommelfell dröhnte, und meine Augen wurden feucht in der Stille, die auf ihren Wutausbruch folgte. Ich rannte in den Stall. Kurze Zeit später hörte ich aus dem Haus nur noch das leise Schluchzen meiner Schwester. Ich dachte an meinen Vater, den ich noch nie verletzt gesehen hatte. Mein Vater, der von langen Bergwanderungen immer mit heiler Haut und gesunder Gesichtsfarbe wiedergekommen war, hatte sich jetzt eine Verletzung zugezogen. Ich ging zu Elida und sagte, sie solle aufhören zu weinen, ich würde nicht lange wegbleiben.

»Aber Baba hat sich wehgetan.«

»Ja, ein wenig«, sagte ich. »Aber das wird schon wieder, Elida.«

11

Ich rannte zum Haus von Atilla, der das Bein meines Vaters schienen wollte. Damals gab es in unserem Dorf weder einen Doktor noch Medikamente. Der Weg zum nächsten Arzt dauerte viele Stunden mit dem Pferdewagen. In unserem Dorf war ein Kranker auf die primitiven Heilmittel angewiesen, die von Generation zu Generation weitergegeben wurden, wie etwa Joghurt mit viel Knoblauch bei Vergiftungen oder Umschläge aus nassem Teig bei Prellungen. In ernsteren Fällen wartete man ergeben ab, was das Schicksal für den Betroffenen in petto hatte. Öfter, als uns lieb war, erfuhren wir, dass das Schicksal äußerst grausam ist und keinen Unterschied macht zwischen Säuglingen und alten Menschen mit einer leichten Erkältung. Vor allem in den kalten Monaten war das Leid in unserem Dorf groß. Jeden Winter wurde ein Bewohner in der eisigen Erde begraben.

Ging es um Knochenbrüche, gab es nur einen Einzigen, den man hinzuzog: Atilla, den Schlachter. Außer ihm beherrschte niemand die Kunst des Schienens. Er hielt es mit einer Kombination aus Technik, Kraft und einem Hauch von Talent. Doch während seine Begeisterung für diese Tätigkeit zunächst groß war, schiente er im Laufe der Zeit immer widerwilliger. Geschichten von Menschen, die ihn um eine Behandlung baten und die er warten ließ, machten häufiger die Runde. Er weigerte sich, die eigene Arbeit zu unterbrechen, und fand, alles habe seine Zeit. »Der Knochen ist doch sowieso schon gebrochen«, soll er wiederholt gesagt haben.

Vor Atillas Haus war alles ruhig. Darum ging ich weiter zur Schlachterei, einem primitiven Gebäude ohne Fenster, das eher einer Zelle ähnelte. Der Gestank von verwesendem Lammfleisch schlug mir entgegen. An den Haken hingen große Fleischstücke manchmal tagelang in dem fauligen Gestank, und der Fußboden war immer blutrot und übersät mit Kuhschädeln und Schafsbeinen. Atilla hatte keine Lust, die unbrauchbaren Reste der geschlachteten Tiere beizeiten zu beseitigen, sodass der starke Verwesungsgeruch bei den umwohnenden Dorfbewohnern Übelkeit hervorrief. In unbeobachteten Momenten drangen sogar Hunde in die Schlachterei ein. Niemand wagte, sich darüber zu beschweren, nicht einmal der Muhtar des Dorfes. Alle fürchteten sie Atillas Zorn. In einem schmierigen Heft hielt er genau fest, wie viel seine Kunden ihm noch schuldeten. Am Ende des Monats ging er durchs Dorf, um ausstehende Beträge zu kassieren. Für die meisten Dorfbewohner war es ein angsterfüllter Moment, wenn Atilla im Dunkeln mit den Fäusten an die Tür pochte. Des Öfteren wichen die Beträge in Atillas Heft von denen ab, die die Leute ihm tatsächlich schuldeten, doch keiner der Geschädigten traute sich, laut zu sagen, Atilla habe ihn übers Ohr gehauen.

Ich stand in der Türöffnung und sah, wie er ein Messer schliff, um damit auf dem Hackblock ein großes Stück Fleisch zu zerlegen. Er blickte so konzentriert, dass ich nicht fragen mochte, ob man meinen Vater bereits gebracht hatte. Atillas weiße Schürze war voller Blut, und er hatte die Ärmel hochgerollt, sodass seine ungewöhnlich behaarten Arme zu sehen waren. Es waren Unterarme wie Baumstämme, in denen eine übermenschliche Kraft steckte. Im Dorf erzählte man sich, er habe in seinen ruhmreichen Jahren einen jungen Stier mühelos mit einem Arm zu Boden ringen können, und es habe acht Männer bedurft, um ihn im Kampf zu überwältigen. Einmal waren vier bewaffnete Banditen in unser Dorf eingedrungen. Sie hatten bereits zwei Häuser ausgeraubt sowie einen alten Mann und zwei Frauen misshandelt, als sie auf der Straße dem Falschen begegneten. In nur einer Sekunde schätzte Atilla den Ernst der Lage ein und schlug sie mit seinen riesigen Fäusten der Reihe nach nieder. Anschließend drohte er, ihnen die Kehle durchzuschneiden, ohne lange zu fackeln oder eine Sekunde zu erwägen, ob er nicht Gnade walten lassen sollte. Es waren junge Männer, Anfang zwanzig, die niemals zuvor einer derart rohen Kraft und schonungslosen Gewalt begegnet waren. Und in diesem Moment waren sie dem Tod wahrscheinlich näher als an allen Tagen, die ihnen noch blieben. Atilla strahlte vor Vergnügen, als sich ihm die unverhoffte Gelegenheit bot, zum ersten Mal sein Messer in Menschenfleisch zu stecken. Um die fünf herum hatte sich eine Menschenmenge gebildet, und Frauen und Kinder schrien in dem Moment auf, als er die Klinge an die Kehle eines der Banditen drückte. Zu meinem Erstaunen trat mein Vater nach vorn und rief, entschlossen, wie ich ihn noch nie hatte rufen hören, es sei nun genug.

»Hör auf, Atilla! In diesem Dorf wird nicht gemordet!«

Zusammen mit Ali beobachtete ich die Szene aus der Distanz, wobei mein Herz wie verrückt schlug. Ein Gefühl großer Bewunderung erfüllte mich. Mein Vater erlaubte nicht, dass ein paar junge Männer, die mit bösen Absichten in unser Dorf gekommen waren, vom wild gewordenen Schlachter wie Vieh abgestochen wurden.

»Halt dich da raus, Selim Bey.« Atilla hielt einen der jungen Burschen, der bewusstlos zu sein schien, bei den Haaren und drückte ihm das Messer an die Kehle.

»Ich verstehe, dass du wütend bist, aber sie zu ermorden wäre ein Fehler.«

»Ich versuche, dieses Dorf vor solchen Banditen zu beschützen. Wenn wir sie nicht fertigmachen, kommen sie wieder. Machst du sie dann fertig, Selim Bey?«

Mein Vater schaute sich um in der Hoffnung, bei den anderen Unterstützung zu finden. In diesem Moment trat der mysteriöse Mısto nach vorn. »Mein Bruder hat recht. In diesem Dorf wird kein Blut vergossen.« Mısto war einen Kopf größer als mein Vater und hatte die Gestalt eines unverwüstlichen Landarbeiters. Im Gegensatz zu meinem Vater war er furchtlos und stand im Ruf, ein Raufbold zu sein. Niemand wusste genau, wovon er lebte. Hin und wieder arbeitete er eine Weile auf dem Land, um dann monatelang nichts anderes zu tun, als mit einem Stock in der Hand durch die Gegend zu spazieren und im Gras liegend zu rauchen. Sein Haar reichte ihm bis zu den Schultern und wehte im Wind, der den roten Staub durch die Straßen blies. An diesem Nachmittag trat er jedenfalls unerschrocken vor.

»Hau ab, Misto! Dass Selim Bey so mit mir redet, mag ja noch angehen, aber von dir muss ich mir nichts sagen lassen, du nichtsnutziger Landstreicher.«

Misto packte mit aller Kraft die Hand, in der Atilla das Messer hielt. »Es geht nicht um mich, Idiot. Kinder und alte Leute sehen zu. Steck das Messer weg!«

Gemurmel stieg aus der Menge auf. Jemand rief, Atilla solle das Messer fallen lassen, und jemand anders meinte, er solle Gnade walten lassen. Mein Vater legte versöhnlich einen Arm um Atillas Schulter, und mit einem Lächeln auf seinem freundlichen Gesicht sagte er: »Nun mach schon, Atilla, sei gnädig. Bitte, tu es für mich.«

Atilla sah meinen Vater einen Moment lang schweigend an, dann ließ er den Burschen wie eine Puppe zu Boden fallen und ging schnaubend weg.

Seit diesem beunruhigenden Vorfall fürchtete ich mich noch mehr vor Atilla. Ich hatte gesehen, wozu er imstande und wozu er bereit war, wenn es darauf ankam.

12

Während ich in der Tür zur Schlachterei stand und den starken Fleischgeruch inhalierte, hoffte ich, dass Atilla mich nicht bemerkte, damit ich wieder wegrennen konnte.

»Wie lange stehst du schon da und sagst kein Wort?«, fragte er mich, ohne den Blick von dem Fleischstück zu wenden.

Ich verschluckte mich beinahe, als ich fragte, ob man meinen Vater schon zu ihm gebracht habe.

»Deinen Vater zu mir gebracht?« Er steckte sein Messer ins Fleisch und stemmte die Hände in die Hüften. »Weswegen?«

In diesem Moment war ich fähig zu lügen, ich war bereit zu behaupten, ich hätte nur einen schlechten Witz gemacht, wenn ich nur fliehen konnte vor diesem zornigen Riesen mit seinem großen Messer. Doch ich hatte wieder das Bild meines verletzten Vaters vor Augen, der Hilfe brauchte. Es war besser, Atilla zu informieren, damit er schon mal Vorbereitungen treffen konnte.

»Er … er hat sich das Bein … gebrochen.« Meine Stimme versagte, und ich fühlte, dass ich jeden Moment in Weinen ausbrechen konnte.

Mit einer blutverschmierten Hand rieb Atilla sich das Kinn und wiederholte, was ich gesagt hatte, allerdings nicht in fragendem Ton. Er sprach es aus, als gefalle es ihm. Ich presste die Lippen zusammen und wartete, was der Schlachter sagen würde.

»Was ist passiert?«

Ich berichtete ihm, was vorgefallen war.

»Das war nicht besonders schlau von ihm, oder?«

Obwohl seine Reaktion mich nicht verwunderte, erschreckte mich doch der kühle Ton.

»Wie … wie meinen Sie?«

»Sich einen Stein aufs Bein fallen lassen. Das ist dämlich. Dein alter Herr hat sich ziemlich dumm angestellt«, sagte er grinsend.

Ich schwieg, obwohl ich eigentlich sagen wollte, mein Vater sei ein Mann, vom dem er noch viel lernen könne. Und wenn ich schon einmal dabei war, wollte ich ihn auch wissen lassen, dass sein Sohn Hakan ein blöder Esel sei, der es im Leben zu nichts bringen werde.

»Wieso schaffen sie ihn hierher?« Er stellte die Frage, als könnte er sich unmöglich vorstellen, warum man meinen Vater ausgerechnet zu ihm brachte.

»Um sein Bein schienen zu lassen.«

»Um sein Bein schienen zu lassen?«

»Bitte, mein Vater braucht dringend Ihre Hilfe.«

Wenn das Ungeheuer wollte, dass ich es anflehte, dann war ich dazu bereit, wenn es wollte, dass ich die Schlachterei auf meinen Knien bohnerte, dann würde ich es tun, und wenn es mir danach befehlen würde, seine Füße in einem Eimer mit Schafsblut zu waschen, dann würde ich keinen Moment zögern. Ich war zu allem bereit.

»Sie bringen ihn hierhin, damit Sie sein Bein schienen können. Das können Sie doch besser als jeder andere?«

»Besser als jeder andere?« Plötzlich fing Atilla an zu lachen, etwas, das ich ihn seit Jahren nicht hatte tun sehen. Es war ein dröhnendes Lachen, unter dem die Schlachterei wie in einem heftigen Herbststurm zu zittern schien. Er lachte hingebungsvoll und schlug dabei mit der flachen Hand ein paarmal auf das Fleischstück. Er lachte über meine Bekümmertheit, über meine Verzweiflung. Vor allem aber lachte er über den Schmerz meines Vaters.

»Besser als jeder andere? Junge, es *gibt* keinen Besseren. Ich bin der Beste! Ich bin der Allerbeste! Schreib dir das hinter die Ohren.«

In der Ferne hörte ich aufgeregte Männerstimmen. Als ich mich umdrehte, erblickte ich eine sechsköpfige Gruppe. Vier Männer trugen meinen Vater auf einer improvisierten Bahre. Er lag auf dem Rücken und bedeckte mit beiden Händen die Augen. Ibrahim ging vor der Gruppe her.

»Da sind sie! Sie haben meinen Vater mitgebracht!« Ich merkte, dass ich schrie, aber es war mir egal.

Atilla lachte nicht mehr. Ohne auf meinen Freudenschrei einzugehen, zog er das Messer aus dem Fleisch und fuhr fort mit dem Schneiden. Ibrahim löste sich aus der Gruppe und trat in die Schlachterei.

»Atilla, wir brauchen schnell deine Hilfe! Selim hat sich das Bein gebrochen.« Ibrahim keuchte.

Der Schlachter schnitt unbeirrt weiter, ohne aufzusehen oder irgendwie zu zeigen, dass er Ibrahims Worte vernommen hatte.

»Atilla! Hast du nicht gehört? Wir dürfen keine Zeit verlieren!«

»Ich habe dich durchaus gehört, Ibrahim, du musst in meiner Schlachterei nicht so brüllen. Ich weiß, dass er sich das Bein gebrochen hat, sein Sohn hier hat es mir schon erzählt.« Ohne aufzuschauen, deutete er mit dem Messer auf mich.

»Nun, worauf wartest du noch?« Ibrahims Stimme zitterte ein wenig.

»Ich bin beschäftigt, Ibrahim. Siehst du das nicht? Ich bin kein Arzt, ich kann meine Arbeit nicht einfach für jeden, der sich verletzt, für jeden Trottel, der verunglückt, liegen lassen. Wer macht dann meine Arbeit?« Er fuhr sich mit dem Handrücken über den Mund. »Bringt ihn zu mir nach Hause. Meine Frau wird ein nasses Tuch gegen den Schmerz auf sein Bein legen. Ich mache das hier erst fertig, dann komme ich und sehe, was ich für ihn tun kann.«

»Aber, Atilla …«

»Nun geh! Und nimm seinen Sohn mit.«

Ich hoffte, Ibrahim würde sich nicht vertrösten, sich nicht einschüchtern lassen, aber wahrscheinlich wusste er, dass es sinnlos war, sich mit Atilla auf eine Diskussion einzulassen. Ein gebrochenes Bein hatte für ihn keine besondere Bedeutung, wenn er arbeitete. Ibrahim sah mich an. Er legte mir die Hand auf den Kopf. Er versuchte, mich möglichst unaufgeregt anzusehen, um mich zu beruhigen. Aber sein Verhalten machte meine Furcht nur noch größer. Nie zuvor hatte er mir eine Hand auf den Kopf gelegt oder mehr als zwei Wörter mit mir gewechselt. Und jetzt bat er Atilla mit sich überschlagender Stimme, meinem Vater zu helfen. Wenn sich der schweigsame Vater meines Freundes so verhielt, musste alles noch schlimmer sein, als ich dachte.

»Komm, wir gehen«, sagte Ibrahim zu mir. »Mach dir keine Sorgen.«

Ich wollte nicht weinen, konnte aber die Tränen nicht zurückhalten. Der beunruhigte Blick von Ibrahim ließ mich in lautes Schluchzen ausbrechen, wie ein kleines Kind, das sich bei einem Sturz das Knie aufgeschlagen hat. Ich schämte mich vor dem Vater meines Freundes und vor dem herzlosen Schlachter. Während ich mit dem Handrücken meine Tränen wegzuwischen versuchte, bemerkte ich plötzlich draußen inmitten der Männer meine Mutter. Ihr Gesicht war aschfahl, und sie starrte mit leeren Augen vor sich hin. Als Ibrahim die Männer laut anwies, meinen Vater zu Atillas Haus zu tragen, sah sie mich und kam auf mich zu. Ich erwartete eine Ohrfeige und eine Strafpredigt.

»Miran, ich hatte dich doch gebeten, zu Hause zu bleiben?« Ihre Stimme war sanft.

Ich nickte, und sie drückte mich an sich. Ich presste mein Gesicht an ihren Hals. Ihr Geruch beruhigte mich. Zusammen gingen wir zu Atillas Haus. Dort lag mein Vater auf dem Boden im Wohnzimmer. Von ein paar Teppichen und Sitzkissen abgesehen, war es ein karger, kühler Raum, in dem es nach rohem Fleisch roch. In einer Ecke stand eine Wasserpfeife, und an einer Wand hing ein dunkler Perserteppich. Die Männer, die die Bahre getragen hatten, gingen wortlos hinaus. Nur Ibrahim blieb. Er setzte sich, an die Wand gelehnt, auf eines der Kissen und zündete sich eine Zigarette an. Eine Rauchwolke hüllte den Perserteppich über seinem Kopf in Nebel. Meine Mutter kniete bei meinem Vater nieder und hielt seine Hand.

»Ach, Selim«, sagte sie, »schau nur, was du dir angetan hast.«

Mein Vater seufzte müde. »Alles wird gut, Aşme, sei unbesorgt.«

Atillas Frau kam mit einer Schüssel Wasser und einem Tuch ins Zimmer und kniete ebenfalls bei meinem Vater nieder. Sie war eine kleine, unauffällige Frau, die draußen auf der Straße immer auf den Boden sah. Sie hatte kräftige, über der Nasenwurzel zusammengewachsene Augenbrauen, und auf Oberlippe und Kinn sprossen borstige Haare, die sie nicht entfernte. Wortlos schob sie das linke Hosenbein meines Vaters bis zum Knie hoch und tauchte dann das Tuch ein paarmal ins Wasser. Er stöhnte, als sie das nasse Tuch auf sein Schienbein drückte. Ich wagte es nicht hinzusehen, weil ich Angst hatte, es könnte ein blutiger Knochen aus dem Unterschenkel ragen. Darum blieb ich mit abgewandtem Gesicht in einiger Entfernung sitzen und versuchte, an etwas Schönes zu denken.

Der Geruch in Atillas Haus war betäubend. Es war, als säßen wir in der Schlachterei, als könnte jeden Moment ein Beil auf den Hackblock niederfahren. Atillas Frau kühlte weiterhin das Bein meines Vaters, der immer lauter stöhnte. Meine Mutter fragte sie, wo ihr Mann bleibe, aber sie reagierte nicht. Als meine Mutter die Frage in gereiztem Ton wiederholte, murmelte sie, sie wisse es nicht, und verließ das Zimmer.

Es dauerte eine Ewigkeit, und gerade als ich aufstand, um nachzusehen, wo Atilla blieb, trat er mit seinem riesigen Körper ins Zimmer. Er guckte, als träfe er in seinem Haus auf Eindringlinge.

»Er liegt hier!«, rief meine Mutter und deutete auf meinen Vater. Doch Atilla ging, ohne ein Wort zu sagen, in ein anderes Zimmer, wo ich ihn etwas Unverständliches zu seiner Frau sagen hörte. Nachdem er wieder ins Wohnzimmer gekommen war, ließ er sich mit einem tiefen Seufzer auf eines der Kissen nieder und schwieg, als wäre er nach einem Tag harter Arbeit in sein leeres Haus gekommen, allein mit sich und seinen Gedanken. Ohne ihr Unverständnis zu verbergen, fragte meine Mutter ihn, warum er meinem Vater nicht helfe.

»Ich kann doch nicht mit leerem Magen schienen«, sagte Atilla, als hätte meine Mutter eine ungehörige Frage gestellt.

»Bitte, tu was! Mein Mann kommt um vor Schmerzen. Schau doch nur!«

»Daran kann ich nichts ändern«, sagte Atilla.

»Ich weiß nicht, was in dir vorgeht, Atilla«, sagte Ibrahim. »Du kannst den Mann doch nicht so leiden lassen. Das ist unmenschlich.«

»Fängst du schon wieder an!«, brüllte Atilla. »Ich habe dir doch schon gesagt, dass ich kein Arzt bin!«

Ich hörte meinen Vater nicht mehr stöhnen. Vielleicht verhielt er sich ruhig, um die Situation nicht auf die Spitze zu treiben. Die behaarte Frau kam wieder ins Zimmer, diesmal mit einer Schale Joghurt und einem Stück Brot. Sie stellte beides auf ein niedriges Tischchen, das sie ihrem Mann hinschob, und verschwand schnell wieder. Atilla schnaubte laut, während er mit blutigen Fingern das Brot in den Joghurt tunkte und dann in den Mund steckte. Das Tischchen war bald mit Krümeln und Joghurtklecksen übersät. Er schmatzte, wie ich noch nie jemanden hatte schmatzen hören. Es war ein unerträgliches Geräusch. Als er fertig gegessen hatte, rülpste er laut.

»Frau!«, brüllte Atilla. »Frau, bring mir ein Tuch!«

Seine Frau eilte herbei und reichte ihm ein feuchtes Tuch. Er wischte sich damit Mund und Schnurrbart sauber. Als er fertig war, rieb er sich die Hände und sagte: »So, nun schauen wir uns mal das Bein an.« Mühsam kniete er sich hin und legte eine Hand auf das Bein. Mein Vater zuckte vor Schmerzen zusammen. »Es tut mir leid, Selim, dein Bein ist gebrochen.«

Wieder brüllte Atilla nach seiner Frau, die dageblieben war, um zu hören, welche Diagnose er stellen würde. »Bring mir schnell ein paar Latten, Frau! Und auch eine Schnur!«

Sie flitzte aus dem Zimmer. Kurz danach hörten wir sie irgendwo im Haus kramen. Als sie wieder ins Zimmer kam, drückte sie einen

Lattenstapel an ihre Brust und legte ihn vorsichtig auf den Boden. Atilla nahm ein paar Latten und hielt sie der Reihe nach an das Bein meines Vaters, bis er eine fand, die ebenso lang war wie dessen Schienbein. Diese Latte benutzte er als Muster. Er verglich die übrigen Latten so lange damit, bis er eine zweite gefunden hatte, die ungefähr die gleiche Länge hatte. Dann legte er zwei Stücke Schnur unter das gebrochene Bein und schob, vorsichtiger, als ich erwartet hatte, eine Latte darüber. Die zweite Latte legte er auf das Schienbein und zog die Schnurenden langsam zusammen. Er legte eine Hand auf die Brust meines Vaters und sagte: »Jetzt solltest du etwas in den Mund nehmen, worauf du beißen kannst, denn es wird fürchterlich wehtun.«

Mein Vater sah ihn erschrocken an und richtete sich halb auf: »Warte! Warte einen Moment!«, sagte er ängstlich. »Gib mir das Tuch.« Meine Mutter reichte ihm das feuchte Tuch, das auf seinem Bein gelegen hatte, und er steckte sich einen Teil davon in den Mund. »Bist du bereit, Selim Bey?« Unmittelbar darauf zog Atilla mit seinen riesenhaften Kräften die Schnüre fest an und verknotete sie. Mein Vater richtete sich mit einem Ruck auf, wobei er furchterregende Geräusche von sich gab, die von dem Stoff zwischen seinen Zähnen gedämpft wurden. Mit lilafarben angelaufenem Gesicht biss er mit aller Kraft auf das Tuch. Die Halsadern schwollen an, und er prustete wie ein erschöpfter Ochse, während er mit seinem freien Bein ununterbrochen strampelte. Sein Gesicht sah aus wie kurz vor der Explosion. Als Atilla die Schnüre festgezurrt hatte, kippte mein Vater bewusstlos zurück.

»Löst auf gar keinen Fall die Schnüre«, warnte uns Atilla. »Auch wenn er vor Schmerzen jammert und euch anfleht, seine Qual zu beenden, lockert die Schnüre nicht. Denn sonst heilt sein Bein nicht richtig und wächst schief zusammen.«

Sie ließen meinen Vater dort liegen, damit er wieder zu sich kommen konnte. Währenddessen machte Ibrahim sich auf den Weg, um die Männer zusammenzurufen. Dann brachten sie meinen Vater auf der Trage zu uns nach Hause.

In dieser Nacht machten wir kein Auge zu, weil mein Vater in seinem Bett wie ein Wahnsinniger stöhnte. Schweißgebadet schlug er immer wieder mit der Hand auf den Boden.

In den folgenden Nächten schlief mein Vater ebenso unruhig. Er lag im Fieberwahn und flehte meine Mutter an, die Schnüre an seinem geschienten Bein, das immer dunkler wurde, zu lockern. Aber meine Mutter dachte an Atillas Warnung und verdrängte ihre Verzweiflung. Aber am vierten Tag konnte sie ihrem nagenden Schuldgefühl keinen Widerstand mehr entgegensetzen, und zutiefst beunruhigt machte sie sich auf den Weg zur Schlachterei.

Sie berichtete später, sie habe Atilla rauchend vor seinem Laden angetroffen und er habe sie nicht gefragt, wie es meinem Vater gehe. Sie sagte ihm, sie habe ein ungutes Gefühl und sie finde es merkwürdig, dass das gebrochene Bein mit jedem Tag mehr schmerze und sich lila färbe. Sie bat Atilla, es sich anzusehen. Grinsend schüttelte er den Kopf und versicherte ihr, mit viel Ruhe würde alles besser werden. »Und was auch immer du tust«, fügte er mit erhobenem Zeigefinger hinzu, »du darfst auf gar keinen Fall die Schnüre lockern.« Danach verschwand er in der Schlachterei, ohne auf die Reaktion meiner Mutter zu warten.

13

Baba hat große Schmerzen. Ich will ihn gesund machen, schrieb ich in mein Heft. Ich wünschte mir magische Kräfte, sodass ich das Bein meines Vaters heilen könnte, indem ich mit der Hand darüberfuhr. Er würde aufstehen, ganz ungläubig mit dem linken Fuß auf den Boden stampfen, mich lächelnd in den Arm nehmen und hochheben. Ich beschloss, meinen Herzenswunsch beim Wunschbaum hinter unserem Dorf auszusprechen, denn das Jammern meines Vaters wurde immer erschreckender, und die Angst in seiner Stimme war unüberhörbar der Verzweiflung gewichen.

Am nächsten Morgen klammerte ich mich an die Hoffnung, das Wunder sei geschehen. Es war ja nicht ausgeschlossen – solange ich das Bein meines Vaters nicht sah. Doch dann fiel mein Blick auf sein linkes, unbedecktes Bein. Ich erstarrte: Der Unterschenkel war ganz schwarz geworden. Entsetzt tippte ich meiner Mutter auf den Arm. Sie schreckte sofort aus dem Schlaf, als ahnte sie, dass etwas nicht stimmte.

Ich deutete auf meinen Vater. Sie versuchte, so ruhig wie möglich zu wirken, aber ich sah die Panik in ihren Augen. Sie schickte mich, ich sollte Ibrahim holen. Ich fand ihn vor seinem Haus, wo er auf einem Hocker saß und rauchte. Er kam sofort mit mir. Mein Vater war inzwischen auch aufgewacht, und beim Anblick des Beins konnte auch Ibrahim seinen Schrecken nicht verbergen.

»Ich hole auf der Stelle Atilla«, rief er und eilte aus dem Haus.

In einer Ecke des Raums schliefen Yusuf und Elida noch. Ich hatte meinen Bruder im Verdacht, dass er sich nur schlafend stellte, um nicht mit der Situation konfrontiert zu werden. Seit er wieder da war, tat er öfter so, als hörte er Dinge nicht.

Bald darauf kehrte Ibrahim zurück. »Unglaublich, dieser Schuft will nicht kommen! Atilla sagt, er habe getan, was er konnte, und nun sei es an Allah, was mit Selims Bein passiert.« Er sah meinen Vater an. »Selim, wie fühlst du dich?«

Mein Vater war leichenblass, und der Schweiß floss von seiner Stirn. Mit verzerrtem Gesicht sagte er: »Nicht gut … große Schmerzen … ich halte es nicht mehr aus.«

Ibrahim hockte sich hin und legte eine Hand auf das Bein meines Vaters.

»Lockere die Schnüre … Ibrahim«, flehte er ihn an. »Lockere die Schnüre ein wenig. Bitte!«

»Nein!«, sagte Ibrahim. Er stand auf, ging in die Küche und kam mit einem Messer wieder. »Ich schneide sie durch.« Als sein Bein von den Latten und Schnüren befreit war, stieß mein Vater einen Seufzer der Erleichterung aus.

»Wir müssen sofort ins Krankenhaus nach Muş!«, rief Ibrahim. »Ich hole den Pferdewagen, macht ihr euch inzwischen bereit.«

Ich sagte zu meiner Mutter, sie solle auf mich warten, stürzte zur Tür hinaus und rannte zum Wunschbaum hinter dem Dorf. Er stand auf einer kahlen Hügelspitze mit Blick auf unser Dorf, weit entfernt von den Weiden, auf die ich unser Vieh trieb. Ich muss etwa fünf Jahre alt gewesen sein, als ich den Wunschbaum das erste Mal sah. Mein Vater nahm mich damals mit und sagte, er wolle mir etwas Besonderes zeigen. Während wir Hand in Hand gingen, fragte ich ihn ungeduldig immer wieder, wie weit es noch sei. In dem Moment, als meine kurzen Beine schwer zu werden begannen, deutete mein Vater auf etwas in der Ferne und sagte: »Da ist er! Das ist der Wunschbaum.« Kurze Zeit später standen wir vor einem dürren Baum, kaum mehr als zwei Meter hoch. Erstaunt betrachtete ich seine dünnen

Zweige, die in alle Richtungen ragten und an denen bunte Stofflappen befestigt waren. »Dies ist ein besonderer Ort«, sagte mein Vater damals mit einem Funkeln in den Augen. »Hier werden deine Wünsche wahr, wenn du ein Stückchen Stoff an einen Zweig bindest.«

»Alle Wünsche?«, fragte ich ihn.

Mein Vater dachte kurz nach. Wahrscheinlich wollte er mich Uneigennützigkeit lehren, als er mir die Hand auf den Kopf legte und erwiderte: »Alle, in denen du einem anderen etwas Gutes wünschst.« Er schwieg einen Moment und fügte dann hinzu: »Aber der Wunsch muss aufrichtig sein, und er muss für den anderen große Wichtigkeit haben.«

In jener Zeit betete meine Mutter täglich um eine Tochter. Jeden Tag hörte ich sie leise in einer Ecke beten, und manchmal schluchzte sie und sagte mit erhobenen Händen: »Allah, bitte, erhöre meine Gebete. Schenk mir eine Tochter.«

Als ich sah, wie groß der Kummer meiner Mutter war, musste ich an den Wunschbaum denken. Heimlich riss ich von einer alten Bluse meiner Mutter einen Fetzen Stoff ab und ging mit Ali zum Wunschbaum. Er sah mich verwundert an, als ich den roten Stofflappen an einem Zweig befestigte und laut sagte: »Ich wünsche mir, dass meine Mutter eine Tochter bekommt.« Ein paar Monate später strahlte ich vor Stolz, als meine Mutter sagte, sie sei schwanger. Ich sagte sofort, es würde eine Tochter werden, und als sie mich fragte, woher ich das wisse, berichtete ich ihr von meinem Wunsch. Nach Elidas Geburt wollte Ali sogleich mit mir zum Wunschbaum gehen. Als ich ihn nach seinem Wunsch fragte, antwortete er: »Ich wünsche mir, dass mein Vater wieder zurückkommt.«

Ohne anzuhalten, rannte ich, so schnell ich konnte, zum Wunschbaum. Außer Atem und verschwitzt stand ich dann davor, aber ich hatte vergessen, ein Stück Stoff mitzunehmen. Ich brüllte vor Wut und stampfte mit dem Fuß auf. Verzweifelt sah ich mich um, und als ich gerade zurücklaufen wollte, hatte ich eine Idee. Ich riss unten von meinem Hemd ein Stück ab und befestigte den Fetzen an dem einzigen noch freien Ästchen. Ich kniete mich hin und sagte laut: »Ich wünsche mir, dass mein Vater schnell wieder gesund wird.«

Als ich wieder zu Hause ankam, stand der Pferdewagen bereits vor der Tür. Noch keuchend, sagte ich zu meiner Mutter, ich wolle mit zum Krankenhaus fahren. Ihre Antwort war resolut: »Nein, du bleibst hier bei Yusuf und Elida.«

Weder war ich jemals in Muş gewesen noch in einem Krankenhaus, und ich wollte dabei sein, wenn man meinem Vater half. Er hatte mir von einem Lied über Muş erzählt, das seine Mutter immer sang. Darin wurde die Stadt als ein gefährlicher und düsterer Ort beschrieben. Die bekannteste Zeile lautete: »Das ist Muş mit seinen steilen, unwegsamen Straßen. Wer dorthin geht, kehrt nie mehr zurück.« Aber da meine Großmutter Muş aus irgendeinem Grund mochte, hatte sie den Text einfach verändert: »Das ist Muş mit seinen herrlichen Straßen, wer dorthin geht, kehrt als glücklicher Mensch zurück.« Für mich war Muş eine mystische Stadt.

Während meine Mutter etwas zu essen für unterwegs in einen Beutel tat und für meinen Vater eine frische Hose und ein frisches Hemd einpackte, trugen Ibrahim und mein Bruder den Verletzten zum Pferdewagen. Auf seine Ladefläche passten bestimmt sechs Männer. Meine Mutter setzte sich neben meinen Vater und kühlte mit einem nassen Tuch seine Stirn.

»Ich will mitfahren!«, rief ich.

»Nein, Miran, ich habe doch gesagt, dass du nicht mitdarfst«, erwiderte meine Mutter.

Da hob mein Vater kaum merklich die Hand und sagte leise: »Lass ihn doch mitfahren, Aşme. So kommt er auch einmal nach Muş.«

Meine Mutter nickte. Ich machte einen Freudensprung, schämte mich aber sogleich, weil ich fühlte, dass das unpassend war. Zu meinem Glück durfte ich neben Ibrahim auf dem Kutschbock sitzen, von wo aus ich die beste Sicht auf die Straße hatte. Ibrahim nahm die Zügel, und im nächsten Moment zog das Pferd den Wagen vorwärts. Wir legten eine ganze Strecke schweigend zurück. Hin und wieder schaute ich mich nach meinem Vater um. Sein Kopf ruhte im Schoß meiner Mutter, und sie streichelte ihm liebevoll über die Haare. Wir fuhren an einem Lavendelfeld vorbei, das zauberhaft hellviolett leuchtete. Der Duft, der aus dem Feld aufstieg, beruhigte mich für einen Moment und rief Erinnerungen an sorglose Zeiten herauf. Während die Sonne immer stärker auf unsere Köpfe brannte, lauschte ich dem monotonen Geräusch der Karrenräder auf dem Sandweg und dem unruhigen Schnauben des Pferdes. Ibrahim schwitzte sehr. Immer öfter wischte er sich mit dem Handrücken den Schweiß von der Stirn. Nach einiger Zeit hielten wir an einem Bach, aus dem Ibrahim das Pferd saufen ließ. Wir aßen Brot und Obst aus dem Knappsack und tranken Wasser aus dem Krug, den meine Mutter mitgenommen hatte. Obwohl mein Vater nur winzige Bissen von dem Brot nahm, tat es mir gut, ihn essen zu sehen, denn man hatte mir immer gesagt, dass kranke Menschen den Kampf verlieren, wenn sie nichts mehr essen.

Wir waren von Bergen umgeben, deren Gipfel zum Teil mit Schnee bedeckt waren. In der Nähe des Bachs wuchsen viele Bäume und Sträucher, aber das Gelände dahinter war kahl und karg und sah ganz anders aus als die grüne Gegend um unser Dorf. Nach kurzer Zeit fuhren wir weiter. Wie zuvor sagte niemand ein Wort. Ab und zu zündete sich Ibrahim eine Zigarette an und fragte, ohne sich umzusehen, ob hinten auf dem Karren alles in Ordnung sei. Die Fahrt dauerte länger, als ich erwartet hatte. Auf dem Pferdewagen wurde es immer unbequemer. Bei jeder Unebenheit rumpelte das Gefährt heftig, und ich musste mich ordentlich festhalten, um nicht heruntergeschleudert zu werden. Ich wurde müde, aber kaum schloss ich die Augen, schreckte ich wieder auf, weil mein Kopf nach vorn kippte oder der Wagen über einen Stein holperte. Ohne etwas zu sagen, glitt ich nach hinten auf die Ladefläche. Stirn und Hals meines Vaters waren schweißnass. Ich legte mich neben ihn auf das Stückchen Decke, das noch übrig war, und schlief ein.

Mich weckte eine unbekannte Männerstimme, die Befehle erteilte. Ich sah, wie zwei Männer in weißen Kleidern meinen Vater behutsam vom Wagen hoben und auf eine Tragbahre legten. Sie gingen zu einem grauen Haus mit vielen Fenstern. Nie zuvor hatte ich ein so großes Gebäude gesehen.

»Wir sind beim Krankenhaus«, sagte meine Mutter.

Draußen dämmerte es bereits, als wir hinter den beiden Männern hergingen, die meinen Vater in das Gebäude trugen. Drinnen hing ein scharfer, geheimnisvoller Geruch in der Luft. Er jagte mir Angst ein, weckte aber auch meine Neugier. Weiß gekleidete Männer und Frauen hasteten vorüber. Manche schrieben etwas auf Zettel, andere schoben einen Wagen mit gläsernen Tiegeln vor sich her. In einem großen Raum saßen Leute an kleinen Tischen. Sie unterhielten sich gedämpft. Einige hatten einen Verband um den Kopf, andere husteten ununterbrochen. Die beiden Träger brachten meinen Vater in einen anderen Raum. Einer wies uns an, draußen zu warten, und etwas später trugen sie meinen Vater, der bewegungslos auf der Bahre lag, in ein Zimmer. Wir setzten uns auf Stühle, während Ibrahim stehen blieb. Meine Mutter verschränkte besorgt die Arme und starrte mit leerem Blick zu Boden. Ich hoffte, sie würde irgendetwas Beruhigendes sagen, aber sie schwieg. Nach einer Weile stand sie auf und ging mit wütenden Schritten hin und her.

»Wie lange dauert das denn noch?«, fragte sie. »Warum sagt uns keiner was?«

Nach etwa einer Stunde öffnete sich die Tür. Ein Mann in einem langen weißen Kittel trat aus dem Zimmer und ging auf Ibrahim zu. »Sind Sie der Bruder von Herrn Uslu?«, fragte er auf Zazaki.

»Nein, ich bin ein guter Freund. Ich heiße Ibrahim.«

»Entschuldigung, ich habe soeben mit Uslu Bey gesprochen, darum dachte ich, dass Sie auch Zazaki sprechen. Ich komme aus Muş. Mein Name ist Baye Keskin.« Der Arzt war groß und hatte glänzend braunes Haar mit einem scharfen Scheitel. Er war etwa vierzig Jahre alt und trug eine große Brille. »Ich habe mir Uslu Beys Bein angesehen.«

»Wie geht es ihm?«, fragte Ibrahim.

Der Blick des Arztes wurde ernst. »Es sieht nicht gut aus. Das Bein muss amputiert werden«, sagte er ohne Strenge in der Stimme. »Es ist nicht mehr zu retten.«

Ehe ich richtig verstanden hatte, was der Arzt da gesagt hatte, sprang meine Mutter auf, packte ihn beim Arm und schrie: »Nein, bitte nicht, sagen Sie das nicht. Sie müssen ihn heilen, Sie müssen ihn wieder gesund machen!«

Ich wusste nicht, wie ich mich verhalten sollte. Ich erwartete, dass Ibrahim versuchen würde, sie zu beruhigen, doch er tat nichts. Sie schrie weiter, der Arzt müsse meinen Vater heilen. »Ruhig, Anne«, sagte ich, stand von meinem Stuhl auf und umarmte sie. »Ganz ruhig.«

Sie ließ vom Arzt ab, fasste sich verzweifelt an den Kopf und ließ ihren Tränen freien Lauf. »Nein, nicht … sie machen meinen Mann zum Krüppel. Allah, hilf mir!«

Langsam drang es zu mir durch. In Gedanken sah ich meinen Vater auf einem Bein durchs Dorf hüpfen. Diese Vorstellung fuhr mir wie ein Messer durchs Herz, aber ich war zu bestürzt, um auch in Tränen auszubrechen.

Der Arzt ergriff wieder das Wort. »Weil die Blutzufuhr unterbunden wurde, ist das Bein abgestorben. Es handelt sich hier ganz offensichtlich um eine Gangrän. Wir werden alles tun, um möglichst viel von seinem Bein zu erhalten.«

»Aber wie kann das sein?«, fragte Ibrahim.

»Das Bein ist an mehreren Stellen gebrochen. Und dann wurde es falsch geschient.«

»Was? Wie meinen Sie das?«

»Einfach ausgedrückt hat man es zu straff geschient, sodass nicht genug Blut ins Bein gelangt ist. Wenn man dann nicht sehr schnell etwas unternimmt, stirbt das Bein ab.« Er sah uns schweigend an und fragte dann: »Wann wurde das Bein geschient?«

Meine Mutter antwortete mit zitternder Stimme: »Vor fünf Tagen … glaube ich.«

»Das ist viel zu lange her«, sagte der Arzt. »Warum sind Sie nicht früher gekommen?«

»Wir dachten … ich dachte …« Meine Mutter suchte nach den richtigen Worten.

»Der Mann, der sein Bein geschient hat, sagte, das müsse so sein«, mischte Ibrahim sich ein. »Er behauptete, das Bein habe sich durch den Bruch verfärbt, und er hat uns davor gewarnt, die Schnüre zu lockern.«

»Ist diese Person ein Arzt?«

Ibrahim schüttelte den Kopf.

»Warum sind Sie nicht zu einem Arzt gegangen?«

Erneut antwortete Ibrahim, ehe meine Mutter etwas sagen konnte: »Wir wohnen in einem Dorf, weit entfernt vom nächsten Arzt. Bei uns gibt es nur einen einzigen Mann, der weiß, wie man Brüche schient. Er hat viel Erfahrung darin.«

»Wir erleben das leider öfter«, erwiderte der Arzt und verschränkte dabei die Arme vor der Brust. »Immer wieder werden Menschen zu uns gebracht, die sich etwas gebrochen haben und von Nachbarn oder Bekannten behandelt wurden. Oft ist eine Gangrän die Folge. Wir können dann nicht mehr viel tun.«

»Was … was unternehmen Sie jetzt?«, fragte meine Mutter, als könnte sie sich davon keine Vorstellung machen.

»Wir werden das Bein betäuben und dann absetzen. Aber er wird bestimmt Schmerzen haben.«

Meine Mutter schluckte. Ihre Hände zitterten. »Aber … aber es muss doch eine andere Möglichkeit geben. Wieso geben Sie ihm keine Medizin? Sie sind doch Arzt!«

»Bedaure.«

Meine Mutter ergriff die Hände des Arztes. »Bitte, Doktor! Sie verstehen das nicht! Wenn mein Mann sein Bein verliert … dann sind wir alle verloren. Was sollen wir dann tun? Wer soll das Land bearbeiten, die Tiere versorgen …? Wer sorgt dann für uns? Doktor, bitte … wir werden alles verlieren. Alles!«

»Leider können Medikamente das Problem nicht lösen.« Der Arzt sprach nun ein wenig freundlicher. »Sein Bein ist abgestorben. Wenn wir es nicht amputieren, wird auch der übrige Körper in Mitleidenschaft gezogen, und Ihr Mann ist in noch größerer Gefahr. Wir müssen es tun, um ihn zu retten.«

Meine Mutter rutschte vom Stuhl und brach in lautes Klagen aus. »Allah, womit haben wir das verdient? Warum strafst du uns so? Was soll bloß aus uns werden?« Dann sank sie, am ganzen Körper zuckend, zu Boden.

Ibrahim nahm ihren Arm. »Aşme, komm, steh auf.«

Ich wusste nicht, was ich tun oder sagen sollte. Ich wusste nur, dass etwas fürchterlich Schlimmes mit meinem Vater passieren würde, und erst jetzt flossen Tränen über meine Wangen.

»Ich will dabei sein«, sagte meine Mutter entschlossen. »Ich will dabei sein, wenn Sie ihm das Bein abnehmen.«

Der Arzt schaute kritisch. »Das ist gegen die Regeln.«

»Das ist mir egal«, erwiderte sie, während sie seine Hand ergriff und ihn flehend ansah. »Bitte, ich kann ihn nicht allein lassen.«

Der Arzt seufzte. »Ich muss Sie warnen, das Ganze wird sehr unangenehm. Sie werden die Geräusche beim Durchsägen des Knochens und das Geschrei Ihres Mannes nicht ertragen können.«

Aber meine Mutter gab nicht nach. »Ich lasse meinen Mann nicht allein. Ich will bei ihm sein, wenn er leiden muss, ich will seine Hand halten.«

Ibrahim und ich blieben im Wartezimmer. Ich hoffte, er würde irgendetwas sagen, was mir Hoffnung auf ein gutes Ende gab. Doch wie immer zog er es vor, zu schweigen. Und erst jetzt kam mir der Gedanke, dass auch er einen Anteil an der Tragödie hatte, weil mein Vater seiner Bitte gefolgt war, ihm beim Stallbau zu helfen. Er hatte meinen Vater auf einen dunklen Weg geführt. Und jetzt wollte ein ordentlich gescheitelter Arzt das Bein meines Vaters mit einer Säge bearbeiten. Ich verfluchte Ibrahim und wünschte, er hätte nie einen Fuß in unser Dorf gesetzt.

Es war totenstill im Krankenhaus. Kein Geräusch drang aus dem Operationssaal oder den anderen Räumen. Ich hörte Ibrahim atmen. Immer wenn er die Luft einsog, pfiff es in seiner Nase. Ich versuchte vergeblich, nicht darauf zu achten. Erneut verfluchte ich ihn.

»Ich geh nach draußen«, sagte er plötzlich, und einen Moment lang dachte ich, es reiche ihm und er wolle uns im Krankenhaus zurücklassen. »Ich brauche frische Luft.«

Ich war froh, dass er weg war. Ich sah mich im leeren Wartezimmer um. Es war ein merkwürdiges und zugleich spannendes Gefühl, nun dort allein zu sitzen. Als wäre ich der einzige Mensch in dem riesigen Gebäude. Lauter Gedanken gingen mir durch den Kopf. Ich konnte durch das Gebäude streunen oder hinausgehen, um Muş zu erkunden. Aber ich konnte auch in den Operationssaal spähen und sehen, was dort vor sich ging. Einen kleinen Moment nur. Eine merkwürdige Erregung überkam mich. Vorsichtig drückte ich die schwere Tür zum Operationssaal auf. Mein Herz schlug schneller. Als die Tür einen Spaltbreit offen stand, hielt ich den Atem an und blickte nach drinnen. Ich sah meinen Vater dort liegen. Man hatte ein weißes Laken über seinen Körper gebreitet. Nur sein Kopf und sein linkes Bein waren unbedeckt. Meine Mutter hielt seine Hand. Der Arzt hatte ein Tuch vor dem Mund. Er zeigte den beiden Helfern eine Stelle oberhalb des Knies und bekam dann eine große Säge gereicht. Er legte seine Hand auf das Bein, um dann mit der anderen die Säge anzusetzen. Er zögerte einen Moment, als bereitete er sich auf eine große Kraftanstrengung vor. Dann fing er an zu sägen. Ich hörte das gruselige Geräusch der Säge, die mühsam in den Knochen eindrang und hin und wieder knarrend stecken blieb. Plötzlich schrie mein Vater, als würde er ermordet. Es war der Schrei, den ich für den Rest meines Lebens nicht mehr vergessen würde. Ich rannte davon.

Vor dem Krankenhaus spazierten Menschen auf dem staubigen Gelände umher. Einige starrten mich an. Erst da fiel mir auf, dass ich wie ein Kleinkind weinte. Und ich spürte den Übelkeit erregenden

Geschmack von Blut in meinem Mund. Schon als kleines Kind hatte ich die Angewohnheit, mir in spannenden Momenten auf die Unterlippe zu beißen. Ich spuckte auf den Boden und sah mit Blut vermischte Spucke.

Unter einem Baum setzte ich mich auf eine Bank und presste das Gesicht in die Hände. So blieb ich sitzen, bis jemand sie von meinem Gesicht zog. Es war meine Mutter. Ihre Augen waren rot und feucht. Sie drückte meinen Kopf an sich. Ohne etwas zu sagen, nahm sie neben mir Platz und legte einen Arm um meine Schulter. Es schien, als zögerten wir beide im kühlen Schatten den Moment hinaus, wo wir wieder hineinmussten. Wir hörten den Grillen zu und hielten uns an der Hand.

Wir haben dort bestimmt eine Stunde gesessen, ehe wir wieder hineingingen. Im Zimmer meines Vaters warteten wir, bis er aufwachte. Trotz der Betäubung hatte er jeden Zug der Säge gespürt. Jede Faser seines Körpers hatte sich gegen diese Folter gewehrt. Irgendwann war es zu viel geworden, und er war in Ohnmacht gefallen. Ein Laken bedeckte seinen Unterkörper. Ich versuchte mir das halbe Bein vorzustellen. Ich sah einen Klumpen rohes Fleisch vor mir, aus dem ein Knochen, Adern und weiße Nerven ragten, wie ich es oft bei einer geschlachteten Kuh gesehen hatte. Mir wurde übel bei dem Gedanken.

Erst nach vier Stunden wachte mein Vater auf. Er stöhnte und sah sich um. Mit brüchiger Stimme bat er um ein Glas Wasser. Ich wollte sein Bein nicht sehen, doch als der Arzt das Tuch unangekündigt wegzog, um es meiner Mutter zu zeigen, konnte ich nicht widerstehen. Am Ende des Oberschenkels, oberhalb der Stelle, wo das Knie gewesen war, war kein roher Fleischklumpen zu sehen, sondern ein Stumpf mit weißem Verband.

»Darf er nach Hause?«, fragte meine Mutter nach einer Weile.

Der Doktor schüttelte den Kopf. »Wir müssen ihn hierbehalten, bis er wieder gesund ist.«

»Wie lange dauert das?«

»Wenn die Wunde sich nicht entzündet und wenn er gut isst, gehe ich von einer Woche aus.«

»Können wir bei ihm bleiben?«

Der Arzt schüttelte den Kopf.

»Muss ich meinen Mann eine Woche allein lassen?«

»Machen Sie sich keine Sorgen. Er ist hier in guten Händen.«

Weder hatten wir Verwandte oder Bekannte in Muş noch genug Geld, um so lange eine Unterkunft zu bezahlen. Der Arzt drückte ein Auge zu und erlaubte uns, eine Nacht im Zimmer meines Vaters zu verbringen. Meine Mutter bekam das Bett neben meinem Vater, und für mich stellte man eine Liege auf. Ibrahim musste in einem Krankensaal auf einer anderen Etage übernachten.

Ich hatte erwartet, dass meine Eltern dann noch miteinander sprechen würden, aber nach wenigen Worten schlief mein Vater ein, und meine Mutter löschte das Licht. Mitten in der Nacht wachte ich auf und fand nicht wieder in den Schlaf. Zu Hause war es vollkommen dunkel, wenn ich im Bett lag, doch hier schien Licht durch das Fenster über dem Türrahmen und durch den Spalt unter der Tür ins Zimmer. Ich starrte an die Decke und hatte Angst, mein Vater könnte, wie sein Vater und seine Brüder, jung sterben, sodass er uns nicht heranwachsen sah. Ich fürchtete, Halbwaise zu werden und nie mehr seinen Geschichten lauschen zu können. Erschöpft schloss ich die Augen und versuchte, die düsteren Gedanken zu verscheuchen. Ich gab mir Mühe, an den Bach hinter unserem Dorf zu denken, aber sosehr ich mich auch anstrengte, das Stöhnen meines Vaters vertrieb die Bilder, bevor sie mich beruhigen konnten.

14

Am nächsten Morgen standen wir am Bett meines Vaters, als der Arzt ins Zimmer kam. Er fragte meinen Vater, wie er sich fühle.

Der räusperte sich mühsam und sagte: »Es geht.«

»Es ist wichtig, dass Sie sich gut ausruhen«, sagte der Arzt. »Nur so werden Sie rasch genesen.«

Traurig starrte meine Mutter vor sich hin. Sehr bald musste sie ihren Mann allein zurücklassen und schien innerlich mit sich zu kämpfen, um es zu rechtfertigen.

Mein Vater hob langsam die Hand und sagte kaum hörbar: »Aşme … mach dir bitte keine Sorgen.«

Sie ergriff seine Hand. Ich nahm an, sie würde einen Kuss darauf drücken, so wie sie es oft tat, aber sie streichelte sie nur. »Lieber Selim«, sagte sie, »ach, liebster Selim.« Und sie streichelte den Rücken der Hand, bis Ibrahim sagte, dass wir gehen mussten. Ich wusste nicht, was ich tun, wie ich Abschied von meinem Vater nehmen sollte. Er winkte mich zu sich und drückte seine Wange an meinen Kopf. Sie fühlte sich stoppelig an, und der kräftige Geruch seines Schweißes stieg mir in die Nase, jenes Angstschweißes, der seinen ganzen Körper bedeckt haben musste, als das Bein abgetrennt wurde. Und während meine Augen zu prickeln begannen und er mich mit einer Traurigkeit ansah, die ich nie zuvor an ihm bemerkt hatte, küsste ich ihn auch auf die Stirn.

Er lächelte. »Alles wird gut.«

»Ja?«

»Alles wird gut, mein Sohn.«

Auf der Ladefläche des Pferdewagens legte ich meinen Kopf in den Schoß meiner Mutter. Sie streichelte mir durchs Haar und über die nassen Wangen. Erst als wir losfuhren, brach sie in Tränen aus. Ihr Weinen war so heftig und überwältigend, dass mich auf einmal die Angst überkam, man könnte mich angelogen haben und mein Vater läge tatsächlich im Sterben. Ich fürchtete, meine Mutter würde in ein paar Tagen zu mir kommen und sagen: »Apo ist tot, einen Tag nachdem wir weggefahren sind, ist er gestorben.« Vielleicht weinte sie deshalb so. Aber ich traute mich nicht, sie zu fragen.

Verzweiflung erfüllte mich bei dem Gedanken, es könnte mir genauso ergehen wie ihm. Würde auch ich meinen Vater in jungen Jahren verlieren? Ich erinnerte mich an den Tag, als wir zusammen zu den Heuwiesen gingen. Mein Vater sagte sehr ernst, es sei an der Zeit, mir ein wichtiges Kapitel aus unserer Familiengeschichte zu erzählen. »Du bist jetzt alt genug.«

Mein Vater wurde im Winter des Jahres 1910 im Dorf Hemgin geboren, als vierter Sohn von Miran und Şare Uslu. Mein Großvater besaß das meiste Land in Hemgin und war der Dorfweise, den jeder um Rat bat. Bis weit über den Ort hinaus stand er in hohem Ansehen.

Meine Großmutter Şare liebte ihren Sohn, meinen Vater, sehr. Zu ihm hatte sie ein besonders enges Verhältnis und nannte ihn ihren »verspäteten Prinzen«. Die drei Brüder, bei seiner Geburt bereits Jugendliche, überhäuften ihn mit Aufmerksamkeit. Als mein Vater beinahe fünf war, wurde seine Mutter zur Überraschung aller erneut schwanger. Nach einer schwierigen Geburt brachte sie ein Mädchen zur Welt, das den Namen Gulsor bekam. Mein Vater erzählte mir, er habe nie zuvor etwas so Wunderbares gesehen. Er verliebte sich sofort in seine Schwester.

Während wir dem Vieh beim Grasen zusahen, sagte mein Vater: »Wir waren sehr glücklich, doch dann brach der Krieg aus, und alles änderte sich.« Das Dorf meines Vaters lag nahe der Grenze zum Russischen Reich, dem größten Widersacher der Osmanen im Ersten Weltkrieg. Ende Oktober 1914 fielen die ersten russischen Truppen ins Osmanische Reich ein. Zu Beginn des Krieges blieb das Dorf von den Kämpfen unberührt. Nur hin und wieder berichteten Besucher aufgeregt von Gefechten an anderen Orten im Osten. Ende 1915 rückte das Kriegsgeschehen näher, und die Unruhe wuchs. Mein Großvater ermahnte alle zur Wachsamkeit. Seinem Rat entsprechend bereiteten sich die Menschen auf eine rasche Flucht aus dem Dorf vor. Bei einem Angriff der Russen sollten die Frauen und die kleinen Kinder in die Berge gehen, um sich dort in Höhlen zu verstecken. Die Männer und ihre älteren Söhne sollten sich so spät wie möglich auf die riskante Flucht nach Westen machen, um zu verhindern, dass russische Soldaten die Frauen und Kinder verfolgten. Die meisten Dorfbewohner hatten Vorräte und Kleider für die mögliche Flucht eingepackt. Doch als wochenlang nichts geschah und der Angriff ausblieb, ließ die Wachsamkeit nach, und die Vorräte wurden gedankenlos aufgebraucht.

Bis dann im harten Winter 1916 das Unabwendbare passierte.

Es schneite leise, als das Dorf eines Morgens erwachte und in der Ferne Artilleriefeuer erklang. Großvater weckte seine Familie und ging mit seinen drei ältesten Söhnen los, um alle anderen vor dem nahenden Unheil zu warnen. Mein Vater war damals erst fünf Jahre alt, aber wie er mir erzählte, hatte er noch immer das Kreischen der Frauen im Ohr, wenn er an diesen schwarzen Tag zurückdachte.

Seine Stimme klang anders als sonst, wenn er erzählte: »Meine Mutter suchte schnell einige Kleider und ein paar Vorräte beisammen, die sie in zwei Beutel stopfte. Einer davon war für meinen Vater und meine Brüder bestimmt. Eilig umarmte sie die vier. Ich weiß nicht mehr, ob ich Abschied von meinen Brüdern genommen habe. Ich weiß nur noch, dass Vater meinen Kopf in beide Hände nahm und mir einen Kuss auf jede Wange drückte. Danach floh ich mit Mutter und Schwester in die Berge.«

Mein Vater schwieg einen Moment. Seine Augen füllten sich mit Tränen, aber er sprach weiter: »Meine Mutter hatte sich ihren Beutel auf den Rücken gebunden und trug auf einem Arm Gulsor. An der anderen Hand zog sie mich hinter sich her durch den hohen Schnee. Meine Schwester war damals erst wenige Monate alt. An manchen Stellen versank ich bis zu den Hüften im Schnee, und ich dachte, wir würden es nie bis zu den Höhlen in den Bergen schaffen. Du musst wissen, dass sie auch im Sommer schlecht zu erreichen waren und im Winter von allen, abgesehen von einigen Wagehälsen, gemieden wurden. Ehe wir überhaupt den Fuß der Berge erreichten, mussten wir eine kilometerlange Ebene durchqueren, übersät mit Steinen und Felsblöcken. Schon dieser Teil des Weges war für manche zu schwer. Alte Frauen gaben der Reihe nach auf und blieben jammernd im Schnee zurück. Ihre Töchter und Enkel versuchten, ihnen auf die Beine zu helfen, aber die meisten hatten sich bereits in ihr Schicksal ergeben. Manche erhoben sich mühsam, brachen aber einige Hundert Meter weiter erneut zusammen und öffneten die Augen nicht mehr. Meine Mutter berichtete mir später, sie habe während der Flucht versucht, die herzergreifenden Szenen um sie herum nicht an sich heranzulassen. Sie rief immer wieder, ich müsse stark sein und weitergehen. Nach gut einer Stunde, als ich kaum mehr mithalten konnte, zog sie kräftig an meinem Arm. Doch irgendwann stolperte sie und stürzte der Länge nach in den Schnee. Sie schlug mit der Stirn gegen einen Stein und blieb regungslos liegen. Verzweifelt versuchte ich, meine Mutter wach zu rütteln, aber sie reagierte nicht, und ich dachte, sie wäre tot.«

Mein Vater starrte eine Weile vor sich hin und sagte dann: »Meine Schwester lag auf dem Boden und schrie laut. Ich nahm sie auf den Arm und versuchte, sie zu beruhigen, indem ich sie wiegte, so wie es meine Mutter oft tat. Ich dachte, mein Vater würde jeden Moment kommen und alles wiedergutmachen, er würde meiner Mutter mit seinen starken Armen aufhelfen und sie an einen sicheren Ort bringen. Und gleich würde ich die vertrauten Stimmen meiner

Brüder hören. Sie würden mich rufen und meiner Schwester und mir eine warme Decke umlegen. Der Gedanke an meinen Vater und meine Brüder beruhigte mich, sodass ich nicht in Tränen ausbrach. Eine Frau, die mit ihren beiden kleinen Töchtern auf der Flucht war, bückte sich, drehte meine Mutter auf den Rücken und gab ihr ein paar Klapse ins Gesicht. Langsam kam sie wieder zu Bewusstsein. Auf ihrer Stirn klaffte eine Wunde. Einen Moment lang schien sie nicht zu wissen, wo sie war, bis sie die anderen fliehenden Frauen und Kinder sah. Die eine half ihr auf und zog dann schnell mit ihren Töchtern weiter. Meine Mutter nahm meine Schwester wieder auf den Arm, und wir setzten unseren Marsch fort. Sie kam nun langsamer voran, fiel immer wieder hin und jammerte verzweifelt, weil sie wusste, dass der Tod uns auf den Fersen war. Nah an der völligen Erschöpfung, bat sie mich, meine Schwester zu tragen, damit sie selbst sich mit letzter Kraft aufrecht halten und uns in die Berge führen konnte. Hunderte von Metern trug ich meine schreiende Schwester und fragte mich verzweifelt, wo mein Vater und meine Brüder blieben. Es schneite immer heftiger, und der Wind geißelte uns aus allen Richtungen. Er bohrte sich in meine Brust und schnitt wie ein Messer in mein Gesicht, während die eiskalte Luft meine Lungen füllte. Immer tiefer versanken meine Füße im Schnee, und ich musste immer größere Schritte machen, um vorwärtszukommen. Als meine Beine mich nicht mehr trugen, gab ich auf und setzte mich, mit Gulsor auf dem Arm, in den Schnee. Meine Mutter kniete sich zu uns und beugte ihren großen Leib wie ein Zelt über meinen schmächtigen Körper. Es schien, als schliefe sie, während sie uns vor Schnee und Wind schützte. Schließlich ermahnte eine vorüberkommende Frau sie mit sich überschlagender Stimme, weiterzugehen. Obwohl meine Mutter nicht mehr konnte, erhob sie sich und versuchte verzweifelt, auch mir aufzuhelfen. Als ich nicht reagierte, schlug sie mir ein paarmal auf die Wange. Mit letzter Kraft stand ich auf, aber dabei fiel mir meine Schwester aus den Armen. Gulsor rollte den Hang hinunter. Wie versteinert und mit erfrorenen Gliedmaßen schauten meine Mutter und ich zu, wie sie etwa fünfzehn Meter entfernt von uns bewegungslos im Schnee liegen blieb.«

Mein Vater hörte auf zu sprechen und rieb sich das Gesicht.

»Und … wie ging es weiter?«, fragte ich.

»Nicht jetzt«, sagte er. »Vielleicht später.« Still blickte er vor sich hin, doch nach einer Weile räusperte er sich und setzte seine Erzählung fort.

»Gulsor war den Hang hinuntergerollt und lag reglos dort. Meine Mutter musste eine unmögliche Entscheidung treffen. Ich wusste nicht, welcher Kampf in ihr vorging, und sah sie an. Sie schien wie gelähmt. Eine Ewigkeit verging, und es war nichts zu hören als der peitschende Wind und die Gewehrschüsse russischer Soldaten in der Ferne. Plötzlich rannte meine Mutter den Hügel hinab, wobei sie laut den Namen meiner Schwester schrie. Sie stolperte, stand jedoch sofort wieder auf. Sie hob meine Schwester auf, die mit dem Gesicht im Schnee lag, und drückte sie schluchzend an sich. Gulsor begann zu weinen, als hätte sie sich erst in diesem Moment entschlossen, weiterzuleben. Ihr Gesicht war blau verfärbt. Meine Mutter stieg mit entschlossenen Schritten wieder zu mir herauf und schien neue Kräfte gewonnen zu haben. ›Ich komme, Selim, warte dort!‹, rief sie, doch als sie keuchend vor mir stand, schlug die Erschöpfung wieder zu, und sie kam im hohen Schnee kaum vorwärts. Sie drückte meine Schwester fest an sich und ging Schritt für Schritt weiter. Ich hielt ihre Hand fest und ließ mich von ihr ziehen. Immer langsamer gewannen wir an Höhe, unsere Füße waren wie mit Bleikugeln beschwert. Als der Wind zunahm und binnen Kurzem zu einem Sturm wurde, kamen wir fast überhaupt nicht mehr voran. Eine Wand aus Schnee sank auf uns herunter und drückte uns zu Boden. Ich sah nichts mehr und bekam kaum noch Luft. Voller Verzweiflung begann ich zu weinen. Ich brüllte meiner Mutter zu, dass ich Angst hatte und zu meinem Vater wollte: ›Wo ist Apo?‹, kreischte ich. ›Wo ist Apo? Ich will, dass er herkommt!‹ Ihre Stimme konnte den Sturm nur mit Mühe übertönen, als sie rief, ich müsse durchhalten, mein

Vater komme bald. Gebetsmühlenartig sagte sie diesen Satz weiter vor sich hin, als müsste sie sich auch selbst davon überzeugen, dass mein Vater kommen und uns retten würde. ›Wir müssen durchhalten, Apo kann jeden Moment hier sein. Wir müssen durchhalten, hörst du, Selim!‹ Hilflos sah sie zu, als ich mich erschöpft in den Schnee fallen ließ, mich zitternd vor Kälte zusammenrollte und meine eisigen Hände in die Achselhöhlen steckte. Eine Schneeschicht legte sich auf mich, wie eine Decke, nach der ich mich so sehr sehnte. Gulsor ächzte kaum hörbar in den Armen meiner Mutter. Auch ihr Gesicht wurde immer blauer. Meine Mutter kniete sich neben mich und rüttelte mich kräftig, doch ich reagierte kaum. Sie schrie mich an, ich dürfe nicht einschlafen. ›Selim, bleib wach! Hörst du mich? Halt die Augen offen! Du darfst nicht einschlafen!‹ Ich hörte sie, konnte aber ihrem Befehl nicht folgen. Als sie mich voller Verzweiflung auf Kopf und Schultern schlug, stöhnte ich leise auf, doch dann ließ ich die Schläge gleichgültig über mich ergehen. Es war wie in einem Traum, in dem ich mich weder rühren noch etwas sagen konnte. Erschrocken legte sie Gulsor beiseite, die keinen Ton mehr von sich gab, und warf sich auf mich. Sie packte mich und schüttelte mich wie wild. Erst als sie mir ein paarmal ins Gesicht geschlagen hatte, öffnete ich ein Auge. Ich begriff nicht, warum sie mich nicht schlafen ließ.

›Daye‹, sagte ich mit schwacher Stimme, ›ist Apo … schon gekommen? Kalt … ich … ich will schlafen.‹ Dann machte ich die Augen wieder zu und reagierte nicht mehr auf die Schreie, die von weit her an mein Ohr drangen. Es war, als entfernte meine Mutter sich von mir. Sie hat mir später erzählt, das Herz habe ihr in der Kehle gepocht, während sie zwischen mir und meiner Schwester hin und her blickte. Voller Verzweiflung drehte sie den Kopf von links nach rechts, und das Bild ihrer beiden erschöpften Kinder brannte sich in ihre Netzhaut. Immer wenn sie mir Jahre später davon erzählte, liefen Tränen über ihre Wangen.«

Mein Vater stand auf und ging durch das sanft raschelnde hohe Gras. Nach etwa zehn Schritten blieb er stehen. Ich sah auf seinen

Rücken, als er die Hände vor das Gesicht schlug. So stand er eine Weile inmitten der Schafe. Dann setzte er sich wieder neben mich. Ich wollte nicht sehen, dass er weinte. Er sagte: »Dann traf meine Mutter eine Entscheidung, die ihr für den Rest ihres Lebens unvorstellbare Qualen bereiten sollte. Mit allerletzter, ungeahnter Kraft nahm sie mich auf den Arm und stolperte Stückchen für Stückchen den Berg hinauf. Immer tauber wurden ihre Arme und Beine. Sie fürchtete zu stürzen und für immer im Schnee zu versinken. Jahre später erzählte sie mir mit zitternder Stimme, dass sie glaubte, keiner von uns würde dies überleben und der Tod habe uns bereits eingeholt. Sie hatte sich schon mit der Vorstellung abgefunden, leblos im Schnee liegen zu bleiben oder von russischen Soldaten erschossen zu werden. Doch ein letztes Mal behauptete sich ihr Mutterinstinkt und ließ sie nüchtern eine übermenschliche Entscheidung treffen.«

Mein Vater seufzte tief und erzählte weiter. »Ich rutschte aus ihren Armen, aber sie schleifte mich über den eiskalten Boden. Ab und zu stieß ich mit dem Knie an einen Stein, sodass ich aus meinem Schlaf erwachte. Ich hatte nicht mal die Kraft zu stöhnen. Meine Mutter muss mich über Stunden den Berg hinaufgeschleppt haben, bis wir endlich eine Höhle erreichten, wo sich etwa dreißig andere Frauen und Kinder versteckten. Sie legte mich auf eine trockene Stelle und sank selbst erschöpft zu Boden. Wir erwachten beide erst am nächsten Tag. Ich aß ein wenig und schlief sofort wieder ein. Meine Mutter berichtete später, sie könne sich nicht daran erinnern, wie lange wir in der Höhle blieben. Mal meinte sie, dass wir eine Woche lang dort waren, mal war sie sicher, dass wir uns dort mindestens zwei Wochen lang versteckt hätten. In der Höhle zehrten wir von den Vorräten, die wir und die anderen mitgebracht hatten. Wir versuchten möglichst wenig zu essen, und Flüssigkeit bekamen wir aus dem Schnee. Um Kräfte zu sparen, bewegten wir uns kaum, und wir saßen dicht gedrängt beisammen, um uns gegenseitig zu wärmen. Die Frauen schluchzten ununterbrochen. Sogar nachts, wenn die meisten schliefen und von besseren Zeiten träumten, hörte das Jammern nicht auf.

Niemand traute sich, die Höhle zu verlassen. Wir hofften auf ein Wunder. Doch als viele die Hoffnung aufgegeben und manche sich schon mit dem Tod abgefunden hatten, hörten wir eines Morgens vertraute Stimmen in der Ferne. Wir glaubten zu träumen. Männer aus dem Dorf waren auf den Berg gestiegen, in der Hoffnung, dort ihre geflohenen Frauen und Kinder zu finden. Sie hatten unendlich viele Gebete gen Himmel geschickt, ihre Liebsten möchten den russischen Soldaten entkommen sein und den Marsch überlebt haben. Erleichtert traten wir zusammen nachmittags den Abstieg an. Die meisten schlossen die Augen, wenn sie an den erfrorenen Frauen und Kindern vorbeikamen. Manche warfen sich weinend auf die entseelten Körper von Müttern und Großmüttern. Inmitten der herzzerreißenden Schreie schaute meine Mutter starr geradeaus und hielt mir die Augen zu. Sie fürchtete, den Körper ihrer Tochter zu sehen, doch das blieb ihr Gott sei Dank erspart.

Im Dorf herrschte das totale Chaos. Die Häuser in Hemgin waren geplündert oder den Flammen zum Opfer gefallen. Überall lagen Tierkadaver herum. Später hörten wir, dass die Frauen, die das Dorf nicht beizeiten hatten verlassen können, von russischen Soldaten vergewaltigt worden waren. Unser Haus stand noch. Es war zwar beschädigt, aber bewohnbar.

Meine Mutter betete Tag und Nacht für die Rückkehr meines Vaters und meiner Brüder. Jahrelang gab sie die Hoffnung nicht auf, aber wir haben sie nie wiedergesehen.«

Das Pferd schnaubte laut, doch Ibrahim gab ihm keine Zeit, sich auszuruhen, sondern schlug ihm mit der Peitsche aufs Hinterteil. Ich starrte auf die graue Wolkenmasse, die während der ganzen Fahrt die Sonne vor uns verborgen hielt. Vielleicht hatten die Leute, die das ursprüngliche Lied über Muş sangen, ja doch recht. Vielleicht kehrte, wer nach Muş ging, nicht zurück. Während ich meine Mutter schluchzen hörte, war ich sicher, dass ich meinen Vater nie mehr wiedersehen würde.

15

Die Rückfahrt dauerte ewig. Ich dachte an die Geschichte meines Vaters über seine Jugend im zerstörten Hemgin.

Er wuchs in einem Dorf auf, in dem hauptsächlich Witwen und Waisen wohnten. Seine Mutter setzte das Haus eigenhändig instand und half auch beim Wiederaufbau des Dorfes mit. Das große Stück Land, das meine Großmutter geerbt hatte, wurde mithilfe einiger Bauern bestellt. Aber Güte und Größe der Ernte nahmen rasch ab, weil die strenge Aufsicht meines Großvaters fehlte.

Meine Großmutter ließ sich nicht davon abbringen, dass ihr Mann und ihre Söhne zurückkehren würden. Jeden Tag betete sie darum, und sie tat dies mit einer solchen Hingabe, dass sie immer stärker an ein Wunder glaubte. Am Ende war sie überzeugt, die Männer würden eines Tages einfach ins Dorf spazieren, als wäre nie etwas gewesen. Ihr Mann sähe noch genauso aus wie an dem Morgen, als er aus dem Dorf floh. Und ihre Söhne hätten sich zu kräftigen jungen Männern mit unerschütterlichem Charakter entwickelt.

Für meinen Vater war dies eine verwirrende Zeit. Das lebendige und betriebsame Haus seiner ersten Lebensjahre war ein ruhiger Ort geworden, in einem Dorf, in dem man Geräusche möglichst vermied, als könnte man die Vergangenheit am besten in der Stille vergessen. Meine Großmutter suchte Trost bei ihrem Sohn und drückte ihn immer wieder an sich, auch als er bereits ein Jugendlicher war. Wenn er vor der Tür hockte und mit leerem Blick vor sich hin starrte, fuhr sie ihm mit der Hand durchs Haar und schlang ihre Arme um ihn. Dann hörte er sie schluchzen und konnte nicht anders, als mit ihr zu weinen.

Mein Vater entwickelte sich von einem stillen Kind zu einem aufgeschlossenen und neugierigen Jugendlichen, der ein Versprechen auf glückliches Gedeihen mit sich trug. Er beschloss, weniger Zeit mit seinen Freunden zu verbringen und sich stattdessen nützlich zu machen. Er half im Haushalt und versorgte die Tiere, und wenn ein Nachbar oder ein Alter Hilfe brauchten, war er der Erste, der die Ärmel aufkrempelte. In seiner Hilfsbereitschaft und Hingabe lebte die Erinnerung an seinen Vater und seine Brüder im Dorf weiter. Mit seinem Charisma war er dazu vorherbestimmt, irgendwann eine wichtige Position im Dorf zu übernehmen und so die Lücke zu füllen, die sein Vater hinterlassen hatte.

Was viele jedoch nicht sahen, war, dass mein Vater im Grunde ein schüchterner junger Mann war. Er tat sich nur deswegen hervor, um seiner Mutter Vertrauen in die Zukunft zu schenken und ihr einen Grund zu geben, auf ihn, ihr letztes Kind, stolz zu sein. Darum versuchte er, so gut er konnte, dem Bild seines Vaters zu entsprechen, das seine Mutter liebevoll und geduldig für ihn skizziert hatte.

Im Lauf der Zeit stützte sie sich immer mehr auf ihn, und ihre Erwartung an seine Entwicklung stieg in unrealistische Höhen. Dann und wann überkam sie der Schrecken, wenn mein Vater sich bei der Arbeit auf dem Feld verletzte oder wenn er bei Einbruch der Dunkelheit noch nicht nach Hause zurückgekehrt war. Als er etwa vierzehn Jahre alt war, offenbarte sie ihm, dass sie nur für ihn lebte und dass es ihr einziges Ziel im Leben war, aus ihm einen guten und selbstständigen Mann zu machen. Sie begann auch, sich nach einer geeigneten Frau für ihn umzusehen. Aber mein Vater gestand ihr zögernd, er wolle gar nicht heiraten, denn die Frauen im Dorf seien ihm zu dickköpfig. Es war das einzige Mal, dass er sich ihr entgegenstellte. Seine Mutter hörte ihn an – und setzte ihre Suche unbeirrt fort.

Mit seinen blauen Augen, den rötlichen Bartstoppeln und der schlanken Gestalt war mein Vater eine auffallende Erscheinung. Sowohl sein Äußeres als auch sein sanfter Charakter und sein Status als Großgrundbesitzer machten ihn zum gefragtesten Mann im Dorf. Alle Mädchen hofften, er würde sie um ihre Hand bitten. Auf der Straße warfen sie ihm unverschämte Blicke zu. Doch mein Vater wusste nicht, was er mit dieser Aufmerksamkeit anfangen sollte, und arbeitete immer härter auf dem Feld, um sich davor zu verschließen. Kein Mädchen gefiel ihm so gut, dass er es hätte zu seiner Frau machen wollen.

Als er achtzehn geworden war, zog er eines Tages mit seinem Freund Hasan los. Sie wollten ins Nachbardorf gehen, doch sie sollten ihr Ziel nie erreichen. Auf einem Sandweg wurden sie von zwei Soldaten in einem Geländewagen angehalten. Sie wollten wissen, wohin sie unterwegs waren. Mein Vater sprach damals kaum drei Worte Türkisch und deutete auf die Gegend jenseits der Hügel. Sein Instinkt sagte ihm, dass es am besten wäre zu fliehen, aber er fürchtete, dann bekäme er einen Schuss in den Rücken. Hasan und mein Vater wurden in eine Kaserne gebracht. Dort wollte man feststellen, ob sie sich möglicherweise ihrer Dienstpflicht entzogen. Am selben Tag noch schickte man sie in den Westen, und sie wurden vier Jahre in einer Kaserne in Çanakkale stationiert.

Als mein Vater an jenem Tag nicht heimkam, war meine Großmutter davon überzeugt, dass ihm etwas Ernsthaftes zugestoßen war. Sie betete inbrünstig, er möge vor dem Morgengrauen wiederkehren. Am nächsten Morgen ging sie klagend durchs Dorf und fragte jeden, dem sie begegnete, ob er ihren Sohn gesehen habe. Sie traf einen alten Hirten, der ihr berichtete, er habe am Vortag gesehen, wie zwei junge Männer aus dem Dorf von Soldaten weggeführt worden waren. Meine Großmutter klammerte sich an seine Worte. Sie betete ununterbrochen zu Allah, aber die Angst, ihr Sohn könnte von Banditen ermordet und sein Körper von Raubtieren zerrissen worden sein, gewann allmählich die Oberhand.

Es verging kein Tag, an dem mein Vater nicht an seine Mutter dachte. Er zerbrach sich den Kopf, wie er ihr mitteilen könnte, dass er nun bei der Armee war. Manche Soldaten schrieben Briefe an ihre Eltern oder Geliebten, doch mein Vater konnte nicht schreiben. Weil er kaum Türkisch sprach, war es schon schwer genug, sich inmitten von Türken, Lasen und Kurden verständlich zu machen, die mit ihm in einer Einheit dienten. Außerdem hatte er noch nie erlebt, dass in seinem Dorf ein Brief zugestellt worden war, weshalb er davon überzeugt war, dass die Postboten keine Landkarte hatten, auf der sein Dorf eingezeichnet war. Um Schwierigkeiten zu vermeiden und keinen Tag länger als vorgeschrieben seinen Wehrdienst ableisten zu müssen, lebte er sehr zurückgezogen. Voller Sehnsucht dachte er an sein Dorf mit der reinen Bergluft und den weitläufigen Feldern. Ab und zu verdiente er sich etwas hinzu, indem er für Kameraden Kleider wusch oder Schuhe putzte. Während andere Zigaretten kauften oder heimlich Alkohol in die Kaserne schmuggelten, sparte er sein Geld, um die Heimfahrt bezahlen zu können.

Anfangs zählte er die Tage, später die Wochen und irgendwann nur noch die Monate. Morgens musste er stundenlang mit schwerem Gepäck durchs Gelände marschieren, und nachmittags half er gedankenlos beim Graben tiefer Gruben, in die er sich am liebsten gestürzt hätte, um allem ein Ende zu bereiten. Nur der Gedanke an seine Mutter und die Hoffnung, sie wiederzusehen, hielten ihn in Momenten der Verzweiflung aufrecht.

Auch wenn es sich anfühlte wie acht lange Jahre, war seine Dienstzeit nach vier Jahren beendet. Das Geld, das er zusammengespart hatte, reichte gerade für eine Busfahrt nach Varto. Kurz nach Sonnenaufgang erreichte er den Ort und machte sich dann zu Fuß auf den Weg nach Hemgin. Mein Vater erzählte mir, er habe auf diesem Marsch Freudentränen geweint. Hin und wieder sei er stehen geblieben, um sich zu vergewissern, kein Feldwebelgebrüll zu hören. Das eindrucksvolle Kreischen eines Steinadlers und die goldbraunen Berge am Horizont machten ihm bewusst, dass er zu Hause war. Er ging an einem grünen Hügel vorbei, auf dem sich Hunderte von Klatschmohnblüten im Wind wiegten. Geduldig pflückte er die schönsten Exemplare. Erst als er in der Ferne das Dorf liegen sah, begegnete er einem Menschen. Es war ein alter Mann mit eingefallenem Gesicht. Der Mann streckte ihm wortlos die Hand entgegen, die mein Vater ergriff und mit gesenktem Kopf küsste. Dann drückte er die Hand gegen seine Stirn.

»Keiner hat mehr mit dir gerechnet«, sagte der Mann seufzend. »Sie hatten alle Hoffnung aufgegeben.«

Mein Vater sah ihn fragend an.

»Weißt du überhaupt, wie lange du fort warst?«

»Vier Jahre.«

»Dörfer werden verwüstet und wieder aufgebaut in vier Jahren«, sagte der Mann plötzlich scharf. Er schwieg einen Moment und fügte dann bedächtig hinzu: »Für manche war die Zeit zu lang.«

»Was willst du damit sagen?«

»Deine Mutter ist tot, mein Junge.«

Der Klatschmohn fiel zu Boden. Es war, als fahre ihm ein Säbel mitten durchs Herz und werde ein paarmal umgedreht, erzählte mir mein Vater.

»Vor zwei Monaten haben wir sie begraben.«

Mein Vater sank auf die Knie und brüllte: »Nein! Nein! Sag, dass es nicht wahr ist! Nein, bitte nicht!«

Er zerrte an den Hosenbeinen des alten Mannes, der erschrocken zurückwich.

»Es war Allahs Wille«, sagte er Mann. »Er hat sie zu sich genommen.«

Mein Vater stolperte klagend weiter und setzte sich auf einen Felsen am Wegesrand. Dort saß er stundenlang, ununterbrochen weinend. Er war eine junge Waise, ohne Brüder oder Schwestern. Er wusste nicht, wie lange er dort gesessen hatte, als sich ein Bekannter näherte. Es war Hemo, ein lieber Freund seiner Eltern. Er sah so aus wie früher, immer noch kräftig und hochgewachsen, mit widerspenstigem schwarzem Haar und Augen, die so freundlich blickten wie damals, als er den kleinen Jungen in die Höhe gehoben hatte, damit er die Birnen oben im Baum erreichte.

»Selim! Bist du es wirklich?« Hemo kam auf meinen Vater zugelaufen, der regungslos auf dem Stein sitzen blieb. »Wie froh bin ich, dich wiederzusehen!« Mein Vater umarmte den Mann, der ihn früher so oft an seinen Vater erinnert hatte. Hemo hatte ihm beigebracht, Schafe zu hüten, und war regelmäßig vorbeigekommen, um nach ihm und seiner Mutter zu sehen.

Er erzählte Hemo, dass er nicht weiterwisse und sich ein Leben ohne seine Mutter nicht vorstellen könne.

»Aber du bist nicht allein, Selim«, sagte Hemo voller Überzeugung. »Ich habe deiner Mutter versprochen, für dich zu sorgen, wenn ihr etwas passieren sollte.«

»Ich … ich habe nicht Abschied von ihr nehmen können«, sagte mein Vater mit so leiser Stimme, dass eine leichte Brise sie hätte übertönen können. »Ich weiß nicht … welche Worte ich zuletzt zu ihr gesagt habe … wann ich sie das letzte Mal umarmt habe … oder sie habe lachen sehen.«

»Sie hat immer für dein Wohlergehen gebetet, Selim. Jeden Tag sprach sie von dir und sagte, wie sehr sie dich liebte.« Hemo streichelte den Arm meines Vaters. »Lange Zeit klammerte sie sich an ihren mütterlichen Instinkt, der ihr sagte, dass du noch am Leben warst.«

»Aber … was ist passiert?«

»Sie wurde auf einmal krank, und kurze Zeit später starb sie. Ich denke, sie hat es nicht mehr ausgehalten. Nach vier Jahren hatte sie sich damit abgefunden, dich nie wiederzusehen. Der Kummer war zu groß, er fraß sie auf.«

Mein Vater schlug die Hände vor die Augen.

»Selim, komm mit mir. Ich helfe dir.«

»Nein, ich kann nicht … es hat keinen Sinn mehr.«

»Du musst weitermachen. Es wäre der Wunsch deiner Mutter.«

»Aber was soll ich tun?«

»Selim, du besitzt sehr viel Land, und ich werde dir helfen.«

Hemo legte meinem Vater einen Arm um die Schulter. So gingen sie zusammen ins Dorf. Als er vor der Tür seines Hauses stand, dachte er, seine Mutter müsste ihm jeden Moment mit einem breiten Lächeln entgegentreten.

Aber die Tür blieb geschlossen.

An militärische Disziplin gewöhnt, wurde mein Vater jeden Morgen vor Sonnenaufgang wach. Er ging hinaus, um die kühle Morgenluft einzuatmen und vom Hügel aus das Dorf erwachen zu sehen. Hemo schilderte beim Frühstück seine Träume so lebendig wie möglich, um die Stille am Tisch zu durchbrechen. Viele der Geschichten waren so detailliert und lang, dass mein Vater vermutete, es handele sich weniger um Träume als um alte Geschichten. Aber er äußerte seine Zweifel nicht und ließ sich in die Welten, die Hemo entwarf, entführen. Wahrscheinlich schaute er sich damals die Techniken ab, die ihn später zu einem außergewöhnlichen Geschichtenerzähler machten.

Der Boden, den mein Vater geerbt hatte, wurde unter seiner Anweisung von Bauern bearbeitet. Er hatte Verlangen nach einem sinnvollen Zeitvertreib und beschloss, auf dem Feld mitzuhelfen. Anders, als Hemo gedacht hatte, stellte er keine Fragen über die Zeit, in der seine Mutter auf ihn gewartet hatte. Er arbeitete nur und redete über Allgemeines. Ansonsten schwieg er. Er bemerkte nicht, wie die jungen Frauen im Dorf versuchten, seine Aufmerksamkeit auf sich zu lenken. Sie schauten ihn mit Blicken an, die man niemals zuvor im Dorf gesehen hatte, und sie taten alles, um ihm aufzufallen, ohne dabei die Grenzen des Anstands zu verletzen. Sie zogen rote Blusen an, die ihre olivfarbene Haut betonten, sie lockerten ihre Kopftücher ein wenig, wenn mein Vater vorbeikam, damit er einen verstohlenen Blick auf ihr üppiges Haar werfen konnte. Einem Außenstehenden ohne Leidenschaft im Herzen blieben diese Bemühungen verborgen, doch der eine oder andere, der in seiner Jugend die Begierde kennengelernt hatte, schaute zustimmend hin.

Jahre verstrichen, in denen Hemo meinen Vater vergeblich fragte, wann er zu heiraten gedenke. Als mein Vater achtunddreißig Jahre alt geworden war, rief Hemo ihn zur Vernunft. Er betonte, dass es ungewöhnlich und unangemessen für einen Mann seines Alters sei, unverheiratet durchs Leben zu gehen. Mein Vater wiederholte, was er schon Jahre zuvor zu seiner Mutter gesagt hatte: »Ich will keines der Mädchen aus Hemgin heiraten. Sie sind stur wie Esel.«

Hemo lächelte. »Aber wer sagt denn, dass du ein Mädchen aus Hemgin heiraten musst? Ich nehme dich mit zu einem Dorf, wo die Frauen alles andere als dickköpfig sind. In Sobyan kenne ich eine Schöne, die wie keine andere zu dir passt. So wie du hat sie niemanden mehr. Und so wie du hat auch sie etwas, das sie besonders macht.«

Mein Vater wurde neugierig.

Ein paar Tage später gingen sie zusammen nach Sobyan. Sie klopften an bei einem Haus mit einem Flachdach und einem Gemüsegarten. Hüseyin, ein gesetzter Herr mit schütterem Haar, öffnete die Tür und rief begeistert Hemos Namen, als hätte er jahrelang vergeblich auf sein Kommen gewartet. Hemo kam schnell zur Sache. Er stellte meinen Vater vor und erklärte, dass er durch unglückliche Umstände eine Waise geworden war. Er pries seinen bescheidenen Charakter, sein angenehmes Naturell und lobte seinen Arbeitseifer. Mein Vater war es nicht gewohnt, dass in seinem Beisein so lobend über ihn gesprochen wurde, und schaute verschämt zu Boden. »Es wird Zeit, dass Selim eine Familie gründet. Ich bin auf der Suche nach einer guten und anständigen Frau für ihn.«

Hüseyin reagierte nicht. Es folgte eine unangenehme Stille, die erst unterbrochen wurde, als eine wunderschöne junge Frau in der Tür erschien.

Es war Aşme. Meine Mutter.

16

Ibrahim hielt vor unserem Haus an. Während der ganzen Fahrt hatte keiner ein Wort gesagt. Meine Mutter weinte nicht mehr. Ibrahim half ihr von der Ladefläche hinunter und sagte: »Alles Gute, Aşme.« Zu mir sagte er nichts, als wäre es nicht mein Vater, den wir im Krankenhaus zurückgelassen hatten.

Elida stand vor dem Haus und sah uns erstaunt an.

»Wo wart ihr?«, fragte sie entrüstet. »Warum seid ihr so lange weggeblieben?«

Meine Mutter nahm sie sanft bei den Schultern. »Es tut mir leid, Elida, wir konnten nicht anders. Geht es dir gut? Wo ist dein Bruder?«

»Weg.«

»Wohin?«

»Weiß ich nicht.« Sie schaute sich suchend um. »Wo ist Baba?«

Meine Mutter schwieg einen Moment und sah mich an, wobei sie kaum merklich den Kopf schüttelte, als wollte sie mir etwas sagen. »Baba ist noch in Muş, die Ärzte kümmern sich um ihn. In ein paar Tagen fahren wir wieder in die Stadt, um ihn zu holen.«

»Geht es seinem Bein noch nicht besser?«

»Sein Bein …«, meine Mutter überlegte kurz, »ist noch nicht wieder ganz gesund. Er muss sich jetzt gut ausruhen.«

Ich sah meiner Schwester an, dass sie das Ganze nicht recht verstand. »Aber er kann sich doch auch hier ausruhen?«

»Schon, aber wir haben keine Medikamente«, erwiderte meine Mutter. »Komm, mach dir keine Sorgen.«

Drinnen ließ ich mich aufs Bett fallen. Ich nahm mein Heft und schrieb: *Der Doktor hat Babas Bein abgeschnitten. Er ist in Muş geblieben. Ich weiß nicht, ob er wiederkommt.* Danach schloss ich die Augen und sank in einen tiefen Schlaf. Das erste Mal seit einer Woche träumte ich nicht von meinem Vater.

Die Tage ohne meinen Vater vergingen wie im Flug. Zu meinem Erstaunen dachte ich manchmal stundenlang nicht an ihn, so als wäre er einfach auf dem Feld oder bei den Tieren. Aber wenn er mir dann doch unerwartet in den Sinn kam, überfiel mich ein brennendes Schuldgefühl, als hätte ich ihn verraten.

Am Bach hinter dem Dorf erzählte ich Ali als Erstem, was im Krankenhaus passiert war. Er wusste nicht, wie er darauf reagieren sollte. Er suchte nach passenden Worten. Worten, die er nie zuvor hatte benutzen müssen. Nach langem Nachdenken sagte er traurig: »Wie schlimm.« Er schluckte. »Ich finde das sehr schlimm für deinen Vater.« Ich hatte es nicht vorhergesehen: Als er die Worte aussprach, wurde alles noch viel schlimmer. Ich sah meinen Vater vor mir, wie er einsam im Krankenhaus lag und voll Kummer auf sein halbes Bein starrte. Die Tränen strömten mir über die Wangen. Ali sagte nichts, er legte nur die Hand auf mein Bein. Eine Weile saßen wir da, ohne ein Wort zu sagen. Als ich bemerkte, dass seine Augen feucht waren, wurde mir erst bewusst, dass er nicht an meinen Vater dachte, sondern an seinen eigenen, den er in jungen Jahren verloren hatte.

»Ali«, sagte ich zögernd. »Dein Vater.«

Er reagierte nicht.

»Was ist mit ihm passiert?«

Wieder antwortete er nicht.

Es war das erste Mal, dass ich ihn danach fragte. Ich war von meiner Mutter gebeten worden, das Thema gegenüber Ali nicht zu erwähnen. Sie wusste von seiner Mutter, dass ihn das Ganze sehr belastete und er zu Hause oft Weinkrämpfe bekam. Außerdem litt Ali darunter, dass seine Erinnerungen an den Vater immer schemenhafter wurden.

Später gingen Ali und ich über den Hügel hinter dem Dorf. Ganz unvermittelt rief er, er wolle eine Schlange fangen. Das hatten wir uns nie zuvor getraut. Als ich ihn fragte, warum, sah ich die Wut in seinen Augen brennen. »Um ihr den Kopf abzuschlagen!«, sagte er. Wir streiften endlos durchs hohe Gras und hoben Dutzende Steine hoch, doch wir fanden nichts anderes als ein paar wegflitzende Eidechsen. Müde setzten wir uns unter einen Baum.

»Ich habe Angst«, sagte ich nach einer Weile.

Er reagierte nicht.

»Ali, ich habe Angst, dass mein Vater nicht wieder gesund wird.«

»Dein Vater lebt zumindest noch«, erwiderte er grimmig.

»Ja, aber er ist verletzt und hat große Schmerzen.«

»Er liegt im Krankenhaus, Mehmet. Da gibt es Hunderte Ärzte. Mein Vater hat in seinem ganzen Leben keinen Arzt gesehen. Er wurde krank und starb sehr bald.«

Jetzt wusste ich nicht, was ich sagen sollte. Zum ersten Mal erzählte er mir von seinem Vater, aber es tat mir weh, denn er verwandte es gegen mich und gegen meinen Vater.

»Aber mein Vater hatte fürchterliche Schmerzen«, rief ich und spürte dabei, wie meine Stimme zitterte. »Er schrie so laut, dass ich aus dem Krankenhaus gerannt bin.«

Ali zuckte die Achseln. »Er stirbt nicht an ein bisschen Schmerz. Mir wäre ein verkrüppelter Vater lieber als ein toter, der nichts für mich getan hat.«

Einen Moment lang war ich sprachlos. Ich verstand nicht, was ihn dazu brachte, so abschätzig zu sprechen und meinen Vater als Krüppel zu bezeichnen. Ich hasste das Wort sofort.

»Warum sagst du so etwas, Ali? Warum tust du so, als ob er sich nur anstellen würde? Nimm das zurück!«

Er reagierte nicht.

»Und nenn ihn nicht Krüppel.«

Er schaute starr vor sich hin. »Warum nicht?«

»Weil es schrecklich ist.«

»Aber er ist doch ein Krüppel?«

Ich schubste ihn. »Nein, sag das nicht. Nimm es zurück!«

»Nein!«

Ich gab ihm einen kräftigeren Schubs. »Nimm es zurück!«

Er stand auf. Erst jetzt sah ich, wie wütend er war. »Nein, ich nehme es nicht zurück!«

Auch ich erhob mich. »Ali!«

»Lass mich in Frieden!« Seine Stimme überschlug sich, und Tränen liefen über sein Gesicht. »Du hast wenigstens noch einen Vater.«

Bevor ich etwas erwidern konnte, ging er schnell davon.

»Ali, lauf nicht weg. Wo willst du hin?«

Er hörte mich nicht. Ich lief los, um ihn einzuholen, doch er fing an zu rennen, schneller, als ich ihn jemals zuvor hatte rennen sehen. Ich kam ihm nur bis auf wenige Meter näher. Kurz vor seinem Haus blieb er endlich stehen. Seine Mutter saß auf einem Hocker vor der Tür. Ich hatte Angst, sie könnte fragen, wie es meinem Vater ging, denn ich hätte nicht gewusst, was ich darauf erwidern sollte. Zu meiner Erleichterung sagte sie nur: »Mach dir keine Sorgen, Mehmet. Deinem Vater wird es schon bald wieder besser gehen. Mit Allahs Hilfe wird er schnell genesen.« Ich nickte. Ali war ins Haus gegangen, ohne ein Wort zu sagen.

Am nächsten Morgen wurde ich früh geweckt. Jemand stupste mich kräftig in die Seite. Als ich mühsam die Augen öffnete, erkannte ich meinen Bruder. Er beugte sich tief zu mir hinunter und sagte:

»Steh auf, Faulpelz! Du musst die Tiere auf die Weide treiben.«

Der strenge Morgenatem aus seinem Mund betäubte mich. Ich rieb mir den Schlaf aus den Augen. »Bao, das habe ich gestern und vorgestern auch schon gemacht.«

»Und heute tust du es wieder. Die Tiere müssen fressen. Aufstehen!« Er zog mir die Decke weg. »Worauf wartest du noch?«

Ich erhob mich. »Begleitest du mich heute so wie früher?«

»Nein.«

»Bitte, Bao.« Ich hasste diesen flehentlichen Ton, der sich in meine Stimme schlich, wenn ich meinen Bruder um etwas bat. Es klang schwach, und schwache Menschen erreichten nichts, jedenfalls nicht bei ihm.

»Nein. Apo liegt im Krankenhaus, und du benimmst dich gleich wie ein Kind. Steh auf!«

Ich wusste, dass dies nicht der richtige Moment war, mich zu widersetzen, aber ich tat es dennoch.

»Und was, wenn ich nicht aufstehe?«, fragte ich.

Ein Grinsen erschien auf seinem Gesicht. »Dann bekommst du es zu spüren.«

Er würde nicht davor zurückschrecken, mir eine zu verpassen, das wusste ich, aber trotzdem beschloss ich, nicht nachzugeben. »Ich finde, wir sollten zusammen gehen, Bao.«

»Steh auf, meine Geduld ist am Ende.«

»Nein, ich gehe nicht!«, schrie ich.

»Mehmet!«

»Geh doch selbst!«

Nachdem ich das ausgesprochen hatte, war ich auf alles gefasst. Ich wusste, was nun kam: Er würde ordentlich hinlangen. Aber ich ahnte nicht, dass er so hart zuschlagen würde. Er traf mich am Oberarm. Es ging so schnell, dass ich nicht einmal sah, wie er mit seiner rechten, für einen Achtzehnjährigen ziemlich großen Faust ausholte. Ich fiel hintenüber. Ich versuchte es, aber ich konnte die Tränen nicht zurückhalten. Mehr als der Schmerz war es die Zurückweisung, die brannte.

»Was ist los?«, rief meine Mutter, die noch unter ihrer Decke lag. Als ich ihre Stimme hörte, musste ich noch mehr heulen. »Was ist passiert? Hat er dich geschlagen, Miran?«

Ich sagte kein Wort.

»Wir haben herumgebalgt«, sagte mein Bruder.

»Stimmt das, Miran?«

Wortlos stand ich auf und ging nach draußen. Mein Bruder folgte mir, und einen Moment lang hoffte ich, er würde Reue zeigen und sagen, dass es ihm leidtat und dass er sich bedankte, weil ich ihn nicht verpetzt hatte. Aber er sagte nur: »Glaub ja nicht, du bräuchtest dich jetzt nicht ums Vieh zu kümmern. Du gehst nachher die Tiere füttern. Verstanden?« Er gab mir einen kräftigen Schubs, sodass ich fast vornüberfiel. Nie zuvor hatte ich bei ihm einen solchen Widerwillen gegen mich verspürt. Wo kam der her? Wofür hielt mein Bruder mich? Für ein verwöhntes Bürschchen, das zu lange unter den schützenden Flügeln seiner Eltern geblieben war und sich weigerte, mit anzupacken? Für einen Schwächling, der nichts mit ihm zu tun hatte? Ich wusste es nicht. Ich wusste nur, dass ich meinen Vater vermisste.

17

An den darauffolgenden Tagen brachte ich die Schafe allein auf die Weide. Ich stand vor allen anderen im Haus auf und ging mit den Tieren in die menschenleere Gegend, wo mein Vater und mein Bruder mir beigebracht hatten, ein Hirte zu sein. »Es ist ein einsamer, aber ehrbarer Beruf«, hatte mein Vater einmal gesagt. »Aber nicht jeder eignet sich dafür. Ohne Hirten wären die Tiere irgendwann unterernährt, und am Ende würden sie sterben. Und ohne Vieh ist das Dorf dem Tod geweiht. Vergiss das nie. Behandele die Tiere deshalb so, als wären sie deine Kinder.« Als ich klein war, verstand ich nicht so richtig, was er damit meinte, doch später entwickelte ich eine enge Beziehung zu den Tieren. Ich lernte sogar, die einzelnen Schafe und Kälber zu unterscheiden, und stellte fest, dass sie alle einen eigenen Charakter hatten und auf meine Stimme und Anweisungen reagierten. Erst da verstand ich, was es hieß, Hirte zu sein, und es erfüllte mich mit Stolz, eine solche Verantwortung zu tragen.

Zu meinem Bedauern war mein Bruder seit seiner Rückkehr aus Muş nicht mehr bereit, mich auf die Weide zu begleiten. Nicht einmal, wenn mein Vater ihn inständig darum bat. Es ließ ihn kalt.

»Die Stadt war nicht gut für ihn«, seufzte mein Vater einmal.

Am liebsten hätte ich meinen Bruder auf seine Launenhaftigkeit angesprochen, aber ich wusste, dass es nicht klug war. Er würde mich einen unverschämten Lümmel schimpfen. »Sprichst du so mit deinem großen Bruder?«, würde er mit erhobener Hand sagen.

Auf der Weide war ich mit den Schafen und der Natur allein. Nur ein Mal hatte ich Ali und Bilal dazu überreden können, mitzugehen. Doch als wir auf der Weide angekommen waren, wussten sie vor lauter Langeweile nicht, was sie tun sollten. Sie hatten kein Auge für die Schönheit um uns herum und fingen an, die Schafe mit Steinchen und Zweigen zu bewerfen. Danach fragte ich sie nie wieder, ob sie mitkommen wollten. Alleine genoss ich den Duft des hohen Grases und die Stille. Und bei günstigem Wind roch ich den Lavendel, der auf der anderen Seite des Dorfes blühte.

Während ich lang ausgestreckt im Gras lag, dachte ich an Ali. Noch nie hatten wir uns so heftig gestritten. Es war seine Schuld, er war zu weit gegangen, und wenn er sich wieder mit mir vertragen wollte, musste er den ersten Schritt machen und sagen, dass es ihm leidtat. Niemand hatte das Recht, meinen Vater einen Krüppel zu nennen. Niemand.

Ich fragte mich, ob mein Vater in diesem Moment auch an mich dachte. Oder lenkten seine Schmerzen ihn zu sehr ab? Ich beschloss, es sei an der Zeit, ihn abzuholen.

Ich kehrte früher ins Dorf zurück als gewöhnlich. Es war, als spürten die Schafe, dass etwas anders war als sonst. Sie sträubten sich, als ich meinen Stock hob, auf ihr Hinterteil schlug und die Laute ausstieß, bei denen sie sich normalerweise in Bewegung setzten. Mühsam musste ich sie ins Dorf zurücktreiben. Nachdem ich sie in den Stall gebracht hatte, ging ich zwischen den weißen Maulbeerbäumen auf beiden Seiten der Straße hindurch. Die Maulbeeren waren weich und reif. Ich griff nach einem tief hängenden Zweig und pflückte eine Handvoll ab. Der klebrige Saft floss über meine Hand, und die Süße weckte meinen Appetit.

»Schon wieder da, Mehmet?« Die tiefe Stimme meines Bruders war wie ein unsanfter Stoß in den Rücken.

Langsam drehte ich mich um. »Ja, Bao«, sagte ich mit vollem Mund. Hastig zerkaute ich die Maulbeeren und schluckte sie hinunter. »Die Tiere hatten heute keinen besonders großen Hunger.«

»So, so. Hast du sie etwa gefragt?«

»Ich … ich habe gesehen, dass sie nach einer Weile weniger fraßen, und da dachte ich …«

»Und da dachtest du, du hättest mehr Lust zu spielen. Oder?«

»Nein, Bao.«

»Eigentlich müsste ich dich zurückschicken, du Faulpelz!«

»Ich bin kein Faulpelz.« Meine Stimme zitterte.

»Widersprich mir nicht. In all den Jahren habe ich es nicht ein Mal erlebt, dass die Tiere weniger fressen wollten. Nicht ein einziges Mal bin ich früher ins Dorf zurückgekehrt. Das war das letzte Mal, Mehmet!«

Ich fragte mich, warum er sich so aufregte. Es konnte jedenfalls keine aufrichtige Sorge um die Tiere sein. Wollte er mir etwa Disziplin beibringen? Oder triezte er mich nur? Ich wusste es nicht. Seit seiner Rückkehr aus Muş war mein Bruder ein Rätsel für mich. Ich senkte den Kopf und starrte zu Boden.

»Sieh mich an, wenn ich mit dir rede!« Er bohrte seinen Zeigefinger in mein Brustbein. Ich rechnete damit, dass er mir eine Ohrfeige geben würde. Aber die blieb aus.

»Apo liegt im Krankenhaus, und du vernachlässigst deine Pflichten. Schäm dich! Ich bin froh, dass er das nicht miterleben muss. Du enttäuschst ihn. Und du enttäuschst mich.« Er sah mich voller Abscheu an und ging weg.

Obwohl ich seine Reaktion übertrieben fand, überkam mich ein brennendes Schuldgefühl. Ich hatte meinen Vater enttäuscht. Ich dachte an ihn, allein gelassen in einem kalten Krankenhaus, und wurde traurig.

Ich kam an ein paar spielenden Kindern vorbei und an einem alten krummen Mann, der sich auf seinen Stock stützte. Ali und ich nannten ihn den Bettler, weil er immer seine Hand aufhielt und um Essen oder Geld bat. Er starrte mich erwartungsvoll an, als hätte ich ihm trotz meiner Trauer etwas zu bieten.

»Weine nicht, mein Junge«, sagte er mit krächzender Stimme.

Plötzlich fragte ich mich, wie wohl meine Großväter ausgesehen hatten. Ich fand es schrecklich, dass ich sie nie kennengelernt, nie ihre Stimme gehört, nie ihre Hand an meiner Wange gespürt hatte. Ich musste mich mit den heroischen Geschichten begnügen, die mein Vater von ihnen erzählt hatte, Geschichten, die mich davon überzeugten, dass sie, wenn sie noch gelebt hätten, auch im Alter stolze und kräftige Männer gewesen wären und keine Bettler.

Als ich weiterging, sah ich in der Ferne den massigen Körper Hakans auftauchen. Vor Schreck verkrampften sich all meine Muskeln. Auch er hatte mich bemerkt, der dumme Kraftprotz, und winkte mir zu. Ich hatte ihn eine Weile nicht gesehen und wusste, er würde mich nicht einfach so entkommen lassen. Bestimmt wollte er mit mir kämpfen, und wenn ich Pech hatte, dann würde er mich, wie es schon öfter passiert war, in den Schwitzkasten nehmen und erst wieder loslassen, wenn ich verzweifelt nach Luft schnappte. Hakan passte mir überhaupt nicht nach der Strafpredigt meines Bruders, und das würde ich ihn auch spüren lassen. Ein für alle Mal. Ich holte tief Luft und ballte die Fäuste. Er kam mit seinem ungeschlachten Körper auf mich zugestolpert. Schon von Weitem hörte ich ihn keuchen. Als er vor mir stand, stützte er sich zuerst kurz mit den Händen auf den Knien ab, um wieder zu Atem zu kommen. Ich wartete auf den ersten Schritt meines Quälgeistes.

»Mehhhmeeet … Mehhhmeeet! Wo warst du die ganze Zeit?«

»Hier und da.«

»Ha, ich hab dich hier nicht gesehen und da auch nicht. Versteckst du dich vor mir?«

Ich wollte mit ihm nicht über meinen Vater sprechen, denn es war nicht vorhersehbar, wie er reagieren würde. »Nein, bestimmt nicht.«

»Bist du dir da sicher?«

»Ja, ich war zu Hause.«

Irgendwas in seinem teigigen Hirn sagte ihm, dass ich ihm Informationen vorenthielt. »Los, sag schon, Mehmet, wo warst du?«

Da hatte ich die Nase voll. Es war mir egal, wie er reagieren würde.

»Wie du weißt, hat dein Vater das Bein meines Vaters geschient. Danach haben wir meinen Vater nach Muş ins Krankenhaus gebracht. Sein Bein …« Ich verstummte, weil ich spürte, dass meine Stimme zu zittern begann. »Man hat sein Bein … abgesägt. Er ist immer noch dort.«

»Sein Bein abgesägt?« Hakan guckte, als verstünde er nicht recht. »Man hat es abgeschnitten?« Er rieb sich über das dicke Kinn und murmelte etwas vor sich hin. Dann sah er mich auf einmal munter an: »Willst du damit sagen, er hat jetzt nur noch ein Bein? Er ist also jetzt ein Krüppel, oder? Ha!«

Er klang, als hätte er eine außergewöhnliche Entdeckung gemacht, aber es war das kurze Lachen am Ende, das mich störte. Ein nervöses Lachen, das er vielleicht nicht bewusst, aber in seiner grenzenlosen Dummheit doch von sich gegeben hatte. Plötzlich war meine Angst vor Hakan verflogen. Zum ersten Mal in meinem Leben fürchtete ich den Jungen, der mich und Ali so oft verprügelt hatte, nicht, sondern sehnte mich danach, ihm einmal kräftig ins Gesicht zu schlagen.

»Findest du das lustig, Hakan?«, fragte ich ihn in einem Ton, den er von mir nicht kannte, einem Ton, den ich selbst auch noch nie von mir gehört hatte. Es war mein Bruder, den ich sprechen hörte.

Er sah mich erschrocken an. Tiefe Furchen erschienen auf seinem runden Gesicht. »Lustig? Dass er jetzt ein Krüppel ist, meinst du? Nein … nein. Allerdings …«

Krüppel. Schon wieder dieses Wort! Ich sah, dass er nicht wusste, was er sagen sollte. Der plumpe Bär war verwirrt. »Allerdings musstest du trotzdem lachen?«

»Das war nicht … das war nicht, weil ich es lustig fand … denn ich finde es ganz schlimm, dass er ein Krüppel ist. Ganz schlimm finde ich es, dass er nun ein Krüppel ist.«

Krüppel! Immer wieder dieses Wort! Wenn er es noch ein Mal in sein dreckiges Maul nahm, dann würde ich ihm eine reinschlagen. Dann würde ich auf seine widerliche Schweinefresse einprügeln und nicht aufhören, bis er um Gnade flehte.

»Und? Ist das lustig?«

»Nein, nein ... das nicht.«

Jetzt würde ich nicht lockerlassen. Er sollte mir nicht entkommen. »Warum musstest du dann verdammt noch mal lachen, Hakan?« Sogar die Wut in meiner Stimme hörte sich an wie mein Bruder.

Erneut erschrak er. »Ich ... ich weiß es nicht, Mehmet. Ich habe gelacht, aber es war ... kein wirkliches Lachen. Ich meine, ich dachte auf einmal ... dein Vater ist ein Krüppel ...«

Es kostete ihn all seine Aufmerksamkeit, einen ordentlichen Satz zu formulieren, und so sah er den Schlag nicht kommen. Meine rechte Faust traf ihn mitten auf den Mund. Das Geräusch war dumpf und laut. Hakan ging in die Knie und war einen Moment lang still, als müsste sein träges Hirn die Information, dass ihm Schmerz zugefügt worden war, dass er einen Schlag auf den Mund bekommen hatte, der die Lippe hatte platzen lassen und ein paar Zähne gelockert hatte, erst noch verarbeiten. Er fing an zu jammern und verschaffte mir leichtes Spiel, indem er den Kopf hängen ließ. Es war die ideale Höhe, um noch ein paarmal von der Seite auf seinen Schädel einzuschlagen. Diesmal landete meine rechte Faust unter seinem linken Auge. Es klang, als bräche etwas, ein Knochen, ein Jochbein vielleicht. Hakan fiel träge nach hinten, zuerst auf seine dicken Pobacken und dann der Länge nach auf den Rücken. Ich hatte das Tier zur Strecke gebracht. Mein Instinkt übernahm nun das Kommando. Ich stürzte mich auf den großen Körper und prügelte wie ein Wahnsinniger auf sein Gesicht ein. Hakan versuchte, meine Fäuste abzuwehren und sein Gesicht zu schützen, aber er war viel zu verdutzt über die Gewalt, die aus mir hervorbrach.

»Hör auf!«, jammerte Hakan. »Hör auf, Mehmet!«

Aber ich machte weiter. Ich schlug ihm in die blutige Schweinefresse, bis ich meine Fäuste nicht mehr fühlte. Er musste für alles büßen, was er getan hatte, für alles, was er gesagt hatte, und für das Elend, das sein Vater verursacht hatte.

Hakan griff verzweifelt nach meinem Gesicht, doch ich wehrte seine Hände ab. Ich schwelgte im Gefühl der Stärke, im Gefühl der Macht, die ich über meinen Peiniger hatte. Doch plötzlich hielt er meine Hände kraftvoll fest. Ich erstarrte, als ich seine enorme Stärke spürte. Ich wusste, er konnte meine Hände zerquetschen, wenn er wollte, und mir war klar, dies konnte der entscheidende Wendepunkt in unserem Kampf sein. Sosehr ich mich auch wehrte, ich bekam meine Hände nicht los. Hakan sah die Angst in meinen Augen und wusste, er konnte den Kampf nun drehen.

In Gedanken suchte ich nach Fluchtmöglichkeiten. Wie könnte ich ohne allzu großen Schaden aus dieser Situation kommen? Wie könnte ich mich retten? Ich fürchtete, dass es zu spät war, dass ich das Ungeheuer erzürnt hatte und es mich nun zerreißen würde. Es war unausweichlich, ich würde Schmerzen erleiden, und ich konnte noch von Glück sprechen, wenn ich mir nichts brach. Hakans blutiger Mund verzog sich zu einem Grinsen. Er verschob die Exekution nach hinten und ließ mich zappeln. Kraftvoll drückte er mich von sich weg. Ich landete mit einem heftigen Schlag auf dem Rücken. Die Luft wurde aus meinen Lungen gepresst. Ein Schubser, und ich war schon fast besiegt. Hakan stand behäbig auf und stürzte sich dann auf mich. Ich war überrascht von seiner Schnelligkeit. Mit seinem ganzen Gewicht drückte er mit den Knien meine Arme auf den Boden. Ich war vollkommen wehrlos. Einen kurzen Moment kreuzten sich unsere Blicke, und es schien, als wollte er mir bedeuten, dass das Spiel aus sei und ich mich mit einer Tracht Prügel mystischen Ausmaßes würde abfinden müssen. Dann ging es los: Ein wahnsinniger Faust hagel traf mein Gesicht. Der Schmerz zuckte durch meinen Körper, bis ich ihn nach einigen Sekunden nicht mehr spürte und wie betäubt war. Ich hoffte, Hakan werde aufhören, wegen Schuldgefühlen oder weil er Verständnis hatte, vielleicht ja auch aus Mitleid. Oder weil er einsah, dass ich einfach die Beherrschung verloren hatte aus nachvollziehbarem Grund und später, in einem klaren Moment, bereuen würde. Aber das Tier hatte Blut geleckt, und er schlug wie ein Wahnsinniger weiter auf mich ein. Ich dachte, mein Schädel würde platzen, und irgendwann hatte ich Angst, dass ich die Schläge nicht überleben würde und dass Hakan erst aufhörte, wenn ich mich nicht mehr bewegte. Ich geriet in Panik, ich fing an, zu schreien und mit den Beinen zu strampeln. Doch es gelang mir nicht, mich aus seinem Griff zu befreien. Ich brüllte um mein Leben und hoffte, Ali und Bilal würden mich hören, doch Hakan hielt mir den Mund zu. Ich biss in seine fleischige Hand und fühlte, wie meine Schneidezähne ins rohe Fleisch drangen. Er schrie laut auf und schlug mir dann noch härter auf den Kopf, auf meinen wehrlosen Kopf, den ich verzweifelt hin und her warf, um den Schlägen auszuweichen. Doch es war sinnlos. Jeder Schlag ein Volltreffer. Da überließ ich mich meinem Schicksal. Meine Muskeln entspannten sich vollkommen. Ich versuchte nicht länger, den Schlägen auszuweichen. Ich dachte an die Lämmer in unserem Stall, an die Aussicht über die sich weit dahinstreckenden Wiesen, und ich sah meine Mutter vor dem Haus den Teppich ausklopfen. Das Geräusch, das sie dabei machte, ähnelte dem von Hakans Fäusten, während sie meinen Kopf torpedierten. Ich hatte mich damit abgefunden, dem Tod geweiht zu sein, und wartete auf den Moment, in dem ich das Bewusstsein verlor.

Hier endete mein Leben also. Nie würde ich meinen Vater wiedersehen.

Ein lauter Schrei.

»Hakan! Hör auf!« Das war mein Bruder. Eine warme Glut durchfuhr meinen Körper. Wenn mich jemand aus dieser Situation retten konnte, dann er. »Lass ihn los, Hakan! Sofort!«

Doch stoisch schlug Hakan weiter auf mich ein. Vom Boden aus sah ich den Tritt, den mein Bruder ihm verpasste, das Schienbein, das Hakans Nase voll traf, sodass sie knackte. Dann fiel Hakan wie ein Sack Mehl zu Boden. Mein Peiniger rollte von mir hinunter, und mein Bruder, der einen Kopf größer war, nahm ihn bei den Armen und zog ihn mit einer einzigen Bewegung von mir weg. Plötzlich sprang Hakan auf und packte Yusuf bei den Hüften. Mit blutender Nase schob er meinen Bruder gewaltsam nach hinten. Der fiel auf den Rücken. Ich erschrak und fürchtete, jetzt würde Hakan meinen Bruder verprügeln, denn er warf sich auf ihn. Ein paarmal holte er mit den Fäusten aus, aber mein Bruder verteidigte sich geschickt. Ehe ich es mich recht versah, hatte er Hakan wieder abgeworfen, der nun seinerseits auf dem Rücken lag. Mit seiner mächtigen rechten Faust holte mein Bruder aus. Der kontrollierte Schlag auf Hakans linke Kieferseite reichte aus, um ihn auszuschalten. Jetzt war das Tier wirklich zur Strecke gebracht.

Mein Bruder kam ruhig auf mich zu und wollte mir aufhelfen. Doch ich blieb liegen und hob nur schwach die Hand zum Zeichen, dass ich noch einen Moment brauchte, um mich zu erholen.

»Geht's?«, fragte mein Bruder.

»Nein … Schmerzen …«, sagte ich ächzend, und dann versuchte ich vergeblich aufzustehen. »Überall Schmerzen.« Meine Augen waren geschwollen, und meine Nase blutete. Und ein Zahn hatte die Lippe durchschlagen.

»Mensch, er hat dich ziemlich übel zugerichtet. Was ist passiert?« Mein Bruder kniete sich neben mich hin und sah mich ehrlich besorgt an.

»Hakan … hat was Blödes gesagt … über Baba. Er … er hörte einfach nicht auf damit.«

»Was hat er gesagt?«

»Krüppel … dass Baba ein Krüppel ist.« Ich wischte mir mit dem Handrücken das Blut von der Oberlippe. »Er hat über ihn gelacht.«

»Und was hast du dann getan?«

»Ihn geschlagen.«

»Du hast als Erster zugeschlagen?«

»Ja. Er hat es immer wiederholt, bis ich es nicht mehr ertragen konnte.«

»Und deshalb hast du dich entschlossen, jemanden zu verprügeln, der viel größer ist als du?«

Ich richtete mich auf. »Er hat Baba beleidigt!«

Mein Bruder seufzte. »Das war sehr dumm von dir. Lass uns gehen. Du musst dich waschen, denn so darf Daye dich nicht sehen. Sie erschrickt sich zu Tode. Kannst du aufstehen?«

Ich schüttelte den Kopf, wobei mir ein spitzer Schmerz durch den Rücken schoss.

»Dann mal los«, sagte er, ging in die Knie, schob einen Arm unter meinen Körper und hob mich hoch. In diesem Moment fühlte ich mich wieder wie ein Fünfjähriger, der von seinem Bruder beschützt wird. Ein Gefühl der Sicherheit überkam mich, während ich aus dem Augenwinkel Hakan stöhnend weghumpeln sah.

»Am Wasserhahn waschen wir dein Gesicht.«

Ich spürte die muskulösen Arme meines Bruders und roch den strengen Geruch seines Körpers. Auf dem Dorfplatz wusch er mich geduldig und wischte mir sanft das Blut aus dem Gesicht. Heimlich hoffte ich, in seiner Achtung gestiegen zu sein, weil ich unseren Vater verteidigt hatte. Mein Bruder wusste, dass ich Hakan fürchtete und dass er mich schon öfter verprügelt hatte, und außerdem wusste er, dass ich kein Raufbold war.

Ich schmeckte das blutige Wasser, während seine Hand immer wieder über mein Gesicht fuhr.

18

Als wir nach Hause kamen, sagte meine Mutter, ohne aufzuschauen: »Morgen holen wir Apo ab.«

Ich hatte ihn vermisst und sehnte mich nach seinem Gesang, bei dem ich sonst morgens aufwachte, nach seinem Geruch, wenn er mich an sich drückte und mich mit leiser Stimme fragte, ob mit den Tieren alles gut gegangen sei. Aber die Vorstellung, ihn wiederzusehen, jagte mir auch einen Schrecken ein. Ich fürchtete die Begegnung mit seinem verstümmelten Bein. Und ich hatte auch keine Lust auf die lange Fahrt nach Muş mit dem schweigsamen Ibrahim und auf das Krankenhaus mit seinem mysteriösen Geruch.

Meine Mutter sah mich an. Erst jetzt bemerkte sie mein geschwollenes Gesicht: »Miran! Was ist passiert?«

Einen Augenblick überlegte ich, ob ich ihr erzählen sollte, dass ich Hakan geschlagen hatte, weil er sich über Baba lustig gemacht hatte, aber sie würde mein Verhalten nicht gutheißen, also beschloss ich zu lügen. Ich sagte, ich sei gefallen. Ich konnte mir nicht vorstellen, dass sie mir glauben würde, auch wenn ich für jemanden, der schlecht im Lügen war, sehr entschieden geklungen hatte.

»Gefallen?«

»Ja, als ich hinter Ali hergerannt bin.«

Sie nahm meinen Kopf zwischen die Hände. »Sei doch nicht immer so ungestüm! Du brichst dir noch das Genick. Jetzt aber schnell ins Bett. Wir stehen morgen sehr früh auf.«

Ich hatte erwartet, dass sie meine Antwort in Zweifel ziehen und weiterfragen würde, bis ich ihr im Detail berichtet hatte, was wirklich passiert war. Aber sie begnügte sich mit einer leicht durchschaubaren Lüge und sah geistesabwesend vor sich hin. Ich fragte mich, ob ihr das bevorstehende Wiedersehen mit Baba auch Furcht einflößte. Was für einen Mann würde sie wiederbekommen? Was für einen Vater würde ich in Zukunft haben?

Sie streichelte mir über den Kopf. Ihr Augen waren feucht.

»Warum guckst du so traurig?«, fragte ich.

»Ich vermisse Apo.«

An diesem Abend lag ich mit offenen Augen im Bett. Neben mir hörte ich meinen Bruder schnarchen. Elida lag auf meiner anderen Seite, zusammengerollt wie ein kleines Tier. Sie schlief so geräuschlos, dass ich mich fragte, ob sie noch lebte. Ich hielt mein Ohr an ihren Mund und hörte sie zu meiner Beruhigung leise atmen. Ich konnte nicht einschlafen. Die Fahrt nach Muş beschäftigte mich zu sehr. Ich würde meinen Vater im Krankenhaus wiedersehen, das für mich etwas von einem Schlachthaus hatte, in dem Menschen ihre Gliedmaßen abgeschnitten wurden. Die Ärzte mit ihren ordentlichen Frisuren sahen freundlich aus, waren aber in Wirklichkeit brutale Schlachter, die jede Gelegenheit nutzten, um ihre blutige Arbeit zu verrichten. Muş war für mich zu einem Teufelsort geworden, wo mein Vater für sein Leben gezeichnet worden war und wo unsere Familie vom Bösen unerwartet eine Dosis Gift verabreicht bekommen hatte.

Nach stundenlangem Grübeln schlief ich ein und träumte wirklich. Wir machten uns am nächsten Morgen in aller Frühe auf den Weg. Die Sonne schien heiß, und der Pferdewagen wurde von Schmetterlingen in den wunderbarsten Farben und von herrlichen Singvögeln, die aus voller Brust sangen, umschwirrt. Sie begleiteten uns seit der Abfahrt aus dem Dorf. Meine Mutter saß diesmal zwischen mir und Ibrahim. Man hätte meinen können, er sei eine vollkommen andere Person: Er redete ununterbrochen und machte einen Witz nach dem anderen. Jeden beendete er mit schallendem Gelächter, bei dem er ungeniert eine Hand auf das Bein meiner Mutter legte. Ich sah sie erstaunt an, aber sie sagte nichts dazu und schaute zu Ibrahim mit Augen, die verzaubert zu sein schienen. Wie aus dem Nichts zeigten sich dunkle Wolken am Himmel. Es war, als wäre plötzlich die Nacht hereingebrochen. Die Vögel und Schmetterlinge hatten Krähen und Fledermäusen Platz gemacht, die über den Pferdewagen hinwegsegelten. Auf einmal befanden wir uns vor dem Krankenhaus. Die Bäume und Sträucher auf dem Gelände brannten, und überall wimmelte es von Schlangen und Skorpionen. Im nächsten Augenblick standen wir vor dem Zimmer meines Vaters. Der Arzt schüttelte Ibrahim schweigend die Hand. Auf seinem Gesicht und Kittel waren Blutflecken, und unter dem rechten Auge hatte er eine eiternde Wunde. »Es gab ein paar Komplikationen«, sagte er. »Aber es geht Uslu Bey jetzt wieder besser.« Als wir das Zimmer betraten, sah ich, dass mein Vater sich einen gewaltigen Bart hatte wachsen lassen. Er lachte uns an. Sein weißes Laken, das er bis zum Kinn hochgezogen hatte, war über und über mit Blutflecken bespritzt. Wortlos zog der Arzt das Laken weg. Ein Schauder durchfuhr mich. All seine Gliedmaßen waren abgetrennt worden. Anstelle von Armen und Beinen sah ich vier kurze Stümpfe, die er wild auf und ab bewegte. Die Operation hatte offensichtlich erst vor Kurzem stattgefunden, denn an den Enden der Stümpfe war rohes Fleisch zu sehen. Von kaltem Grausen erfasst, begann meine Mutter laut zu schreien, woraufhin mein Vater in Lachen ausbrach. Ich schaute zu Boden und entdeckte dort das rechte Bein und die Arme meines Vaters.

Schreiend wachte ich auf. Mein Bruder griff nach mir und sagte, ich hätte einen Albtraum gehabt. Ich war schweißgebadet. Einigermaßen zu mir gekommen, war ich davon überzeugt, dass der Traum eine Warnung sein sollte. Wenn ich mitfahren würde, konnte niemand vorhersehen, welche unheimlichen Ereignisse in Gang gesetzt würden. Ich durfte unter gar keinen Umständen mit nach Muş fahren.

Ein paar Stunden später streichelte eine Hand meine Wange. Die Berührung war zärtlich, aber sie tat mir weh. »Miran, steh auf, wir müssen los«, flüsterte mir eine Stimme ins Ohr. Es war die meiner Mutter.

Mein rechtes Auge war geschwollen, und das ganze Gesicht schmerzte. Der beunruhigende Albtraum steckte noch in meinem Körper. Mir schoss durch den Kopf, dass ich auf keinen Fall mit nach Muş fahren durfte. Aber wie sollte ich es meiner Mutter sagen?

»Was ist, Miran? Hast du Schmerzen?«

Sie eröffnete mir einen Ausweg.

»Ja«, sagte ich schwach, »ich fühle mich schlecht.«

Sie sah mich forschend an. Ihre Hand näherte sich erneut meiner Wange, und bei der Berührung tat ich so, als krümmte ich mich vor Schmerzen.

Sie sah mich besorgt an: »Das sieht nicht gut aus. Dein rechtes Auge ist dick, und dein ganzes Gesicht ist geschwollen.« Kurze Zeit später legte sie ein feuchtes Tuch auf mein Gesicht. Ich blieb im Bett, bis sie mich fragte, ob die Schmerzen abgenommen hätten. Ich schüttelte den Kopf.

Mein Bruder lag neben mir. Er schlief nicht mehr, machte jedoch keine Anstalten aufzustehen. Meine Mutter fragte ihn, ob er an meiner Stelle mit nach Muş fahren wolle. Aber er reagierte nicht. Als sie ihn noch einmal fragte, erwiderte er kurz angebunden: »Nein.«

»Willst du Apo denn nicht unterstützen?«

»Du unterstützt ihn doch schon«, sagte mein Bruder.

Meine Mutter sah ihn einen Moment lang erstaunt an, als läge nicht ihr eigener Sohn, sondern ein fremder Mann neben mir im Bett, und dann wurde sie wütend. Sie verfluchte ihn und schrie, er sei ihr nicht die geringste Hilfe. »Allah wird dich dafür zur Rechenschaft ziehen! Was bist du bloß für ein Sohn? Nimm dir ein Beispiel an Miran!«

Yusuf sah mich voller Verachtung an. Er würde die Gelegenheit, mich niederzumachen, nicht ungenutzt verstreichen lassen. Ich traute mich beinahe nicht, mir seine Antwort anzuhören.

»Wenn er ein Mann werden will, sollte er sich besser an mir ein Beispiel nehmen. Ihr macht einen Weichling aus ihm.«

Meine Mutter erhob sich und ging zornig aufstampfend hinaus. Von der Tür aus sah ich sie kurze Zeit später auf den Pferdewagen steigen.

19

Am liebsten hätte ich mich so lange im Bett verkrochen, bis mein Vater in der Tür erschien. Dann wäre ich zu ihm gerannt und hätte ihn kräftig umarmt. Und von da an würde alles besser werden. Das wusste ich genau, dafür würde mein Vater sorgen, auch wenn er nur ein Bein hatte. Er war stark und hatte in seinem Leben vor größeren Herausforderungen gestanden. Als Kind hatte er eine Flucht in die verschneiten Berge überlebt, er hatte seinen Vater und seine Brüder verloren, und nach der Rückkehr von der Armee war er Waise geworden. Er hatte bisher jede Lage gemeistert. Und so würde er jetzt auch einen Weg finden, mit dem einen Bein umzugehen, und wenn es nötig war, dann würde er doppelt so hart arbeiten. Und ich würde keine Sekunde von seiner Seite weichen. Ich würde ihm helfen, wenn er mich brauchte.

Ich bekam einen Stoß in den Rücken. »Los, aufstehen, Faulpelz! Die Tiere warten auf dich.«

»Bao … bitte, darf ich noch schlafen?«

»Dass du ein bisschen Schmerzen hast, ist kein Grund, die Tiere verhungern zu lassen. Steh auf!«

Ich quälte mich aus dem Bett, rieb mir die Augen und sah in das verärgerte Gesicht meines Bruders.

»Ich möchte hier auf Baba warten«, sagte ich so entschlossen wie möglich.

»Apo kommt erst am späten Nachmittag heim.«

»Woher willst du das wissen?«, sagte ich wütend. »Ich will hier sein, wenn er wiederkommt.«

Er seufzte. »Allein die Fahrt nach Muş dauert Stunden. Du hast also Zeit genug.«

»Nein, sie werden bald wieder hier sein, das spüre ich, und dann möchte ich ihn unbedingt begrüßen«, sagte ich, während ich darüber nachdachte, wie ich um die Arbeit herumkommen könnte. »Bao«, sagte ich dann mit sanfter Stimme, »willst du nicht heute das Hüten der Tiere übernehmen? Dann tue ich es in den kommenden Monaten jeden Tag. Versprochen.«

Ich fürchtete, mein Bruder würde erwidern, das Hüten der Schafe gehöre sowieso zu meinen Aufgaben. Er sah mich eine Weile wortlos an.

»Bitte, Bao, ich möchte hier auf Baba warten.«

Vielleicht lag es an meinem ramponierten Gesicht, vielleicht auch daran, dass ich, weil ich unseren Vater Hakan gegenüber verteidigt hatte, in seiner Achtung gestiegen war, jedenfalls erstaunte er mich mit seiner Entscheidung, als er sagte: »Gut, dann bleib zu Hause. Aber du gehst nicht raus, um zu spielen. Du bleibst im Haus und passt auf Elida auf. Verstanden?«

Ich nickte und konnte ein Lächeln nicht unterdrücken.

Den ganzen Vormittag lang wartete ich gespannt auf dem kleinen Hocker vor unserem Haus, auf dem meine Mutter immer in der Abenddämmerung saß und Sonnenblumenkerne knackte. Ich blätterte in meinem Heft und sah, dass ich es fast ganz vollgeschrieben hatte. Ich beschloss, das erste Buch über Küçük Mehmet zum soundsovielten Mal zu lesen. Elida spielte die ganze Zeit in meiner Nähe. Sie murmelte vor sich hin und zeichnete dabei mit einem Stock Figuren in den Staub. Ich hatte nie darüber nachgedacht, aber plötzlich fragte ich mich, ob sie Zilda ähnlich war, jener Schwester, die sie nie gekannt hatte. Mir wurde bewusst, dass das verschwommene Bild, welches ich all die Jahre über gehegt hatte, immer undeutlicher geworden war. Ich konnte mich nicht mehr an Zildas Gesicht erinnern. Wohl aber hörte ich noch ihre liebevolle Mädchenstimme, und ich sah vor mir, wie sie sich eine Handvoll schwarzer Erde in den Mund steckte. Ich erschrak. Plötzlich fragte ich mich, ob Elida möglicherweise auch von der schwarzen Erde aß, ob sie auch heimlich eine Vorliebe dafür entwickelt hatte.

Ich rief laut: »Elida!«

Erschrocken schaute sie auf: »Was ist denn, Bao?«

Ich sah sie an. Sie war nun schon viel älter als Zilda am Ende ihres Lebens. Es war Zilda nicht vergönnt gewesen, zu der Schwester heranzuwachsen, die ich mir so oft gewünscht hatte.

»Nichts«, sagte ich erleichtert. »Ich wollte dich nur erschrecken.«

Sie sah mich verständnislos an. Wenig später meinte sie, sie vermisse Baba. Darüber hatte ich nie nachgedacht, wie sie es empfunden haben musste, den Vater tagelang nicht zu sehen und die Mutter abends im Bett weinen zu hören. Ich fühlte mich schuldig, weil ich meiner Schwester nicht genug Aufmerksamkeit geschenkt hatte. Elida verlangte nie besonders viel Aufmerksamkeit, sie konnte sich gut selbst beschäftigen und war artig. Von frühester Kindheit an lauschte sie atemlos den Gesprächen unserer Eltern. In dieser Hinsicht ähnelte sie mehr mir als unserem Bruder.

Während ich dort saß und wartete, erschien es mir plötzlich seltsam: Meine Mutter holte meinen Vater ab, so wie er sie vor vielen Jahren eigentlich auch abgeholt hatte. Und obwohl die Umstände nicht vergleichbar waren, musste ich an ihre bizarre Liebesgeschichte denken.

Mein Vater hatte mir einmal erzählt, dass sein Herz sich zum ersten Mal beim Anblick einer Frau vor Freude überschlug, als er meine Mutter sah. Das war, als er mit Hemo ihren Onkel Hüseyin besuchte. Mein Vater war auf der Stelle betört von ihrer überwältigenden Schönheit, als sie an der Tür erschien.

»Das ist meine Nichte Aşme«, hatte Hüseyin gesagt. »Für mich ist sie wie meine eigene Tochter. Sie lebt bei mir, seit sie fünf ist.«

Mit ihren mandelbraunen Augen betrachtete sie meinen Vater schüchtern und lächelte ihm so unauffällig zu, dass nur er es in diesem Moment gesehen haben konnte.

Nachdem meine Mutter später das Wohnzimmer verlassen hatte, gestand Hüseyin, sie sei schon so gut wie vergeben. Er warte auf die Ankunft eines wohlhabenden Bekannten aus Varto, der um ihre Hand anhalten wolle. Mein Vater erstarrte. Die Aussicht, das schönste Mädchen, das er je gesehen hatte, solle einem anderen angehören, erfüllte ihn mit Entsetzen. Hemo fragte, ob es eine Möglichkeit gebe, Hüseyins Meinung zu ändern, doch dieser schüttelte den Kopf.

Als sie wieder draußen standen, zeigte mein Vater eine Entschlossenheit, die Hemo nie zuvor bei ihm gesehen hatte: »Wir werden sie rauben«, sagte er.

In meiner Kindheit sagte mein Vater oft, er habe meine Mutter entführt. Er erzählte, er habe am Morgen an ihre Tür geklopft, und zusammen seien sie geflohen. Mehr verriet er nicht, sodass ich die Geschichte nicht nur romantisch, sondern auch mysteriös fand. Später begann ich, an seinem Bericht zu zweifeln. Als ich ihn direkt darauf ansprach, wich er meinem Blick aus und sagte: »Die ganze Geschichte kann dir deine Mutter erzählen.«

Es dauerte lange, ehe ich den Mut hatte, meine Mutter danach zu fragen: »Nun denn«, sagte sie eines Tages, »ich werde es dir ein einziges Mal erzählen, um zu verhindern, dass du dich später einmal auch so verhältst.« Während sie erzählte, blickte sie manchmal beiseite, als fiele es ihr schwer, die Ereignisse erneut zu durchleben. Sie sagte, Hemo sei mit dem Vorhaben zunächst nicht einverstanden gewesen, habe sich dann aber überreden lassen. Mein Vater und er brüteten zwei Tage lang einen Plan aus. Sie beschlossen, Nandar, Hemos jüngeren Bruder, hinzuzuziehen, weil er die Gegend gut kannte. Am nächsten Morgen machten sie sich bei Sonnenaufgang mit drei Pferden auf den Weg. Die banden sie an einen Baum, hundert Meter entfernt von Hüseyins Haus am Dorfrand, das von Obstbäumen umgeben war. Sie teilten sich auf und warteten an verschiedenen Stellen darauf, dass meine Mutter nach draußen kam.

»Nandar und dein Vater standen dort, wo ich vorbeikommen musste, wenn ich Wasser holte, und Hemo stand auf der anderen Seite, beim Gemüsegarten.«

Die Sonne war bereits eine Weile aufgegangen, aber meine Mutter war noch nicht erschienen. Mein Vater wurde immer nervöser. Plötzlich ertönte Gerumpel im Haus, und die Tür öffnete sich. Mein Vater sah sie erst zum zweiten Mal, aber er konnte sich damals schon nicht mehr vorstellen, ohne sie zu leben.

»Ich wollte im Garten Gemüse für das Frühstück holen. Als ich die Haustür öffnete, hatte ich das Gefühl, beobachtet zu werden, aber da war nichts Verdächtiges.«

Mit jedem Schritt näherte sie sich Hemo, und als meine Mutter sich bückte, stürmte er wie ein Raubtier los, schlang seine Arme um ihre Taille und zog sie an sich.

»Plötzlich wurde ich von hinten gepackt. Ich erschrak und wollte losschreien, doch mir wurde ein Tuch auf den Mund gedrückt, und eine große Hand bedeckte meine Augen.«

Nandar eilte herbei. Er verband meiner Mutter die Augen, schob ihr das Tuch in den Mund und legte ein dünnes Tuch darüber, welches er hinter ihrem Kopf verknotete. Mein Vater sah aus einiger Entfernung wie versteinert zu, auch als Hemos Bruder ihm winkte. Daraufhin rannte Nandar zu ihm hin, schüttelte ihn kräftig und zog meinen vorwärtsstolpernden Vater hinter sich her.

»Ich fühlte, wie ich hochgehoben wurde und jemand mich kräftig bei den Beinen packte.«

Mit kleinen Schritten begaben sie sich zu den Pferden. Verwirrt folgte mein Vater den dreien.

»Sie fesselten meine Hände mit einem groben Strick. Dann wurde ich auf eines der Pferde gesetzt.«

Hemo sprang hinter ihr auf und drückte seinen Körper an ihren.

»Der Mann hinter mir sagte immer wieder, sie würden mir nichts Böses tun, aber ich wehrte mich trotzdem.«

Ihrem Gefühl nach ritten sie Stunden. Es wurde nicht gesprochen. Sie hielten bei einem kleinen Dorf an, wo sie sich in einem leeren Stall versteckten, der einem Freund Nandars gehörte.

»›Hier findet uns keiner‹, sagte Nandar.«

Hemo löste das Tuch von ihrem Mund und befahl ihr, leise zu sein, aber sie begann sogleich, um sich zu treten und zu rufen, sie sollten sie gehen lassen. Als sie ins Leere trat, fiel sie hintenüber. Ihre Hände waren immer noch gefesselt und ihre Augen verbunden.

»Ich trampelte wie wild mit den Füßen und ließ mich vollkommen gehen. Wie ein Rohrspatz schimpfte ich auf meine Entführer: ›Ihr miesen Halunken! Das wird euch noch leidtun. Mein Onkel bringt euch um!‹ Und noch viel schlimmere Dinge.«

Hemo drohte, ihr das Tuch wieder in den Mund zu stopfen, wenn sie nicht aufhörte zu schreien. Dann breitete er ein paar Decken auf dem Boden aus und legte meine Mutter darauf.

»›Fürchte dich nicht, Aşme‹, sagte er plötzlich väterlich, ›wir tun dir nichts Böses.‹«

Der Stall füllte sich mit dem Schweißgeruch der drei Männer.

»Der Geruch, der mir in die Nase stieg, machte mir Angst.«

Sie hatte das Gefühl, wie ein Nagetier in einer kleinen Höhle gefangen zu sein und jeden Moment durch den Schlag einer scharfkralligen Tatze getötet werden zu können. Das Tuch vor ihren Augen saugte sich voller Schweiß. Sie fühlte eine Hand auf ihrem Kopf und rutschte erschrocken nach hinten.

»›Was willst du?‹, schrie ich.«

Sie bekam keine Antwort.

»›Sag, was willst du?‹

Eine zitternde Stimme erwiderte: ›Ich wollte nur deine Augen sehen. Lass mich das Tuch entfernen.‹ Weil ich wissen wollte, wer das war, erlaubte ich es. Als ich meine Augen öffnete, schaute ich in die unschuldigen hellblauen Augen deines Vaters. Ich dachte, er mit seinem jungenhaften Blick könne unmöglich der Entführer sein. Sehr bald schon wandte er die Augen ab und wusste nicht, wie er sich verhalten sollte. Dann bemerkte ich Hemo und Nandar, die mit verschränkten Armen ein wenig abseits standen. Ich sagte zögernd zu deinem Vater, dass ich ihn wiedererkannt hatte. Er nickte nur. Seine Schüchternheit gab mir den Mut, ihn zu fragen, was er von mir wolle. Er sagte, es tue ihm leid. Als ich ihn fragte, was ihm leidtue, erwiderte er, es tue ihm leid, dass er dies habe tun müssen. Ich verstand nicht, was er meinte, und fragte ihn, was er denn habe tun müssen. Er sagte mir, dass er mich heiraten wolle und dass dies der einzige mögliche Weg gewesen sei. Als ich ihm mitteilte, ich würde ihn auf gar keinen Fall heiraten, da sagte er, dass er mich liebe. Ich antwortete, er könne mich nicht lieben, weil er mich nicht kenne. Daraufhin sagte er etwas, das ich nie vergessen werde. Er sagte: ›Ich bin sicher, du wirst mit der Zeit dasselbe für mich empfinden.‹ Er sagte, wir würden am nächsten Tag in mein Dorf zurückkehren und dann würde ich seine Frau werden. Ich glaubte ihm nicht und sagte, mein Onkel werde das nie erlauben. Ich erschrak, als er erwiderte: ›Dein Onkel hat keine Wahl.‹ Und er behielt recht. Ich war zu jung, um es in dem Moment zu verstehen.«

Am nächsten Tag gingen sie in aller Frühe zurück ins Dorf meiner Mutter. Sie brachten sie zu ihrem Onkel, der außer sich war, als er seine Nichte in Begleitung von meinem Vater und Hemo näher kommen sah. Hemo eilte voraus, um ihn zu beruhigen, doch Hüseyin packte ihn unsanft beim Kragen und sagte, eigentlich müsse er ihn ermorden. Doch gemäß den Bräuchen hatte er keine andere Wahl, als seine Nichte, die von fremden Männern entführt worden war, wegzugeben. Eine Woche später heirateten meine Eltern.

Eine Zeit lang sah ich meinen Vater mit anderen Augen. Ich verübelte ihm, dass er meine Mutter mit Gewalt zu seiner Frau gemacht hatte. Doch als meine Mutter das bemerkte, sagte sie, ich dürfe ihm keinen Vorwurf machen, weil es damals eine andere Zeit war.

»Wir waren füreinander bestimmt«, fügte sie mit einem Lächeln hinzu, »davon bin ich überzeugt. Denn auch er hatte niemanden mehr, so wie ich.« Sie schwieg einen Moment. »Und außerdem hat er recht behalten.«

»Womit?«

»Dass ich mit der Zeit dasselbe für ihn empfinden würde.«

Mittags war mein Vater immer noch nicht wieder da. Es nieselte. Meine Haare und mein Gesicht wurden nass, aber ich ging nicht ins Haus. Ich schaute zum grauen Himmel hinauf und fragte mich, wo mein Vater in diesem Moment sein mochte. Saß er bereits auf dem Pferdewagen und wurde vom Regen nass wie ich? Als es kurze Zeit später aufklarte, gingen Ali und Bilal an unserem Haus vorüber. Sie sahen mich nicht. Als ich sie grüßte, schauten sie verlegen, als hätten sie mich dort nicht erwartet.

»Wir gehen zum Bach«, sagte Bilal entschuldigend. Ali starrte zu Boden.

»Ich warte auf meinen Vater, er kann jeden Moment nach Hause kommen«, sagte ich und hoffte vergebens auf eine Frage nach meinem blauen Auge. »Wollt ihr nicht ein bisschen bei mir bleiben?«

Ich schaute zu Ali, aber der starrte immer noch auf den Boden.

»Ähm … wir wollen Frösche fangen.« Wieder klang es wie eine Entschuldigung.

Ali zog an Bilals Ärmel und flüsterte: »Lass uns gehen.«

Ich sagte mir, es sei wichtiger, meinen Vater zu empfangen, als mit meinen Freunden zu spielen, aber die Vorstellung, dass Ali und Bilal ohne mich loszogen, beunruhigte mich dennoch. Und es tat mir weh, dass Ali mich nicht angesehen hatte.

Meine Beine schliefen ein, und ich bekam Hunger. Die Sonne brach durch, und ich holte mir drinnen etwas Brot aus dem irdenen Topf. Während ich auf dem zähen Brot herumkaute, dachte ich, es sei gut, Elida auch ein Stück zu geben. Jetzt, da meine Eltern und mein Bruder nicht da waren, hatte ich die Aufgabe, mich um sie zu kümmern. Ich tat etwas Käse und ein Stück Gurke auf ihr Brot. Sie aß es gierig auf. Für meine Mutter musste es herrlich sein, eine Tochter zu haben, die so wenig Arbeit machte. Als ich aufschaute, sah ich meinen Bruder von der Weide kommen. Gleichmütig brachte er die Schafe in den Stall. Als das letzte Schaf drinnen war, sah er mich kurz an. Ich dachte, er würde mich fragen, wie es mir ging oder ob Baba schon angekommen sei, aber er sagte nichts. Wortlos ging er davon.

Die Sonne näherte sich dem Horizont. Es wurde langsam dunkel. Wie konnte Ibrahim den Pferdewagen im Dunkeln lenken? Ich schaute zu dem flachen Hügel in der Ferne hinüber, den sie als letztes Hindernis auf dem Weg zum Dorf überwinden mussten, und dachte an meinen Vater, an sein freundliches Gesicht, seine leuchtenden blauen Augen, die mehr gesehen hatten, als ein Mensch ertragen konnte.

Die Sonne versank hinter dem Hügel und färbte den Himmel blutrot. Und dann geschah dort etwas Magisches: Mein Vater trat aus der Sonne. Mit angehaltenem Atem sah ich, wie er auf dem Hügel stand und eine Hand hob. Ich dachte, ich träume, aber es war Wirklichkeit. Mit der roten Glut im Rücken und Krücken unter beiden Armen kam mein Vater langsam den Hügel herunter.

20

Mein Vater lachte von einem Ohr zum anderen. Seine Wangen waren glatt rasiert, und seine schwarzen Haare mit grauen Strähnen waren kurz geschnitten. Aber es war etwas Merkwürdiges an ihm, das ich nicht einordnen konnte. Er legte mir die Hand auf den Kopf und zog mich an sich. Und während er sich auf die Krücke unter seinem Arm stützte, küsste er mich auf die Wange. »Ich habe dich vermisst, mein Sohn«, sagte er mit bewegter Stimme.

Er betrachtete mich genau und fragte erschrocken, was mit meinem Gesicht passiert sei. Ich erzählte ihm, ich sei gefallen, und schlang rasch die Arme um ihn. Er fühlte sich anders an. Früher hatten sich meine Hände nicht berührt, wenn ich ihn umarmte, nun gelang es mühelos. Erschrocken ließ ich ihn los und sah ihn mir genauer an. Erst jetzt fiel mir auf, dass seine Wangen eingefallen waren und sein Kopf kleiner wirkte. Die Hose war ihm zu weit und hing locker um die Hüften. Mein Blick glitt nach unten, dorthin, wo früher einmal sein linkes Bein gewesen war und wo man die Hose nun sorgfältig am Oberschenkel zusammengefaltet und mit Sicherheitsnadeln befestigt hatte. Niemandem würde entgehen, dass ihm ein Bein fehlte.

Er sah, wie ich ihn anstarrte, und sagte: »Ich kann schon ganz gut auf Krücken laufen«, und um es zu beweisen, ging er ein ganzes Stück vor mir her. Ich war erstaunt, wie geschickt er bereits damit umging. Er stellte sie etwa einen halben Meter vor sich auf den Boden und schwang mit seinem rechten Bein nach vorn. Vom Pferdewagen aus, der hinter uns den Hügel hinabfuhr, rief meine Mutter, er solle vorsichtig sein. »Du hast nur noch ein Bein, Selim, pass um Himmels willen auf!«

Aber mein Vater hörte nicht auf sie, er ging im Gegenteil immer schneller, als wollte er beweisen, dass wir uns um ihn keine Sorgen zu machen brauchten. Ich ging neben ihm her und sah die Schweißperlen auf seiner Stirn. Er atmete schwer bei jedem Schritt, den er mit dem rechten Bein machte, dem Bein, das nun für zwei arbeiten musste. Vor unserem Haus blieben wir stehen. Elida schaute wie erstarrt auf den abgemagerten Mann, der mit seinen Krücken und dem halben Bein vor ihr stand.

»Elida, komm zu Apo. Lass dich umarmen.«

Zögernd ging sie einen Schritt vor. »Baba«, sagte sie entsetzt, »was … was ist mit deinem Bein passiert?«

»Apos Bein war nicht gesund«, erwiderte er. »Aber es tut nicht mehr weh, und ich kann sehr gut auf Krücken gehen.« Er lächelte, aber es war ein aufgesetztes Lächeln. Nachdem er Elida auf die Stirn geküsst hatte, begab er sich ins Haus. Sie blieb verwundert stehen und sah ihm mit offenem Mund hinterher. Einen Moment lang fürchtete ich, sie könnte in Tränen ausbrechen, aber sie hielt sich tapfer, meine kleine Schwester. Drinnen sog mein Vater den Geruch ein, als hätte er vergessen, wie es bei uns roch. »Wie bin ich froh, wieder zu Hause zu sein.« Er sah sich um, betrachtete den Teppich, als sähe er ihn zum ersten Mal, und ließ dann die Krücken fallen, um sich auf ein Kissen am Boden zu setzen. Vorsichtig balancierte er auf dem rechten Bein und ließ sich dann langsam sinken. »Mehmet, bring mir etwas *ague*.«

Ich nahm einen Zinnbecher und füllte ihn eilig mit Wasser aus dem Eimer, den ich am Morgen an der Pumpe gefüllt hatte. Durstig trank mein Vater den Becher in einem Zug aus. »Noch einen«, sagte er. »Noch einen, ich stehe in Flammen.«

Meine Mutter kam ins Haus und fing sogleich an, eine Mahlzeit für ihn zu bereiten. Sie tat Joghurt mit Knoblauch in eine Schale, schnitt Gurke und Tomaten in Stücke, belegte ein ordentliches Stück Brot mit Ziegenkäse und stellte das Ganze vor ihn auf den Teppich. »Mal sehen, wie groß dein Hunger ist, Selim.« Wir schauten zu, wie er minutenlang auf das Essen starrte. Erst als meine Mutter ihn anstieß, aß er ein paar kleine Happen vom Brot und kaute lustlos auf einem Gurkenstück herum. Dann rückte er zurück und sagte, er wolle später weiteressen. Ehe meine Mutter etwas sagen konnte, fing er an, über die Zeit im Krankenhaus zu erzählen. Immer wieder berichtete er, wie entsetzlich schwer es gewesen sei und dass die Schmerzen ihn mitunter wahnsinnig gemacht hätten. »Aber eure Abwesenheit war schwerer zu ertragen. Im Vergleich dazu war der Schmerz ein Kinderspiel.« Ab und zu verfiel er in Schweigen und schien dann in Gedanken wieder in dem Zimmer mit dem weißen Bett zu sein, aber dann sprach er auf einmal begeistert von dem Arzt, mit dem er sich sehr gut verstanden habe und der ihm immer wieder geraten habe, fleißig mit den Krücken zu üben, damit er seine Beweglichkeit behalte. Lächelnd beschrieb er, wie man ihm beigebracht hatte, mit den Krücken umzugehen. Aber es war ein Lächeln ohne Funkeln in seinen Augen, übertönt vom Schmerz, den wir deutlich hörten. Jemand anders hätte es vielleicht nicht bemerkt, aber wir kannten seine Stimme, wenn er im Kreis der Familie erzählte. Dann strahlte er eine Wärme und Lebendigkeit aus, die mich sofort glücklich machten. Doch die Stimme, die nun aus seinem Mund kam, entfachte den Kummer, der sich seit seinem Unfall in meinem Herzen angestaut hatte, nur aufs Neue.

Als er seine Geschichte zu Ende erzählt hatte, herrschte Schweigen. Nicht einmal meine Mutter sagte ein paar beruhigende Worte, sie schaute nur mit traurigen Augen vor sich hin. Mein Vater durchbrach die Stille und wollte wissen, wo sein ältester Sohn sei. Meine Mutter schaute mich an, doch ich zuckte mit den Achseln. Mit einem nur angedeuteten Lächeln sagte ich, er werde wahrscheinlich jeden Moment nach Hause kommen. Dann schwiegen alle wieder. Es kam mir so vor, als wäre ein kühler Schatten auf die Familie Uslu gefallen. Keiner von uns wusste, wie wir ihm entkommen und wieder in den warmen Schein des Lichts gelangen konnten, das uns immer so großzügig beschienen hatte.

Inzwischen war es tatsächlich dunkel geworden, und drinnen leuchteten die Öllampen hell, als mit einem Mal die Haustür aufflog und die große Gestalt meines Bruders eintrat. Seine langen Haare waren zerzaust, die Kleider hingen ihm unordentlich am Leib, und er keuchte heftig. Er schaute zu meinem Vater hinüber. Er wusste offensichtlich nicht, wie er sich verhalten und was er sagen sollte. Deutlicher als je zuvor wurde mir bewusst, wie sehr sich mein Bruder verändert hatte, seit er aus Muş zurückgekehrt war. Er strahlte eine Distanziertheit aus, die ihn zuerst unseren Eltern und dann mir entfremdet hatte. Langsam, aber sicher hatte er sich aus der Familie entfernt.

»Yusuf«, sagte mein Vater und winkte ihn zu sich.

»*Selam*«, sagte mein Bruder, ging zögernd auf den am Boden Sitzenden zu und kniete bei ihm nieder. Mit Unbehagen ergriff er die Hand meines Vaters und senkte seine Lippen darauf. Aber das Küssen des Handrückens war eine Gewohnheit, die mein Vater immer abgelehnt hatte. Er fand sie altmodisch und hierarchisch und fand, sie passe nicht zu der Warmherzigkeit in unserer Familie. »Scheichs und Alte, die ihre Stellung gegenüber anderen betonen wollen, lassen sich den Handrücken küssen«, hatte er oft gesagt, wenn Bekannte oder Besucher aus dem Dorf wissen wollten, warum mein Bruder und ich ihm zur Begrüßung nicht die Hand küssten. Deshalb wunderte uns das Verhalten von Yusuf.

Mein Vater zog seine Hand weg, ehe mein Bruder einen Kuss daraufdrücken konnte, und sagte: »Yusuf! So begrüßt du mich doch nicht?« Er nahm den Kopf seines Sohnes, küsste ihn auf beide Wangen und drückte ihn dann an sich. Ich sah, dass es meinen Vater rührte, seinen Ältesten wieder in die Arme zu schließen. Vielleicht spürte er auch, dass er ihn zurückholen musste, ehe er sich zu weit von dem sicheren Nest entfernte, aus dem er gefallen war. Er sah ihn besorgt an. Ihre Gesichter waren nur wenig voneinander entfernt. Mein Bruder schaute als Erster weg. Sein Blick fiel auf den Beinstumpf.

»Wie geht es Ihnen?« Er redete ihn seit Kurzem mit »Sie« an. Auch das war ein Indiz für seine neue Distanz. Wenn er meinen Vater etwas fragen wollte, begab er sich in sein Blickfeld, damit er ihn nicht mit »Vater« ansprechen musste.

Mein Vater erzählte erneut die Geschichte von der Amputation seines Beines, aber mein Bruder starrte abwesend auf den Boden. Keinen Moment machte er den Eindruck, als würden die Worte zu ihm durchdringen. Am Ende nickte er und sagte der Form halber: »Nun ruhen Sie sich gut aus.« Dann ging er nach draußen, zur Latrine.

Ich konnte mir sein verändertes Benehmen nicht erklären und glaubte nicht, dass es nur mit der erzwungenen Rückkehr nach Sobyan zu tun hatte. Einmal hatte ich meine Eltern belauscht, als sie in gedämpftem Ton über ihn sprachen. Sie hielten sein Verhalten für pubertäre Rebellion, der man am besten möglichst wenig Widerstand entgegensetzte, um eine Eskalation zu verhindern. Das war ein Irrtum mit weitreichenden Folgen.

21

Der Tag der Rückkehr meines Vaters läutete den Beginn unseres neuen Lebens ein: das der anderen Familie Uslu, mit einem verkrüppelten Vater, einer verzweifelten Mutter, dem widerspenstigen älteren Sohn, dem schweigsamen jüngeren Sohn und der idealen Tochter.

In jener Nacht konnte ich nicht einschlafen. Ich dachte an die Zeit, die vor uns lag, und spürte, dass die zerbrechliche Erscheinung meines Vaters den anfänglichen Optimismus in mir erschüttert hatte. Würde er noch auf dem Feld arbeiten können? Und die Versorgung der Tiere wieder übernehmen? Meine Mutter konnte sich nicht um alles kümmern. Sie hatte vor dem Unfall schon genug mit dem Haushalt zu tun, mit uns Kindern und der Hilfe bei der Feldarbeit. Nur bei Sonnenuntergang gönnte sie sich einen Moment der Erholung und sank erschöpft auf den Hocker vor dem Haus. Ich würde einen größeren Beitrag leisten müssen, auch weil ich daran zweifelte, dass wir mit meinem Bruder würden rechnen können. Aber der Gedanke, in jedem Fall wieder mit dem Gesang meines Vaters aufzuwachen, beruhigte mich. Wir würden bestimmt das Vertrauen in ihn zurückgewinnen, und alles würde wieder gut werden.

Aber am nächsten Morgen wurde ich nicht vom Gesang meines Vaters geweckt. Als ich die Augen öffnete, sah ich meinen Vater mit gesenktem Kopf an derselben Stelle sitzen wie am vorigen Abend. Er rauchte eine Zigarette und rieb über den verbundenen Beinstumpf.

Ich hatte ihn nie zuvor rauchen sehen, auch nicht, wenn er im Haus des alten Ilyas Geschichten erzählte, wo das Zimmer immer blau vom Zigarettenrauch war. Es passte nicht zu ihm. Wenn ihm eine Zigarette angeboten wurde, bedankte er sich stets höflich und sagte, er bekomme Halsschmerzen vom Rauchen. Als ich ihn genauer betrachtete, erschrak ich: Sein Gesicht war schmerzverzerrt, als er über seinen Stumpf rieb. Er hörte augenblicklich damit auf, als meine Mutter kam. Sie gab ihm ein Stück Brot, das er auf den Teppich legte, ohne es weiter zu beachten. Es wunderte mich, dass sie nichts zu der Zigarette sagte.

»Du musst etwas essen, Selim«, sagte sie in einem Ton, als spräche sie zu meiner Schwester.

Er schaute lustlos auf das Brot. »Dräng mich nicht, Aşme, es läuft nicht weg.«

Sie brach ein Stück davon ab. »Mach den Mund auf!«, befahl sie. »Komm, du musst zu Kräften kommen.«

Widerstandslos öffnete er den Mund, und sie stopfte das Brot hinein. Als sie gegangen war, begann er wieder über den Stumpf zu reiben.

Als ich von den Weiden zurückgekehrt war und die Schafe in ihre Ställe gebracht hatte, hockte mein Vater immer noch an derselben Stelle. Ich fragte ihn, ob er draußen gewesen sei. Er sah zu mir auf, als bemerkte er mich erst in diesem Moment, und ich wiederholte meine Frage.

»Ich lasse es langsam angehen«, erwiderte er erschöpft. »Wenn ich hinausgehe, muss ich allen immer dieselbe Geschichte erzählen. Kannst du mir aufhelfen und mir die Krücken geben?« Er streckte mir die Hände entgegen. Vorsichtig zog ich ihn hoch. Während er auf seinem rechten Bein balancierte, reichte ich ihm die Krücken, und er klemmte sie sich unter die Achseln.

»Ich geh zur Latrine«, sagte er in einem Ton, als hätte er diesem Gang schon die ganze Zeit mit Widerwillen entgegengesehen.

Er wollte nicht, das ich ihn zu dem kleinen Holzhäuschen begleitete. Es stand weniger als zehn Meter von der Haustür entfernt, aber ich schaute ihm besorgt nach, denn er schien sich weniger geschickt auf den Krücken zu bewegen als tags zuvor. Vorsichtig humpelte er vorwärts, als hätte er Angst zu stürzen. Zwischendurch hielt er an, hob ein Steinchen auf und warf es in Richtung der Bäume. Als er endlich vor dem Holzhäuschen angelangt war, sah er sich kurz um und zog dann die knarrende Tür auf. Die Tür schlug gegen ihn, und leise schimpfend tat er einen Schritt zur Seite, um sie ganz öffnen zu können. Er stemmte die Krücken auf den Boden der Latrine und schwang sich hinein. Dann musste er die Tür hinter sich schließen. Fluchend machte er wieder einen Schritt nach draußen, um die Tür zu fassen. Er hing auf seinen Krücken und langte mühsam mit der rechten Hand nach dem hölzernen Türknauf. Laut seufzend zog er die Tür hinter sich zu. Von der Haustür aus behielt ich das Holzhäuschen im Auge. Während ich wartete, sah ich auf der Straße einen alten Mann mit krummem Rücken vorübergehen. Er stützte sich auf einen Spazierstock. Dieser alte Mann war möglicherweise besser zu Fuß als mein Vater.

Mein Vater brauchte lang. Ich fürchtete, er könnte gefallen sein, nicht in der Lage, wieder aufzustehen. Aber wenn dem so war, würde er nicht wollen, dass sein Sohn ihn auf dem schmutzigen Boden liegen fand. Ich beschloss, meine Mutter zu holen. Ungeachtet seiner Proteste, hatte sie ihn seit seiner Rückkehr schon ein paarmal zur Latrine begleitet.

»Warum bittet dieser sture Mann nicht um Hilfe?«, rief sie. Mit großen Schritten ging sie zu dem Holzhäuschen und rief schon unterwegs seinen Namen. Ich blieb in der Haustür stehen und fragte mich, warum sie so gereizt reagierte. Wenn es um meinen Vater ging, war sie sehr ungeduldig und reagierte oft kurz angebunden. Sie warf ihm vor, er sei langsam und außerdem dickköpfig, doch da war ich nicht mit ihr einer Meinung. Im Gegenteil, ich fand *sie* stur. Sie duldete keinen Widerspruch und konnte kräftig vom Leder ziehen, wenn sie ihren Willen nicht bekam.

Sie riss die Latrinentür mit einem Ruck auf und blieb ein paar Sekunden regungslos stehen. Dann sagte sie etwas, was ich nicht verstehen konnte. Sie ging hinein und zog die Tür hinter sich zu. Eine ganze Weile passierte gar nichts. Ich wusste nicht, ob ich ertragen würde zu sehen, was sich in dem Verschlag abspielte, aber ich überlegte, hinzugehen und zu helfen. Doch dann öffnete sich die Tür endlich, und meine Eltern kamen heraus. Mein Vater stützte sich mit dem einen Arm auf eine Krücke, den anderen hatte er um die Schultern meiner Mutter gelegt. Sie trug die zweite Krücke. Instinktiv rannte ich zu den beiden hin, aber meine Mutter befahl mir zu gehen. Mein Vater schaute beschämt zu Boden. Ohne einmal aufzusehen, ließ er sich erschöpft ins Haus führen. Nie wieder erlaubte meine Mutter, dass er allein zum Holzhäuschen ging.

In den darauffolgenden Tagen wurde mein Vater immer schweigsamer. Er wollte nur noch während der frühesten Stunden des Tages nach draußen gehen oder wenn es stockdunkel war, sodass der Weg zum Abort mit einer Öllampe beleuchtet werden musste. Vollkommen entgegen den Bräuchen des Dorfes wehrte meine Mutter zunächst jeden Besuch ab. Freunde und Bekannte standen immer wieder unangekündigt vor der Tür, doch weil meine Mutter nicht wollte, dass sie ihn tieftraurig vorfanden, sagte sie jedes Mal, mein Vater schlafe gerade. Nur Ibrahim ließ sie zu ihm, denn er wusste, was mein Vater durchgemacht hatte. Aber am vierten Tag nach seiner Rückkehr konnte sie die Besucher nicht länger wegschicken. Sie fragte meinen Vater, ob er bereit sei, Gäste zu empfangen. Er schüttelte hastig den Kopf und sagte, er wolle niemanden sehen oder sprechen.

»Aber, Selim«, sagte meine Mutter, ohne ihr Unverständnis zu verbergen, »ich kann ihnen doch nicht immer weiter die Tür vor der Nase zuschlagen? Was wird man von uns denken? So entstehen nur Gerüchte, und das will ich nicht.«

Mein Vater musste sich wohl oder übel mit ihrer Entscheidung abfinden. Als Erste kam Alis Mutter zu Besuch. Ihr Sohn begleitete sie nicht. Sie hatte eine gebundene Suppe gemacht, die noch dampfte. Meine Mutter schlug vor, sie gleich gemeinsam zu essen. Erst nachdem alle ihre Schüsseln bereits geleert hatten, aß mein Vater den ersten Löffel. Er hatte sich eine verkürzte Version der Krankenhausgeschichte zurechtgelegt, die er nun jedem Besucher auftischte, als wäre er nie ein Geschichtenerzähler gewesen. Monoton und ohne die Gäste auch nur ein einziges Mal anzusehen, präsentierte er, sich keine einzige Pause gönnend, seine Version. Mir fiel auf, dass er sie jedes Mal auf genau dieselbe Weise erzählte. Jedes Wort und jeder Satz waren buchstäblich identisch. Und immer saß ich an seiner Seite. Ich genoss es, seine Stimme wieder länger zu hören. Das spürte er, denn manchmal legte er eine Hand auf mein Knie, oder er schaute mich mit einem müden Lächeln an, als wollte er sagen: »Bald haben wir es hinter uns, mein Sohn, und dann können wir uns gemeinsam wieder schöneren Dingen widmen.« Doch der Besucherstrom schien kein Ende zu nehmen. Die meisten brachten warmes Essen mit, andere ein Paar gestrickte Socken oder Honig. Sie gingen erst, wenn der nächste Besucher vor der Tür stand.

Ohne von meiner Mutter dazu aufgefordert worden zu sein, half ich meiner Schwester beim Servieren des Tees für die Gäste. Nie zuvor hatte ich sie das tun sehen. Als spürte sie, dass sie jetzt eine andere Rolle hatte in der »neuen Familie«. Stolz betrachtete ich sie. Mein Bruder war nicht da. Sicher mied er das Haus wegen der vielen Besucher.

Vielleicht konnte mein Vater nach einiger Zeit seine eigene Geschichte nicht mehr hören und gewährte daher dem alten Erol, der mit seiner Frau gekommen war, das Wort zu ergreifen und sich von niemandem mehr unterbrechen zu lassen. Erol berichtete mit weit ausholenden Armbewegungen und erhobener Stimme über alle Fälle von Knochenbrüchen, die er in seinem Leben mitbekommen hatte. Seine sechs Brüder hatten sich in ihrer Kindheit alle irgendwelche Gliedmaßen gebrochen, und er selbst brach sich mit vierzehn den rechten Arm, als er aus einem Birnbaum fiel. Er stellte meinem Vater keine einzige Frage. Gerade als ich dachte, wir müssten uns seine Lebensgeschichte drei Mal anhören, stand Erol auf und sagte: »Jetzt müssen wir aber wirklich aufbrechen. Es war uns ein Vergnügen. Komm, Frau, wir gehen.«

Stille erfüllte das Haus. Wir hockten erschöpft um den roten Teppich, erleichtert darüber, dass an diesem Abend keine Besucher mehr kommen würden. Mein Vater und ich sahen einander lächelnd an. »Bist du müde?«, fragte er.

»Nein«, log ich.

»Ich schon«, erwiderte er. »Ich kann meine eigene Stimme nicht mehr hören, und meine Kehle ist staubtrocken.«

Er nahm den Wasserbecher und trank ein paar Schlucke.

Während meine Mutter und Elida die Teegläser wegräumten, klopfte es laut an der Tür. Zögernd öffnete meine Mutter. Es war Atilla, der Schlachter. Mit gefalteten Händen verbeugte er sich vor ihr und sagte: »Ma be gerdi, ich möchte gern Selim Bey sprechen. Ich hoffe, es passt.« Es war verwirrend, Atilla so leise und beherrscht reden zu hören. Meine Mutter nickte und trat einen Schritt beiseite. Ihrem Gesicht war deutlich anzusehen, dass sie über sein Kommen nicht erfreut war. Mit immer noch gefalteten Händen und sich vor dem Türrahmen verneigend, trat Atilla ein. Als meine Mutter gerade die Tür hinter ihm schließen wollte, tauchten aus der Dunkelheit Hakan und seine Mutter auf und traten wortlos ein. Atilla nickte meinem Vater zu und sagte: »Ma be gerdi, Selim Bey.«

Mein Vater erwiderte den Gruß. »Selam, Atilla.« Ich hörte die Erschöpfung in seiner Stimme. Es war ein langer Tag gewesen, der ihm viel abverlangt hatte, und ausgerechnet jetzt musste Atilla kommen. Er setzte sich gleich neben meinen Vater, und Hakan nahm an der Seite seines Vaters Platz. Die Mutter ließ sich weit von ihnen entfernt nieder und blickte zu Boden.

Atilla grinste meinen Vater an und legte eine Hand auf sein gesundes Bein. *»Se kena rında?«*

»Es geht.« Mein Vater seufzte. »Ich kann immer besser mit den Krücken laufen, und die Schmerzen werden auch weniger.«

»Zum Glück«, sagte Atilla, wobei er mit der freien Hand ein paar Schnurrbarthaare zwischen Daumen und Zeigefinger zwirbelte. »Denn es ist keine Kleinigkeit, sein Bein … äh … zu verlieren.«

In diesem Moment dachte ich, Atilla sei gekommen, um sich zu entschuldigen, um zu sagen, dass es ihm leidtue, dass er das Bein meines Vater zu stramm geschient und sich dann geweigert hatte, nachzuschauen, als meine Mutter ihn angefleht hatte. Aber er sagte nur: »Du hast großes Pech gehabt.«

Wenn meine Mutter das gehört hätte, hätte sie Atilla wahrscheinlich fein auf die Rolle hingewiesen, die er bei dem Ganzen gespielt hatte. Aber sie war zum soundsovielten Mal an diesem Tag damit beschäftigt, Tee zu machen. Mein Vater hörte sich Atillas Worte gelassen an, als wäre es tatsächlich nichts als blödes Pech, dass er den Rest seines Lebens mit nur einem Bein auskommen musste. Mein Blut kochte, und am liebsten wollte ich aufspringen und Atilla laut ins Gesicht schreien, dass es seine Schuld war. Aber ich blieb sitzen. In Wirklichkeit traute ich mich nicht einmal, ihn anzusehen, wenn er sprach. Hakan sah ich ebenso wenig an, aber ich spürte sehr wohl seinen glühenden Blick. Sein Gesicht war wie das meinige immer noch ramponiert. Nach unserem Kampf war sein Vater nicht gekommen, um sich zu beschweren. Ich erschrak. Vielleicht wollte er das ja jetzt tun.

Meine Mutter stellte die Teegläser auf den Teppich und nahm Platz neben Hakans Mutter, die ihr Lächeln nicht erwiderte.

Atilla schlürfte den heißen Tee und seufzte lang und genüsslich.

»Ahhh, der Tee ist herrlich, Frau Uslu. So guten Tee habe ich schon lange nicht mehr getrunken.«

Meine Mutter reagierte nicht auf das Kompliment, doch seine Frau schaute zum ersten Mal auf und warf ihm einen verärgerten Blick zu. Ich war erleichtert, dass mein Vater nicht schon wieder die Geschichte vom Krankenhaus erzählte. Ich wollte nicht, dass Atilla im Einzelnen erfuhr, wie sehr mein Vater gelitten hatte. Niemand sagte ein Wort. Nur das leise Schnarchen meiner Schwester war zu hören. Sie war auf meinem Schoß eingeschlafen.

Obwohl die Gläser von Atilla und seiner Frau bald geleert waren, schenkte meine Mutter nicht nach. Während Atilla die Stille mit einer uninteressanten Geschichte aus seinem Berufsleben durchbrach, schaute ich aus dem Augenwinkel zu Hakan hinüber. Der pulte konzentriert an einem Hautfetzen an der linken Hand herum. Ich versuchte mir vorzustellen, wie es für ihn sein musste, einen solchen Vater zu haben. Einen Vater, der den ganzen Tag Tiere schlachtete, seine Frau wie eine Leibeigene behandelte, ihn anbrüllte und im ganzen Dorf wegen seiner Wutanfälle gefürchtet war. Ich konnte aufkommendes Mitleid für ihn nicht unterdrücken.

Als ich mich fragte, wann sie wohl gehen würden, erhob sich Atilla plötzlich und sagte: »Wir sollten uns dann mal wieder auf den Weg machen. Frau, Hakan, aufstehen!« Er sah meine Mutter an. »Vielen Dank für den Tee, Frau Uslu. Und alles Gute, Selim Bey.« Er sah meinen Vater ernst an und fügte hinzu: »Eigentlich wollte ich heute Abend noch etwas Geschäftliches mit dir besprechen. Ein Vorschlag. Aber ich denke, es ist nicht der richtige Moment, es sei denn, du willst ihn hören.«

Mein Vater sah ihn müde an. »Was hören?«

»Meinen geschäftlichen Vorschlag.«

Er seufzte tief. »Es war für uns alle ein langer Tag. Wenn du es also nicht verübelst, lassen wir das heute Abend.«

»In Ordnung. Aber ich schaue bald wieder vorbei. Mein Vorschlag wird dich interessieren.«

»Wenn es sich dabei wieder um deinen alten Vorschlag handelt, so weißt du, wie ich darüber denke.«

»Sei versichert, Selim Bey, in Anbetracht deiner Situation wirst du es dir gerne anhören.«

»In Ordnung«, sagte mein Vater.

Ohne meinem Vater die Hand zu geben und ohne mich auch

nur eines Blickes zu würdigen, ging Atilla zur Tür. Hakan und seine Mutter stolperten mit gesenktem Kopf hinter ihm her. Sie wirkten wie schwach begabte Wesen ohne Sprachvermögen. Es fehlte nur, dass sie knurrten.

Der Blick meines Vaters war düster. Als er einen Schluck Wasser trank, meinte ich, seine Hand zittern zu sehen. Ich bedauerte, dass ich Atillas Worte unkommentiert gelassen und meinen Vater nicht verteidigt hatte. Ich war ein Feigling. Hätte doch nur ein wenig von dem Feuer in mir gebrannt, das oft und heftig in meiner Mutter und meinem Bruder aufloderte.

22

Am nächsten Morgen sah ich, dass mein Vater den Verband abgemacht hatte. Zum ersten Mal konnte ich den Oberschenkel richtig sehen. Ich erschrak: Der Stumpf war feuerrot und in der Mitte bedeckt von dickem Schorf, den mein Vater nicht berührte. Vielleicht schmerzte der Stumpf weniger, wenn er ihn sanft rieb, oder er juckte fürchterlich. Ich traute mich nicht zu fragen.

Als ich mit zwei vollen Eimern Wasser aus dem Dorf zurückkehrte, saß mein Vater nicht mehr an seinem Platz. Er war nirgendwo im Haus zu sehen, und auch im Gemüsegarten konnte ich ihn nicht entdecken. Kurze Zeit später öffnete sich die kleine Tür zum Stall, und er schwang sich behäbig ins Zimmer.

»Ich war kurz bei den Tieren«, sagte er keuchend. Er hatte Stroh in den Haaren, und auf seiner Wange war ein brauner Fleck. »Bringst du sie auf die Weide?« Er verzog schmerzhaft das Gesicht, als hätte er sich wehgetan.

Ich nickte. »Oder soll ich bei dir bleiben?«

»Nein, nicht nötig.« Er legte seine Krücken hin und setzte sich neben mich. »Soll ich Yusuf fragen, ob er dich begleitet?«

»Nein, ich geh lieber allein.« Ich zupfte das Stroh aus seinen Haaren und wischte den braunen Fleck von der Wange. Er sah aus wie Dung.

Bald darauf ging ich in den Stall und brachte die Tiere nach draußen. Anders als sonst gehorchten sie sehr gut. Ich musste nicht einmal den Stock heben. Vielleicht hatte die Rückkehr meines Vaters eine positive Wirkung. Auf der Weide dachte ich die ganze Zeit an ihn. Irgendetwas an ihm war anders, aber ich konnte nicht sagen, was. Vielleicht müsste ich mehr tun als nur Hirte sein. Vielleicht sollte ich auch auf dem Feld und im Haushalt helfen, obwohl sich solche Arbeiten in unserem Dorf für Jungen nicht ziemten.

Ich beschloss, mit meinem Bruder zu reden. Wir konnten vereinbaren, abwechselnd auf dem Feld mit anzupacken. Aber ob er überhaupt mithelfen wollte? Ich hatte keine Ahnung, wie er über die jetzige Situation dachte. Er hielt sich von allen Problemen fern. Morgens verschwand er sehr früh, ohne zu sagen, wohin er ging, und kehrte erst nach Sonnenuntergang zurück. Bestimmt würde er fragen, was mir überhaupt einfiel, mich als jüngerer Sohn um Dinge zu kümmern, die mich gar nichts angingen. Er würde behaupten, ich wolle mich bei meinen Eltern einschmeicheln. Aber so war es nicht. Er hatte keine Ahnung, was in mir vorging.

Nachdem ich die Schafe zurück in den Stall gebracht hatte, fand ich meinen Vater im Gemüsegarten. Er ging mit seinen Krücken vorsichtig an den Pflanzen entlang. Hin und wieder versanken seine Krücken in der lockeren Erde, und er musste sie mühsam herausziehen. Er murmelte etwas vor sich hin und ging weiter. Bei den Salatköpfen blieb er stehen, ließ eine der Krücken fallen und ging, sich an der anderen Krücke festhaltend, vorsichtig in die Hocke. Mit der freien Hand versuchte er, einen Salat zu ergreifen. Es kostete ihn große Mühe. Schließlich hielt er kurz inne, wie um sich auf eine größere Kraftanstrengung vorzubereiten, und zog dann am Salatkopf. Dabei fiel er nach vorn und landete mit dem Gesicht im Dreck. Laut fluchend schlug er mit der Hand auf den Boden. Erschrocken rannte ich zu ihm. Ich packte ihn unter den Armen, um ihm hochzuhelfen. Er war noch leichter, als ich gedacht hatte. Mein Vater, den ich früher für den stärksten Mann im Dorf gehalten hatte und der mich und meinen Bruder gleichzeitig hochheben konnte, wog nun weniger als ich. Ich hätte auch Ali hochheben können.

»Alles in Ordnung, Baba?«

»Ja … lass nur, ich kann alleine aufstehen. Ich habe nur kurz das Gleichgewicht verloren.«

Ich reichte ihm die Krücken. »Du musst dich ausruhen, Anne meint, du sollst noch nicht arbeiten.«

»Daye ist viel zu besorgt«, sagte er und spuckte ein paarmal auf den Boden, um die Erdkrümel loszuwerden. »Es gibt genug zu tun.«

Ich schlug vor, ihm beim Salatpflücken zu helfen. Nach einigem Drängen war er einverstanden und deutete auf ein paar Salatköpfe, die ich aus dem Boden zog. Dann gingen wir zusammen ins Haus. Ich beobachtete ihn aus den Augenwinkeln. Innerhalb kurzer Zeit hatte er viel mehr graue Haare bekommen, was ihn älter wirken ließ. Ich musste plötzlich an das denken, was meine Mutter einmal gesagt hatte: »Wenn Menschen zu viel grübeln, fallen Sterne in ihr Haar.« Ich verstand damals nicht, was sie meinte. »Sterne, kleine weiße Sterne, wie ich sie auch habe. Hier, schau nur.« Und sie zeigte mir ein paar graue Haare auf ihrem Kopf. Als ich sie fragte, ob sie sich viele Sorgen mache, antwortete sie: »Nein, seit es Elida gibt, nicht mehr.«

Mein Vater nahm auf dem Teppich Platz und fragte, wie es am Vormittag mit den Tieren gewesen war. Ich erzählte ihm, dass die Schafe ordentlich gefressen hatten, so wie an den anderen Tagen.

Er sah mich an und lächelte. »Es fällt dir immer leichter. Ich habe gehört, du hast während meiner Abwesenheit sehr gut mitgeholfen. Viele Leute haben sich lobend über dich geäußert.« Er legte mir die Hand auf den Scheitel. »Ich bin stolz auf dich.«

»Ich will wie du ein guter Hirte werden«, sagte ich freudestrahlend. »Und ich möchte auch Geschichten erzählen.«

»Das weiß ich, mein Sohn.« Mein Vater schaute vor sich hin, als bedrückte ihn etwas. »Viel lieber aber wäre mir, wenn dein Bruder und du etwas anderes machen würdet. Etwas, was noch keiner aus diesem Dorf hat machen können.«

Ich sah meinen Vater fragend an. Nie zuvor hatte er dergleichen geäußert. Ich dachte immer, wir sollten in seine Fußstapfen treten.

»Es gibt mehr als nur dieses Dorf. In der Stadt hat man viele Möglichkeiten. Es gibt andere Berufe als Bauer und Hirte.« Er sah mich an. »Mehmet, du kannst in der Stadt Arzt werden und Menschen heilen. Du könntest sogar der erste Arzt in Sobyan werden. Die Menschen würden dann zu dir kommen, wenn jemand krank ist oder sich verletzt hat. Du könntest Leben retten.«

Vielleicht hatte der Arzt im Krankenhaus mit ihm geredet und ihn auf den großen Mangel an Ärzten in den Dörfern hingewiesen.

»Aber ich will überhaupt nicht Arzt werden.«

»Warum nicht?«

»Dann muss ich auch Beine absägen, wie der Arzt in Muş.«

»Aber er hat mir das Leben gerettet.«

Und dich zum Krüppel gemacht, wollte ich einwerfen, aber ich sagte nur: »Ich will Hirte werden, und Dengbej.«

»Du bist schon Hirte. Mehr als das gibt es nicht.«

»Aber ich will noch besser werden, so wie du! Und ich will Geschichten erzählen.«

Mein Vater fuhr sich mit den Händen durchs Haar und rieb sich erschöpft die Augen. »In der Stadt kannst du eine bessere Zukunft haben. Du musst nicht Arzt werden, wenn du nicht willst. Du kannst auch eine Gastwirtschaft eröffnen oder Händler werden. Oder Lastwagenfahrer. Es gibt so viele Möglichkeiten. Dein Bruder ist jetzt wieder in Sobyan, er musste für eine Weile raus aus der Stadt. Doch wenn er reif ist dafür, dann möchte ich, dass er wieder hingeht.«

Ich verstand nicht, warum sich mein Vater plötzlich wünschte, mein Bruder und ich sollten später etwas anderes machen als er. Wer sollte sich dann um das Vieh kümmern? Allein würde er das nicht schaffen. Außerdem war mein Bruder als ein anderer Mensch aus Muş zurückgekehrt. Nein, ich wollte nicht in die Stadt. Plötzlich fürchtete ich, mein Vater habe bereits alles in die Wege geleitet.

»Ich will nicht in die Stadt! Ich will hier im Dorf bleiben. Bitte, Baba!«

Mein Vater rieb sich das Kinn und starrte vor sich hin.

23

Es regnete und roch nach nasser Erde, als ich von der Tür aus Atilla mit großen Schritten auf unser Haus zukommen sah. Ich erschrak. Er sah aus, als wollte er sich beschweren. Als er vor mir stand, dachte ich, er würde mich gleich hochheben und zur Seite werfen, weil ich den Zugang zu unserem Haus versperrte. Aber er fragte mich, wo mein Vater sei. Seine laute Stimme machte mir Angst. »Er … er ist drinnen«, murmelte ich.

»Ruf ihn schnell her, Junge. Ich muss ihn sprechen!« Atilla schaute, als würde er mir eine Ohrfeige verpassen. Ich wollte eigentlich sagen, mein Vater habe keine Zeit für ihn, weder jetzt noch in den kommenden Wochen und Monaten. Doch stattdessen begab ich mich wie ein folgsamer Hund nach drinnen.

»Lass ihn nur rein«, sagte mein Vater und sah von dem Kissen auf, auf dem er saß.

Atilla wartete nicht, bis ich ihn ins Haus ließ.

»Ma be gerdi, Selim Bey.«

»*Gerbe sılamet,* Atilla. Was führt dich zu mir, so früh am Tag?«

»Wir müssen unser Gespräch über meinen Vorschlag fortsetzen.«

»Du willst jetzt über Geschäfte reden?«

»Ja, ich habe deswegen extra meine Arbeit unterbrochen. Es ist wichtig, über dein Vieh zu sprechen.«

Mein Vater lächelte. »Warum bin ich nicht verwundert, Atilla?«

»Ich habe nicht erwartet, dass du verwundert sein würdest, Selim

Bey. Nach den vielen Gesprächen über dieses Thema und meinen Bemühungen wäre es nicht gut, wenn du noch verwundert wärest.«

Voller Spannung wartete ich darauf, wie es weiterging, aber mein Vater fragte mich, warum ich Atilla nichts zu trinken anbot. Ehe ich reagieren konnte, sagte Atilla: »Ich bin nicht gekommen, um gemütlich Tee mit dir zu trinken, Selim Bey. Wir wollen deine und meine Zeit nicht verschwenden.«

»Also, ich höre.« Mein Vater versuchte, einen strengen Blick aufzusetzen, aber ich sah seine immer noch sanften Augen, die nicht für harte Verhandlungen gemacht waren. Atilla sah das auch, er spürte, dass er es mit einer leichten Beute zu tun hatte, der er nur im richtigen Augenblick in die Kehle beißen musste.

»Es ist ganz einfach: Verkauf mir dein Vieh.« Atilla machte eine entschiedene Geste mit der Hand, die zum Ausdruck bringen sollte, dass er nicht unterbrochen werden wollte. »Und ehe du wieder rufst, ich würde deine Antwort sowieso schon kennen, will ich dir sagen, dass sich die Situation geändert hat und dass du keine große Wahl mehr hast.« Atilla grinste kurz und sagte: »Du musst mir deine Tiere wohl oder übel verkaufen, denn wer soll sich um das Vieh kümmern, wo du doch nicht mehr gehen kannst?« Er deutete auf mich. »Soll etwa dieser kleine Junge die Tiere versorgen? Ich sage dir deshalb, nenn mir den Preis.«

Mein Vater schaute auf den Teppich, wischte mit dem Handrücken ein paar Brotkrumen weg und sagte schwach lächelnd: »Nicht nur Kinder krümeln beim Essen.«

»Selim Bey, lass uns …«

Mein Vater unterbrach ihn: »Atilla, du bist keiner, der schnell aufgibt. Ich weiß nicht, wie oft du mich schon aufgefordert hast, dir meine Tiere zu verkaufen.«

»Ich weiß, was ich will. Und ich weiß auch, dass deine Situation nicht für dich spricht.«

Mein Vater faltete die Hände. »Du denkst, ich verkaufe dir meine Tiere, weil mir ein Bein fehlt?«

»Ich verstehe nicht, warum du so tust, als wäre alles in bester Ordnung.«

Mein Vater schüttelte den Kopf.

»Selim Bey, es ist auch in deinem Interesse. Verkauf mir dein Vieh.«

Mein Vater reagierte nicht.

»Verkauf mir dein Vieh!«

»Nein … nein … ich kann das nicht.« Ratlosigkeit hatte sich unvermittelt in seine Stimme geschlichen. Kurz dachte ich, er würde darum bitten, sein Vieh behalten zu dürfen, als hätte man bereits für ihn entschieden, als würde Atilla ihm die Tiere einfach wegnehmen, ohne seine Argumente anzuhören. »Was soll aus mir werden ohne meine Tiere? Sag es mir, was ist ein Hirte ohne sein Vieh?«

»Ich will dich nicht in deinem eigenen Haus und im Beisein deines Sohnes beleidigen, aber du bist kein Hirte mehr. Du bist jetzt ein Mann, der auf die Hilfe seiner Frau angewiesen ist. Und das tut mir aufrichtig leid. Was du ohne dein Vieh machst, ist deine Sache. Aber wenn du auf meinen Vorschlag eingehst, dann bringt dir das auf jeden Fall Geld, mit dem du deine Familie eine Zeit lang ernähren kannst.«

Genau in diesem Moment trat meine Mutter mit Elida in den Raum. Sie sah den Schlachter und sagte sofort: »Atilla Bey, gehst du meinem Mann wieder mit dem Vieh auf die Nerven?«

»So würde ich das nicht sagen, aber wir haben tatsächlich über die Tiere gesprochen. Ich denke, Selim Bey versteht mich richtig, wenn ich sage, dass seine Situation nun eine andere ist und dass er gut daran täte, meinen Vorschlag zu akzeptieren.«

Meine Mutter stand hoch aufgerichtet vor Atilla, die Hände in die Seiten gestemmt. »Was für uns gut ist, entscheiden immer noch wir selbst. Ich denke, es wäre besser, wenn du meinen Mann nicht weiter behelligst. Der Arzt sagt, er braucht Ruhe.«

»Gut, aber vielleicht kannst du ihm dann deutlich machen, dass er das Vieh an mich verkaufen muss.«

»Du hast mir offenbar nicht richtig zugehört, aber ich wiederhole es gern noch einmal: Wir-verkaufen-die-Tiere-nicht! Ist das klar, Atilla Bey?«

Ich bewunderte meine Mutter mehr denn je.

»Nun reg dich doch nicht so auf«, sagte Atilla mit erhobenen Händen. »Ich wollte sowieso gerade gehen. Aber ich warne euch: Das Angebot gilt nicht ewig.«

Meine Mutter schüttelte heftig den Kopf. Sie trat einen Schritt beiseite, und Atilla ging hinaus. In der Tür drehte er sich um. »Ich wünsche euch große Weisheit.«

Ich beobachtete, wie er seinen massigen Körper wieder in Richtung Schlachthaus schleppte. Drinnen redete meine Mutter auf meinen Vater ein. Sie sagte in entschiedenem Ton, sie habe draußen mitgehört und sei mit der Art und Weise, wie mein Vater sich Atillas Ansinnen widersetzt habe, nicht einverstanden.

»Aber was hätte ich denn sagen sollen?« Er schaute sie hilflos an. »Ich habe ihm doch deutlich gemacht, dass ich die Tiere nicht verkaufe?«

»Du hast ihm Anlass gegeben, auf dich einzudringen, du hast ihm das Gefühl vermittelt, es gebe etwas zu holen.«

»Liebe Aşme, ich …«

»Nein, Selim, du darfst nicht den Eindruck machen, wir würden mit diesem schrecklichen Mann ins Geschäft kommen wollen. Das musst du ihm ein für alle Mal deutlich sagen.«

»Aber das habe ich doch getan?«

Meine Mutter seufzte. »Es klang eher so, als flehtest du ihn an, er solle dich in Ruhe lassen. Ich konnte es nicht mehr mit anhören, darum musste ich eingreifen.«

Mein Vater senkte den Kopf. Er tat mir leid, und obwohl ich wenig gegen Atilla hätte ausrichten können, fühlte ich mich schuldig. »Anne«, sagte ich mit leiser Stimme, aber sie hörte mich nicht. »Anne!«

Meine Mutter schaute sich zu mir um. »Was ist, Miran? Dein Vater und ich unterhalten uns, siehst du das nicht?«

»Baba hat wirklich gesagt, dass er das Vieh nicht verkaufen will.«

»Halt du dich da raus!«

»Aber, Anne, ich …«

»Lass uns allein, Miran! Geh raus, spiel mit Ali. Und nimm Elida mit.«

Ich wollte meinem Vater beistehen und ihr deutlich machen, dass sie die Dinge falsch sah, aber sie war dickköpfig, und ich wusste, sie würde nicht auf mich hören. Als Elida und ich zum Dorfplatz gingen, fing es erneut zu regnen an.

24

Ich hatte gehofft, es würde in den folgenden Tagen besser gehen, aber das Gegenteil war der Fall. Die neue Familie Uslu hatte häufig Streit, und es herrschte beständig Unfrieden. Mit jedem Tag schienen die Spannungen im Haus zu wachsen. Mein Vater zog sich immer mehr zurück und rauchte an seinem Stammplatz im Wohnzimmer eine Zigarette nach der anderen. Er verwandelte sich in einen niedergeschlagenen und leidenden Mann, der kaum aß und nicht wusste, was er mit sich anfangen sollte.

Meine Mutter reagierte zunehmend mit schlechter Laune auf seinen Gemütszustand und sein Unvermögen, einen Beitrag zu den alltäglich anfallenden Arbeiten im und um das Haus herum zu leisten. Anfangs war sie geduldig mit ihm gewesen und hatte seine Vorsicht und Zögerlichkeit beim Gehen und Erledigen kleinerer Dinge akzeptiert. Doch je mehr Zeit verging und seine Genesung nicht in dem Tempo verlief, wie sie sich das vorstellte, umso abweisender wurde sie und umso länger waren die Vorträge, die sie ihm hielt. Manchmal beschuldigte sie ihn im Beisein von uns Kindern sogar, er missbrauche die Situation und lasse sich nur allzu gern versorgen. Das verletzte ihn ganz offensichtlich. Doch wo mein Vater ihr früher widersprochen hatte, krümmte er sich jetzt in sich zusammen, wenn sie ihm eine Predigt hielt. Es schmerzte mich, diesen ungleichen Kampf mit anzusehen, obwohl ich registrierte, dass meine Mutter sich oft beherrschte und manchmal unter Tränen wegging, weil sie es nicht ertragen konnte, ihn so verkümmern zu sehen. Sie bat ihn nicht mehr, im Gemüsegarten zu helfen, und wagte er dennoch einen Versuch, schnauzte sie ihn an, wenn er etwas falsch machte oder zu langsam war. Auch beim Versorgen der Tiere hatte er große Schwierigkeiten. Er traute sich nicht mehr in die Nähe der Kühe, weil er Angst hatte zu stürzen.

Ich hoffte, er würde mit mir reden. Aber was sollte ein Bauer, dem das Fundament seiner Existenz abhandengekommen war, mit seinem dreizehnjährigen Sohn besprechen? Vielleicht wäre es anders gewesen, hätte mein Bruder sich wie der älteste Sohn der Familie verhalten und sich um die Situation gekümmert. Er wusste sehr genau, was zu Hause los war, aber er griff nicht ein. Er entzog sich den Spannungen, indem er manchmal den ganzen Tag unterwegs war, ohne dass wir wussten, wo er sich aufhielt. Und obwohl meine Mutter ihn drängte, half er kaum bei der Versorgung des Viehs. Meine Mutter und ich verfluchten ihn damals sehr oft, allerdings nie öffentlich.

Folglich versorgte meine Mutter nicht nur ihren Mann, sondern übernahm auch noch all seine Aufgaben. Wir sahen, wie sehr sie damit überfordert war. Selbst Elida bemerkte es. Manchmal rannte meine Mutter schreiend aus dem Haus, alles und jeden im Dorf verfluchend. Und wehe, wenn einer der Dorfbewohner versuchte, sie zu beschwichtigen. Dann bereute er das sofort. Mit funkensprühenden Augen und einer Stimme, die Orkanstärke erreichte, brüllte sie die Leute an, sie sollten sich um ihren eigenen Kram kümmern. In aller Öffentlichkeit machte sie meinem Vater immer schwerere Vorwürfe. Nicht nur, dass er seine Arbeit nicht mehr verrichten konnte, auch dass er kaum noch jemanden sah, warf sie ihm vor. Sie hatte große Probleme damit, dass er sich nach seiner Rückkehr zurückgezogen hatte und den ganzen Tag drinnen saß. Sie nannte ihn menschenscheu, weil er seine Freunde nicht besuchte und selten bereit war, sie zu empfangen. Wenn er mal mit seinen Krücken unterwegs war, dann mit gesenktem Kopf. Und grüßte ihn jemand auf der Straße, humpelte er schnell weiter, als hätte er nichts gehört.

Mein Vater war nur noch ein Schatten seiner selbst, und meine Mutter ließ keine Gelegenheit ungenutzt, ihm das unter die Nase zu reiben. Außerdem nahm sie es ihm übel, dass er keine Geschichten mehr erzählte. Er hörte ihr schweigend zu, bis er einmal aufbrauste und schrie: »Es gibt nichts mehr zu erzählen! Es ist alles sinnlos.«

Meine Mutter begann zu kreischen. Vollkommen außer sich, sprach sie die Worte aus, die sie niemals hätte sagen dürfen: »Du bist kein Hirte mehr, du bist kein Dengbej mehr, und du verhältst dich auch nicht mehr wie mein Mann. Was bist du überhaupt? Sag mir, Selim, was bist du noch?«

Mein Vater erwiderte mit zitternder Stimme: »Nichts. Ich bin nichts mehr.«

25

Mitten in der Nacht wurde ich vom Flüstern meiner Eltern geweckt. Erst hörte ich die Stimme meines Vaters, dann die meiner Mutter. Sie antwortete ihm mit kurzen Sätzen. Die beiden unterhielten sich so leise, dass ich nichts verstehen konnte.

Plötzlich hörte ich, wie mein Vater den Namen des Dorfes aussprach, in dem er geboren worden war. »Hemgin«, sagte er laut und deutlich. Er hatte mir vor langer Zeit einmal davon erzählt, jedoch erst, nachdem ich ihn darum gebeten und lange Zeit gedrängt hatte. Wenn er von Hemgin erzählte, wurde sein Gesicht grau, und er fasste sich kurz.

»Warum sagst du das?«, fragte meine Mutter auf einmal laut.

Es war eine Weile still, dann sprach mein Vater den Namen des Dorfes Buchstabe für Buchstabe aus, als handelte es sich um einen Zauberspruch.

»Selim, sag das nicht!«, sagte meine Mutter laut und senkte die Stimme wieder. Sie sprach in demselben Ton, in dem sie ihn oft zurechtwies.

Am nächsten Morgen weckte meine Mutter mich, als sie Elida fragte, wo Baba sei. »Wo steckt der Mann bloß? Sogar mit Krücken verschwindet er einfach so.«

Es war seltsam, meinen Vater nicht auf dem Kissen am Teppich sitzen zu sehen. Dies war sein fester Platz geworden. Ich ging raus, klopfte an die Tür der Latrine und ging dann weiter zum Gemüsegarten, weil ich fürchtete, er könnte erneut gefallen sein und nicht mehr aufstehen können. Doch er war nirgends zu finden. Dann ging ich in Richtung Dorfplatz. Als ich an Alis Haus vorbeikam, bemerkte ich zu meinem Erstaunen, dass die Tür geschlossen war. Ich blieb stehen und hoffte, gleich würde Ali heraustreten und auf mich zukommen, um unseren Streit zu begraben. Ich wartete ein paar Sekunden, aber nichts geschah. Ich ging weiter, vorbei an ein paar Frauen, die gerade Wasser holten, als ich plötzlich in einiger Entfernung meinen Vater entdeckte. Mit gesenktem Kopf bewegte er sich mit langsamen Schritten an seinen Krücken in meine Richtung. Dann und wann blieb er stehen, bückte sich und hob ein Steinchen auf, das er vor sich hin murmelnd in die Sträucher warf. Ich lief zu ihm hin.

»Wo warst du, Baba? Anne macht sich Sorgen.«

Er schaute verwundert auf. »Ich habe einen kleinen Spaziergang gemacht. Hat sie dich losgeschickt, um mich zu suchen?«

»Nein, ich wollte zu Bilal«, log ich. »Wo warst du?«

Mein Vater sah mich eine Weile wortlos an. Er schloss seine Hände kräftiger um die Krücken, räusperte sich und sagte: »Ich habe das Vieh verkauft.«

Tausend Gedanken schossen mir durch den Kopf, und ein kalter Schauer lief mir über den Rücken. Ich stellte mir unsere Kühe vor, die mich mit großen Augen ansahen, ich hörte unsere Schafe blöken, und ich sah Atilla. Er zog laut lachend sein riesiges Messer durch den Hals unserer Kälber, deren Köpfe der Reihe nach über den blutigen Schlachthausboden rollten. Was sollte jetzt aus mir werden? Wie sollte ich jemals Hirte werden, wenn wir kein Vieh mehr hatten? War dies vielleicht die Methode meines Vaters, mich in die Stadt zu schicken?

Plötzlich fragte ich mich, ob ich ihn vielleicht falsch verstanden hatte. Es klang so absurd, es konnte nicht wahr sein. Ich wusste, wie mein Vater über den Verkauf des Viehs dachte. Er hatte Atilla schon so oft eine Abfuhr erteilt, und meine Mutter hatte so lange auf ihn eingeredet. Es musste ein Irrtum sein.

»Was hast du gesagt?«

»Mehmet, ich habe das Vieh verkauft.«

Ich schwieg eine ganze Zeit lang, weil ich nicht wusste, was ich sagen sollte, wie ich auf ein Ereignis reagieren sollte, das meine ganze Welt zum Einsturz brachte. Am liebsten hätte ich meinen Vater gepackt und kräftig durchgeschüttelt, bis er seine Worte zurücknahm.

»Ich hatte keine Wahl, Mehmet.«

Ungläubig schüttelte ich den Kopf.

»So konnte es nicht weitergehen. Ich kann mich nicht mehr um die Tiere kümmern und ihnen die Aufmerksamkeit geben, die sie brauchen. Und deine Mutter kann diese zusätzliche Arbeit nicht auch noch erledigen. Sie hat es schon schwer genug. Ohne die Tiere kann ich ihr vielleicht besser zur Hand gehen, denn bisher falle ich ihr nur zur Last.« Er sah mich traurig an, als zweifelte er, ob er weitersprechen sollte. »Du machst das gut mit den Tieren, doch sie brauchen viel mehr Aufmerksamkeit. Nur ich könnte sie ihnen geben. Ich müsste die Hufe der Tiere schneiden, die Schafe scheren, bei der Geburt der Kälber helfen. Dein Bruder ist ja nie da.« Er seufzte. »Und … wir brauchen das Geld dringend. Das Krankenhaus war sehr teuer. Wir haben fast nichts mehr.«

»Aber ich kann doch noch mehr Arbeiten übernehmen?«

»Du tust schon so viel.«

Der Schlachter hatte gewonnen. Der Mann, der das Bein meines Vaters geschient und damit sein Schicksal besiegelt hatte, nahm uns nun unser Vieh.

»Aber was sagt Anne dazu?«

Er richtete den Blick auf den Boden. »Sie weiß es noch nicht.«

Ein Stich durchfuhr mich. »Und … hast du alle Tiere verkauft?«

»Ja.«

»Wirklich alle? Die Kälber … die Schafe?«

»Ja.«

»Die Ziegen?«

»Die auch.«

Tränen liefen mir über die Wangen. Ich wollte nicht, dass mein Vater mich weinen sah, aber ich konnte es nicht unterdrücken. Er sprach weiter, aber das hörte ich nicht mehr, weil ich mich umdrehte und weglief. Ich rannte, so schnell ich konnte, vorbei am Wasserhahn, vorbei an Alis Haus und auch vorbei an unserem Haus. Ich rannte hinaus auf die Weiden. Ich schrie, bis alle Luft aus meinen Lungen verschwunden war. Erschöpft setzte ich mich auf den Stein, auf dem ich oft gesessen hatte, während die Schafe und Kälber grasten und ich meinen Blick über die weitläufigen Wiesen schweifen ließ. Die Sonne stieg immer höher, und das Gras wisperte in der lauen Morgenbrise. Ich schloss die Augen und sog den Lavendelduft ein, ich hörte die Kälber schnauben und fühlte, wie ihre Hufe auf den Boden stampften. Einen kurzen Moment lang war ich sicher, sie würden, wenn ich die Augen öffnete, vor mir stehen.

Irgendetwas musste ich doch unternehmen, um den Verkauf ungeschehen zu machen, aber was? Was sollten wir ohne die Tiere anfangen? Woher sollten wir Fleisch, Milch, Eier und Wolle bekommen? Wie konnte ich es zulassen, dass Atilla unsere Tiere der Reihe nach tötete?

Als mir die Sonne auf den Kopf brannte und mein Magen zu knurren begann, stand ich auf. Und während ich ins Dorf zurückging, überkam mich Angst vor der Reaktion meiner Mutter. Sie würde meinen Vater verfluchen und vielleicht mit Sachen um sich werfen. Und sie würde mir bestimmt eine Ohrfeige verpassen, weil ich, ohne etwas zu sagen, so lange von zu Hause fortgeblieben war. Doch als ich vor unserem Haus stand, hörte ich nichts. Zu meinem Erstaunen war es totenstill. Von der Tür aus sah ich meinen Vater auf dem weißen Teppich sitzen. Er hatte sein Knie hochgezogen und stieß immer wieder mit dem Kopf dagegen. Meine Mutter stand in der Küche und wandte ihm den Rücken zu. Die Hände hatte sie in die Seiten gestemmt.

Er schaute nicht auf, als ich zu ihm ging. »Baba«, flüsterte ich, »hast du es ihr schon erzählt?«

Er sah mich mit geröteten Augen an und nickte.

Meine Mutter ging, ohne uns anzusehen, immer wieder von der Küche zur Tür und zurück. Plötzlich drehte sie sich um und sagte mit erhobenem Zeigefinger: »Dein Vater hat nicht nur, ohne sich mit mir zu beraten, etwas sehr Dummes getan, er hat sich außerdem noch von dem blöden Schlachter übers Ohr hauen lassen.« Ich sah sie erstaunt an, wagte aber nicht zu fragen, was sie damit meinte.

»Dein Vater ...«, meine Mutter hielt kurz inne. »Das ist unerträglich! Wir sind nicht nur unser ganzes Vieh los. Nein, als wäre das nicht schon schlimm genug, dein Vater hat auch noch eine geringere Summe akzeptiert, als Atilla zunächst geboten hatte.«

Ich wurde daraus nicht schlau. Warum sollte er sich mit weniger Geld einverstanden erklärt haben? Selbst als Atilla vor dem Unfall sein Angebot wöchentlich um zig Lira erhöhte, hatte mein Vater sich geweigert, darauf einzugehen.

Mit kaum hörbarer Stimme, den Kopf hinter dem Knie versteckt, sagte mein Vater: »Ich hatte keine Wahl.«

Meine Mutter sah mich mit feurigen Augen an. »Was sagt er? Hast du ihn verstanden?«

Ich zweifelte, ob ich seine Worte wiederholen sollte.

»Miran!«, schrie sie. »Ich habe dich etwas gefragt!«

»Baba ... sagte ... er hatte keine Wahl.«

»Keine Wahl?«, brüllte meine Mutter und sah mich wütend an. »Keine Wahl? Hat Atilla ihm vielleicht das Messer an die Kehle gesetzt? Ja, frag ihn das nur. Hat er ihn mit dem Tod bedroht?«

Verzweifelt sah ich erst meine Mutter und dann meinen Vater an. Der presste den Kopf immer noch auf sein Knie.

»Miran! Worauf wartest du? Frag ihn!«

Ich wusste, meine Stimme würde zittern, und ich wusste auch, dass sie es hören würden. »Baba ... Anne ... Anne fragt, ob ...«

Mein Vater hob, ohne aufzuschauen, die Hand und sagte mit ruhiger Stimme: »Schon gut, Mehmet. Ich hab's gehört.« Er sah meine Mutter an, als hätte er von dem Ganzen genug. »Aşme, bitte halte Mehmet da raus!«

Meine Mutter explodierte. »Er heißt Miran! Unser Sohn heißt Miran! M-I-R-A-N! Wir haben ihn bei seiner Geburt nach deinem Vater benannt, weißt du das noch? Und so werde ich ihn auch weiterhin nennen. Hast du das verstanden, Selim?«

Sie wartete auf eine Antwort meines Vaters, doch der schwieg.

»Aber das ist noch nicht alles. Es ist unvorstellbar«, sagte sie, wobei sie sich verzweifelt auf den Kopf schlug. »Atilla hat die Kälber und Schafe mitgenommen, ohne Baba den Kaufpreis auszuzahlen. Kannst du dir das vorstellen? Einfach das ganze Vieh weggeben und hoffen, dass wir irgendwann unser Geld bekommen!«

Ich verstand nicht, was ich hörte, es wurde immer schlimmer. Der Mann, der seine Tiere nie verkaufen wollte, hatte seine Kälber und Schafe weggegeben, ohne eine Lira dafür zu bekommen?

»Atilla wird schon bezahlen.« So, wie mein Vater die Worte aussprach, klang es, als hätte sich Atilla im Lauf der Jahre in Sobyan einen soliden Ruf erworben.

»Woher weißt du das so genau, Selim?«

»Wir haben eine Vereinbarung, und Atilla ist ein Mann, der Wort hält.«

»Ein Mann, der Wort hält? Ein Mann, der Wort hält? Er ist der am wenigsten vertrauenswürdige Mann, der jemals einen Fuß in unser Dorf gesetzt hat! Ich verachte ihn, nach allem, was er dir angetan hat.«

Mein Vater fuhr unbeirrt fort. »Er bezahlt mich übermorgen. Er bekommt noch Geld von jemandem.«

»Das ist schön«, sagte meine Mutter mit einem lauten Lachen. »Das ist sehr schön. Er bezahlt dich erst, wenn er von jemandem Geld bekommen hat. Und darauf müssen wir jetzt warten und das Beste hoffen?«

»Das kommt in Ordnung, Aşme. Alles wird gut.«

»Verdammt, das sagst du immer: Alles wird gut, alles wird gut. Aber wie, Selim? Wir haben kein Geld mehr und auch kein Vieh. Wir haben nichts mehr außer einem armseligen Gemüsegarten und etwas Weizen auf dem Feld.«

»Deshalb gehen wir auch weg.«

»Was?«

»Wir gehen nach Hemgin.«

»Was geht in dir vor, Selim? Ich habe doch gesagt, ich will nicht nach Hemgin! Wie kommst du nur auf den Gedanken? Auf diesem Dorf liegt ein Fluch, es wird unser Tod!«, schrie sie. »Du hast dort deine Familie verloren, und jetzt willst du mit uns dahin zurück? Das kann ich nicht zulassen. Die Kinder und ich gehen nicht mit.«

»Ich habe es beschlossen«, sagte mein Vater ruhig. »Wir gehen in zwei Tagen.«

Ich konnte es nicht glauben. Was war mit meinem Vater los?

Meine Mutter stampfte mit dem Fuß auf. »Nein, wir bleiben hier, wir gehen nirgendwohin!«

»Aşme, hör mir mal zu. Es gibt hier nichts mehr, was ich tun kann. Hier bin ich ein Krüppel, der nichts wert ist. Ich kann mich kaum auf der Straße zeigen, und ich traue mich nicht mehr in den Stall, aus Angst, von den Kühen zertrampelt zu werden.«

»Aber was sollen wir in Hemgin?«

»In Hemgin besitze ich ein großes Stück Land. Wir können dort von vorne anfangen.«

»Nein, Selim.«

»Nochmals, ich habe den Entschluss bereits gefasst.«

Meine Mutter schwieg einen Moment und fing dann wieder an zu schreien. »*Hek belaye to bıdo*, möge Allah dich verfluchen, Selim!«

»Aşme, beherrsch dich.«

»Ich hör nicht mehr auf dich. Du bist verrückt geworden!«

»Bitte, Aşme.«

»Du bist vollkommen verrückt geworden!«

Mein Vater schlug mit der Faust auf den Boden. »Halt den Mund, Frau! Ich hab genug von deinem Geschrei!« Er brüllte, wie ich ihn nie zuvor hatte brüllen hören. Und nie zuvor hatte er sie »Frau« genannt. »Jetzt hörst du *mir* zu. Verstanden? Mein Entschluss steht fest. Ich will nichts mehr hören.«

Meine Mutter drehte sich um und brach in Schluchzen aus.

Obwohl wir nie darüber gesprochen hatten, fragte mein Vater mich: »Mehmet, du möchtest doch gern nach Hemgin?«

Er suchte meine Unterstützung. Aber ich konnte nicht lügen, ich musste ehrlich sein, ohne ihn im Stich zu lassen. Ich dachte kurz nach und sagte dann: »Baba, ich möchte Hemgin sehr gern sehen … aber ich will nicht weg aus Sobyan … hier habe ich meine Freunde, hier kenne ich mich aus.«

Mein Vater lächelte mir zu. »Glaub mir, du wirst in Hemgin schnell neue Freunde finden und dich dort zu Hause fühlen.«

Ohne sich zu meinem Vater umzudrehen, sagte meine Mutter, wir wüssten ja gar nicht, in welchem Zustand sich das Stück Land meines Vaters befand.

»Mach dir darüber keine Sorgen«, sagte er ruhig.

Ich lief zum Stall und dachte an die Geschichten, die mein Vater mir über sein Heimatdorf und über den Abschied von seinen Brüdern und seinem Vater, als sie vor den russischen Soldaten fliehen mussten, erzählt hatte. Vor allem aber musste ich an die Flucht in die Berge mit Mutter und Schwester denken. Ich sah sie im Schnee liegen, seine kleine Schwester, und mein Herz zog sich zusammen.

Im Stall standen nur noch ein paar Ziegen. Alle Kälber und Schafe waren bereits fort. Der Gedanke, dass ich sie nie wieder zum Grasen auf die Weide würde bringen können, machte mich tieftraurig. Ich musste an Ali denken. Wir hatten uns schon seit Tagen nicht mehr gesehen. Plötzlich spürte ich das Bedürfnis, ihm alles zu erzählen. Aber zuerst wollte ich ihm sagen, dass es mir leidtat. Doch als ich vor seinem Haus stand, war die Tür immer noch geschlossen. Zögernd klopfte ich an. Niemand machte auf. Ich hielt mein Ohr an die Tür und hörte nichts als Stille. Ich klopfte erneut an und erwartete, dass Alis runder Kopf in der Türöffnung erschien. Doch die Tür blieb zu.

Ich ging in Richtung Dorfplatz, wo ich Hakan und Bilal fand. Sie lachten laut. Ich verstand nicht, was meinen Freund dazu brachte, sich mit unserem größten Feind abzugeben. Als Bilal mich bemerkte und mir verlegen zunickte, ging ich widerwillig zu den beiden hin.

Ich begrüßte ihn, ohne Hakan eines Blickes zu würdigen, und fragte, wo Ali sei.

»Bei Verwandten, glaube ich«, erwiderte er.

In letzter Zeit hatte ich nur wenig mit Bilal gesprochen. Ich spürte eine Entfremdung, seit ich aus dem Krankenhaus wiedergekommen war, und verstand nicht, warum er mir aus dem Weg ging.

»Weißt du, wann er wiederkommt?«

Bilal schüttelte den Kopf und schaute zu Boden.

»Se kena rında?«

»Gut«, sagte er, ohne mich anzusehen. Er fragte nicht, wie es mir oder meinem Vater ging, und schien nur darauf zu warten, dass ich wieder abzog. Ich wollte ihm sagen, wie unbegreiflich es mir war, dass er sich so distanziert verhielt und sich nun Hakan angeschlossen hatte. Aber ich traute mich nicht und verfluchte mich selbst deswegen. Wenigstens wollte ich grußlos fortgehen, damit er spürte, wie sehr er mich enttäuschte. Aber auch dafür war ich zu feige. Ich sah ihn an, lächelte, als wäre alles in bester Ordnung, und sagte: »Bis dann.«

Ohne Hakan anzusehen, entfernte ich mich mit gesenktem Kopf, wobei ich fürchtete, einen Tritt in den Rücken von ihm zu bekommen. Wo sollte ich hingehen? Ali war nicht da, und Bilal war übergelaufen. Ich fühlte mich einsam und dachte, dass ich alles verloren hatte: meinen Bruder, meine Freunde, unsere Tiere und demnächst auch noch unser Haus. Vor allem aber hatte ich meinen Vater verloren.

Auf dem Heimweg hörte ich Geschrei. Es war mein Bruder, der so laut brüllte, dass man seine Stimme bis auf die Straße hören konnte. Erschrocken rannte ich nach Hause.

Mein Bruder wütete gegen meinen Vater. »Ich geh nicht mit euch!«, brüllte er, wobei er wütend mit den Armen fuchtelte und einen Topf mit Mehl umtrat. »Wenn ihr nach Hemgin geht, gehe ich zurück nach Muş!«

Mein Vater versuchte, ihn zu besänftigen. »Yusuf, bitte, beruhige dich«, flehte er. »Hör doch, was ich sage: Wir haben keine Wahl.«

»Ihr vielleicht nicht, ich aber schon.« Er redete, als gehörte er nicht zu uns, als wäre er ein Landarbeiter, der die Nase voll hatte. »Was hab ich in Hemgin zu suchen?«

Die Stimme meines Vaters klang mit jeder Bitte um Verständnis schwächer. »Sei vernünftig, wir können dich doch nicht hier zurücklassen.«

»Ich gehe wieder nach Muş. Ich kann für mich selbst sorgen«, sagte mein Bruder und stiefelte wütend durchs Zimmer.

»Mein Sohn, was willst du denn ganz auf dich gestellt anfangen?« Mein Vater redete so kraftlos, dass ich Mitleid mit ihm bekam. Als mein Bruder darauf nichts erwiderte, sagte er: »Ich verstehe es nicht. Was haben wir falsch gemacht, dass du uns seit deiner Rückkehr so behandelst? Was ist bloß los mit dir?«

Ich hoffte, mein Bruder würde endlich die Karten auf den Tisch legen und sein seltsames Benehmen erklären. Vielleicht würde er uns mit dem Geständnis überraschen, dass er sein Herz an ein junges Mädchen in Muş verloren hatte und deshalb nicht nach Hemgin wollte.

»Was mit mir los ist? Was ist mit *dir* los?«, fragte mein Bruder zornig. »Du warst doch so dumm, unser Vieh für einen lächerlichen Betrag zu verkaufen.«

Meine Mutter fegte das Mehl zu einem kleinen Haufen zusammen und füllte es mit der Hand zurück in das Gefäß. Schnaubend erhob sie sich und sah meinen Bruder wütend an. »Was hat Apo getan, dass er so eine freche Antwort von dir bekommt? Zeige gefälligst mehr Respekt!« Sie bemerkte, dass ihr Sohn sie nicht ansah. »Yusuf, sieh mich an, wenn ich mit dir rede!«

Ohne seine Verachtung zu verbergen, sagte er: »Warum sollte ich? Er respektiert mich doch auch nicht?«

Meine Mutter rief: »O Allah, schenke mir Geduld. Weil er dein Vater ist und du sein Sohn. So einfach ist das. Verstanden?«

Er sah sie an, als wäre sie eine Fremde, die sich ungefragt in seine Angelegenheit mischte. »Lass mich in Ruhe. Lasst mich alle in Ruhe. Ich habe genug von euch!«

Nie zuvor hatte ich meinen Bruder gegen meine Eltern so wüten gesehen. Ich fürchtete, er könnte handgreiflich werden, und als er mit drohenden Schritten auf mich zukam, hatte ich Angst, er würde bei mir beginnen. Schnell trat ich einen Schritt zur Seite, aber ich konnte nicht verhindern, dass er mich im Vorbeigehen kräftig mit der Schulter anrempelte. Laut knallte er die Tür hinter sich zu.

An diesem Abend nahm ich mein Heft zur Hand. Ich schrieb ein paar Wörter und strich sie sofort wieder durch. Ich bewegte den Stift so lange hin und her, bis das Papier riss. Danach klappte ich das Heft zu. Ich fürchtete, sehr bald erneut Abschied von meinem Bruder nehmen zu müssen.

26

Ich saß auf einem Hocker vor dem Haus und sah, wie sich der Himmel rosa färbte. Sehr bald schon würde das Dorf nur noch vom Sternenhimmel beleuchtet werden. Dann beschlich mich immer ein Gruseln. Ich fürchtete mich im Dunkeln, schon seit frühester Kindheit.

Ich hörte meinen Vater auf seinen Krücken näher kommen. »Steh auf, wir gehen zu Atilla«, sagte er. Erstaunt drehte ich mich um und sah ihn mit großen Augen an. »Wir holen das Geld.«

Mit einer Öllampe, die ich trug, begaben wir uns zu Atillas Haus. Im Dunkeln ging mein Vater noch langsamer. Ich fragte mich, ob die Worte meiner Mutter bewirkt hatten, dass wir nun zu Atilla gingen. Meiner Ansicht nach war es nicht das Richtige für meinen Vater, so spät am Abend die Erfüllung einer Vereinbarung zu fordern. Es hatte etwas Unheimliches, im Dunkeln zum Haus des Schlachters zu gehen. Vielleicht hatte er heute eines unserer Schafe geschlachtet, und seine Frau war nun dabei, das Fleisch zu braten.

Als wir angekommen waren, ging ich mit wackeligen Beinen zur Tür und klopfte an. Hakan öffnete und sah mich verdutzt an. Er schien etwas sagen zu wollen, überlegte es sich jedoch anders, als er sah, dass ich nicht allein war.

»Ist dein Vater zu Hause?«, fragte mein Vater.

Hakan nickte. »Bitte, tretet ein.«

Ich folgte meinem Vater schweigend nach drinnen. Im Wohnzimmer lag Atilla lang gestreckt wie ein Fürst auf ein paar Kissen. Er trank laut schlürfend von seinem Tee. Als er meinen Vater sah, sagte er: »Ah, was für ein unerwartetes Vergnügen, Selim Bey. Nehmt doch Platz. Frau! Frau! Bring unseren Gästen Tee. Hast du mich gehört?« Als er keine Antwort bekam, schlug er Hakan auf den Hinterkopf. »Los, Junge, sieh schnell nach, wo die Frau sich wieder herumtreibt.« Hakan rannte aus dem Zimmer.

Gegenüber von Atilla nahmen wir auf den Kissen Platz.

»So, Selim Bey, sag, was führt dich zu mir.«

Mein Vater rieb über die harten Stoppeln auf seinen Wangen. Ich ging davon aus, dass er zunächst ausweichend antworten würde, um dann vorsichtig auf den Zweck seines Besuchs zuzusteuern. Aber er kam gleich zur Sache. »Ich komme mein Geld holen, Atilla.« Er sagte das, ohne zu stocken. Hatte meine Mutter ihm vielleicht vorgemacht, wie er fragen sollte?

»Dein Geld, so, so.« Atilla trank erneut laut schlürfend einen Schluck Tee. »Das habe ich zurzeit nicht.«

»Wir hatten vereinbart, dass ich es heute bekomme.«

»Ja, aber ich habe es nicht. Derjenige, von dem ich noch Geld bekomme, ist nicht erschienen. Ich nehme an, ich werde ihn morgen oder übermorgen treffen. So lange wirst du warten müssen.« Er grinste zufrieden und zupfte dabei an seinem üppigen Schnurrbart.

»Ich habe keine Zeit, Atilla.«

»Wieso nicht?«

»Ich brauche das Geld.«

»Wozu?«

»Wir ziehen in zwei Tagen weg.«

»Ah, das ist ein weiser Entschluss«, sagte Atilla mit einem breiten Grinsen.

Mein Vater erwiderte nichts darauf.

»Ich finde, das ist sehr vernünftig und mutig von dir.«

»Es ist, wie es ist.«

»Ja«, sagte Atilla mit freudigem Blick.

Atillas Frau eilte mit einem Tablett herbei. Wortlos stellte sie meinem Vater und mir eine Tasse Tee hin und verließ dann rasch wieder das Zimmer.

»Verstehst du, warum ich mein Geld jetzt haben muss?«

»Natürlich, aber wie ich schon sagte, ich bin in dieser Sache von einem anderen abhängig. Du kennst ihn bestimmt, Gazi, er kommt hin und wieder wegen Geschäften in unser Dorf. Dieser Mann schuldet mir eine Menge Geld.«

»Atilla, es ist mir egal, von wem du das Geld bekommst. Ich brauche es jetzt.«

»Du wirst dich gedulden müssen.«

Ich dachte, mein Vater würde es dabei belassen und Atilla konnte ihm das Geld geben, wenn er es hatte. Aber mein Vater ließ nicht locker.

»Dann gib mir zumindest einen Teil der Summe.«

Atillas Blick erstarrte, und seine Augenbrauen verzogen sich seltsam.

»Gib mir jetzt einen Teil des Geldes«, sagte mein Vater fordernd. »Dann hole ich mir den Rest später.«

»Das ist nicht so einfach, fürchte ich.«

»Wieso?«

»Ich kann dir nicht viel geben.«

»Wie viel?«

»Höchstens einhundert Lira.«

»Atilla, das ist nichts im Vergleich zu dem, was du mir schuldest.«

»Mach dir keine Sorgen, den Rest kriegst du übermorgen.«

»Versprichst du das?« Die Stimme meines Vaters klang wieder schwach, als glaubte er selbst nicht daran, dass er das Geld bekommen würde.

Das Grinsen kehrte zurück auf Atillas Gesicht. »Natürlich verspreche ich es, Selim Bey.« Das Geräusch seiner schweren Atemzüge erfüllte den Raum. Er schob Zeigefinger und Daumen in ein Nasenloch und riss sich mit kurzem Ruck ein paar kräftige Haare aus. Die Fingerspitzen wischte er an dem Kissen ab, auf dem er saß. Laut zog er die Nase hoch und rief: »Frau! Bring die Kassette! Hörst du mich? Frau!« Wieder bekam er keine Antwort. Daraufhin brüllte Atilla so laut, als tobte ein Orkan durch das Haus, doch mein Vater schaute stoisch vor sich hin, als wäre er allein und sinnierte über seine Jugend.

Atillas Frau kam mit einem kleinen Kasten ins Zimmer. Sie überreichte ihn ihrem Mann auf merkwürdige Art und Weise, indem sie auf die Knie sank und ihm mit gesenktem Kopf beide Hände entgegenstreckte. Wortlos nahm Atilla den Kasten und holte ein paar Geldscheine heraus.

»Hier hast du einhundert Lira, Selim Bey.« Er hielt ihm das Geld hin, doch mein Vater konnte es von seinem Platz unmöglich ergreifen. Ohne auf ein Zeichen zu warten und ehe er es sich anders überlegen konnte, sprang ich auf und nahm Atilla das Geld aus der Hand. »Immer langsam, Junge«, sagte er.

Schnell übergab ich das Geld meinem Vater und nickte, zum Zeichen, dass ich gehen wollte. Mühsam erhob er sich und sagte: »Den Rest hole ich übermorgen.«

»Natürlich, Selim Bey.«

Hakan hatte die ganze Zeit mit den Händen auf dem Rücken in einer Zimmerecke gestanden, auf einen neuen Befehl seines Vaters wartend. Es lag eine gewisse Traurigkeit in seinem Blick. Ich fragte mich, was aus ihm werden sollte.

Sobald wir draußen waren, warf Atilla wortlos die Tür hinter uns zu. Erleichtert atmete ich den kühlen Abendduft ein. Ich hörte das Zirpen der Heuschrecken. Für einen kurzen Moment glaubte ich, dass uns bessere Zeiten bevorstanden, und war weniger besorgt wegen der Zukunft. In einer Gefühlswallung küsste ich meinen Vater auf die Wange. Er grinste.

Langsamer als auf dem Hinweg gingen wir zurück nach Hause. Die Straße war menschenleer. Ab und zu hörte ich, wie eine Tür zufiel, und in der Ferne bellte ununterbrochen ein Hund. Ein Mann mit einer Öllampe neben sich auf dem Boden saß vor einem Haus und rauchte eine Zigarette.

»Mit Atilla hat man es wirklich nie leicht«, sagte mein Vater. »Aber alles wird gut.«

»Ja«, sagte ich, und obwohl ich froh war, dass wir einen Teil des Geldes bekommen hatten, war ich nicht wirklich beruhigt. »Aber ich vertraue ihm nicht. So wie er dich angesehen hat, mit diesem Grinsen.«

»Ach, so guckt er doch immer.«

»Was machen wir, wenn er sich trotzdem querstellt?«

»Mehmet, in diesem Dorf halten wir Wort.« Er keuchte leise. »Bei Atilla kostet es vielleicht ein wenig mehr Mühe, aber am Ende hält er sich an unsere Vereinbarung.« Er blieb plötzlich stehen. »Und, hast du schon Lust, nach Hemgin zu gehen?« Bestimmt wollte er hören, dass ich mein anfängliches Zögern aufgegeben hatte. Doch wenn ich ehrlich war, konnte ich es mir nicht vorstellen, dorthin zu ziehen. Es war noch nicht wirklich zu mir durchgedrungen, dass wir Sobyan verlassen würden, dass wir unser Haus aufgeben würden, um in Hemgin von vorne anzufangen.

»Ich … ich weiß nicht, Baba. Ich habe hier meine Freunde.« Bei diesen Worten dachte ich an Ali und an Bilal, den Verräter, der sich jetzt mit Hakan herumtrieb, und ich fragte mich, ob das überhaupt noch stimmte.

»Wie ich schon sagte, in Hemgin wirst du neue Freunde finden. Du wirst sehen, wie schnell das geht.«

Vielleicht hatte mein Vater recht, und es war an der Zeit, neue Freunde zu finden. Freunde, die immer zu mir standen und mir nicht den Rücken zukehrten, wenn es schwierig wurde. Und doch verspürte ich einen Stich in der Brust bei dem Gedanken, dass wir unser Dorf verlassen würden.

Zu Hause hatte meine Mutter den braunen Lederkoffer hervorgeholt und die wenige Kleidung, die wir besaßen, auf einen Haufen geworfen, um sie gefaltet in den Koffer zu legen. Neugierig schaute sie auf und fragte: »Und, hast du das Geld?«

Ich war gespannt, was mein Vater darauf sagen würde.

»Ja.«

Ich bemerkte den erstaunten Blick in ihren Augen. »Wirklich?«

»Ja, aber einen Teil der Summe bekomme ich später. Er …«

»Warum sagst du das nicht gleich?«

»Atilla gibt es mir übermorgen.«

»Übermorgen? Aber dann gehen wir doch weg?«

»Atilla bekommt noch Geld von Gazi.«

Sie seufzte. »Ich hätte doch mitgehen sollen.«

»Aşme, er hatte das Geld jetzt nicht. Was hätte ich denn tun sollen?«

Von der Haustür erklang plötzlich die raue Stimme meines Bruders. »Das Geld kannst du vergessen.«

27

Mitten in der Nacht stand ich mit einer Öllampe in der Hand vor unserem Haus. In der Ferne hörte ich Geknurre, aber ich konnte nicht ins Haus hinein, weil es abgeschlossen war. Wie wild schlug ich gegen die Tür und wollte um Hilfe rufen, doch aus meinem Mund kamen nur erstickte Kehllaute. Plötzlich stürmte aus der Dunkelheit ein finsterer Schatten auf mich zu. Ich erstarrte und drückte meinen Körper gegen die Tür. Doch als der Schatten meinen Namen rief, überkamen mich Erleichterung und Freude zugleich. Im Licht der Öllampe sah ich erst, dass seine Kleider zerrissen waren. Auf Gesicht und Hals hatte er tiefe Schrammen.

»Ali«, rief ich erschrocken. »Was ist mit dir passiert?«

»Oh, Mehmet, es war schrecklich. Ich bin unterwegs von wilden Tieren angegriffen worden. Ich dachte, ich würde sterben.«

Verzweifelt schaute ich zur Tür. »Wenn meine Eltern endlich die Tür aufmachen, können wir hinein, und dann sind wir in Sicherheit. Ali, wo warst du die ganze Zeit? Ich habe dich vermisst.«

»Ich war auf der Suche nach meinem Vater«, sagte er. »Ich war nicht böse auf dich.«

Ich wollte ihn an mich ziehen und umarmen, da hörte ich ein fürchterliches Gebrüll. Erschrocken sah ich auf und erblickte hinter Ali einen aufgerichteten Bären mit weit aufgerissenem Maul. Als er sich auf Ali stürzte, wachte ich laut schreiend auf.

Am Morgen rannte ich gleich zu Alis Haus. Der Himmel war

wolkenlos, und trotz der frühen Stunde war es schon warm. Wieder war Alis Tür verschlossen. Sofort fing ich an, gegen die Tür zu schlagen und laut nach Ali zu rufen. Doch so lange ich auch auf das Holz trommelte, es passierte nichts. Bedrückt setzte ich mich mit dem Rücken an die Tür. Ich hätte den Streit vermeiden können, wenn ich geduldiger gewesen wäre, dachte ich. Ich hätte wissen müssen, dass es Ali schwerfiel, über seinen toten Vater zu sprechen, und dass es etwas anderes war, seinen Vater nie gekannt zu haben, als ihn verletzt zu sehen. Reuevoll erlegte ich mir selbst die Strafe auf, so lange vor der Tür zu warten, bis Ali zurückkam. Doch sehr bald schon tat mir auf dem harten Boden der Hintern weh, und mein Magen begann zu knurren. Ich fragte mich, wann ich es mir selbst erlauben würde aufzugeben, wann ich ungestraft weggehen durfte, ohne für immer ein brennendes Schuldgefühl mit mir herumzuschleppen. Vielleicht waren zwei Stunden vergangen, als ich beschloss, dass ich es nicht länger aushielt. Ich stand auf und ging heim.

Meine Mutter lief aufgeregt durchs Haus. Sie suchte Besteck und Teller zusammen und schob die Schalen mit Früchten und Brot unruhig von hier nach da. Elida lief ihr die ganze Zeit hinterher. Mein Bruder saß mit lang ausgestreckten Beinen auf dem weißen Teppich, gegen die Wand gelehnt. Mein Vater saß neben ihm und rieb sich das Bein. Als er mich bemerkte, fragte er, ob ich schon gegessen hätte. Ich schüttelte den Kopf.

»Setz dich schnell hin, Daye macht dir was. Wir rechnen jeden Moment mit Besuch.«

»Besuch?«

»Ja, Leute, die sich verabschieden wollen.«

Daran hatte ich nicht gedacht. Jetzt, wo Ali nicht da war, hätte ich das Dorf am liebsten in aller Frühe verlassen, ohne jemandem zu begegnen oder die Hand zu schütteln.

Während ich auf einem trockenen Brotstück kaute, tauchte plötzlich das alte Ehepaar Kaya in der Tür auf. Die beiden zerbrechlich wirkenden Menschen grüßten und schlurften, ohne auf eine Antwort zu warten, zu uns ins Haus. Herr Kaya hatte ein rundes Bäuchlein und vergnügte Augen, aber sein freundliches Äußeres täuschte, denn wenn es jemand wagte, ihm zu widersprechen, konnte er gnadenlos sein. Er war kaum größer als seine Frau, die eine dicke Wollweste trug, obwohl es draußen glühend heiß war.

»Selam«, sagte mein Vater. Er flüsterte mir zu, ich solle Frau Kaya beim Hinsetzen helfen. Sofort stand ich auf, nahm die alte Frau beim Arm und führte sie zu einem Kissen, auf dem sie sich mühsam niederließ. Mein Bruder hatte den Raum verlassen. Er war weggegangen, ohne ein Wort zu sagen. Meine Mutter unterbrach ihre Arbeit, um das Ehepaar willkommen zu heißen. Obwohl sie wusste, dass mein Vater das nicht mochte, küsste sie den beiden die Hände. Zu meinem Vater hatte sie einmal gesagt, er solle das ihre Sache sein lassen. »Ich küsse nicht jedem die Hand, nur den alten Menschen, die ich respektiere.«

Während meine Mutter Tee einschenkte, tauschte mein Vater Höflichkeiten mit Herrn Kaya aus, der düster nickte. Irgendwann herrschte plötzlich eine Stille, die so lange dauerte, dass es peinlich zu werden begann.

»Warum zieht ihr eigentlich weg?«, fragte der alte Mann plötzlich.

Mein Vater räusperte sich übertrieben und sagte dann in munterem Ton: »Es ist Zeit für eine Veränderung. In Hemgin besitze ich ein großes Stück Land.« Er schwieg einen Moment und sagte dann: »Ich habe mein Vieh an Atilla verkauft.«

»An diesen Betrüger?«

»Wie meinst du das?«

»Er ist ein Betrüger«, brummte Herr Kaya streng. »Was ist daran schwer zu verstehen? Einem größeren Schurken bin ich in meinem ganzen Leben nicht begegnet. Mit so jemandem macht man keine Geschäfte!«

Ich sah, wie mein Vater nach Worten suchte. »Vielleicht nicht unter … äh … normalen Umständen. Aber jetzt hatte ich kaum eine Wahl.«

»Unsinn, man hat immer eine Wahl, Selim!«

»Glaub mir, lieber hätte ich es nicht getan.«

Dann herrschte wieder eine Weile Schweigen. Herr Kaya sah vor sich hin. Plötzlich stand er auf, verbeugte sich leicht und reichte meinem Vater die Hand. »Du machst einen großen Fehler, mein Junge. Und deine Familie wird es ausbaden müssen. Denk gut nach, noch kannst du zurück.« Er schwieg einen Moment, als wollte er, dass seine Worte auch wirklich zu meinem Vater durchdrangen. »Und wenn du so dickköpfig bist und doch fortgehst, dann möge Allah dafür sorgen, dass eure Wege immer offen und frei von Hindernissen sind. Allah segne euch.«

Als die Kayas gegangen waren, fiel mir auf, dass mein Vater müde aussah. Obwohl ich die Antwort kannte, fragte ich ihn, ob er zuvor schon jemals in sein Dorf zurückgekehrt war.

»Nein, Mehmet. Ich war schon lange nicht mehr in Hemgin.«

»Leben dort noch Menschen, die du kennst?«

»Hemo«, sagte mein Vater und blickte so versunken vor sich hin, als erweckte er eine verdrängte Erinnerung zum Leben. »Hemo wohnt noch dort.«

Natürlich. Hemo hatte meinen Vater mit nach Sobyan genommen, damit er dort um die Hand meiner Mutter bitten konnte. An ihrer Entführung war er auch beteiligt gewesen. Für meinen Vater war Hemo eine Art Vater gewesen, der Vater, den er eigentlich nie gehabt hatte. In all den Jahren hatte Hemo uns nur ein Mal besucht. Ich war damals fünf oder so gewesen und konnte mich kaum noch daran erinnern.

»Weiß er, dass du kommst?«

Mein Vater sah mich erstaunt an und sagte dann unerwartet scharf: »Natürlich nicht! Ich habe ihn doch seit Jahren nicht gesehen!«

Ich erschrak, verbarg das aber. Rasch stellte ich eine weitere, harmlose Frage. »Wie alt ist Hemo?«

»Hemo ist alt, mein Sohn. Etwa so alt, wie dein Großvater Miran jetzt wäre.«

Ich wagte nicht zu fragen, dachte aber: Ob Hemo überhaupt noch lebt?

»Ich weiß, was du denkst«, sagte mein Vater. »Aber Hemo ist ein starker Mann. Ich bin mir sicher, dass er noch lebt.«

Ein Ehepaar, das ich nur vom Sehen kannte, stand in der Tür. Doch ich hatte keine Lust, ein weiteres Gespräch über unser Fortgehen mit anzuhören, und ging rasch in den Stall. Der starke Geruch von Mist und Heu schlug mir entgegen. Der Stall, in dem ich viele Stunden meines Lebens verbracht hatte, war leer, und es herrschte nicht mehr die drückende Wärme. Die Stille passte nicht zu dem Raum, in dem immer das Hufgetrappel der Kühe und das Blöken der Schafe zu hören gewesen war. Ich setzte mich auf den Hocker, den meine Mutter benutzte, wenn sie die Ziegen melkte, und dachte daran, wie oft ich hier mit Ali gespielt hatte. Mit geschlossenen Augen atmete ich den Geruch des Stalls tief ein. Ich sah die Bilder vor mir, die hierhergehörten, und ich meinte, die Geräusche der Tiere zu hören. Mehr als alles andere würde ich diesen Stall und die Tiere vermissen. Weinend schlug ich die Hände vor das Gesicht und verfluchte alles und jeden: Atilla, Ibrahim, den Arzt und alle Dorfbewohner, die meinen Vater nicht zurückgehalten hatten, als er den Stein hochhob, der sein Bein zerschmettern würde. Sie alle hatten Anteil an dem, was ihm widerfahren war. Ich war wütend auf Gott. Er hatte es geschehen lassen. Er hatte uns im Stich gelassen und sich nicht einen Moment um uns gekümmert. Und jetzt mussten wir dieses Dorf verlassen, um anderswo neu anzufangen.

»Was machst du da, Bao?« Elida war leise in den Stall gekommen.

»Nichts«, sagte ich und schaute in eine andere Richtung.

»Morgen gehen wir weg, nicht?«, sagte sie erfreut.

Ich nickte und musste mich beherrschen, ihr nicht zu sagen, wie sehr ich mich vor der Zukunft fürchtete. Die Warnung des alten Mannes, der meinte, mein Vater mache einen großen Fehler, ging mir nicht aus dem Kopf. Und obwohl ich am liebsten meine Zweifel hinausgeschrien hätte, spielte ich den vernünftigen Bruder.

Nachdem alle Gäste fort waren, stand meine Mutter auf und sagte, sie komme gleich wieder. Ohne zu sagen, wo sie hinwollte, ging sie hinaus.

Während wir so dasaßen, fragte ich mich, ob meinem Vater unsere bevorstehende Abreise auch so zu schaffen machte oder ob er sich im Gegenteil auf das Wiedersehen mit Hemo freute.

»Wo ist Yusuf?«

Ich zuckte die Achseln.

»Wenn er mal bloß nicht zu spät nach Hause kommt. Wir brechen morgen sehr früh auf.«

Meinem Bruder würde es wahrscheinlich wenig ausmachen, wenn er uns nicht mehr antraf. Das hatte sich ja gezeigt, als er in Muş war. Obwohl wir uns voneinander entfremdet hatten, hoffte ich, dass er mit nach Hemgin ging. In einer neuen Umgebung, wo wir beide niemanden kannten, würden wir vielleicht wieder zueinanderfinden.

Vor Wut stampfend, kam meine Mutter wieder. Sie war durch und durch nass vom Regen. »Unglaublich, was für ein Schuft!«

Mein Vater hob rasch den Kopf. »Aşme, was ist passiert? Von wem sprichst du?«

»Von Atilla, diesem Schurken.«

»Hat er dir was angetan?« Mein Vater versuchte, schnell aufzustehen, verlor jedoch das Gleichgewicht und fiel auf das Kissen zurück.

»Ich bin zu ihm gegangen, um unser Geld zu fordern. Aber dieser Betrüger weigert sich, mit mir zu reden.« Ihre Stimme überschlug sich. »Er sagte: ›Über Geschäfte rede ich nur mit deinem Mann.‹ Ist das zu glauben! Kannst du dir das vorstellen, Selim?«

Mein Vater schlug mit der flachen Hand auf den Boden. »Warum bist du auch zu ihm hingegangen, Aşme? Das ist meine Aufgabe. Ich kümmere mich darum!«

»Wie denn, Selim? Indem du hier herumsitzt und darauf wartest, dass er kommt und dir das Geld in die Tasche steckt? Wach auf! Wenn wir nichts unternehmen, bekommen wir das Geld nie!«

»Du machst dir unnötig Sorgen.«

Meine Mutter hob die Arme gen Himmel. »Du Dummkopf! Tu nicht so, als wäre alles in Ordnung. Du willst morgen hier wegziehen, während dir dieser Mann noch jede Menge Geld schuldet. Morgen früh steht Ibrahim mit dem Pferdewagen vor der Tür. Morgen gehen wir fort. Es muss jetzt passieren. *Jetzt!*«

Mein Vater starrte auf den Boden. Er seufzte und sagte: »Gut, dann gehe ich jetzt eben zu Atilla.«

»Baba, ich komm mit«, sagte ich.

»Nein«, sagte er resolut. »Diesmal gehe ich alleine. Das ist eine Sache zwischen Atilla und mir.«

»Aber, Baba, ich …«

»Nein, Mehmet.«

Er erhob sich mühsam. Ich reichte ihm die Krücken, und er schwang sich behäbig nach draußen. Meine Mutter folgte ihm.

»Aber Selim, es regnet. Warte wenigstens, bis es aufhört.«

Ohne etwas zu erwidern, ging er weiter.

»Selim!«

Meine Mutter und ich sahen ihm von der Tür aus nach. Mein geschrumpfter und geschwächter Vater ging durch den strömenden Regen, um sich beim größten Schurken im Dorf zu beschweren.

»Soll ich ihm hinterhergehen?«

»Nein«, sagte sie. »Du bleibst hier.«

Wir blieben in der Tür stehen und hofften, dass er so schnell wie möglich zurückkam. Ich versuchte mir vorzustellen, wie der Besuch verlief. Mein Vater würde im Eingang des Schlachthauses warten, bis Atilla ihn bemerkte. Erst nach einer Weile würde er sich räuspern und kaum hörbar Atillas Namen rufen. Der Schlachter würde langsam aufschauen, sein Grinsen zeigen und auf seine charakteristische Art fragen: »Selim Bey, was führt dich zu mir?« Mein Vater würde ihm erneut freundlich erklären, dass wir am nächsten Morgen abführen und dass er sein Geld haben müsse. Er würde Bitte sagen. Zwei Mal. Was dann passierte, wagte ich gar nicht erst zu denken.

Es schüttete aus dunklen Wolken so heftig wie nie zuvor. Im Schneidersitz sah ich den dicken Tropfen zu, die zu vielen tiefen Pfützen zusammenflossen. Der Regen wurde immer kräftiger, und dazu erhob sich ein eisiger Wind, der mir das Wasser ins Gesicht peitschte. Ich ging ins Haus, um einen Pullover anzuziehen. Als ich wieder herauskam, hatten sich die Pfützen zu einem kleinen Bach vereinigt, der rasch anschwoll. Innerhalb kürzester Zeit war er zu einem Fluss geworden, der immer schneller durch die Straßen strömte und alles auf seinem Weg fortzureißen schien.

Meine Mutter hielt besorgt Ausschau. »Oh, Selim«, jammerte sie. »Oh, Selim, wo bleibst du nur?«

»Ich geh nach ihm sehen, bevor noch ein Unglück geschieht«, rief ich.

»Nein, Miran!«

Sie versuchte, mich festzuhalten, aber ich war schneller. Ich sprang in den Regen, und sogleich versanken meine Füße im Schlamm, und die Latschen blieben darin stecken. Barfuß rannte ich weiter. Es kam mir vor, als würde sich der gesamte Regen in einem einzigen Strahl auf mich konzentrieren. Ich war bald völlig durchnässt und watete schaudernd durch den Fluss, der jetzt durch die Dorfstraße floss. Das kalte Wasser reichte mir bis zu den Schienbeinen, und es war stockfinster, obwohl es noch nicht einmal Abend war. Keuchend lief ich weiter, bis ich in einiger Entfernung eine Silhouette bemerkte. Die dunkle Figur stand still da und stützte sich auf Krücken. Ich rannte, so schnell ich konnte. Mein Vater schien darauf zu warten, dass der Fluss ihn mit sich fortriss und ihn von allen Problemen erlöste. Sein Gesicht war voller Schlamm, und er klapperte mit den Zähnen.

Ich nahm ihn beim Arm. »Alles in Ordnung, Baba?«

Erschöpft stützte er sich mit seinem ganzen Gewicht auf mich. Er zitterte am ganzen Leib.

»Was ist denn passiert?«

Er antwortete erst, als ich die Frage wiederholte. »Gefallen …«, sagte er, wobei er den Kopf an meinen Hals drückte, als wollte er sich an mir wärmen. »Nach Hause, Mehmet … nach Hause.«

Ich nahm eine Krücke, damit er sich mit dem linken Arm an mir festhalten konnte. Und während der Sturzregen weiter auf uns niederprasselte, wurde mir bewusst, dass er sich von der Operation viel schlechter erholt hatte, als er behauptete. Er aß auch noch weniger als vor dem Unfall, trotz der Bitten meiner Mutter.

Sie schrie, als wir näher kamen. »Selim! Selim! Was ist passiert?«

Drinnen legte sie eine Decke um seine Schultern und wischte ihm das Gesicht ab. Dann rieb sie ihm kräftig den Rücken, bis er sie stöhnend bat aufzuhören. Meine Mutter machte eine Kanne Tee, tat viel Honig und Zitrone hinein und nötigte meinen Vater gegen seinen Willen, den Tee so warm wie möglich zu trinken.

»Gut«, sagte sie nach einer Weile. »Kannst du jetzt berichten, was bei Atilla geschehen ist?«

Mein Vater nahm noch einen Schluck. Sie würde ihn so lange fragen, bis er alles haarklein erzählt hatte.

»Ich habe ihm gesagt, ich wolle das Geld jetzt sofort haben«, sagte er ruhig. »Und wie erwartet antwortete er, er habe das Geld nicht. Er wolle heute Abend zu Gazis Dorf gehen, um es zu holen. Ich erwiderte darauf, ich würde am nächsten Morgen wiederkommen.«

»Und, glaubst du ihm?«, fragte meine Mutter.

»Was bleibt mir anderes übrig?«

»O Allah, schenke uns Weisheit!« Meine Mutter griff sich verzweifelt an den Kopf. »Ich weiß es auch nicht. Ich hoffe nur, dieser miese Betrüger hält Wort.«

Während mein Vater seinen Tee trank, fürchtete ich, dass ich mich nicht von Ali würde verabschieden können. Er konnte doch bei diesem Unwetter nicht nach Hause kommen. Es musste schon ein Wunder geschehen, damit ich ihn noch einmal wiedersah.

28

Es klopfte an der Tür. Ich fuhr aus dem Schlaf und dachte, es sei mein Bruder, der mitten in der Nacht nach Hause kam. Aber er lag neben mir und schlief. Ich hatte ihn nicht kommen hören.

»Guten Morgen, Ibrahim«, sagte meine Mutter. »Komm herein.«

Es war so weit. Aufgeregt stieß ich meinen Bruder an, aber der stöhnte nur und sagte, ich solle ihn in Ruhe lassen. Beim zweiten Mal murmelte er, er würde mir eine verpassen, wenn ich ihn noch mal störte. Ich drehte mich zur anderen Seite, wo Elida schlief, eingerollt wie ein Igel. Ich flüsterte in ihr Ohr: »Aufstehen, Elida. Es ist Zeit.« Dann küsste ich sie auf die Wange. Meine Munterkeit erstaunte mich selbst.

»Aufstehen, Kinder!«, rief meine Mutter und klatschte laut in die Hände. »Macht euch fertig zur Abfahrt.«

Mein Vater saß auf seinem gewohnten Platz und rauchte eine Zigarette, als wäre alles wie sonst, als würden wir nicht unser altes Leben aufgeben, weil er beschlossen hatte umzuziehen. Ich sah ihn verwundert an. Wo war er mit seinen Gedanken?

Ich rannte zur Tür. Die Sonne schien hell, und von dem Fluss auf der Straße war nichts mehr zu sehen. Nur hier und da noch ein paar Pfützen. Ibrahims Pferd stand ungeduldig vor dem Wagen. Es schnaubte und scharrte mit den Hufen im schlammigen Boden.

»Miran«, sagte meine Mutter, »Apo und du, ihr geht nachher zu Atilla.«

Ich hatte das Gefühl, jemand drückte mir die Kehle zu: Die letzte Konfrontation mit dem Schlachter stand noch bevor. Der Augenblick war gekommen, den Schurken von Sobyan an sein Versprechen zu erinnern.

»Er muss nicht mitgehen«, sagte mein Vater.

»Selim, du weißt, was gestern passiert ist.«

»Gestern gab es ein Unwetter, heute schaffe ich es allein.«

»Aber, Selim ...«

»Nein, Aşme, dies ist eine Sache zwischen mir und Atilla.«

Obwohl ich keine Lust hatte, zu Atilla zu gehen, gab ich meiner Mutter recht. Es musste jemand mit meinem Vater mitgehen. An der Tür verharrte Ibrahim wie eine Statue, und ich beschloss, meinem Vater unauffällig zu folgen. Er reichte Ibrahim die Hand und umarmte ihn plötzlich. Es sah seltsam aus, als würde er sich wie ein Verwundeter auf ihn werfen. Ibrahim klopfte ihm verlegen auf den Rücken.

»Soll ich mitgehen?«, fragte er.

»Nein, das ist nicht nötig«, erwiderte mein Vater, trat vors Haus und hob den Blick in den sonnigen Himmel. »Das ist ein schöner Tag zum Reisen«, sagte er. Ibrahim nickte.

Nach einer Weile drückte ich mich wortlos an Ibrahim vorbei und folgte meinem Vater. Die heiße Morgensonne überfiel mich. Ich hielt eine Hand über die Augen, schaute die Straße hinunter und erkannte meinen Vater in einiger Entfernung. Er ging langsam in Richtung Schlachterei. Ab und zu hielt er an und wischte sich mit der Hand die Stirn, dann ging er weiter, als hätte er alle Zeit der Welt, als würden wir uns nicht sehr bald in ein ungewisses Abenteuer stürzen. Als ich an Alis Haus vorbeikam, blieb ich kurz stehen. Die Tür war immer noch geschlossen. Er war jetzt bestimmt nicht daheim. Trotzdem überlegte ich kurz, ob ich anklopfen sollte. Vielleicht war er ja am frühen Morgen zurückgekommen, oder gestern Abend gleich nach dem Regen. Ich schaute zu meinem Vater und sah mit Schrecken, dass er schon fast bei Atillas Haus angelangt war. Ohne weiter nachzudenken, rannte ich hinter ihm her. Er klopfte an die Tür. Voll naivem Vertrauen wartete mein Vater vor dem Haus, das immer nach Kadavern stank und in dem die Gliedmaßen von Verletzten geschient wurden. Gespannt hielt ich den Atem an. Jeden Moment konnte Atilla die Tür öffnen und ihn fragen, was ihm einfiele, ihn so früh zu wecken. Ich machte mich auf alles gefasst, aber nichts geschah. Mein Vater trat einen Schritt vor und klopfte nun drei Mal laut an die Tür. Mein Puls beschleunigte sich. Mein Hemd klebte mir am Rücken. Wieder geschah nichts. Zum dritten Mal klopfte mein Vater und rief nun auch den Namen des Schlachters.

»Atilla! Mach auf!«, rief er. »Ich weiß, dass du zu Hause bist. Ich möchte mein Geld haben!«

Er bemerkte nicht, dass ich hinter ihm stand.

»Atilla! Atilla!«

Immer wieder rief er den Namen, bis sein Körper kaum merklich zu beben begann. Wieder trat er einen Schritt vor, doch diesmal klopfte er nicht an, sondern er schlug mit den Krücken gegen die Tür. Zuerst mit der rechten, dann mit der linken. Abwechselnd hämmerten seine Krücken auf die Tür, dumpfe Schläge auf massives Holz. »Atilla! Du hast es mir versprochen! Mach auf!« Verzweiflung lag in seiner Stimme.

Ich wollte meinen Vater beim Arm nehmen und ihm sagen, es habe keinen Sinn, doch ich schaute weiter geduldig zu, wie er immer wieder mit den Krücken gegen die Tür schlug.

»Atilla, was soll ich meiner Frau und meinen Kindern sagen? Mach auf!« Er brach in immer lauter werdendes Schluchzen aus.

»ATILLA!«

Er stützte sich mit seinem ganzen Gewicht auf die rechte Krücke. Die Krücke rutschte weg. Mein Vater fiel hart auf seine rechte Schulter und schlug mit dem Kopf auf den Boden. In mir zerriss irgendetwas, meine Eingeweide schienen sich zu verschieben und zusammenzupressen.

»Baba! Baba!«, schrie ich und beugte mich zu ihm hinunter. »Baba, hast du dir wehgetan?« Ich streichelte seine Wange.

Er stöhnte, öffnete die Augen und versuchte wieder aufzustehen. Ich hielt ihn zurück. »Baba, warte, du bist gefallen. Hast du Schmerzen?«

»Nein … es geht. Hilf mir auf.«

Ich zog ihn hoch. An der rechten Schläfe hatte er eine tiefe Schramme.

»Daye wird wütend sein, wenn sie erfährt, dass er nicht hier war.«

»Aber dafür kannst du nichts.«

»Doch, ich war dumm«, sagte er. »Ich hätte ihm die Tiere nicht ohne Bezahlung überlassen dürfen. Ich hätte ihm niemals vertrauen dürfen. Verdammt!«

»Baba, wir werden unser Geld schon noch bekommen.«

In der glutheißen Sonne gingen wir mit gesenkten Köpfen heim.

»Wir bleiben hier«, sagte mein Vater kurze Zeit später zu meiner Mutter. »Atilla war nicht zu Hause.«

Selten habe ich sie so bestürzt gesehen. »Dieser Schuft! Dieser unverschämte Schuft! Was sollen wir jetzt tun, Selim?«

»Wir warten, bis er wiederkommt«, sagte mein Vater. »Es kann nicht lange dauern. Er ist nie länger unterwegs.« Er sah Ibrahim an. »Können wir vielleicht später am Tag losfahren?«

Ibrahim zog an seiner Zigarette, inhalierte tief und runzelte die Stirn. Er wollte vielleicht etwas signalisieren, was er nicht laut auszusprechen wagte. »Selim, Hemgin ist weit. Wenn wir später am Tag losfahren, kann ich nicht vor Einbruch der Dunkelheit wieder in Sobyan zurück sein. Lass uns morgen fahren.«

Mein Vater guckte, als hätte man ihm gesagt, dass sein anderes Bein auch amputiert werden musste. Ich verstand nicht, warum er es so schlimm fand, einen Tag später zu fahren. Hatte er inzwischen einen solchen Widerwillen gegen das Dorf, dass er keinen Tag länger hierbleiben wollte?

»Das ist gut«, sagte meine Mutter. »Das verschafft uns genug Zeit. Wir müssen alles tun, um das Geld heute zu bekommen. Wir dürfen nicht wieder bis zum nächsten Morgen warten.«

Ich durchstreifte den ganzen Tag lang das Dorf, um Atilla aufzuspüren. Doch wo ich auch suchte, nirgends fand ich ihn. Wiederholt schaute ich bei seinem Haus und der Schlachterei vorbei, doch immer waren die Türen verschlossen. Ebenso wie die von Alis Haus. Mein Vater saß den ganzen Tag auf dem Hocker bei uns vor der Tür. Er schaute ununterbrochen in Richtung Schlachterei, ohne auch nur mit den Augen zu blinzeln, als fürchtete er, Atillas massigen Körper genau in diesem Moment zu verpassen.

Am Abend, als Stille über dem Dorf lag wie eine Decke und sogar das Zirpen der Heuschrecken verstummt war, forderte meine Mutter ihren Mann und ihren älteren Sohn auf, zu Atilla zu gehen. Doch mein Bruder machte, ohne aufzuschauen, eine abfällige Geste, als wollte er einen aufdringlichen Bettler abwehren. Sogar mein Vater schaute ihn verwundert an. Ehe meine Mutter ihn zurechtweisen konnte, nahm ich die Öllampe und nickte meinem Vater zu. Schweigend gingen wir zum Haus des Schlachters. Vermutlich dachte mein Vater in diesem Moment dasselbe wie ich: Es war sinnlos, die Tür würde sowieso nicht geöffnet werden. Aber wir mussten es trotzdem tun, damit wir alles versucht hatten. Furchtlos klopfte ich ein paarmal an die Tür, doch nichts geschah.

»Siehst du«, sagte ich. »Er ist nicht da.«

»Klopf noch einmal«, sagte mein Vater.

Im Haus war kein einziges Geräusch zu hören. Mein Vater stampfte fluchend mit einer Krücke auf den Boden, und als wir gerade gehen wollten, öffnete sich plötzlich die Tür.

»Selim Bey«, murmelte Atilla und schaute verdutzt. Er sah aus, als käme er gerade aus dem Bett. Der riesige Mann trug einen Pyjama, der viel zu eng war, als hätte er versehentlich den seines Sohnes angezogen. Die Haare waren strubbelig, und er kratzte sich verwirrt am Kopf.

»Atilla, es ist mir unangenehm, dass ich dich so spät am Abend noch stören muss«, sagte mein Vater. »Aber heute Morgen warst du nicht da, um unser Geschäft abzuschließen.«

»Es tut mir leid«, sagte Atilla mit bedrücktem Gesicht. Ich traute meinen Ohren nicht. Es klang, als meinte er es ernst. »Wir waren in Gazis Dorf, aber der Schuft hat sein Wort nicht gehalten. Sosehr ich auch auf ihn eingeredet habe, er hat mir mein Geld nicht gegeben.«

»Ich kann nicht auf Gazi warten«, sagte mein Vater plötzlich entschieden. »Ich will mein Geld jetzt haben.«

Atilla sah meinen Vater forschend an. »Ich verstehe das nicht, Selim Bey. Warum willst du Sobyan so schnell verlassen? Warum hast du solche Eile?«

»Das geht dich nichts an«, sagte mein Vater. Er seufzte. »Es ist schon spät, Atilla, wir wollen einander nicht länger die Zeit stehlen. Gib mir mein Geld, dann lass ich dich in Ruhe.«

»Wie ich schon sagte, Gazi …«

Mein Vater unterbrach ihn sofort. »Nein, Atilla, mit Gazi habe ich nichts zu schaffen. Gazi ist dein Problem, nicht meins. Ich besitze nichts mehr, um meine Familie zu ernähren, kein Geld, kein Vieh, nichts. Erfülle deine Zusage, damit wir abfahren können.«

»Ich weiß nicht, was ich sagen soll, Selim Bey.«

»Du brauchst nichts zu sagen. Gib mir einfach alles, was du hast.«

Atilla seufzte tief und sagte dann: »Gut, bleib hier, ich hole die Kassette.«

Diesmal rief er nicht seine Frau, sondern holte das Geld selbst. Schneller als erwartet kam er wieder. Keuchend sagte er: »Hier hast du zweihundert Lira, mehr habe ich nicht.«

»Das ist nicht genug, Atilla. Du schuldest mir noch viel mehr.«

»Ich weiß, aber das ist alles, was ich im Moment habe.«

Atilla zeigte uns die Geldkassette und drehte sie sogar um. »Schau nur, vollkommen leer.« Er legte meinem Vater eine Hand auf die Schulter und sagte: »Bitte nimm das Geld, Selim. Zusammen mit dem Betrag von neulich kommt ihr erst mal über die Runden. Wenn ich den Rest habe, bringe ich dir das Geld persönlich nach Hemgin. Das verspreche ich. Ich muss sowieso geschäftlich dorthin.«

Mein Vater sah ihn mit zusammengekniffenen Augen an. Er

glaubte ihm nicht. »Für dein Versprechen kann ich mir nichts kaufen.«

Atilla sah ihn verständnislos an.

Mein Vater war fest entschlossen. Er würde jetzt nicht nachgeben, er setzte nach: »Schwöre es beim Leben deines Sohnes.«

Atilla schluckte kurz. »Ich schwöre es sogar beim Leben meiner Frau.«

Mein Vater nickte erleichtert. »Gut, Atilla. Ich erwarte dich dann bald in Hemgin. Sorge dafür, dass ich nicht wegen des Geldes nach Sobyan zurückkommen muss.«

Und dann erschien auf Atillas Gesicht wieder das Grinsen. »Natürlich, Selim Bey«, sagte er und reichte meinem Vater die Hand. »Gute Fahrt!«

29

Es war wieder ein strahlender Morgen. Meine Mutter hatte den braunen Lederkoffer sowie ein paar Töpfe und Krüge auf den Pferdewagen geladen. In einer Ecke der Ladefläche waren Zudecken und Matten gestapelt. Wir warteten auf meinen Bruder.

Zum Entsetzen meines Vaters hatte meine Mutter am Abend zuvor noch gedroht, nicht mit nach Hemgin zu fahren. Ihrer Ansicht nach konnten wir erst aufbrechen, wenn wir all unser Geld bekommen hatten. Mein Vater hielt ihr entgegen, es zeuge im Gegenteil von Atillas gutem Willen, dass er eine zweite Rate seiner Schulden bezahlt hatte. Und zudem habe er beim Leben seiner Frau geschworen, die restliche Summe nach Hemgin zu bringen. Meine Mutter meinte, bei dieser Frau sei ihm der Schwur wohl nicht schwergefallen. Daraufhin hatte mein Vater sie streng angesehen und gesagt, so dürfe sie nicht über diese unschuldige Frau sprechen. Kampflustig fügte er hinzu, er werde nach Sobyan zurückkehren, wenn Atilla ihm das Geld nicht brächte. Dann spielte er seinen letzten Trumpf aus: Ibrahim konnte uns nur am nächsten Tag noch fahren, denn tags darauf wollte er mit seiner Familie Verwandte in einem anderen Dorf besuchen, und dort würden sie eine Woche oder sogar länger bleiben. Ich wusste nicht, ob das stimmte. Und ich wusste auch nicht, ob mein Vater Atilla wirklich vertraute. Ich wusste nur, dass er Sobyan so schnell wie möglich verlassen wollte.

»Bitte, Aşme, so lange halte ich es hier nicht mehr aus«, sagte er, ohne die Verzweiflung in seiner Stimme zu unterdrücken. »Ich drehe jeden Moment durch.«

Zu meinem Erstaunen erklärte meine Mutter sich daraufhin, wenn auch kopfschüttelnd, einverstanden.

»Fahren wir gleich?«, fragte Ibrahim.

Mein Vater nickte. »Ja, wir warten nur noch auf Yusuf.« Er lächelte meiner Mutter zu, doch die wandte den Blick ab und rief meinen Bruder.

Der erschien in der Tür. »Ich komme nicht mit!«, sagte er und trat ins Freie. »Ich gehe zurück nach Muş. Haben wir all die Jahre so hart gearbeitet, damit wir jetzt unsere Tiere umsonst weggeben?« Er zeigte auf meinen Vater. »Ja, lauf nur weg vor deinen Problemen! Lauf nur davon, obwohl dieser Schurke dir noch Geld schuldet. Hinter deinem Rücken lacht er dich aus. Das ganze Dorf lacht dich aus, ich habe es gehört. Du bist ein Feigling!«

Mein Vater krümmte sich vor meinen Augen, als würde er mit einem Riemen geschlagen. Er stotterte: »Nein, Yusuf ... das ... das ist nicht wahr.« Mehr wusste er nicht zu sagen. Er war nicht vorbereitet auf diesen verächtlichen Angriff seines Erstgeborenen.

»Leugne es nicht! Wir müssen das Dorf verlassen, weil du vor deinen Problemen wegläufst«, sagte er. »Du bist ein Feigling!«

Ich wollte meinen Bruder anschreien und sagen, er solle aufhören und er habe nicht das Recht, so mit unserem Vater zu sprechen, aber ich traute mich nicht. Seine Wut war Furcht einflößend.

»Yusuf, was fällt dir ein! So spricht man nicht mit seinem Vater!«

»Ich sage die Wahrheit. Er ist ein Feigling, er hat alles ruiniert!«

»*Lanet bo*, dummer Esel! Halt den Mund!«, schrie meine Mutter. »Wage es nicht, noch einmal so abfällig über deinen Vater zu sprechen, denn sonst, Allah bewahre, weiß ich nicht, was ich tue.«

Mein Bruder baute sich vor ihr auf. »Du selbst solltest den Mund halten und die Augen aufmachen. Ich will gar nicht in das Scheißkaff von diesem Feigling!«

Der Schlag, der auf seiner rechten Wange landete, traf ihn wie ein

Peitschenhieb. Erschrocken presste mein Bruder die Hand auf seine Wange. Ich fürchtete, er würde mit roher Gewalt zurückschlagen. Doch er sah meine Mutter nur wütend an und ging dann wortlos mit großen Schritten ins Haus. Meine Mutter stand da und zitterte am ganzen Leib. Ibrahim legte ihr eine Hand auf die Schulter.

»Ich werde mit ihm reden«, sagte er bestimmt.

Der Mann, der nie ein Wort sagte, außer wenn er keinen anderen Ausweg sah, bot sich als Friedensstifter an. Aufrecht und ruhigen Schrittes ging er zu unserem Haus und sagte: »Klettert schon mal auf den Pferdewagen. Wir fahren bald los.«

Mein Vater ließ die Krücken fallen, und meine Mutter hob ihn hoch wie ein Kind. Ohne erkennbare Mühe trug sie ihn ein paar Schritte. Vorsichtig setzte sie ihn auf den Wagen, und er schob sich mit den Händen selbst nach hinten.

Etwa zehn Minuten später fiel eine Tür zu, und Ibrahim und mein Bruder traten aus dem Haus. Ibrahim legte Yusuf eine Hand auf die Schulter, und zusammen kamen sie zum Pferdewagen. Schweigend nahmen sie vorne Platz. Dann verließen wir Sobyan.

30

Das Pferd schnaubte. Mühsam zog es den Wagen den Hügel hinauf, den mein Vater bei seiner Rückkehr aus dem Krankenhaus so bravourös auf Krücken heruntergekommen war. Wir fuhren an dem Bach entlang, in dem Ali und ich immer auf Froschjagd gegangen waren. Die lilafarbenen Lavendelfelder zogen an uns vorüber, und in der Ferne sah ich die Weiden, auf die ich unser Vieh immer getrieben hatte.

Ich würde mein Dorf nie wiedersehen. Erst jetzt fiel mir auf, dass ich nicht ein letztes Mal durch unser Haus gegangen war, nicht noch einmal den Stallgeruch eingesogen und auch keinen Gang mehr durchs Dorf gemacht hatte, um mich von allen zu verabschieden. Am schlimmsten aber war, dass ich Ali nicht wiedergesehen hatte. Wer sollte ihm jetzt beispringen, wenn Hakan und die anderen Jungen ihn verprügelten? Wer sollte nun auf ihn aufpassen? Ich hatte meinen Freund im Stich gelassen.

Am liebsten wäre ich vom Pferdewagen gesprungen, ins Dorf zurückgelaufen und hätte vor Alis Haus gewartet. Und wenn er dann endlich käme, würden wir uns wieder vertragen. Tränen schossen mir in die Augen. Niemand bemerkte es, meine Mutter und Elida schauten zu den Lavendelfeldern, und mein Vater starrte mit leerem Blick auf den Wagenboden. Keiner beachtete mich, keiner fragte mich, wie ich mich fühlte. Ich wollte meine Eltern anschreien wie Yusuf, sie sollten wissen, dass ich nicht nach Hemgin wollte. Er und ich, wir würden es in Sobyan gemeinsam schaffen und wieder wie echte Brüder miteinander umgehen, wenn sie nicht dabei waren. Was gab ihnen das Recht, uns einfach in ein anderes Dorf mitzunehmen? Was gab ihnen das Recht?

Doch ich sagte nichts. Wie immer blieben die großen Worte in meinem Kopf hängen und gingen allmählich in ein Flüstern über, bis ich sie selbst nicht mehr hörte. Warum war ich meinem Bruder nicht ähnlicher? Er sagte immer, was er dachte, er brüllte los, wenn er wütend war, und ging weg, wenn ihm etwas nicht passte. Würde ich jemals so werden wie er?

Ich kniete mich hin und hielt mich an den Seitenwänden des Wagens fest. Der Boden, die Sträucher und die dürren Bäume am Wegesrand – alles huschte vorbei, als hätte die Zeit einen Schubs bekommen und würde nun schneller fließen. Das war nicht erst passiert, als wir auf den Pferdewagen stiegen, sondern sehr viel früher, vor Monaten, als der Stein den Unterschenkel meines Vater zerschmettert hatte. Ich schaute zu ihm hinüber, zu meinem armen Vater. Mit seinem abgemagerten Körper, dem schütteren Haar, dem grau-roten Bart und den müden Augen sah er aus wie ein einsamer Witwer. Er war damals sechsundfünfzig Jahre alt, doch es sah so aus, als hätte er in einem Moment der Unaufmerksamkeit zehn Jahre seines Lebens verloren.

Mein Bruder hatte sich von einem vorbildlichen Sohn in einen abweisenden, gleichgültigen jungen Mann verwandelt. Ich sah zu meiner Mutter. Sie hatte trotz ihrer vierunddreißig Jahre immer noch die Ausstrahlung einer Zwanzigjährigen, aber auch sie hatte sich verändert. Sie war jetzt oft ungeduldig und verlor ohne Grund die Selbstbeherrschung. Mir wurde bewusst, dass das x-te dunkle Kapitel ihres Lebens begonnen hatte. Auch sie hatte eine schwere Jugend gehabt, in der ihr wenig erspart geblieben war. Als mein Vater mir damals ihre Lebensgeschichte erzählte, bemitleidete ich sie. Doch das wich einem Gefühl der Bewunderung. Manchmal fragte ich mich, woher mein Vater eigentlich so genau wusste, was damals passiert war. Vermutlich gab er weiter, was er gehört hatte, aber später hatte ich den Verdacht, dass er dem Geschichtenerzähler in ihm erlaubt hatte, die Lücken im Leben meiner Mutter zu füllen.

Ungeachtet der Bittgebete ihres Vaters nach einem kräftigen Sohn, der in seine Fußstapfen treten könnte, kam – nach einer schweren Geburt, wie berichtet wurde – als erstes Kind von Begali und Esmamperi Damla meine Mutter zur Welt. Esmamperi verlor dabei so viel Blut, dass sich Begali schon traurig damit abgefunden hatte, Witwer zu werden.

Als Esmamperi jedoch einige Jahre später erneut schwanger wurde, beschlossen sie, nicht erneut um einen Sohn zu beten. Nicht nur, weil sie es mittlerweile zu schätzen wussten, eine lebenslustige Tochter zu haben, sondern vor allem, weil sie das Schicksal nicht herausfordern wollten. Sie bekamen einen Sohn, den sie Heci nannten.

In jener Zeit fielen immer wieder Soldaten in die Dörfer ein und nahmen die jungen Männer mit, die sich ihrer Dienstpflicht entzogen. Das Schicksal war meinem Großvater Begali jedoch immer günstig gesinnt, denn jedes Mal, wenn die Armee in sein Dorf kam, war er mit dem Vieh auf den weit entfernt liegenden Weiden. Im Dorf erzählte er allen, er wolle nicht vier Jahre im Leben seiner Kinder verpassen, nur weil die Machthaber, mit denen er nichts zu schaffen habe, entschieden hatten, dass er vier Jahre in einem fremden Heer dienen sollte. »Dagegen werde ich mich bis zu meinem letzten Atemzug wehren«, rief er laut, und alle, die seine feurigen Worte hörten und seine imposante Gestalt durch die schmalen Dorfstraßen poltern sahen, waren davon überzeugt, dass keine Macht der Welt in der Lage sein würde, Begali Damla auch nur eine Sekunde von seiner Familie zu trennen.

Die Sonne war noch nicht aufgegangen, als eines Morgens gegen die Tür gehämmert wurde. Mein Großvater hörte sogleich an den Stimmen draußen, dass ihm nun das entscheidende Duell seines Lebens bevorstand. Dieser Moment war früher gekommen, als er gedacht hatte, und ihn überfiel eine ihm völlig unbekannte Angst. Während sein Blut immer schneller durch die Adern pulste, weckte er seine Frau und ging zu den Kindern, um sie zu umarmen. Meine Mutter begann zu schluchzen, weil sie die Sorge ihres Vaters fühlte. Mein Großvater ergriff sein Gewehr und stürmte wie ein flüchtender Rothirsch durch die Hintertür in Richtung Wald. Vier Soldaten nahmen die Verfolgung auf.

Laut der Legende begann nun eine zweitägige Flucht, während deren es meinem Großvater gelang, nicht in die Hände der Soldaten zu fallen. Er floh durch Wälder, über Hügel und an Bächen entlang, aber die Soldaten hatten seine Spur aufgenommen und waren fest entschlossen, ihn nicht entkommen zu lassen. Zunächst schossen sie nicht auf ihn, doch als sie merkten, dass er nicht daran dachte aufzugeben und sie sich in einen Kampf auf Leben und Tod verstrickt hatten, feuerten sie die ersten Kugeln ab. Sie verfehlten ihn immer um Haaresbreite. Dann kam es zu einer Abfolge von Ereignissen, die in unterschiedlichen Versionen überliefert sind. Manche behaupten, mein Großvater habe sich nach den ersten Schüssen tagelang wie ein ängstliches Tier unter einem Blätterhaufen versteckt. Andere weisen das entrüstet zurück und sind der Meinung, das passe nicht zu seinem heroischen Charakter, es sei ganz ausgeschlossen, dass er nicht versucht habe, die Soldaten der Reihe nach auszuschalten. Übereinstimmend berichten aber alle, dass am zweiten Tag das Schicksal zugeschlagen haben muss. Eine von einem erschöpften Soldaten auf gut Glück abgefeuerte Kugel traf meinen Großvater in den Oberarm. Es war der erste Schuss, der nicht fehlging. Mein Großvater, durch Hunger und Schlafmangel geschwächt, stürzte zu Boden. Er riss ein Stück von seinem Hemd ab und verband damit das Einschussloch in seinem Oberarm, um die Blutung zu stillen. Von diesem Moment an war er leichte Beute. Kurze Zeit später traf ihn eine Kugel in die Wade. Auch diese Wunde verband er mit einem Fetzen seines Hemdes. Er stolperte in Richtung Hügel, obwohl ihm klar war, dass er nicht mehr entkommen konnte. Aber er weigerte sich aufzugeben, denn er wollte die Welt kämpfend verlassen. Von Zeit zu Zeit drehte er sich unvermittelt um und feuerte wahllos ein paar Kugeln ab, aber er war längst nur noch eine Zielscheibe. Er wurde ein drittes und viertes Mal getroffen, stolperte aber weiter in Richtung Hügel, bis seine Beine ihn nicht mehr trugen. Er lehnte sich an einen Baumstamm und ließ sich zu Boden sinken. Vergeblich versuchte er, seine Wunden zu verbinden. In dieser Haltung, das Kinn auf der Brust, die Arme schlaff an seinem riesigen Körper herabhängend, fanden ihn einen Tag später Männer aus dem Dorf, die sich auf das Flehen meiner Großmutter hin auf die Suche gemacht hatten.

Die Tapferkeit meines Großvaters sei in der Gegend um Varto legendär, erzählte mein Vater. Meine Mutter hatte allerdings ein anderes Bild von ihm in Erinnerung. Es war der Augenblick, als sie ihn zum letzten Mal sah und er ihr einen Abschiedskuss auf die Stirn drückte. Und sie hörte seine Stimme, die sagte: »Hab keine Angst, liebe Aşme, ich komme wieder.«

Mit zweiundzwanzig war meine Großmutter Witwe und untröstlich. Sechs Monate lang trauerte sie um ihren Mann. Während dieser Zeit sprach sie kaum und verließ nur selten das Haus. Ihr besorgter Bruder Hüseyin brachte ihr jeden Tag zu essen, und ihre Freundinnen wuschen die Kinder und achteten darauf, dass Esmamperi dem kleinen Heci regelmäßig die Brust gab.

Das Leben in den Dörfern der östlichen Türkei war damals schon mit einem kräftigen Ehemann an der Seite schwer. Ohne Mann, dafür mit zwei kleinen Kindern, war es fast ein heilloses Unternehmen. Die körperliche Anwesenheit ihres Mannes fehlte meiner Großmutter, und mehr und mehr sehnte sie sich nach einem Ausweg. Sie wollte ihrem Leben eine andere Richtung geben. Aber ihre Möglichkeiten waren beschränkt. Die Tradition verpflichtete eine Witwe dazu, ihr Leben auf eine bescheidene und schlichte Weise fortzusetzen.

Als eines Nachmittags der wohlhabende Grundbesitzer Osman ins Dorf geritten kam, fiel sein Blick auf meine Großmutter. Mit ihrem anmutigen Gang und den Mandelaugen war sie auch als Witwe die auffälligste Frau des Dorfes. Zwar hatte sie in ihrem Leben viel mitgemacht, doch ihr Augenaufschlag war noch immer mädchenhaft. Als Osman auf seinem Pferd vorbeikam, saß sie vor ihrem Haus auf einem Hocker. Ihre außergewöhnliche Schönheit zog seine Blicke auf sich. Er hielt an und betrachtete sie ungeniert, als wollte er zeigen, dass er eigensinnig war und sich aus den Bräuchen der Gegend nichts machte. Sie spürte den brennenden Blick und hörte das Schnauben des Pferdes, wagte es aber kaum, den Kopf zu heben, weil es unpassend war, als Witwe nach Männern zu schauen.

Kaum war er bei Musa, seinem Bekannten im Dorf, angekommen, erkundigte sich Osman nach meiner Großmutter, und als er ihre tragische Geschichte gehört hatte, konnte er seine Begeisterung nur schwer verbergen. Schon seit Langem war er auf der Suche nach einer passenden Frau, und er hatte die für jene Zeit ungewöhnliche Vorstellung, er müsse auf Anhieb von der Schönheit einer Frau getroffen werden. Dass sein Glaube ein Hindernis darstellen könnte, wenn er um Esmamperis Hand bat, kam ihm nicht in den Sinn. Osman war ein gottesfürchtiger Mann und legte keinen Wert auf den strengen Unterschied, den man seinerzeit zwischen Sunniten und Aleviten machte. In Sobyan lebten ausschließlich alevitische Zazaki, und es war unvorstellbar, dass ein Sunnit eine Alevitin zur Frau nehmen konnte.

Als er verkündete, er wolle Esmamperi heiraten, erklärte Musa ihn für verrückt. »Die Frau, die in Sobyan einem Sunniten angetraut wird, muss erst noch geboren werden.«

Das machte nur wenig Eindruck auf Osman. Er sprach bei Esmamperis Bruder vor und bat um die Hand seiner Schwester. Von Osmans Direktheit überrascht, fragte Hüseyin, aus welchem Dorf er komme. Als er den Namen des sunnitischen Dorfes hörte, wurde er wütend. »Hast du den Verstand verloren? Mach, dass du wegkommst, sonst kannst du was erleben!«

Osman ließ sich jedoch nicht entmutigen. Er überredete Musa, seine Frau mit ins Komplott einzubeziehen und Esmamperi zum Essen einzuladen. Meine Großmutter dachte, die Einladung habe mit ihrer unglücklichen Situation zu tun, und nahm ihre Kinder mit. Doch als sie die mit gebratenem Huhn, geschmortem Gemüse, Bulgur, Knoblauchjoghurt, Feigen und Pfirsichen gefüllten Schüsseln sah, hielt sie verzweifelt inne. Nie zuvor hatte sie eine so reichhaltige Mahlzeit gesehen. Kurz danach aßen meine Großmutter und die Kinder mit solch einem Heißhunger, dass sie das Klopfen an der Tür nicht hörten. Osman trat ins Zimmer. Er trug einen Hut, einen Anzug aus feinem beigem Leinen und handgefertigte braune Lederschuhe. Er betrachtete meine Großmutter sogleich mit entzücktem Lächeln und einnehmender Zuvorkommenheit. Als hätte er eine Audienz beim arabischen König, sagte er: »*Şew baş*, mein Name ist Osman Çolak. Lassen Sie es sich schmecken und beachten Sie mich nicht weiter. Ich rauche in Ruhe eine Zigarette und warte geduldig, bis alle zu Ende gespeist haben.«

Meine Großmutter war überwältigt von seiner Erscheinung und Eloquenz. Sie spürte, dass ihr Leben eine überraschende Wendung nehmen würde.

Am nächsten Tag erschien Osman mit Rosen an der Tür meiner Großmutter und tat das Undenkbare, indem er sie bat, seine Frau zu werden. Sie willigte auf der Stelle ein.

Auf die Frage, ob sie bereit sei, ihm noch am selben Tag in sein Dorf zu folgen, musste sie auch nicht lange nachdenken. Sie sah es als zweite Chance, als eine Möglichkeit, von vorne anzufangen. Doch als Osman eine nicht verhandelbare Bedingung stellte, erstarrte sie. Er verlangte, sie sollte ihre Tochter, meine Mutter, zurücklassen. Sosehr meine Großmutter ihn auch anflehte, er blieb hart. Der Entschluss, den sie daraufhin unter großem Druck traf, würde meine Mutter für den Rest ihres Lebens zeichnen. Esmamperi schickte Aşme zu ihrem Bruder und machte sich zusammen mit Osman und ihrem Sohn auf den Weg in ihr erträumtes Leben, ohne sich von irgendwem zu verabschieden.

Nach der Hochzeit in Gömbe, bei der die Atmosphäre so düster war wie bei der düstersten Trauerzeremonie in ganz Anatolien, machte meine Großmutter Bekanntschaft mit den grausamen Gesetzen des Dorflebens. Die sunnitischen Dorfbewohner ließen sie auf unbarmherzige Weise spüren, dass sie als Alevitin nicht willkommen war. Wenn sie über die Straße ging, machten die Männer unverhohlen abfällige Gesten. Aber die Frauen gingen noch viel weiter. Morgens am Brunnen bespuckten sie meine Großmutter und beschimpften sie als »ungläubige Hündin« und »miesen Eindringling«. Meine Großmutter versuchte sich nichts anmerken zu lassen und stand sehr früh auf, um Streit aus dem Weg zu gehen, doch immer erwarteten die Frauen sie mit feindseligen Blicken. Sie zogen an ihren Haaren und stießen sie zu Boden. Jedes Mal gingen sie einen Schritt weiter. Ein paar Wochen nach der Hochzeit schlugen und traten sie eines Tages so heftig zu, dass Esmamperi regungslos liegen blieb. So fand Osman sie.

Vier Tage danach hörten die Frauen am Brunnen plötzlich lautes Gebrüll, das von einem aufgescheuchten Tier hätte stammen können. Doch als sie sich erschrocken umschauten, erkannten sie meine Großmutter. Mit einem großen Beil in der Hand kam sie fuchsteufelswild auf die Frauen zugestürmt, schrie: »Ich bringe euch um!«, und fuchtelte mit dem Beil herum. »Wenn auch nur eine die Hand nach mir ausstreckt, bring ich sie um.«

Manche dachten, meine Großmutter sei vom Teufel besessen, und rannten davon. Andere blieben wie versteinert stehen und beteten, die Frau mit dem Schaum vor dem Mund möge sie nicht abschlachten wie Federvieh. Dieser Auftritt meiner Großmutter trug Früchte. Sie wurde am Brunnen nicht mehr belästigt. Bald darauf bat sie Osman, er möge sie in ihr Dorf zurückbringen. Sie vermisste ihre Tochter.

Das läutete das dunkelste Kapitel ihres Lebens ein.

Sie hielten vor ihrem ehemaligen Zuhause, und meine Großmutter begab sich zu Fuß zum Haus ihres Bruders. Kurze Zeit später sah sie in seine tiefschwarzen Augen, die bei ihrem Anblick nicht aufleuchteten.

»Du bist hier nicht mehr willkommen«, sagte ihr Bruder mit zusammengebissenen Zähnen. »Wie kannst du es wagen herzukommen?«

»Ich möchte zu Aşme«, sagte sie zögernd.

»Sie will dich nicht sehen. Sie hat keine Mutter mehr.« Er warf ihr die Tür vor der Nase zu.

Drei Jahre lang mied sie ihr Dorf. In dieser Zeit bekam sie einen Sohn von Osman, und sie träumte immer öfter von ihrer Tochter. Sie flehte ihren Mann an, sie noch einmal in ihr Dorf zu begleiten. Diesmal in aller Frühe. Kein Mensch war auf der Straße, als sie zum Haus ihres Bruders ging. Nur am Brunnen stand eine Frau. Mit gesenktem Kopf ging Esmamperi weiter, bis sie das Geräusch schlurfender Sandalen vernahm. Ein Mädchen kam auf sie zu. In der rechten Hand trug es einen Eimer, mit der linken fuhr es sich immer wieder durch das in der Morgensonne glänzende kastanienbraune Haar. Ohne auch nur die Möglichkeit zu erwägen, sein Blick könnte vielleicht durch Heimweh getrübt sein, rief Esmamperi es beim Namen.

»Aşme, meine Tochter! Ich bin es, deine Mutter!«

Sie eilte zu dem Mädchen hin, nahm sein Gesicht in beide Hände und küsste es auf Stirn, Augenlider und Wangen, als wollte sie die verlorenen Jahre vergessen machen. Meine Mutter ließ es einen Moment geschehen, bis sie plötzlich rief: »Lass mich, geh weg!« Als hätte eine Fremde sie berührt. »Du bist nicht meine Mutter.«

»Aber, Aşme, ich bin es …«

»Nein, ich habe keine Mutter. Meine Mutter ist gestorben, als ich vier war. Lass mich in Frieden!« Sie rannte zum Brunnen. Ihre Mutter folgte ihr und packte sie am Arm.

»Aşme, ich bin es!«

Meine Mutter riss sich los und rannte Hilfe rufend weiter. Die andere Frau am Brunnen erkannte meine Großmutter und fing laut zu schreien an, wie ein Torwächter, der den Feind näher kommen sieht. »Die abtrünnige Hure ist wieder da! Kommt schnell!«

Innerhalb weniger Sekunden war meine Großmutter von einer wütenden Menge, etwa fünfzehn Männern und Frauen, umgeben, die sie mit Steinen bewarf. Esmamperi wurde überall am Körper getroffen und ging schreiend zu Boden. Die Leute schlugen gnadenlos auf sie ein, traten ihr gegen den Kopf oder in den Bauch, auch als meine Großmutter sich nicht mehr bewegte. Ein alter Mann warf sich schließlich über sie und rief, dass es genug war.

»Halt!«, rief er. »Was auch immer sie euch angetan haben mag, es rechtfertigt nicht euer bestialisches Verhalten!«

In dem Moment kam Osman herbei. Er fürchtete, er könnte zu spät sein, um Esmamperi aus den Klauen des Todes zu retten. Aber meine Großmutter wachte einige Tage später wieder auf. Osman schrieb dieses Wunder seiner wiedergefundenen Frömmigkeit zu und seinem Gott, der nicht wollte, dass sein Sohn ohne Mutter aufwuchs. Meine Großmutter erholte sich langsam und kehrte nie mehr in ihr Dorf zurück.

Sie sah ihre Tochter nicht wieder.

31

Keiner sagte ein Wort. Auch wenn wir anhielten, um zu essen und zu trinken, wurde kaum gesprochen. Als hätte sich eine warme Decke auf uns herabgesenkt. Während der Fahrt kämpfte mein Vater gegen den Schlaf, doch schon bald ruhte das Kinn auf seiner Brust.

Ich versuchte mir vorzustellen, wie es in Hemgin aussah, und dachte an die Worte meiner Mutter. In besseren Zeiten hatte sie meinen Vater manchmal geneckt und gesagt, sie sei froh, nicht in Hemgin zu wohnen. Dann rühmte sie die Schönheit Sobyans ausführlich, seine grünen Hügel und die gastfreundlichen Menschen. Hemgin stellte ich mir deshalb als verdorrten, grauen Ort vor, wo die Kinder traurig herumschlichen und die Erwachsenen einander nicht grüßten.

Ich schreckte aus dem Schlaf, weil der Wagen plötzlich stehen blieb. Ich dachte, wir würden erneut eine Pause machen, doch Ibrahim rief, wir seien da. Aufgeregt schaute ich mich um. Er hatte am Dorfrand angehalten. Sofort fiel mir auf, dass die Häuser zu beiden Seiten der Straße ärmlich wirkten und kleiner waren als bei uns im Dorf. Bäume waren nur wenige zu sehen, und ich fragte mich, ob der Boden hier wohl fruchtbar war. Straßenköter mit eitrigen Wunden schauten uns aus betrübten Augen an, und ein Stück weiter spielten ein paar in Lumpen gehüllte Jungen.

Ibrahim wandte sich um. »Welches Haus, Selim?«

Mein Vater reagierte nicht. Wortlos betrachtete er sein Heimatdorf, als würden augenblicklich Erinnerungen an seine Jugend in ihm aufsteigen. Wir sahen ihn schweigend an.

»Dort hinten«, sagte er schließlich und deutete nach links. »Wir sind gleich da.«

Wir fuhren ins Dorf hinein. Ein magerer Straßenköter lief ein paar Meter neben uns her und verlor dann die Lust. Trotz der aufwirbelnden Staubwolke verfolgte uns eine Schar von Kindern. Sie riefen fröhlich, als erwarteten sie, dass wir Süßigkeiten verteilten. Dorfbewohner, die meinen Vater erkannten, stießen einander flüsternd an. Er hob grüßend die Hand, doch seine Freundlichkeit wurde nicht erwidert. Das wunderte mich, denn irgendwie hatte ich erwartet, dass er wie ein verlorener Sohn empfangen werden würde, dass man ihm zuwinken und laut Applaus klatschen würde.

»Hier ist es«, sagte mein Vater. Er deutete auf ein Haus, das aussah, als wäre es seit zwanzig Jahren nicht mehr betreten worden. Ibrahim half ihm vom Wagen. Mein Vater schaute sich zweifelnd um und ging dann zu dem Haus. Doch er ging nicht hinein, sondern humpelte weiter, vorbei an einem offenen Gelände, zu einem Haus, etwa dreißig Meter entfernt. Er klopfte an. Die Tür wurde sogleich geöffnet, als hätte der Bewohner uns erwartet. Ein großer grauer Mann sah uns mit dunklen Augen fragend an. Er war einen Kopf größer als mein Vater, und obwohl er schon alt war, strahlte er eine bemerkenswerte Vitalität aus. »Selim? Sag … bist du es wirklich?«, fragte er zögernd.

Mein Vater nickte. »Ja, Hemo. Ich bin es.«

Hemo trat heraus und umarmte meinen Vater herzlich.

»Selim! Endlich bist du gekommen. Meine Gebete wurden erhört.«

Sie lagen einander in den Armen. So lange hatte ich meinen Vater nie einen anderen Mann umarmen sehen. Als sie endlich voneinander ließen, küsste Hemo meinen Vater auf beide Wangen und betrachtete ihn vom Scheitel bis zur Sohle. Sein Blick fiel auf das halbe Bein und die Krücken.

»Dein Bein … was ist passiert, Selim?«, fragte er im Ton eines besorgten Vaters.

Mein Vater seufzte. »Ach, Hemo, was soll ich sagen, das Glück war nicht auf meiner Seite.«

»Ein Unfall?«

Mein Vater nickte.

Ungläubig starrte Hemo meinen Vater an. Nach kurzem Schweigen sagte er: »Berichte mir später, was geschehen ist.« Er sah uns der Reihe nach an. »Wen haben wir denn hier alles?« Er kam zu uns und umarmte meine Mutter. Ich verstand nicht, warum sie sofort in Tränen ausbrach. Hemo klopfte ihr sanft auf den Rücken. »Beruhige dich, Aşme«, sagte er. »Beruhige dich, meine Liebe.« Dann sah er meinen Bruder und mich an. »Wie groß seid ihr geworden!« Er zog mich an sich. Ich fiel in seine Arme und roch den kräftigen, betäubenden Geruch eines Mannes, der nicht oft ein Bad nahm. Ich hielt den Atem an. Er gab mir zwei Küsse. »Dein Vater ist wie ein Sohn für mich. Das macht mich eigentlich zu deinem Opa.« Ich grinste dämlich, weil ich nicht wusste, was ich sagen sollte.

»Er hat schon viel von dir gehört«, sagte mein Vater zu Hemo. »So viel, dass er dich gerne wiedersehen wollte.«

Das stimmte nicht, das hatte ich nie gesagt, aber dennoch lächelte ich weiter in der Hoffnung, dass Hemo mir keine Fragen stellte. Hemo wandte sich meinem Bruder zu und umarmte ihn. Yusuf reagierte kaum, und er verbarg auch nicht, dass es ihm unangenehm war, von einem Fremden in die Arme genommen zu werden. Elida hob der alte Mann in die Höhe: »Und wie heißt dieses hübsche Mädchen?«, fragte er. Elida nannte ihren Namen. Ibrahim reichte er förmlich die Hand.

»Selim, ihr kommt bestimmt nicht zum Tee?«, fragte Hemo in einem Ton, der zeigte, dass er in der Lage war, eine Situation rasch zu erfassen. »Irgendetwas stimmt nicht, hab ich recht?«

Mein Vater nickte gelassen. »Du hast recht.«

Hemo betrachtete ihn besorgt. »Seid ihr auf der Flucht?«

»Nein, nein«, erwiderte mein Vater und schüttelte den Kopf. »Wir sind aus Sobyan fortgezogen. Für immer. Wir wollen hier von vorn anfangen.«

Hemo rieb sich das Kinn und sagte: »Gut, bestimmt seid ihr hungrig von der Fahrt. Ich werde mich um Tee und etwas zu essen kümmern. Dann können wir reden.«

»Das wäre schön«, sagte mein Vater.

Während Ibrahim das Pferd festmachte, begaben wir uns in Hemos Haus. Drinnen war es dunkel und muffig. Ein Geruch, der an eine Mischung aus Schimmel und altem Schweiß erinnerte, hing in der Luft. Um einen niedrigen Tisch herum lagen harte Kissen, aus denen Staubwolken aufstiegen, als wir uns darauf niederließen.

Hemo wollte nicht, dass meine Mutter ihm bei der Zubereitung des Tees und beim Decken half. »Ihr seid meine Gäste«, sagte er. Kurze Zeit später servierte er Tee in kleinen Gläsern, Brot mit süßem Pflaumenmus und Tahini. Es war der bitterste Tee, den ich jemals getrunken hatte, aber Pflaumenmus und Tahini, das ich nicht kannte, entschädigten mich. Mein Vater hob zu einer langen Geschichte an. Ohne auch nur einen Schluck Tee zu trinken oder vom Brot zu essen, berichtete er über die Jahre, die hinter uns lagen. Und plötzlich, nach monatelanger Abwesenheit, war er wieder da, der virtuose Geschichtenerzähler aus Sobyan, der mit seiner herrlichen Stimme Landschaften hervorzaubern und Figuren zum Leben erwecken konnte. Als wäre er nie weg gewesen.

Hemo hörte ihm gebannt zu, als mein Vater voller Kraft und Wärme von Elidas Geburt, die ihm eine große Freude war, von unserer Kindheit, von den schönen und sorgenfreien Jahren mit den Tieren, vom Weggang meines Bruders zur Schule in Muş berichtete. Und je näher er dem Unfall kam, desto tiefer klang die Traurigkeit in seiner Stimme und ließ den Geschichtenerzähler in ihm verkümmern. Der Stein, der sein linkes Bein zerschmettert hatte, Atillas Schiene, die Nächte mit höllischen Schmerzen, die Fahrt zum Krankenhaus und die Säge, sie sein Bein halbiert hatte. Von Zeit zu Zeit krächzte seine

Stimme oder zitterte. Manchmal unterbrach er seine Schilderung und starrte mit tränennassen Augen vor sich hin. Immer leiser werdend, beschrieb er, wie er lernte, mit Krücken zu gehen, und nach Sobyan zurückkehrte. Und zum ersten Mal sprach er über seine Verzweiflung, als ihm klar wurde, dass er nun ein Mann war, der sich nicht mehr um die Tiere kümmern konnte und zur Feldarbeit nicht mehr taugte. Ein Mann, der die Lust am Geschichtenerzählen verloren hatte und nicht mehr vor die Tür gehen konnte. Wir sahen ihn erstaunt an, denn damit hatten wir nicht gerechnet, dass er seine Seele offenlegen würde.

»Ich kam als ein anderer zurück, als scheuer Mann mit Krücken, als Krüppel, den die Menschen bemitleiden und der seiner Familie ein Klotz am Bein ist.« Bei den letzten Worten schaute meine Mutter erschrocken auf. »Selim, würdest du bitte im Beisein der Kinder nicht so sprechen?« Mein Vater beachtete sie nicht. Er berichtete von Zweifel und Unsicherheit, die an ihm nagten, und von der Einsamkeit, die er zum ersten Mal seit dem Tod seiner Mutter wieder verspürte. Er sagte, er habe sich in Sobyan immer weniger zu Hause gefühlt und sei zu einem Fremden geworden, den die Leute auf der Straße anstarrten, wenn er das Haus verließ. Er sah meine Mutter an. »Ich sah, wie das Leben für dich immer schwerer wurde, Aşme. Du konntest es allein nicht mehr schaffen.« Und dann erzählte er von Atilla, der schon seit Jahren unermüdlich Interesse an unserem Vieh gezeigt hatte. »Wir hatten kaum noch Geld, und ich konnte in Sobyan nichts mehr tun. Atilla bot mir einen Ausweg, eine Fluchtmöglichkeit. Ich musste das Vieh verkaufen und Sobyan verlassen. Ich musste zurück in mein Heimatdorf.«

Hemo wandte den Kopf ab und schniefte, meine Mutter hielt sich die Hände vors Gesicht, und sogar mein Bruder sah traurig vor sich hin. Noch nie hatte ich meinen Vater so reden hören. Es schien, als wollte er sich bei den ersten Schritten in seinem Heimatdorf von einer Last befreien, die er lange mit sich herumgeschleppt und die ihn zu Boden gedrückt hatte. Als sollte diese Herzensergießung einen neuen Anfang markieren.

32

»Wir müssen uns schnell an die Arbeit machen«, sagte Hemo. »Das Haus deiner Mutter haben längst die Ameisen und Nachtfalter übernommen.« Er ließ ein lautes Lachen folgen, das früher einmal ansteckend geklungen haben mochte. »Ich bin seit einer Ewigkeit nicht drüben gewesen. Wir werden gründlich sauber machen müssen, bevor ihr dort einziehen könnt.«

Kurze Zeit später drückte Hemo die Tür des Hauses mühsam auf. Wir steckten unsere Köpfe hinein, sahen aber nichts als vollkommene Dunkelheit. Ein merkwürdiger, eindringlicher Geruch schlug uns entgegen. Hemo zündete zwei Öllampen an, gab Ibrahim eine davon und ging, die Lampe weit vor sich haltend, hinein. Als beträte er eine finstere Grotte, die nun von innen her schwach beleuchtet wurde.

»Vorsicht, passt auf, wo ihr hintretet«, sagte Hemo. Es schien ein gefährliches Unternehmen zu sein. Nachtfalter flatterten umher, und überall gab es Spinnweben. Der Geruch des Hauses war so penetrant, dass ich mir die Nase zuhielt. Vorsichtig humpelte mein Vater auf seinen Krücken umher und murmelte immer wieder »oje, oje«.

Ich folgte ihm durch das Haus, in dem er viel zu kurze Zeit mit seinem Vater und seinen Brüdern gelebt hatte, und versuchte mir vorzustellen, wie es hier vor vielen Jahren gewesen sein musste, als die Russen in das Dorf eindrangen. Es gab hinter dem großen Raum noch zwei kleine Zimmer, die nicht durch Türen abgetrennt waren.

Mein Vater erzählte, dass er als Kind zusammen mit seinen Brüdern in dem einen schlief, während seine Eltern sich das andere mit der kleinen Schwester teilten. Meine Mutter machte sich energisch daran, das Haus mit einem Reisigbesen auszufegen. Ibrahim folgte ihrem Beispiel. Meine Schwester und ich sollten draußen warten, weil es drinnen zu staubig wurde. Und während der Staub von Jahren durchs Haus wirbelte, irrte mein Vater durch die Räume, als hoffte er, etwas wiederzufinden, was er vor langer Zeit verloren hatte.

»Ist das unser neues Haus?«, wollte Elida wissen.

»Ja, hier werden wir jetzt wohnen«, antwortete ich.

»Ich finde das Haus gruselig«, sagte sie.

Ja, du hast recht, es ist ein hässliches und gruseliges Haus, in dem es fürchterlich stinkt, wollte ich sagen, tatsächlich aber sagte ich: »Halb so schlimm, Elida. Es wird jetzt sauber gemacht, und nachher sieht es schon viel besser aus.«

Mein Bruder stand nicht mehr neben uns. Ich sah ihn in einiger Entfernung die lange Straße entlanggehen, beide Hände in den Taschen. Ich sagte zu Elida, sie solle nicht weggehen, und rannte hinter ihm her. Als ich ihn fast erreicht hatte, drehte er sich mit einem Ruck um und schnauzte mich an: »Warum verfolgst du mich?«

»Bao, ich … ich möchte mit dir zusammen ein Stück gehen.«

Er machte Handbewegungen, als wollte er mich verscheuchen. »Nein, bleib bei Elida, sonst läuft sie noch weg und verirrt sich.«

»Elida ist vernünftig«, sagte ich, und obwohl ich eine zweite Abfuhr fürchtete, spürte ich, dass ich nicht lockerlassen durfte. »Sie läuft nicht weg, Bao.«

Zu meinem Erstaunen gab er auf. Er nickte. Erleichtert ging ich zu ihm hin. Das Eis schien gebrochen. Vielleicht zog er mich nun ins Vertrauen und erzählte mir, was ihm nicht passte.

»Bao, wolltest du wirklich zurück nach Muş?« Ich merkte sofort, dass dies die falsche Frage war.

»Ja«, antwortete er, ohne mich anzusehen.

»Warum?«

»Weil ich hier in Hemgin nichts zu suchen habe.«

»Aber …«

»Kein Wort mehr, Mehmet. Ich will nicht darüber reden.«

Schweigend gingen wir weiter. Hunde suchten im Schatten der Häuser Schutz vor der brennenden Sonne. Überall, wo ich hinschaute, sah ich sie liegen, die mageren und lustlosen Straßenköter, deren Rippen regelrecht aus dem Fell stachen. In diesem Dorf wimmelte es von ihnen, mir wurde ganz elend. Alte Männer und Frauen saßen auf Hockern vor ihren Häusern. Auch sie suchten Schutz vor der Sonne. Doch während die armen Viecher mit ihren eitrigen Wunden unschuldig vor sich hin dösten, starrten die alten Menschen uns an und flüsterten miteinander. Ich fühlte ihre stechenden Blicke, aber mein Bruder beachtete sie nicht. Er schaute geradeaus, kickte hin und wieder lässig ein Steinchen weg und spuckte alle paar Meter auf den staubigen Boden. Das verlieh ihm etwas Unantastbares, als kümmerten ihn die Blicke nicht, als wollte er allen deutlich machen, dass dieses Dorf und seine Bewohner ihn vollkommen kaltließen.

Vor einem der Häuser bemerkte ich einen Mann mit grauen Schläfen und einem dünnen Schnurrbart. Er hatte die kräftigen Arme ineinander verschränkt und lehnte sich an den Türrahmen. Zwischen den Lippen steckte eine kalte Zigarette. Er hob eine Hand in unsere Richtung. Ich wusste nicht, wie ich mich verhalten sollte, und sah zu meinem Bruder, der zurücknickte.

»Ma be gerdi, willkommen in Hemgin«, sagte der Mann freundlich. »Woher kommt ihr?« Ich hatte erwartet, dass seine Stimme feindlich klingen würde.

Mein Bruder blieb stehen und sagte »Gerbe sılamet, wir kommen aus Sobyan. Mein Name ist Yusuf. Yusuf Uslu. Und dies ist mein Bruder Mehmet.« Er legte eine Hand auf meine Schulter, und ich hatte das Gefühl, dass mir nichts passieren konnte.

»Mein Name ist Raywan«, sagte der Mann und legte dabei eine Hand auf seine Brust. »Sobyan sagtest du? Das ist ziemlich weit weg. Was führt euch her?«

»Wir wollen Hemo besuchen«, sagte mein Bruder zu meiner Überraschung.

»Seid ihr allein gekommen?«

»Nein, mit unseren Eltern und unserer Schwester.«

»Wer sind deine Eltern, wenn ich fragen darf?«

»Selim Uslu ist unser Vater. Und unsere Mutter heißt Aşme.«

»Selim Uslu sagtest du?« Der Name meines Vaters schien Raywan einen Schrecken einzujagen.

Mein Bruder nickte.

»Selim Uslu, der Sohn von Miran und Şare Uslu?«

»Genau der.«

Sein Blick erstarrte. Er nahm die nicht angezündete Zigarette aus dem Mund und schaute sich um. Er schien etwas sagen zu wollen, überlegte es sich jedoch anders. Dann fuhr er sich mit der Hand durchs Haar und sagte *»gatere to«* und verschwand eilig im Haus. Mein Bruder und ich sahen uns verwundert an.

Als wir kurze Zeit später wieder zu unserem Haus zurückkamen, stand der Pferdewagen nicht mehr dort. Ibrahim war aufgebrochen, ohne sich von uns zu verabschieden. Jetzt gab es keinen Weg mehr zurück. Wir saßen in diesem Dorf fest.

Die Spinnweben und Nachtfalter im Haus waren verschwunden. Der Boden war vom Staub der Jahrzehnte befreit, und unsere Matten, Decken, Kissen und Töpfe hatten einen Platz bekommen. Meine Mutter presste den Saft einer Zitrone in eine Schale mit Wasser und besprenkelte mit der Flüssigkeit den Boden. Sie wollte den üblen Geruch aus dem Haus vertreiben, antwortete sie auf meine Frage. »Bald riecht es hier frischer als in den Lavendelfeldern hinter Sobyan«, sagte sie zufrieden.

Am Abend lag ich mit offenen Augen auf meiner Matratze in dem kleinen Zimmer im hinteren Teil des Hauses. Alles an dem Haus störte mich. Die kleinen, muffigen Zimmer, der Mangel an Licht und vor allem der durchdringende Gestank. Der ließ sich nicht einfach mit ein bisschen Zitronensaft vertreiben. Vielleicht war es ja der Geruch des Todes, der sich ins Haus geschlichen hatte, als meine Großmutter mit ihren Kindern vor den russischen Soldaten geflohen war.

Yusuf schnarchte, und Elida schlief zusammengerollt wie immer. Es ärgerte mich, dass sie in dem fremden Haus sehr wohl schlafen konnten und so taten, als wäre alles in bester Ordnung. Ich konnte mir nicht vorstellen, dass die Veränderung ihnen nichts ausmachte.

Mitten in der Nacht klopfte es an der Tür. Ich stand auf und öffnete. Zu meinem Schrecken sah ich vor unserem Haus eine riesige Menschenmenge stehen, die mich schweigend anstarrte. Ich erkannte die alten Leute, die ich am Tag auf Hockern vor ihren Häusern hatte sitzen sehen. Sie standen in der ersten Reihe. Plötzlich zeigten alle zugleich auf mich und kamen wortlos auf mich zu. Ich wich zurück, um nicht überrannt zu werden, bis ich in meinem Rücken eine Mauer spürte. Ich schrie, sie sollten verschwinden, aber sie kamen immer näher und stachen mir mit ihren Zeigefingern in Gesicht, Bauch und Arme. Verzweifelt versuchte ich, um Hilfe zu rufen, doch kein Laut kam aus meiner Kehle.

Jemand stieß mich am Arm. »Mehmet! Mehmet!«

Ich fuhr hoch und sah mich um. Wo war ich? Das dunkle Zimmer war mir nicht bekannt. Dann bemerkte ich den Geruch des Hauses wieder und hörte die vertraute Stimme meines Bruders.

»Beruhige dich«, sagte er. »Beruhige dich, Mehmet. Leg dich wieder hin und schlaf.«

Die Erleichterung darüber, dass es nur ein Traum gewesen war, wich schnell dem Bewusstsein, dass wir jetzt in diesem Haus wohnten, in einem Dorf, wo ich nicht sein wollte, in dem Dorf, wo wir nicht willkommen waren.

33

Hemo sah meinen Vater sorgenvoll an. Die Sonne schien grell auf seinen Schädel mit dem dichten Haar. »Weißt du das genau, Selim?«

Mein Vater stampfte mit der rechten Krücke auf den Boden. »Natürlich weiß ich das genau. Es ist *mein* Land!«

Was ich hörte, gefiel mir gar nicht. Es gab offenbar ein Problem, und mein Vater hatte es nicht erwähnt, als wir Sobyan verließen.

Hemo schüttelte den Kopf. »Selim, du kannst nach all den Jahren die Leute nicht einfach so von diesem Land verjagen. Wie lange ist es her, dass du fortgegangen bist? Zwanzig Jahre?«

»Achtzehn!« Mein Vater erhob erneut die Stimme. »Sie bearbeiten einfach mein Land. Meinen Grund und Boden!« Ich war überrascht, dass er so heftig reagierte und Hemo gegenüber einen solchen Ton anschlug.

»Beruhige dich, Selim, schrei nicht so. Sonst hören dich alle.«

»Das dürfen sie ruhig hören. Es ist die Wahrheit!«

»Komm, gehen wir ins Haus«, sagte Hemo und schob meinen Vater sanft in Richtung Tür.

»Nein, wir gehen jetzt zu meinem Feld und sagen den Leuten, dass ich wieder da bin.«

»Selim, das ist keine gute Idee. Die Menschen beackern seit Jahren ein Stück Boden, von dem sie dachten, dass es niemandem gehört.«

»Aber hast du sie nicht darauf hingewiesen? Hast du nicht gesagt, dass dieses Land Selim Uslu gehört? Dem Sohn von Miran Uslu! Hast du sie nicht daran gehindert?«

Hemo sah meinen Vater mit unschuldigem Blick an. »Wer hört schon auf einen alten Mann wie mich? Und außerdem: Hätte ich mich vielleicht die ganze Zeit als Bewacher dort hinstellen und die Leute wegschicken sollen? Ich wäre ausgelacht worden.«

»Sie müssen da weg, Hemo«, sagte mein Vater entschlossen. »All diese Leute müssen da weg!«

Hemo schüttelte den Kopf. Ich betrachtete sein wettergegerbtes Gesicht. Über seine Stirn verliefen tiefe, horizontale Furchen, gekreuzt von vertikalen Runzeln. Als hätte ihm jemand mit einem Messer kreuz und quer Kerben in die Stirn geschnitten. »Das geht nicht einfach so«, sagte er. »Diese Leute und ihre Familien sind zum Überleben auf den Boden angewiesen.«

»Aber meine Familie ist auch darauf angewiesen.« Verzweiflung schwang in der Stimme meines Vaters mit. »Wovon soll ich sie sonst ernähren?«

Ich erstarrte und wünschte, wir wären niemals hierhergekommen. Wusste meine Mutter Bescheid?

»Selim, sie werden das Land nicht einfach so herausrücken. Sie werden Widerstand leisten. Das wird eine unangenehme Sache. Ist dir das klar?«

Mein Vater nickte und starrte zu Boden. Was würde er tun? Was konnte der abgemagerte ehemalige Geschichtenerzähler, dem ein Bein fehlte, tun?

Hemo brach das Schweigen. »Lass mich zuerst mit ihnen reden. Ich informiere sie über deine Rückkehr, und dann bespreche ich mit ein paar führenden Männern, welche Folgen sich daraus für das Land ergeben. Was hältst du davon?«

Mein Vater seufzte. »Meinetwegen. Rede du zuerst mit den Leuten. Sag ihnen, dass sie sich nicht einfach so das Land nehmen können, das ich von meinem Vater geerbt habe.«

»Ich werde versuchen, eine Lösung zu finden. Aber dafür brauche ich Zeit.«

»Das verstehe ich. Ich möchte mein Land jetzt gern sehen.«

»Aber, Selim …«

Mein Vater hob die Hand. »Sei unbesorgt, ich werde nichts sagen. Ich will nur schauen, wie es aussieht.«

Ich wollte auch das Land sehen, das von meinem Großvater auf meinen Vater übergegangen war. Zu dritt nahmen wir denselben Weg wie mein Bruder und ich am Tag zuvor. Diesmal aber starrten die Menschen uns nicht merkwürdig an. Sie nickten und hoben, Hemo grüßend, die Hand. Ab und zu blieben wir stehen, wenn Bekannte von Hemo ein Schwätzchen mit ihm halten wollten. Hemo stellte meinen Vater und mich vor und fragte, ob sie sich noch an den Sohn von Miran Uslu erinnern konnten. Fast alle schüttelten entschieden den Kopf, um dann weiterzugehen. Nur bei einem Mann, dem vier Schneidezähne fehlten, erschien unvermittelt ein Lächeln im Gesicht, als er den Namen meines Großvaters hörte. Er griff die Hand meines Vaters und umarmte ihn dann kräftig. Vor langer Zeit hatte er für meinen Großvater gearbeitet und hatte meinen Vater noch als kleinen Jungen gekannt, erzählte er.

Wir gingen ein ganzes Stück weiter als mein Bruder und ich am Vortag. Überall spielten Kinder, sie rannten wie junge Ziegen hintereinanderher. Manche waren etwa in meinem Alter, und ich fragte mich, ob wir wohl irgendwann Freunde werden würden. Am Ende der Straße drehte sich Hemo um. Er deutete zurück in den Ort und fragte meinen Vater, ob ihm der Anblick bekannt vorkam. Ohne jede Begeisterung in der Stimme sagte mein Vater. »Ja, hier hat sich nichts verändert.«

»Das stimmt«, meinte Hemo. »In Hemgin ändert sich nie etwas.«

Hinter dem letzten Haus bogen wir nach rechts. Wenig später erstreckte sich vor uns ein riesiges Feld. Der goldgelbe Weizen wogte im Wind, der auf der offenen Fläche freies Spiel hatte. In der Ferne erhoben sich Berge mit schneebedeckten Gipfeln. Sie erinnerten mich an die Yayla in der Nähe von Sobyan und an die sorgenfreien Sommer dort, wenn wir vor der Hitze im Dorf auf die Hochebene geflohen waren. Neben dem Weizenfeld lag ein farbenprächtiger Acker, auf dem Salat, Tomaten, Zucchini und Gurken wuchsen. Arbeiter beugten sich in der brennenden Sonne über die Pflanzen oder bearbeiteten den Boden mit Gerätschaften. Noch nie hatte ich ein so großes Feld gesehen. Wie um Himmels willen sollten wir das bloß selbst bearbeiten?

Die Bauern auf dem Feld bemerkten uns nicht, während wir dort standen und das Land meines Vaters betrachteten. Das Land, das er verloren hatte.

34

Wir saßen auf Kissen im Wohnzimmer, und meine Mutter bereitete ein Abendessen aus dem Gemüse und dem Bulgur zu, die Hemo uns gegeben hatte. Es reichte für die ersten Tage. Yusuf und ich sahen zu, wie mein Vater den Stapel Geldscheine zählte, den er von Atilla bekommen hatte. So viel Geld hatte ich noch nie auf einem Haufen gesehen, dabei hätte es noch viel mehr sein müssen.

»Baba, bekommen wir unser Land wieder?«, fragte ich.

»Natürlich, Mehmet. Was soll die Frage?«

»Und wenn die Leute es nicht zurückgeben wollen?«

»Sie müssen es wohl oder übel, es ist mein Land!«, rief mein Vater mit plötzlich lauter Stimme. Er legte die Geldscheine hin. »Alle im Dorf wissen das. Sie haben es eine Zeit lang bearbeiten dürfen, und nun müssen sie es zurückgeben.«

Doch Hemos Worte geisterten mir durch den Kopf. Er hatte recht, die Dorfbewohner würden das Land niemals einfach wieder hergeben. Sie brauchten es, um ihre Familien zu ernähren. Was sollten sie essen, wenn sie es uns zurückgaben? Aber was sollten wir essen, wenn sie es uns nicht zurückgaben?

Wir setzten uns alle an den niedrigen Holztisch und löffelten geschmortes Gemüse und Bulgur aus dem großen Topf. Nur mein Vater bekam einen eigenen Teller. Er wartete wie immer geduldig, bis das Essen ganz abgekühlt war, ehe er einen Bissen kostete. Der Unterschied zu meinem Bruder war gewaltig. Der futterte wie ein

Landarbeiter, der seit Tagen nichts gegessen hatte und den ganzen Topf als seinen betrachtete. Immer wenn er sich vorbeugte, um sich zu bedienen, stieß er mit seinem Knie gegen meins, und sein Ellbogen kam meinem Kopf gefährlich nahe.

»Langsam, Bao«, sagte ich ärgerlich. Es rutschte mir heraus, ehe ich es wusste.

Mein Bruder sah mich an wie ein Hund, dem man den Knochen, an dem er nagt, wegnimmt. Ich erwartete einen Knuff von ihm, aber er aß nur schnaubend weiter.

Hemo grüßte uns von der Tür her. »Ma be gerdi!«

»Gerbe sılamet, Hemo, komm herein und setz dich zu uns«, sagte mein Vater herzlich.

Meine Mutter stand sofort auf und machte ihm Platz. Er setzte sich auf ihr Kissen, brach ein Stück Brot ab und tunkte es in den Topf.

»Und, hast du schon mit den Leuten gesprochen?«, fragte meine Mutter.

Mein Vater stieß sie an und flüsterte: »Aşme, lass ihn erst in Ruhe essen.«

»Das ist schon in Ordnung«, sagte Hemo laut schmatzend. »Ich kann ihre Neugierde verstehen.«

Statt mit seinem Bericht fortzufahren, aß Hemo einfach weiter. Seine Tischsitten waren schrecklich. Er schmatzte ebenso geräuschvoll wie Atilla und machte sich breit. Mein Bruder hatte endlich jemanden gefunden, der ihn übertraf. Wir starrten einander mit offenem Mund an, während Hemo den Topf in kurzer Zeit leerte und anschließend laut rülpste.

»*Hekşen kero*, das war köstlich«, sagte Hemo und wischte sich mit dem Handrücken über die fettigen Lippen.

»*Helal bo*«, erwiderte meine Mutter mit einem zufriedenen Blick.

Hemo seufzte kurz, als wollte er etwas Schwieriges mitteilen. »Ich habe bisher nur mit dem Muhtar gesprochen.« Dann schwieg er wieder, als wäre damit genug gesagt.

»Und, was meinte er?«, wollte meine Mutter wissen. »Mach es nicht so spannend.«

»Er will keine Probleme im Dorf haben, er …«

Wie mit einem mächtigen Heer im Rücken unterbrach ihn meine Mutter streitlustig: »Das wird nicht passieren, wenn die Leute uns unser Land zurückgeben. Ansonsten haben sie ein großes Problem!«

»Aşme, lass ihn bitte ausreden«, mahnte mein Vater.

»Der Muhtar sagte, dass er deinen Vater gut gekannt hat und immer großen Respekt vor ihm und seinem Einsatz für das Dorf hatte.« Hemo rieb sich die stoppeligen Wangen. »Aber er sagte auch, dass die Zeiten sich geändert haben, und er gab mir den Rat, Rücksicht auf die Menschen zu nehmen, die jetzt das Land bebauen. Er meinte, es würde große Unruhe im Dorf geben, und Chaos, möglicherweise sogar Gewalt.«

Ich erschrak. Meine Eltern schauten Hemo sorgenvoll an, und nur Yusuf aß ungerührt weiter, so als gingen Hemos Worte ihn nichts an. Plötzlich war ich froh, dass er mit nach Hemgin gekommen war. Mein Bruder kannte keine Angst und konnte gut kämpfen. Wenn wir zusammen die Straße entlanggingen, waren die Menschen von seiner kräftigen Gestalt beeindruckt. Ich traute ihm zu, einen erwachsenen Mann zu Boden zu ringen, wenn es sein musste. Aber jemand wie Raywan mit seinen kräftigen Armen würde ihm in einem Kampf wahrscheinlich Schwierigkeiten bereiten. Irgendetwas an diesem Mann gefiel mir nicht. Bestimmt hatte er meinen ausgezehrten Vater durchs Dorf humpeln sehen. Ein älterer Mann, dessen ganze Erscheinung die Anstrengung nach einer schweren Zeit ausstrahlte, ein ehemaliger Geschichtenerzähler, der für niemanden eine Bedrohung darstellte. Was konnten wir tun, wenn es zur Konfrontation kam? Wie sollten wir uns verteidigen?

Yusuf war der entscheidende Mann. Er musste uns verteidigen. Aber das konnte er nicht allein. Wer sollte ihm helfen? Hemo würde, wie mein Vater, keine Hilfe sein. Er hatte in jungen Jahren bestimmt seinen Mann gestanden, aber jetzt war er alt. Also kam es ganz auf meinen Bruder an. Ich würde ihm beiseitestehen. Gemeinsam würden wir unsere Familie gegen die Gegner in diesem feindseligen Dorf verteidigen. Nur durfte sich meine Mutter nicht wie eine Rasende in den Kampf einmischen und ihr Leben aufs Spiel setzen. Wir mussten verhindern, dass es so weit kam.

Ich schaute zu Elida. Sie kaute wie ein kleines Nagetier an einem Stück Brot, ein kleines Nagetier, das vor den Bewohnern von Hemgin geschützt werden musste. Ich nahm sie in den Arm.

»Was ist, Bao?«, fragte sie unschuldig.

»Nichts«, sagte ich und drückte ihr einen Kuss auf den süßlich riechenden Kopf.

Meine Mutter sah Hemo fragend an. »Wird es wirklich zu Gewalt kommen?«

»Das sagte der Muhtar.«

»Also sollen wir so tun, als wäre alles in bester Ordnung, und unser Land nicht zurückfordern? Ist es das, was er in all seiner Weisheit vorschlägt? Ist der Mann nicht ganz bei Trost?«

»Immer mit der Ruhe, Aşme«, sagte Hemo. »Ich werde noch einmal mit ihm reden. Ich denke, er muss das Ganze auch erst einmal sacken lassen. Er ist natürlich auch von Selims Rückkehr überrascht.«

»Ist das so üblich in Hemgin?«, fragte meine Mutter. »Sobald jemand weggeht, machen die anderen sich über seinen Besitz her? Was für ein elendes Dorf ist das?«

Mein Vater legte eine Hand auf ihr Bein. »Bitte, Aşme, sag nicht solche Dinge. Hemo kann doch auch nichts dafür.«

»Aber du vielleicht? Ach, Selim, wie soll es jetzt weitergehen?«

»Bitte, lass uns ruhig bleiben«, sagte mein Vater. »Der Muhtar wird bestimmt noch einen angemessenen Vorschlag machen. Ich würde dich gerne begleiten, Hemo.«

»Es ist besser, wenn ich allein mit ihm spreche.«

»Warum soll Selim nicht mitgehen?«, fragte meine Mutter. »Hast du vielleicht etwas zu verbergen?« Ich erschrak über diesen direkten Vorwurf. Mein Vater warf ihr einen bösen Blick zu.

»Natürlich nicht«, erwiderte Hemo. »Ich kenne den Muhtar und weiß, dass er es nicht mag, wenn man ihn unter Druck setzt.«

»Wann sprichst du wieder mit ihm?«, wollte meine Mutter wissen.

»In ein paar Tagen gehe ich zu ihm.«

»Warum nicht heute oder morgen?«, insistierte meine Mutter.

Hemo seufzte. »So geht das hier nun mal nicht. Wir müssen Geduld haben.«

»Und was sollen wir in der Zwischenzeit tun? Uns an Allah wenden und hoffen, dass er unsere Gebete erhört?«, fragte meine Mutter pathetisch. Ich fand, sie war zu streng mit Hemo. Er tat sein Bestes für uns.

»Aşme, bitte«, sagte mein Vater, aber er klang kraftlos.

»Ich möchte euch in den nächsten Tagen mit ein paar Leuten bekannt machen, damit sie sich an euch gewöhnen und sehen, wer ihr wirklich seid«, sagte Hemo. »Aber dann dürfen wir nicht über das Land reden. Das verunsichert die Menschen nur.«

»Was hältst du davon, Aşme?«, fragte mein Vater.

»Was soll ich dazu sagen? Ich weiß nur, dass wir bestohlen wurden und nun abwarten sollen, bis der Muhtar das vielleicht auch einsieht.«

»Wir wollen es versuchen«, sagte mein Vater. »Es ist gut, wenn wir ein paar Hände schütteln und mit den Leuten reden. Die meisten kenne ich nicht.« Da war wieder ein Funke Enthusiasmus in seinen Augen.

Plötzlich erhob sich mein Bruder. »Ich verstehe das nicht. Warum gehen wir nicht jetzt zum Feld und vertreiben die Schufte mit Knüppeln? Lasst uns ihnen eine Lektion erteilen!«

Wir sahen ihn alle erstaunt an.

»Sag nicht solche lächerlichen Dinge, Yusuf«, unterbrach meine Mutter das kurze Schweigen. »Es geht hier um ernste Angelegenheiten.«

»Lächerlich?« Mein Bruder deutete mit weit aufgerissenen Augen auf meine Eltern. »Ihr wollt bei Leuten Tee trinken, die unser Land besetzen. Das nenne ich lächerlich!«

»Yusuf, sei vernünftig«, sagte mein Vater. »Mit Knüppeln löst man keine Probleme.«

»Aber auch nicht mit Teetrinken und Warten auf einen ängstlichen Muhtar!«

»Wir müssen es versuchen und geduldig sein«, sagte Hemo.

Mein Bruder machte eine wegwerfende Geste. »Ach, ihr seid einfach nur Angsthasen!«

»Pass auf, was du sagst, Yusuf!«, warnte ihn meine Mutter. »So spricht man nicht mit seinen Eltern und seinem Onkel!«

Ich fürchtete, mein Bruder könnte auf sie losgehen und das Ganze würde wieder aus dem Ruder laufen. Aber er verließ nur wortlos das Haus.

»Lassen wir ihn, er wird sich beruhigen«, sagte mein Vater.

35

An den darauffolgenden Tagen besuchten wir zusammen mit Hemo unsere neuen Nachbarn. Mein Bruder weigerte sich, mitzugehen. Er ließ kein gutes Haar an dem Entschluss meiner Eltern, mit den Besetzern unseres Landes Tee zu trinken. Ich glaubte nicht, dass der Vorschlag meines Bruders das Problem lösen könnte. Es schaffte nur böses Blut, wenn wir Knüppel schwingen würden. Hinzu kam noch, dass ein Krüppel und seine beiden halbwüchsigen Söhne nicht besonders eindrucksvoll waren. Aber mit den Leuten Tee zu trinken – war das eine gute Idee? Ich wusste es nicht.

Aus irgendeinem Grund nahm ich an, die Menschen würden uns in ihrem Haus herzlich empfangen. Vielleicht hatte ich noch die Besuche in Sobyan vor Augen, wo wir immer erst wieder gehen durften, wenn wir aus Sicht der Hausfrau genug gegessen hatten. In Hemgin dagegen wurden wir mit viel Argwohn begrüßt, als ahnten die Menschen, dass wir etwas zurückfordern wollten. Und wahrscheinlich entnahmen sie unseren niedergeschlagenen Blicken, dass ungünstige Umstände uns nach Hemgin geführt hatten. Hemo gab sich während dieser Besuche alle Mühe, das Eis zu brechen, indem er meinen Großvater rühmte und auf all das Gute hinwies, das er für das Dorf getan hatte. Doch wenige der Bewohner hatten ihn noch persönlich gekannt. Mich erfüllte Angst, wenn ich diese Menschen betrachtete, die uns so mürrisch empfingen. Sie redeten kaum und nippten schweigend an ihrem Tee, als erwarteten sie eine Unheil verkündende Mitteilung von uns. Selbst Hemos Scherze, die meinen Bruder und mich vorher zum Lachen gebracht hatten, hörte man sich schweigend an. Auch die Kinder, die regungslos neben ihren Eltern saßen, pressten die Lippen fest aufeinander. Vielleicht waren sie angewiesen worden, auf Distanz zu meiner Schwester und mir zu bleiben.

Ein Mann mit borstigen Augenbrauen und einem struppigen Bart fragte meinen Vater, was er im Dorf zu tun vorhabe. Mein Vater sah Hemo kurz an und erwiderte dann, das wisse er noch nicht, er sei jedenfalls froh, wieder in seinem Heimatort zu sein. Hemo nickte zustimmend, aber der Blick des Mannes zeigte, dass er ihm nicht traute. Er war nicht der Einzige. Bei jedem Besuch hatte ich das Gefühl, dass unser Kommen das Misstrauen der Menschen nur noch verstärkte.

Schließlich hielt ich die Anspannung nicht länger aus. Zu meiner Überraschung erlaubte meine Mutter mir, zu Hause zu bleiben. Sie sagte nur, ich solle mich benehmen und zu den Kindern auf der Straße nichts Falsches sagen. »Rede auf gar keinen Fall mit ihnen über das Land und lass dich nicht von deinem Bruder mitreißen.«

Als meine Eltern mit Elida und Hemo die nächste Visite machten und Yusuf wieder einmal wortlos das Weite gesucht hatte, war ich zum ersten Mal allein in unserem neuen Haus. Ein unangenehmes Gefühl befiel mich. Der merkwürdige Geruch schien durchdringender denn je zu sein. Ich hatte immer mehr den Verdacht, dass der Geruch ein Überbleibsel aus der Vergangenheit war, untrennbar verbunden mit den schrecklichen Ereignissen aus der Zeit des Krieges. Ich traute mich nicht, länger allein in dem Haus zu bleiben, und rannte hinaus. Ein Straßenköter trottete vorüber. Das arme Tier sah aus, als könnte es jeden Moment zusammenbrechen. Sogar die Hunde in Hemgin waren unglücklich. Ich streckte eine Hand nach ihm aus, aber meine plötzliche Bewegung erschreckte ihn, und er humpelte davon.

Drei Jungen etwa in meinem Alter kamen vorbei. Ich musste an

Ali und Bilal denken und wie wir auf der Suche nach Abwechslung immer zusammen durch Sobyan gestreift waren. Bei der schönen Erinnerung musste ich lächeln, und instinktiv grüßte ich die Jungen mit erhobener Hand. Aber sie erwiderten meinen Gruß nicht und gingen wortlos weiter. Hier wollten weder die Straßenköter noch die Jungen in meinem Alter etwas mit mir zu tun haben. Was war das bloß für ein elender Ort?

Am liebsten wäre ich fortgelaufen. Ich wollte so lange rennen, bis ich wieder in Sobyan war. Dann würde ich Ali, seiner Mutter und seiner Schwester anbieten, mit mir zusammen in unserem Haus zu wohnen. Wir würden Tiere halten, und ich zöge wieder jeden Morgen los. Und diesmal würde Ali mich begleiten. Jeden Morgen würden wir zusammen das Vieh auf die Weide treiben, stundenlang reden und uns balgen. Und wenn wir müde wurden, würden wir unter dem Baum, wo ich immer mit meinem Bruder gesessen hatte, ein Nickerchen machen, während die Tiere ungestört grasten.

Ich ging durch die staubigen Straßen von Hemgin und beachtete die stechenden Blicke der Menschen, die vor ihren Häusern im Schatten saßen, nicht. Ebenso wenig die grelle Sonne, die mir auf den Kopf schien. Meine Kehle war trocken, aber ich beschloss, auch den Durst zu verleugnen. Dieses traurige Dorf mit seinen unglücklichen Menschen und den armseligen Straßenkötern würde mich nicht kleinkriegen. Sie würden mich, Miran Uslu aus Sobyan, Sohn von Selim und Aşme Uslu, nicht kleinkriegen!

36

In Hemgin roch es nicht nach blühenden Obstgärten wie in Sobyan, sondern nach Staub und Mist, obwohl kaum Vieh zu sehen war.

Inzwischen erkannte ich die düsteren Gesichter, wenn ich an den Häusern vorbeiging. Meistens waren es alte Menschen, die im Schatten saßen und darauf warteten, dass ihre Zeit abgelaufen war. Die jungen Männer und Frauen arbeiteten auf dem Land, und den Kindern konnte die Hitze nichts anhaben. Sie rannten unermüdlich hintereinanderher und trieben Staubwolken durch die Straßen.

In unmittelbarer Nähe des Platzes befand sich der Wasserhahn für alle. Morgens standen die Frauen dort in aller Frühe Schlange, um Wasser zu holen. Es klang immer so, als hätten sie fürchterlichen Streit. Ihr Zetern hallte durch das ganze Dorf. In Sobyan spielten wir bei schönem Wetter oft mit dem Wasser aus dem Hahn, aber in Hemgin war die Pumpe in der sengenden Hitze des frühen Nachmittags vollkommen verlassen. Ich hielt meinen Kopf unter das Rohr und betätigte den Schwengel. Einen Moment lang verspürte ich dasselbe Gefühl, wie wenn ich mit Ali in den Bach hinter unserem Dorf sprang. Eiskaltes Wasser strömte über mein Gesicht, kühlte meinen Kopf und strömte den Hals entlang zum Rücken. Mit geschlossenen Augen genoss ich das angenehme Prickeln im ganzen Körper. Ich hätte ewig stehen bleiben können, dort bei der Pumpe, die für mich in diesem Moment das einzig Gute in diesem armseligen Hemgin war, bis plötzlich jemand rief: »So, das reicht!«

Ich erschrak, ließ den Pumpenschwengel los und richtete mich rasch auf. Durch die nassen Haare vor meinen Augen erkannte ich Raywan.

»Du hast genug Wasser verschwendet. Weißt du überhaupt, wie wertvoll es ist?«

Ich schüttelte den Kopf. Mein Herz schlug schneller.

»Mehmet, so heißt du doch?«

Ich nickte. Warum steckte wieder eine nicht glühende Zigarette zwischen seinen Lippen?

»Ich wollte dich nicht erschrecken, aber hier im Dorf gehen wir mit dem Wasser sparsam um. Verstehst du?«

Ich sagte nichts, woraufhin er seine Frage laut wiederholte. »Verstehst du das, Mehmet?«

Was war das für ein Idiot, der mich hier auf dem Dorfplatz zurechtwies? Das tat nicht einmal mein Vater. Als er mich weiterhin ansah, sagte ich Ja, um ihn loszuwerden.

»Wo sind deine Eltern?«

»Zu Besuch.«

»Bei wem?«

»Weiß ich nicht.«

»Bestell deiner Mutter schöne Grüße von mir«, sagte er grinsend. »Und sag ihr, dass ich mich darauf freue, sie zu sprechen.« Er blinzelte mir zu und ging dann. Ich sah ihm verwundert nach und strich mir die nassen Haare aus dem Gesicht.

Ein warmer Windstoß blies Staub durch die Straßen. Ich bedeckte meine Augen mit der Hand und ging langsam weiter, wobei ich über Raywans Worte nachdachte. Als ich wieder aufsah, bemerkte ich vor einem der Häuser ein etwa gleichaltriges Mädchen. Es hatte lange dunkelblonde Locken und bezaubernde blaue Augen. Nie zuvor hatte ich ein Mädchen mit so leuchtenden Augen gesehen. Es trug einen roten Rock und darunter eine lange, dunkle Hose. Eine blaue kurzärmelige Bluse zeigte die honigbraunen Arme. Einen magischen Moment trafen sich unsere Blicke. Er dauerte nur wenige Sekunden, aber das reichte für eine Vision, in der ich mit diesem Mädchen lachend über eine Klatschmohnwiese lief und es mir liebevoll meinen Namen ins Ohr flüsterte.

Das Mädchen lächelte mich an. So hatte mich noch nie ein Mädchen angelächelt. Ich wusste nicht, was ich tun sollte, und sah weg. Ich fürchtete, es könnte bemerken, dass ich rot wurde.

»Schwitzt du immer so?« In meiner Vision hatte ihre Stimme anders geklungen, weniger hart und nicht so schnippisch, aber dennoch gefiel sie mir. Ich musste jetzt etwas erwidern, das wunderschöne Mädchen wartete auf eine Antwort. Doch das Herz pochte mir bis in den Hals.

»Das ... das ist kein Schweiß ... das ist ... Wa-Wasser.« Bestimmt dachte sie, ich könnte nie einen anständigen Satz, ohne zu erröten und zu stottern, herausbringen. Ich verfluchte mich selbst.

Sie fing an, auf herzerwärmende Weise zu lachen, und während ich dachte, ich könnte sterben für dieses Lachen, sagte sie: »Das war nur ein Scherz. Das muss herrlich erfrischend sein, es ist so schrecklich warm.«

»Ja, genau«, grinste ich und starrte zu Boden.

»Wie heißt du?«

»Ich?«

»Ja, du?«

Vielleicht lag es an diesem vollkommenen Lächeln, dass ich nicht nachdenken konnte und einen Moment lang nicht wusste, was ich antworten sollte. Miran? Mehmet? Wie wurde ich genannt?

»Mi-Mehmet«, stotterte ich.

Sie sah mich verwundert an. »Mi-Mehmet?«

»Nein, nein ... Mehmet.«

Sie kam auf mich zu und sagte: »Ich necke dich ein bisschen.« Sie streckte mir die Hand entgegen. »Ich heiße Besila.«

So hieß sie also, das war der Name, den ich fortan in meinen Träumen und Gedanken aussprechen würde.

Besila.

Ich ergriff ihre Hand, die sich warm und weich anfühlte und so gut in meine passte, als wäre sie für mich gemacht. Und während wir uns die Hand gaben und ein unbekanntes, erregendes Gefühl von meinen Leisten her aufstieg, fragte sie: »Du bist nicht von hier, oder?«

Ich schüttelte den Kopf.

»Woher kommst du?«

»Sobyan.«

»Sobyan?«

»Ja«, erwiderte ich, und obwohl unsere Hände heiß wurden, hoffte ich, sie würde sich nie wieder lösen, sondern ihre Hand ewig in meiner brennen lassen. »Wir … wir sind hier erst seit ein paar Tagen.«

In diesem Moment ertönte aus dem Haus, vor dem wir standen, eine laute Frauenstimme. »Besila, mit wem redest du da? Komm rein!«

Rasch zog sie ihre Hand zurück, und ehe sie ins Haus lief, schenkte sie mir noch ein letztes Lächeln. Meine Beine waren wie Gummi, aber ich blieb versteinert stehen und starrte auf die Tür, hinter der sie verschwunden war, in der Hoffnung, sie komme wieder heraus. Ich roch an der Hand, die ihre gehalten hatte. Sie hatte einen süßen Geruch, der in meinem Bauch ein leichtes Gefühl hervorrief.

Ich ging weiter, wobei eine meterhohe Welle der Freude über mich hinwegwogte. Besila war in mein Leben getreten. Sie hatte für einen Lichtschimmer in Hemgin gesorgt.

37

Wir saßen im Haus, als die Tür ohne vorheriges Anklopfen aufgedrückt wurde. Ein kleiner, dicker Mann ging mit kurzen Schritten und schwer atmend auf meinen Vater zu.

»Ma be gerdi, ich bin der Muhtar«, sagte er mit lauter Stimme, um seine Autorität zu unterstreichen.

»Gerbe sılamet, mein Name ist Selim Uslu«, sagte mein Vater, vom Teppich aufschauend. »Ich hatte Sie nicht erwartet.«

»Hat Hemo Ihnen nicht gesagt, dass ich vorbeikomme?«

»Nein.«

Ehe mein Vater ihm einen Platz anbieten konnte, ließ sich der Muhtar auf einem der Kissen nieder. Sein Schädel war rund und kahl, von ein paar Strähnen an den Seiten und hinten einmal abgesehen. Unter seinen müden Augen lagen dunkelgraue Ringe. Statt zunächst etwas über sich zu sagen und dann meinen Vater nach seinem Befinden zu fragen, kam er sofort zur Sache: »Selim Bey, vor wie vielen Jahren sind Sie aus Hemgin weggegangen?« Eine Antwort wartete er nicht ab, sondern fuhr fort: »Vor zwanzig, nicht wahr?«

»Vor achtzehn Jahren«, korrigierte ihn mein Vater.

»Das ist eine lange Zeit, fast so lang wie ein kurzes Menschenleben.« Er schwieg einen Moment. »Gut, nach achtzehn Jahren fassen Sie den Entschluss, unangekündigt zurückzukehren, und wollen nun wiederhaben, was seit achtzehn Jahren nicht mehr Ihnen gehört. Und Sie …«

Meine Mutter konnte sich das nicht länger anhören. »Was reden Sie da? Mein Mann hat das Land von seinem Vater geerbt. Es ist immer noch sein Land!«

Der Muhtar sah meine Mutter zum ersten Mal an. Er verbarg seine Entrüstung nicht, und sein Gesicht versteinerte. »Entschuldigen Sie, aber ich spreche mit Ihrem Mann über wichtige Dinge. Vielleicht könnten Sie mir etwas zu trinken anbieten, anstatt mir mitten in meinen Ausführungen ins Wort zu fallen. In Hemgin schweigt eine Frau und kümmert sich um die Gäste.«

Augenblicklich loderten in den Augen meiner Mutter helle Flammen auf, die unser Haus mühelos in Brand hätten setzen können. Ich wusste, dass sie es nicht ertragen konnte, von einem Mann zum Schweigen aufgefordert zu werden. In Sobyan hatte ich erlebt, wie sie Männern aus geringerem Anlass die Leviten gelesen hatte, wobei sie auch vor einem groben Fluch oder einer verächtlichen Geste nicht zurückgeschreckt war, und wahrscheinlich hätte sie nichts lieber getan, als dem Muhtar die Meinung zu sagen, aber sie schwieg. Vielleicht war es die Hand meines Vaters, die er ihr aufs Bein legte. Ich hoffte, er würde sie verteidigen und dem Muhtar eine passende Antwort geben, doch wie immer wollte er die Situation nicht eskalieren lassen und sagte: »Aşme, würdest du bitte unserem Gast etwas zu trinken bringen?«

Meine Mutter presste die Lippen aufeinander und ging fort, ohne den Muhtar eines Blickes zu würdigen oder ihn zu fragen, was er wünsche.

Mein Vater räusperte sich verlegen und sagte zögernd: »Meine Frau hat recht, Muhtar Bey. Verzeihung, aber ich weiß nicht einmal, wie Sie heißen.«

»Nennen Sie mich einfach Muhtar Bey. So nennen mich hier alle.«

»Gut, Muhtar Bey, ich habe das Land von meinem Vater, Miran Uslu, geerbt. Sie haben ihn bestimmt gekannt.«

»Ja, ja, ich habe Ihren Vater gekannt. Ein gutherziger und ehrlicher Mann, der viel zu früh von uns gegangen ist.« Der Muhtar schwieg kurz und starrte vor sich hin, als wäre er plötzlich von einer alten, versteckten Erinnerung aus den tiefsten Klüften seiner Seele überfallen worden. Er räusperte sich gekünstelt und schoss dann ein Sperrfeuer von Worten ab: »Wie dem auch sei, Selim Bey, wir sind uns einig, dass Sie dem Dorf vor langer Zeit den Rücken zugekehrt haben. Sie sind fortgegangen, ohne eine Nachricht zu hinterlassen. Ebenso gut hätten Sie längst tot sein können. Und anstatt erst zu mir zu kommen, um diese heikle Frage zu besprechen, kehren Sie unangekündigt zurück und gehen davon aus, dass Sie den Leuten etwas wegnehmen können.« Er schwieg einen Moment, als wollte er die Worte gründlich einwirken lassen. »Verstehen Sie, warum ich darüber sehr verwundert bin? Verstehen Sie das?«

Mein Vater suchte nach Worten. Er sah sich einem Mann gegenüber, der um jeden Preis die Interessen seiner Mitbewohner verteidigen wollte. Freundlichkeit half ihm jetzt nicht weiter. Er musste zeigen, dass er kein furchtsamer Krüppel war, sondern ein ebenso entschlossener Mann, der für die Interessen seiner Familie einstand.

»Zum Ersten bin ich nicht weggelaufen, sondern nach Sobyan umgezogen, wo ich Aşme zur Frau genommen habe.« Er deutete stolz auf meine Mutter, die in der Küche beschäftigt war. »Zum Zweiten bleibe ich laut Gesetz Eigentümer des Landes, das ich von meinem Vater geerbt habe. Dass andere es ohne meine Zustimmung bebaut haben, ändert daran nichts!« Er sprach die Worte scharf und ohne Zögern aus. An die Stelle seiner Zurückhaltung war Überzeugung getreten. Als hätte er lange auf diesen Moment gewartet und die Sätze unendlich oft geübt.

Der Muhtar erhob sogleich die Stimme. »Sie verbreiten Unruhe in meinem Dorf, und das will ich nicht!« Speicheltropfen flogen aus seinem Mund. »Wir sind hier nicht in Istanbul! Sie können nicht mit einem Formular winken, das Ihnen das Recht auf ein Stück Land gibt. Wir sind in Hemgin, hier gelten andere Gesetze, hier gehen wir anders miteinander um!« Er schwieg kurz, um seine Beherrschung wiederzufinden. Er rieb sich seinen verschwitzten Kopf und sagte dann grinsend: »Ich weiß nicht, ob Sie es bemerkt haben, aber Sie werden hier nicht mit offenen Armen empfangen. Gerüchte verbreiten sich schnell im Dorf, Selim Bey. Das sollten Sie auch wissen.«

»Das war nicht zu spüren. Ich habe mit meiner Familie schon einige Hausbesuche gemacht, und wir wurden immer freundlich bewirtet.« Mein Vater lächelte zufrieden, als würde seine Erwiderung beweisen, dass der Muhtar unrecht hatte. Doch ich war nicht seiner Meinung. Hatte er wirklich nicht bemerkt, dass sich alle uns gegenüber distanziert verhielten und wir auf der Straße merkwürdig angesehen wurden?

Meine Mutter stellte ein Glas Wasser vor den Muhtar.

»Ich als Muhtar muss mich für die Interessen meiner Leute einsetzen«, sagte er, trank das Wasser in einem Zug aus und wischte sich mit dem Handrücken den triefenden Mund. »Und ich muss verhindern, dass Unruhe entsteht. Verstehen Sie das?«

»Natürlich, wir wollen auch keine Unruhe«, sagte mein Vater. »Aber wir sind auf das Land angewiesen. Wovon soll meine Familie sonst leben?«

»Das weiß ich nicht, Selim Bey. Es ist nicht mein Problem.«

»Warum setzen Sie sich nicht auch für meine Interessen ein? Das ist doch auch mein Dorf?«

»Nicht mehr.«

»Lanet bo!«, fluchte meine Mutter. »Sie können doch nicht leugnen, dass das Land uns gehört?« Alle erschraken angesichts ihrer erhobenen Stimme. »Als Muhtar ist es Ihre Aufgabe, diese ungerechte Situation zu beheben. Sie müssen eine Lösung finden. Ansonsten sind Sie fehl am Platz!«

Obwohl ihre Stimme laut durchs Haus schallte, reagierte der Muhtar diesmal überhaupt nicht auf sie. Stattdessen sah er meinen Vater an, als befände sich sonst niemand im Raum, und sagte mit um Verständnis werbender Stimme: »Selim Bey, ich bitte Sie, seien Sie, auch im Interesse Ihrer Familie, vernünftig und verzichten. Sie auf das Land. Sie müssen einsehen, dass Ihr Widerstand sinnlos ist.« Mühsam erhob er sich und fügte hinzu: »Denken Sie gut darüber nach, ehe es zu Unannehmlichkeiten kommt. Lassen Sie sich meine Worte durch den Kopf gehen.«

Während ich mich fragte, was er mit »Unannehmlichkeiten« gemeint haben könnte, sagte mein Vater: »Warten Sie, Muhtar Bey.«

Doch der Muhtar verließ mit ungelenken Schritten das Haus, ohne sich umzusehen oder sich zu verabschieden. Meine Mutter starrte meinen Vater an, wie nur sie es konnte. Er wischte mit der flachen Hand über den Boden und wartete gelassen auf ihre Reaktion.

»Was in Gottes Namen sollte das, Selim?«, rief sie zornig. »Warum hast du dich nicht gewehrt?«

Mein Vater schwieg.

»Ich begreife es nicht, du hast ihm kaum widersprochen. Du hättest ihm ebenso gut Hände und Füße küssen und versichern können, dass wir noch heute fortgehen.«

Mein Vater schaute weiter vor sich hin. Er tat mir leid. Ich fand, dass er sich für seine Verhältnisse wacker geschlagen hatte, aber meine Mutter sah dies wie so oft anders.

»SELIM!« Sie schlug mit der Hand so kräftig auf den Boden, dass Elida und ich zusammenzuckten. »Lanet bo! Sag was!«

»Aşme, bitte ... beruhige dich. Was hätte ich denn noch sagen sollen? Ich habe doch darauf bestanden, dass das Land uns gehört? Ich habe doch gesagt, wir sind darauf angewiesen?«

»Du warst nicht besonders energisch. Der Mann hat dich nicht ernst genommen. Keine Sekunde.«

Ich schaute zu meinem armen Vater und wollte nichts lieber als ihm beispringen. Ich wollte sagen, dass ich fand, er sei sehr wohl für unsere Interessen eingetreten, aber ich traute mich nicht.

Meine Mutter schüttelte wütend den Kopf. »Warum wolltest du unbedingt in dieses verdammte Dorf zurück?« Ihre Stimme zitterte. »Warum hast du deiner Familie das angetan, Selim? Was sollen wir jetzt tun? Oh, oh, möge Allah uns beistehen. Möge Allah uns Weisheit schenken. *Ya Ali, Ya Ali!*«

Sie begann zu weinen. Diese starke Frau, die in Sobyan meinem Vater und vielen anderen mit ihrer kräftigen Stimme und ihren gnadenlosen Attacken so oft Angst eingeflößt hatte, war am Boden zerstört. War unsere Situation wirklich so aussichtslos, dass sogar meine Mutter keinen Ausweg mehr sah?

Mein Vater legte eine Hand auf ihr Bein. »Beruhige dich, Aşme. Alles wird gut«, sagte er und wischte ihr dabei vorsichtig die Tränen aus dem Gesicht. »Alles wird gut.«

»Wie denn?«

»Ich habe einen Plan.«

»Was für einen Plan?«

»Es ist schon spät, wir sind alle müde. Ich erkläre ihn dir morgen.«

38

Besila ist das schönste Mädchen auf der Welt, hatte ich vor dem Schlafengehen in mein Heft geschrieben. Ich lag mit offenen Augen im Bett. Die lauten Atemzüge meines Bruders erfüllten den feuchtwarmen Raum.

Ich dachte an Besila und sah ihre märchenhafte Erscheinung vor mir. Ihre Bluse zeigte in Höhe der Brust eine Wölbung, und ihre Hüften waren breiter als die der albernen Gören in Sobyan, die Ali und ich keines Blickes würdigten. Ich fragte mich, wie Besila wohl nackt aussah. Hatten ihre Brüste und ihr Hintern denselben honigbraunen Farbton?

In meiner Fantasie streichelte ich ihren warmen Körper und küsste ihre sanften Lippen, und sie streichelte mir mit ihren kleinen Händen den Bauch und lächelte mich an. Ich fühlte einen Drang in mir erwachen, wie ich ihn noch nie gespürt hatte. Immer leidenschaftlicher kochte er in meinem Innersten hoch, überraschte mich und verschaffte mir ein unbekanntes Gefühl. Ich gab mich ihm hin, bis mir plötzlich bewusst wurde, dass ich im Beisein meines Bruders und meiner Schwester etwas Verbotenes tat. Mein Herz pochte bis in den Hals, aber ob es an der Erregung oder am Schrecken lag, wusste ich nicht. Ich wusste nur, dass ich nicht aufhören konnte. Der Drang war stärker als ich und zwang meine Hände unter die Decke in Richtung Unterleib und ließ meinen Atem stocken. Ich schloss die Augen und empfand einen Genuss, den ich bisher nicht erlebt hatte. Als öffnete sich in mir eine Luke. Mit jedem Atemzug fühlte sich alles leichter an. Der Drang bahnte sich langsam einen Weg hinaus.

Da bekam ich einen Stoß in die Seite. »Hey, hast du wieder einen Albtraum?«, fragte mein Bruder.

Ein Schock durchfuhr meinen ganzen Körper, kalter Schweiß brach mir aus. Rasch zog ich die Hände unter der Decke hervor und hielt den Atem an.

»Mehmet, bist du wach?«, fragte er nun lauter.

Wäre ich nicht wach gewesen, dann nun ganz bestimmt. Ich musste irgendwas erwidern. So geräuschlos wie möglich ließ ich die Luft aus meinen Lungen entweichen.

»Ja … ja«, sagte ich.

»Ist was?«

Hatte er mich gehört?

»Nein … nein.«

»Du hast so schwer geatmet. Ich dachte, du hast einen Albtraum.«

»Ja … ich hatte einen Albtraum.«

»Mehmet?«

»Ja?«

»Ich will hier weg.«

Ich wollte auch weg. Aber was war mit Besila? Dann würde ich sie niemals erobern können.

»Bao«, sagte ich, »hier könnte es uns doch auch gut gehen?«

»Bist du verrückt? In diesem Scheißdorf sind wir nicht willkommen. Wir haben hier nichts verloren!«

»Baba hat doch einen Plan«, wandte ich ein.

»Ha! Ich glaube, es ist besser, wenn Baba keine Pläne mehr macht. Das gibt nur Probleme. Ich will so schnell wie möglich weg aus diesem Kaff.«

Mir kamen wieder die drohenden Worte des Muhtars in den Sinn. Vielleicht hatte mein Bruder recht, und es war am besten, wenn wir dieses Dorf so schnell wie möglich verließen, ehe es zu Unannehmlichkeiten kam.

39

Am nächsten Morgen war mein Bruder nicht schon fort. Auch er wollte erfahren, welchen Plan mein Vater hatte. Elida saß neben mir. Sie schien zu spüren, dass etwas Wichtiges besprochen werden würde.

»Selim, spann uns bitte nicht länger auf die Folter.« Meiner Mutter war die brennende Neugier anzuhören.

Mein Vater zündete sich eine Zigarette an und nahm einen tiefen Zug. Seine Augen verloren an Freundlichkeit, wenn er rauchte. Beim Inhalieren kniff er sie zusammen, als kostete es ihn Mühe, den Rauch in seine Lungen zu lassen, und über sein Gesicht zog sich eine graue Glut. Sie verlieh ihm etwas Hartes, das gar nicht zu ihm passte.

Er klopfte die Zigarette am Aschenbecher ab und sagte: »Also gut, ich habe lange über unsere Situation nachgedacht.«

Er hatte einen Plan, und wenn er den in die Tat umsetzte, würden all unsere Sorgen der Vergangenheit angehören. Dessen war ich mir sicher. Wir würden nicht länger als Eindringlinge betrachtet. Meine Mutter sah ihn gespannt an, und sogar mein Bruder beugte sich auf dem Kissen ungeduldig vor.

»Los, Selim«, sagte meine Mutter. »Willst du vielleicht warten, bis in unserem Haus Unkraut wächst?«

Mein Vater blies mit Gefühl für Dramatik eine Rauchwolke aus und sagte in bedeutungsvollem Ton: »Wir gehen auf die Felder und reden mit den Bauern auf unserem Land.«

Alle schwiegen. Hatte er darüber so lange gebrütet?

»Das ist dein Plan?«, fragte mein Bruder ungläubig. »Mit den Schurken reden, die unser Land besetzen?« Er brach in Lachen aus. Es war ein spöttisches Lachen, das laut durchs Haus schallte und so lange anhielt, dass es etwas Furchteinflößendes bekam.

»Yusuf, hör auf damit«, sagte meine Mutter. »Es reicht.« Sie seufzte tief und sah meinen Vater an. »Selim, wie stellst du dir das vor?«

»Wir beiden gehen zusammen hin und reden mit den Bauern, die auf dem Feld arbeiten. Die Kinder bleiben zu Hause.«

»Selim, das ist mir klar, ich bin nicht dumm. Aber was sagen wir ihnen? Runter von unserem Land? Macht, dass ihr wegkommt?«

Mein Bruder begann erneut zu lachen, leiser diesmal, hörte aber sofort auf, als unsere Mutter ihn böse ansah.

»Nein, Aşme, damit erreichen wir nichts, wenn wir einen solchen Ton anschlagen.«

Und wieder schwieg mein Vater, als wollte er sich jedes Wort aus der Nase ziehen lassen. Ich verstand nicht, warum er das tat. Hatte er vielleicht gar keinen Plan? Hoffte er, ihm würde jetzt auf der Stelle etwas einfallen?

»Beende deine Sätze doch mal«, sagte meine Mutter. »Ich finde das schrecklich! Sag uns, wie sieht dein Plan aus?«

»Gut«, sagte mein Vater. »Ich werde ihnen sagen, dass sie auf dem Land bleiben dürfen.«

Wir sahen ihn erstaunt an.

»Wie bitte? Habe ich richtig gehört?«, sagte meine Mutter. »Was redest du, Selim? Weißt du, was du da sagst?« Sie sah meinen Vater an, als wäre er wahnsinnig geworden. »Gibst du etwa jetzt schon auf? Sind wir dafür in dieses verdammte Dorf gezogen?«

»Natürlich nicht, Aşme. Sie dürfen auf dem Land bleiben, allerdings nur zu meinen Bedingungen, nämlich dann, wenn sie uns einen Teil der Ernte geben.«

Meine Mutter ließ die Worte auf sich wirken. »Sie müssen uns also bezahlen. Wie viel?«, fragte sie. »Wie viel müssen sie uns geben?«

»Die Hälfte.«

Jetzt fing meine Mutter an zu lachen, und mir wurde klar, woher mein Bruder sein spöttisches Lachen hatte.

»Lächerlich. Das schaffst du nie!«, rief mein Bruder.

»Warum nicht? Sie bebauen ein Stück Land, das nicht ihnen gehört. Indem sie einen Teil der Ernte abgeben, bezahlen sie dafür. Mein Vater ließ auch Menschen auf seinem Land arbeiten und gab ihnen einen kleinen Teil der Ernte.«

»Das waren andere Zeiten«, sagte mein Bruder. »Die Leute haben in den vergangenen achtzehn Jahren nicht für das Land bezahlen müssen. Sie betrachten es als *ihr* Land.«

Ich erschrak vor der Überzeugungskraft meines Bruders. So wie er die Sache darstellte, ließ sich wenig dagegen sagen. Plötzlich begriff ich, wie wenig erfolgversprechend der Plan meines Vaters war.

»Das mag so sein, aber sie wissen alle, dass das Land meinem Vater gehört hat. Keiner kann mir das Gegenteil weismachen.« Mein Vater schwieg einen Moment. »Außerdem ist das ganze Land sowieso zu groß für uns allein. Wir brauchen Leute, die es für uns bebauen und die Früchte ernten. Wir brauchen Arbeiter.«

»Yusuf hat recht«, sagte meine Mutter erschöpft. »Das wird nicht funktionieren. Sie werden uns niemals die Hälfte der Ernte abgeben.«

»Bitte, Aşme, das weiß ich doch auch«, erwiderte mein Vater und fing an, begeistert zu gestikulieren. »Du musst dies als ein erstes Angebot bei Verhandlungen betrachten, so wie auf dem Markt in Varto. Sie werden versuchen zu feilschen und sich am Ende mit einem kleineren Teil der Ernte einverstanden erklären. Vielleicht einem Viertel, vielleicht etwas weniger. Da werden wir uns schon einig. Von diesen Einkünften können wir gut leben, und sie dürfen das Land weiter bebauen. Ich bin zwar ein Krüppel, aber nicht blöd!« Er lachte über seine Formulierung.

»Ich finde, Baba hat recht«, rief ich plötzlich. Ich erschrak selbst, denn ich hatte eigentlich nicht vorgehabt, ihm öffentlich zuzustimmen. Aber als alle Blicke auf mich gerichtet waren, beschloss ich trotz meines vor Aufregung pochenden Herzens, es nicht dabei zu belassen. »Ich finde, das ist … ein guter Plan, und … ich denke auch, dass wir eine Lösung finden werden … mit den Bauern. Wir müssen einfach in aller Ruhe mit den Leuten reden.«

Noch nie hatte ich in der Familie so deutlich meine Meinung gesagt und mich auf die Seite meines Vaters geschlagen. Es fühlte sich komisch an, die Rolle des schweigenden Zuhörers abzuwerfen. Mein Vater sah mich erstaunt an, doch in seinem Blick glühte unübersehbar auch Stolz. Er wusste jetzt, dass er im Kampf mit seiner dickköpfigen Frau und seinem ungehorsamen älteren Sohn nicht alleine stand. Er hatte jetzt einen Verbündeten im Konflikt mit den Bauern, mit dem ganzen Dorf. Sein jüngerer Sohn stand nun an seiner Seite.

»Was verstehst du schon davon, Mehmet!«, rief mein Bruder. »Sei vernünftig, steck den Daumen in den Mund, so wie Elida es tut, dann kommt kein Unsinn heraus. Sie weiß wenigstens, dass sie zuhören muss, wenn Erwachsene reden.«

Sein Angriff kam unerwartet. Es war, als schlüge er mir mit einem Knüppel auf den Hinterkopf. Ich dachte, wir seien einander in Hemgin nähergekommen, und jetzt machte er mich fertig, bloß weil ich für meinen Vater Partei ergriff.

»Mehmet darf auch sagen, was er denkt«, wies ihn mein Vater streng zurecht. »Warum herrschst du ihn so an? Du bist sein großer Bao.«

»Dann soll er nicht solchen Unsinn von sich geben«, erwiderte mein Bruder.

Der Rückhalt, den mir mein Vater bot, gab mir den Mut, mich gegen meinen Bruder zu wehren. »Ich rede keinen Unsinn! Ich … ich bin nur derselben Ansicht wie Baba.« Ich fühlte, wie das Adrenalin mir in den Kopf stieg, und sagte mit zitternder Stimme: »Du ärgerst dich darüber, dass ich dir widerspreche, weil du weißt, dass ich recht habe. Du kannst … du kannst einfach nicht verlieren!«

Mein Bruder sprang auf und stürmte mit erhobener Faust auf

mich zu. Ehe er zuschlagen konnte, zog meine Mutter kräftig an seinem Hosenbein und rief: »Setz dich hin! Benimm dich! Man könnte meinen, du wärst ein wildes Tier.«

Er blieb stehen. Sein Blick war vernichtend. »Pass auf, was du sagst, Mehmet. Ich warne dich.«

Es folgte eine lange Stille. Ich fragte mich verzweifelt, wie es nun weitergehen sollte. Hoffentlich würde mein Vater etwas Vernünftiges sagen, womit er meine Mutter überzeugen konnte. Doch er saß nur da mit gesenktem Kopf und rieb sich den Beinstumpf.

»Gut«, sagte meine Mutter, die Stille beendend. »Ich bezweifle zwar, dass die Dorfbewohner mitmachen werden, aber ich weiß auch nicht, was wir sonst tun könnten. Und weil ich zweifle, schließe ich mich erst einmal den klugen Worten Mirans an. Er hört immer geduldig zu und denkt gut über die Dinge nach. Er sagt nicht einfach irgendetwas. Wenn er deiner Ansicht ist, Selim, wage ich es, meine Zweifel vorerst beiseitezuschieben. Vorerst, Selim.«

Meine Worte hatten ihre Entscheidung bewirkt. Nie zuvor hatte sich meine Mutter in meinem Beisein so lobend über mich geäußert. Jetzt war es an mir, vor Stolz zu glühen.

Später gingen mein Bruder und ich zum Wasserhahn im Dorf. Es war der graueste Tag seit unserer Ankunft in Hemgin. Es nieselte, und hin und wieder wehte ein kalter Wind durch die Straßen, der mich frösteln ließ. Obwohl es um die Mittagszeit war, lag das Dorf wie ausgestorben da.

Nach dem Gespräch über den Plan meines Vaters war meine Mutter außer sich und mit zwei leeren Eimern vom Wasserhahn zurückgekommen. Sie fluchte, sie wolle Hemgin auf der Stelle verlassen. »In diesem Dorf wohnen nur Halunken! Lauter Halunken sind das! Die Frauen beim Wasser haben mich einfach weggeschubst und mich einen Eindringling genannt. Sie sagten, ich wollte ihre Männer verführen. Und sie würden mich im Auge behalten. Stell dir das mal vor! Aber das ist noch nicht alles. Als ich nach Hause ging, haben mich ein paar Männer belästigt. Sie riefen mir alles Mögliche hinterher. Es war schrecklich, Selim!«

Ich sah die Wut in den Augen meines Vaters. »Was haben sie gesagt? Was sagten sie, Aşme?«

»Oh, Selim, es war so schlimm, ich kann das im Beisein der Kinder unmöglich wiederholen. Schurken, nichts als Schurken in diesem Dorf!«

Mein Vater stand auf und nahm seine Krücken. »Ich werde mit Hemo reden. Das geht nicht länger so weiter.«

Während mein Bruder und ich zum Wasserhahn gingen, fragte ich mich, was die Männer meiner Mutter wohl hinterhergerufen hatten. Es musste etwas wirklich Schlimmes gewesen sein, denn meine Mutter ließ sich nicht so schnell aus der Fassung bringen. Doch hier kannte man ihren Ruf nicht. Hier in Hemgin war sie ein Eindringling. Wir alle waren Eindringlinge.

Das Wasser plätscherte in den Eimer. An dieser Stelle war meine Mutter vor wenigen Stunden von ein paar Frauen beschimpft worden. Erst in diesem Moment wurde mir klar: Sie erlebte jetzt das Gleiche wie ihre Mutter vor vielen Jahren. So wie meine Großmutter in dem sunnitischen Dorf nicht akzeptiert und jeden Morgen am Brunnen in einen Streit verwickelt wurde, so belästigte man jetzt meine Mutter. Und plötzlich hatte ich Angst, auch meine Mutter könnte zusammengeschlagen werden und eines Tages mit einem Beil zurückkehren, um ihren Peinigerinnen eine Lektion zu erteilen. Was aber würde mit uns geschehen, wenn sie einer der Frauen den Schädel spaltete?

Mit einem Eimer in der Hand schaute ich zu dem Haus hinüber, in das ich vor einigen Tagen Besila hatte verschwinden sehen. Sie hätte an diesem elenden Tag ein Lichtblick sein können, aber die Tür blieb geschlossen. Ob Besila heute Morgen auch bei der Pumpe gewesen war? War sie dabei, als meine Mutter belästigt wurde? Das wollte ich nicht denken. Ich wollte nicht, dass mir das einzig Schöne, das Hemgin zu bieten hatte, genommen würde.

Zu Hause sprachen Hemo und mein Vater erregt miteinander.

»Selim, das ist ein schlechter Plan«, sagte Hemo. »Ihr solltet nicht mit den Bauern reden.«

»Aber es gibt keine andere Möglichkeit«, sagte mein Vater aufgebracht. »Wir können nicht so weitermachen und dir unsere offene Hand hinhalten. Ich habe fast kein Geld mehr.«

»Red keinen Unsinn«, sagte Hemo. »Alles, was mir gehört, gehört auch euch. Ich habe deiner Mutter vor vielen Jahren versprochen, für dich zu sorgen, und für mich gilt dieses Versprechen noch immer.«

»Ich gehe zurück nach Sobyan und verlange von Atilla mein Geld«, sagte mein Bruder plötzlich. »Der Betrüger soll nicht denken, er käme so davon.«

»Nein, Yusuf«, sagte mein Vater. »Du bleibst hier. Wir bekommen unser Geld schon noch von Atilla.«

»Selim«, sagte Hemo, »lass mich noch einmal mit dem Muhtar reden.«

Mein Vater legte ihm die Hand auf die Schulter. »Das ist sinnlos. Wir sind ihm vollkommen gleichgültig.«

Ich schaute zu Hemo, dem alten Mann, der die besten Jahre hinter sich hatte, und fragte mich, was für ein Leben er wohl geführt hatte. Wie kam es, dass er keine Frau und keine Kinder hatte? Ich wusste nicht mehr über ihn, als was mein Vater über ihn erzählt hatte. Lange war Hemo für mich eine mythische Figur gewesen, bis uns das Schicksal in diesen verfluchten Ort geführt hatte, wo viele dunkle Kapitel unserer Familiengeschichte geschrieben worden waren.

Mein Vater nahm einen tiefen Zug von seiner Zigarette. »Wovor hast du Angst, Hemo?«

Hemo seufzte. »Leider kenne ich die weniger schönen Eigenschaften meiner Dorfgenossen sehr genau. Es sind einfache, hart arbeitende Menschen, mit denen ich nie Probleme hatte. Doch wenn sie sich bedroht fühlen, können sie sehr unangenehm werden. Dann werden sie zu anderen Menschen.«

Mein Vater sah ihn erschrocken an. »Wie meinst du das?«

»Selim, sie werden, um ihre Interessen durchzusetzen, vor nichts zurückschrecken.«

»Fürchtest du, sie könnten gewalttätig werden?«

Hemo nickte. Die Furchen auf seiner Stirn wurden tiefer, als er sagte: »Ich habe hier gesehen, wie sich kleine Meinungsverschiedenheiten zu schrecklichen Dramen entwickelten, die ganze Familien zerstört haben. Junge Männer, die ihr ganzes Leben vor sich hatten, wurden in unsinnige Familienfehden hineingerissen und ermordet.« Er ließ sich Zeit, um die düsteren Erinnerungen wieder zu verdrängen. »Selim, es muss nur wenig geschehen, um das empfindliche Gleichgewicht zu stören. Sehr wenig. Es sieht so aus, als würden die Wölfe langsam aus ihren Höhlen kommen. Aşme ist heute an der Wasserpumpe gewarnt worden. Man kann nicht sagen, was als Nächstes passiert.«

Ein eiskalter Schauer lief mir über den Rücken. Die Leute waren zum Mord fähig. In diesem Dorf liefen Mörder herum. Ich wünschte, meine Mutter hätte Hemos Worte gehört. Sie hätte sich bestimmt die Hand vor den Mund geschlagen und darauf gedrängt, diesen Ort sofort zu verlassen. Aber sie war draußen im Hof.

»Hemo, ich kann mir nicht vorstellen, dass sie mir etwas antun würden, einem verkrüppelten Mann, dessen Vater viel für das Dorf getan hat.« Mein Vater lächelte nervös. »Ich will ihnen nur vorschlagen, das Land zu teilen. Das ist alles. Wer könnte etwas dagegen haben?«

Hemo hob mahnend den Finger. »Wie ich schon sagte. Es bedarf nur einer Kleinigkeit, um das Gleichgewicht zu stören, Selim. Vergiss das nicht.«

Aber Hemos Worte verfehlten ihre Wirkung, ich sah, dass mein Vater auf seine harmlose Erscheinung und seine Herkunft setzte. Es war unvermeidlich: Ich musste an meinen Bruder denken. Er legte eine Unerschrockenheit an den Tag, die in diesem Dorf gefährlich sein konnte. Bereitete das meinem Vater denn keine Sorgen? Bemerkte er es nicht?

»Baba«, sagte ich, »ich habe Angst.« Ich musste es ihm sagen, ich spürte, wir waren in Gefahr.

»Du brauchst keine Angst zu haben«, sagte mein Vater. »Alles wird gut.«

Das hatte er schon so oft gesagt, und doch war nichts gut geworden, sondern alles nur schlimmer. Viel schlimmer.

40

An dem Morgen, als meine Eltern zu den Bauern wollten, mussten mein Bruder und ich feierlich versprechen, ihnen nicht auf die Felder zu folgen. Sie redeten so lange auf uns ein, bis mein Bruder kaum wahrnehmbar nickte.

Hemo hatte uns zuvor von seinem zweiten Gespräch mit dem Muhtar berichtet, der sich nach wie vor unnachgiebig zeigte. »Ich habe Selim Bey gewarnt«, hatte er gesagt. »Wenn er nicht auf mich hören will, trägt er die Folgen.« Daraufhin verfluchte Hemo ihn öffentlich.

Kurz nachdem meine Eltern das Haus verlassen hatten, packte mein Bruder mich energisch bei den Schultern und sah mich auffordernd an. »Wir können sie nicht allein gehen lassen!«, sagte er. Ich erschrak angesichts der Schärfe und der Dringlichkeit in seiner Stimme. So besorgt kannte ich ihn nicht. »Du hast doch gehört, was Hemo gesagt hat?«

Ich war verwundert. Mein Bruder hatte geistesabwesend vor sich hin gesehen und nicht den Eindruck gemacht, als hörte er, was Hemo über die möglicherweise drohenden Gefahren sagte. Dabei war ihm klar, was einzusehen mein Vater sich weigerte. Seine Reaktion beruhigte mich, denn wir brauchten ihn. Mehr denn je brauchten wir meinen Bruder in diesem feindlichen Dorf.

»Wir gehen hinterher«, sagte mein Bruder entschieden.

Und sosehr ich mich auch fürchtete, ich wusste, dass es das Richtige war. Ich spürte, es war an der Zeit, dass die Brüder Uslu sich öffentlich hinter ihre Eltern stellten.

»Werden sie Anne und Baba wehtun?«, fragte Elida.

Wir drehten uns zu ihr um. In der ganzen Aufregung hatten wir unsere Schwester kaum beachtet. Mein Bruder hob sie hoch und sagte ganz ruhig, sie müsse sich keine Sorgen machen. »Niemand wird Anne oder Baba wehtun. Mehmet und ich werden sie begleiten.« Er streichelte ihr über Wange und Haar und stellte sie wieder auf den Boden.

Sie sah mich mit ihren unschuldigen braunen Augen an und sagte: »Ich hab Angst.«

Am liebsten hätte ich ihr meine eigene Angst auch eingestanden und gesagt, dass es in meinen Augen das Beste war, noch am selben Tag nach Sobyan zurückzukehren, doch mein Bruder nickte mir zu. Ich wusste, was er mir signalisierte. »Elida, alles wird gut«, versprach ich ihr, so wie mein Vater es so oft getan hatte, und gab ihr einen Kuss auf die Stirn. Aber ich war mir überhaupt nicht sicher, ob alles gut werden würde. Ich wagte nicht, daran zu denken, was uns erwartete. »Bleib im Haus. Wir sind bald zurück.«

Mein Bruder ging zur Haustür. »Los, Mehmet!«

Es war der wärmste Tag seit unserer Ankunft in Hemgin. Das Dorf glühte. Dennoch standen viele Menschen vor ihren Häusern in der prallen Sonne. Sie schienen zu wissen, was geschehen würde: das Publikum einer nicht angekündigten, aber lang erwarteten Vorstellung. Etwa fünfzig Meter vor uns entdeckte ich unsere Eltern. Ab und zu hielten sie an, und mein Vater ruhte sich, auf seine Krücken gestützt, aus. Die Sonne setzte ihm an diesem Tag offenbar besonders stark zu. Ich fragte mich, was ihm wohl durch den Kopf ging. Fürchtete er sich, oder vertraute er tatsächlich darauf, dass man ihm nichts tun würde?

Meine Mutter ging neben ihm. Sie strahlte eine Unbeugsamkeit aus, die kaum in größerem Kontrast zur Zerbrechlichkeit meines Vaters hätte stehen können. Manchmal gestikulierte sie wild in Richtung der Bewohner, aber ich konnte nicht hören, was sie sagte.

Vielleicht ein Dutzend Männer und Frauen arbeiteten auf dem Feld. Die Männer ernteten den Weizen. Mit raschen, weit ausholenden Schwüngen ihrer blinkenden Sensen mähten sie die hohen Halme. Um ihre Köpfe hatten sie Tücher geschlungen, zum Schutz vor der anatolischen Sonne, die ungehindert herunterbrannte. Auf dem Acker daneben bückten sich einige Frauen über Pflanzen. Sie trugen lange Röcke und hatten ihre Arme bedeckt.

Mein Bruder und ich blieben im Schatten eines alten Baumes stehen, von dem aus wir das Weizenfeld überblicken konnten. Dies war ein entscheidender Moment in Hemgin, ein entscheidender Moment in unserem Leben. Ich spürte es.

Unsere Eltern befanden sich etwa zehn Meter von uns entfernt und schauten zu den arbeitenden Bauern hinüber. Minutenlang standen sie da, ohne etwas zu sagen, als wüssten sie nicht, was sie tun sollten, als fürchteten sie, das auszulösen, wovor sie gewarnt worden waren.

Eine Ewigkeit schien zu verstreichen, ehe mein Vater die Hand hob und rief: »Freunde, liebe Freunde! Ich möchte euch etwas sagen!« Seine Stimme war klar, kräftig und ohne jede Spur von Angst. Die Bauern schauten alle zugleich auf, und es kam mir so vor, als würde die Zeit gerinnen. Die Bauern standen wie Skulpturen auf dem goldgelben Weizenfeld, und mein Vater hielt die Hand erhoben, als wäre er in dieser Position erstarrt.

»Meine Name ist Selim Uslu, ich wurde in diesem Dorf geboren. Miran Uslu, Allah sei seiner Seele gnädig, war mein Vater. Manche von euch haben ihn gekannt.« Mit der rechten Hand deutete mein Vater auf das Weizenfeld. »Dieses Land, dieser Boden gehörte ihm. Er hat ihn mir vererbt.«

Gemurmel stieg auf. Die Bauern sahen einander an und schüttelten den Kopf. Ein untersetzter Mann mit Bart und einer tiefen Delle in der Stirn rief: »Wovon sprichst du? Das ist unser Land!« Seine raue Stimme erschreckte mich.

Mein Vater fuhr unbeeindruckt fort. »Liebe Freunde, vor achtzehn Jahren bin ich nach Sobyan gegangen, um zu heiraten. Nun aber bin ich mit meiner Familie zurückgekehrt, um hier eine Existenz aufzubauen.« Er machte eine Pause und gab den Bauern Zeit, die Worte aufzunehmen. »Und ich möchte mein Land wieder bewirtschaften.«

Erneut erhob sich Stimmengewirr auf dem Acker. Es wurde immer lauter. Der bärtige Bauer trat nun zwei Schritte vor, mit der Sense in der Hand brüllte er: »Das ist unser Land! Hast du mich nicht verstanden, alter Mann? Dieses Land gehört schon seit mehr als zwanzig Jahren uns!«

Mein Herz schlug schneller. Das Hemd war inzwischen schweißdurchtränkt, und mein Mund war trocken. Yusuf beobachtete die Szene mit angehaltenem Atem.

»Aber … aber ihr wisst doch, dass dieses Land Miran Uslu gehörte?«

»Worüber sprichst du? Das ist mindestens vierzig Jahre her. Vielleicht noch länger.« Der Mann trat noch zwei Schritte vor und deutete drohend mit der Sense auf meinen Vater. »Versuch nicht, uns weiszumachen, du hättest ein Anrecht auf dieses Land.«

»Es tut mir leid, ihr versteht mich nicht richtig«, sagte mein Vater plötzlich demütig. »Ich will doch nur mit euch reden, ihr braucht euch nicht bedroht zu fühlen.«

»Bedroht?« Jetzt grinste der Bauer. Seine gebräunte Haut verlieh ihm das Aussehen eines Arabers. Eines Arabers mit gewaltigen Oberarmen und einer blitzenden Sense. Als Einziger trug er kein Tuch um den Kopf, sondern zeigte seine dichte schwarze Mähne. »Ha, warum sollten wir uns bedroht fühlen? Sieh dich um, verkrüppelter Mann, und sag mir, wer sich hier bedroht fühlen muss?« Er deutete auf die Männer mit Sensen, die hinter ihm standen und nur auf die Befehle ihres Anführers zu warten schienen.

Das hatte Hemo also gemeint. Hiervor hatte er uns gewarnt. Es bedurfte nur einer Kleinigkeit, um das Gleichgewicht zu stören. Ein Gefühl der Panik überkam mich, instinktiv zog ich am Arm meines

Bruders, aber der reagierte nicht. Er starrte geradeaus wie ein Raubtier, das geduldig seine Beute beobachtet. Ich hatte Angst, er könnte etwas Unerwartetes tun. Und ich fürchtete, meine Mutter würde ihre Selbstbeherrschung verlieren, sich einmischen und ein verbales Gefecht führen, was sie wie keine andere verstand.

»Ich will mit euch sprechen«, sagte mein Vater, aber seine Stimme klang nun schwach, furchtsam beinah. »Ich möchte … ich möchte, dass wir wie vernünftige Menschen miteinander reden.«

»Reden? Wir reden über gar nichts mit dir. Du bist aus unserem Dorf geflohen wie ein ängstlicher Hund, und jetzt glaubst du, du könntest uns von unserem Land verjagen? Hau ab, Krüppel! Ich warne dich. Verschwinde mit deinen Krücken und deiner Frau aus diesem Dorf.«

Was ich befürchtet hatte, geschah – vor meinen Augen, als wäre es unabwendbar unser Schicksal. Der rüde Araber hatte den ersten verbalen Schlag ausgeteilt, und jetzt betrat meine Mutter den Kampfplatz. Sie konnte nicht länger schweigend zusehen, wie ihr Mann zunehmend an Terrain verlor und in diesem ungleichen Kräftemessen unterzugehen drohte. Sie pflanzte sich vor ihrem Gegner auf und entfesselte einen wahrhaften Wirbelsturm. »Was glauben Sie eigentlich, wer Sie sind, dass Sie in diesem Ton mit meinem Mann sprechen? Was gibt Ihnen das Recht dazu?« Sie legte eine gewaltige Stimmkraft an den Tag, die die des Arabers bei Weitem übertraf. »Schämen Sie sich nicht, so mit einem Mann umzugehen, der mit seiner Frau gekommen ist, um zu reden?«

Der Araber sah meine Mutter mit schwarzen Augen an und sagte: »Ich warne dich, halt dich da raus! Ich diskutiere nicht mit Frauen.«

Ich fragte mich verzweifelt, wie wir uns aus dieser Lage retten sollten, wie der Wut dieses Mannes entkommen. Meine Beine zitterten. Yusuf hatte die Fäuste geballt. Die Adern auf seinen Unterarmen waren geschwollen, sein Atem ging rascher. Er wartete auf das letzte Signal seines Instinkts.

»Wusar, sie wollen nur reden«, sagte ein alter Mann, der hinter dem Araber stand, vorsichtig. »Wir können uns doch anhören, was sie zu sagen haben?«

»Schweig, Berz! Halt dich da raus«, sagte Wusar und machte eine zurückweisende Geste in Richtung des alten Mannes. »Ich kläre das!«

Wusar deutete mit seiner Sense auf meinen Vater. »Hör zu, Krüppel, ich sag es ein letztes Mal: Nimm deine Krücken und deine elende Frau und verschwinde aus diesem Dorf, ehe ich mich vergesse und euch auf der Stelle verprügle. Hast du mich verstanden?«

Mein Vater murmelte etwas, was niemand hörte, weil er von meiner Mutter übertönt wurde. »Wir haben keine Angst vor Ihnen!«, rief sie so laut wie zuvor. »Glauben Sie ja nicht, Sie könnten uns mit Ihren wilden Drohungen Furcht einjagen. Wir gehen nirgendwohin! Nirgendwohin!«

Wusar knurrte. Sein Gesicht verfinsterte sich, und er presste die Lippen aufeinander. »Ich habe dich gewarnt, Frau!«, brüllte er. »Verschwinde aus meinen Augen, ehe ich dir und deinem Mann eine verpasse. Hau ab, dämliches Weib!«

Mein Bruder trat aus dem Schatten des alten Baums und ging mit großen Schritten zu meinen Eltern. Mit geballten Fäusten stellte er sich an die Seite meiner Mutter. »Niemand spricht so mit meiner Mutter!« Seine Stimmgewalt konnte es mit der des Arabers aufnehmen, und obwohl mir das Herz bis in den Hals schlug, glühte ich in diesem Moment vor Stolz. Mein tapferer Bruder ließ es nicht zu, dass meine Mutter beschimpft wurde. »Hast du mich gehört, frecher Hund? So spricht niemand mit meiner Mutter!« Er wusste, wie man mit Pack wie Wusar reden musste, er beherrschte seine Sprache. Obwohl erst achtzehn Jahre alt, war er der Größte im Dorf und eine beeindruckende körperliche Erscheinung. Seine Stimme war nicht die eines Jugendlichen, sondern die eines jungen Mannes, dessen Lungen immer die heilsame Bergluft Anatoliens geatmet hatten. Da stand ein kräftiger junger Mann, der die Ehre seiner Mutter verteidigte.

Wusar sah meinen Bruder einen Moment lang forschend an, als

wollte er die Kraft seines Gegners abschätzen, der sich ihm so unerwartet in den Weg gestellt hatte, und brüllte dann: »Scher dich weg, Junge! Halt dich da raus!«

»Ich gehe nirgendwohin«, sagte mein Bruder. »Ich verlange, dass du dich bei meiner Mutter entschuldigst.«

Wusar hob drohend die Sense, als wäre er damit schon öfter Menschen zu Leibe gerückt und wollte den Widerstand meines Bruders nun mit einem exakten Schwung beenden. »Ich warne dich zum letzten Mal, Junge. Hau ab, ehe es dir leidtut!«

»Yusuf!«, rief meine Mutter mit sich überschlagender Stimme. »Überlass das uns! Geh nach Hause!«

Doch mein Bruder hörte nicht auf sie, er trat noch einen Schritt vor. »Nein, ich warne *dich*«, sagte er furchtlos. »Entschuldige dich gefälligst bei meiner Mutter, du Hund!«

Wusar ließ die Sense fallen. Der faustgroße Stein, den er dann blitzschnell aufhob und voller Kraft warf, traf meinen Bruder auf der Brust. Yusuf krümmte sich stöhnend und fiel nach hinten. Meine Mutter schrie auf und rief panisch seinen Namen, während mein Vater, so schnell es seine Krücken erlaubten, zu ihm eilte. Ich erstarrte. Unfähig, mich zu bewegen, blieb ich im Schatten des Baums stehen und biss mir auf die Unterlippe.

Ehe mein Vater ihn erreichte, stand Yusuf wie ein geübter Krieger mit einer geschmeidigen Bewegung wieder auf. »Mieses Schwein!«, rief er und warf den Stein, der ihn getroffen hatte, in die Richtung von Wusar. Der duckte sich im Reflex, erstaunlich für einen Mann seiner Statur. Über seinen Scheitel hinweg sauste der Stein und traf eine Bäuerin an der Stirn. Ohne zu kreischen, ja ohne auch nur zu stöhnen, stürzte sie wie eine Stoffpuppe aufs Gesicht. Ein Aufschrei ging durch die Gruppe, und die Leute rannten hin und her. Man rüttelte an der Frau, ein Mann beugte sich über sie und rief hysterisch: »Sosime, bitte, sag doch was!«

Je länger sie bewegungslos dalag, desto lauter wurden die Schreie der Umstehenden. Frauen warfen sich in blinder Panik neben ihr auf die Erde. Mein Bruder schaute bestürzt und mit zitternden Händen auf das, was er angerichtet hatte, als Wusar und drei andere Männer auf ihn losstürmten. Ich dachte, er werde vor den wutschnaubenden Männern fliehen, denn wenn er mit seinen langen Beinen rannte, konnte niemand ihn einholen. Aber als wollte er die Verantwortung für seine Tat auf sich nehmen und ihnen ihr Recht auf Vergeltung nicht vorenthalten, blieb er stehen. Wusar und seine Handlanger schlugen auf ihn ein, als hätten sie nach einer langen Treibjagd endlich die wilde Bestie erwischt, die Tod und Verderben in ihr Dorf gebracht hatte. Erst als ihre Hiebe ihn trafen, wehrte sich mein Bruder und folgte ungehemmt seinem Urinstinkt. Brüllend und mit all seiner Kraft ließ er die Fäuste wirbeln. Er kämpfte wie ein Löwe, und in der aufsteigenden Staubwolke schlug er einen Angreifer gegen den Kiefer, sodass der Mann zu Boden ging. Einem zweiten Gegner versetzte er einen gewaltigen Nasenstüber. Dann aber bekam er von Wusar einen derart harten Tritt in den Rücken, dass seine Verteidigung zusammenbrach, was den Männern Gelegenheit gab, sein Gesicht mit ihren Fäusten zu bearbeiten. Meine Mutter stürmte schreiend auf die Männer los, die gnadenlos auf ihren Sohn einschlugen. Verzweifelt versuchte sie, ihn aus dem Kampfgewühl zu ziehen, aber gegen die Gewalt konnte sie nichts ausrichten. Mein Vater warf sich auf einen der Männer, wurde aber sogleich abgeschüttelt. Es hagelte Schläge auf meinen Bruder. Sie trafen ihn überall, und obwohl er wankte, blieb er stehen wie eine Eiche, die sich auch nach Dutzenden von Axthieben weigert umzufallen. Aber dann, als Wusar ihn mit einem satten Faustschlag an der Schläfe traf, ging er doch zu Boden. Auf Knien kassierte er wehrlos die Schläge, die weiterhin auf ihn einprasselten, bis er schließlich vornüberkippte. Sein Körper zuckte ein paarmal, und obwohl er anschließend regungslos liegen blieb, traten seine Peiniger weiter auf ihn ein.

Ich bekam keine Luft. Alles um mich drehte sich. Ich dachte, ich würde auch vornüber auf den staubigen Boden stürzen. Warum griff niemand ein? Warum unternahmen die Umstehenden nichts?

»Aufhören, ihr bringt ihn um!«, rief meine Mutter mit einem herzzerreißenden Schrei. »Ihr bringt meinen Sohn um!« Sie zerrte mit aller Kraft an Wusars schwarzen Haaren. Er ließ kurz von Yusuf ab und drehte sich drohend zu ihr um. Ich wollte etwas tun, schreien, einen Stein werfen, aber ich stand wie erstarrt im Schatten und konnte nur »Bao, Bao« murmeln.

»Bitte, hört auf«, jammerte meine Mutter. »Ich flehe euch an, lasst ihn am Leben. Lasst meinen Sohn bitte am Leben!«

Wusar sah sie schnaubend an. Kurz sah es so aus, als wolle er ihre flehentliche Bitte erhören, als werde ihm der Wahnsinn seines Handelns bewusst, doch dann packte er sie beim Arm und verpasste ihr zwei kräftige Schläge ins Gesicht, den ersten mit der flachen Hand, den zweiten mit dem Rücken derselben Hand. Entsetzen durchzuckte mich, als meine Mutter einen mädchenhaften Schrei ausstieß.

»Aşme, Aşme!«, rief mein Vater und prügelte mit seiner rechten Krücke auf Wusars Rücken ein. Der brach stöhnend zusammen, der Araber war gefällt. Doch nur für kurze Zeit. Wütend schlug er mit der Hand auf den Boden, rappelte sich wieder auf und schaute sich wütend um. Ehe mein Vater etwas tun konnte, riss Wusar ihm knurrend die Krücke, mit der er geschlagen worden war, aus der Hand und holte aus. Er traf meinen Vater voll in die Seite. Erstaunlicherweise blieb mein Vater, auf die andere Krücke gestützt, stehen, fiel aber beim zweiten Schlag doch. Meine Mutter schrie, wobei ihr Blick verzweifelt zwischen Mann und Sohn hin- und herwanderte. Beide lagen sie wehrlos da. »Selim, Selim«, rief sie voller Angst. »Yusuf!«

So also sah der Abgrund aus. Der Abgrund, der in den vergangenen Jahren schon so viele meiner Verwandten verschlungen hatte, der Abgrund, dem wir so lange hatten ausweichen können und der uns nun aber in diesem verdammten Dorf gefunden hatte. Hier in Hemgin fand jetzt also alles ein Ende, hier wurde das letzte bittere Kapitel unserer Familiengeschichte geschrieben.

Inmitten der Staubwolke, in der sich das ganze Drama vollzog, lag mein Vater, und auf ihn richtete sich mein Blick. Ich schaute nicht länger auf meinen Bruder oder meine Mutter, sondern nur auf meinen Vater. Der einbeinige Geschichtenerzähler aus Sobyan, den ich noch nie hatte kämpfen sehen, lag auf dem Rücken, und der wild gewordene Bauer trat ihn mit aller Kraft. Er traf seinen Kopf und seinen Brustkasten, und er rammte ihm die Ferse in den Magen, als wollte er seine Wut an einem Sack Kartoffeln auslassen. Bei jedem Tritt wurde das Stöhnen meines Vaters leiser. Wie lange würde der geschwächte Körper das noch ertragen? Wann hörte Wusar auf? Plötzlich begriff ich es: Der andere würde ihn so lange treten, bis mein Vater auf dem Boden sich nicht mehr rührte und das Dorf endgültig von dem Problem befreit wäre.

Jemand wollte meinen Vater ermorden.

Und da änderte sich alles, als fiele ein heller Lichtstrahl in einen dunklen Raum. Plötzlich war es nicht mehr Blut, das durch meine Adern floss, sondern Wut, pechschwarze Wut. Mein Körper setzte sich in Bewegung, wie eine alte Wassermühle, die nach einer Dürreperiode geschmeidig ihre Arbeit wiederaufnimmt. Ich trat aus dem Schatten und rannte zu meinem Vater, immer schneller, mit immer größeren Schritten. Ich stürmte direkt auf Wusar zu, der nicht von ihm abließ.

»Halt!«, schrie ich. »Halt!«

Ohne zu zögern, trommelte ich ihm mit geballten Fäusten auf den Rücken. Doch so kräftig ich auch zuschlug, er schien mich gar nicht zu bemerken. Verzweifelt hob ich einen Stein vom Boden und hämmerte damit auf seinen Rücken ein. Mit einem Ruck drehte Wusar sich um und sah mich mit irren Augen an. Ohne abzuwarten, was er tun würde, schleuderte ich ihm den Stein ins Gesicht und traf ihn unter dem linken Auge. Auf das krachende Geräusch des Jochbeins folgte ein Schrei. Eine klaffende Wunde war unter dem Auge zu sehen, und obwohl mich ein Schrecken durchfuhr, erfüllte mich auch ein unbekanntes Gefühl der Erregung. Kurz fiel mein Blick auf meinen Vater, der zusammengekrümmt am Boden lag. Das war die Ermunterung, die ich brauchte, um noch einmal auszuholen und ihm den Gnadenstoß zu versetzen. Aber Wusar fing meine Hand in der Luft wie eine lästige Fliege, die ihn zu lange umkreist hatte. Meine Faust mit dem Stein verschwand in seiner riesigen Hand, und ich spürte seine gewaltige Kraft. Aus der Nähe sah die Delle in seiner Stirn noch erschreckender aus. Vielleicht war er irgendwann einmal mit dem Kopf gegen einen Felsen geschlagen, und ein Teil seines Schädels war herausgebrochen. Sein Griff wurde immer stärker, er zerdrückte meine Hand, die den Stein umklammerte. Ich war seiner Gnade ausgeliefert, fühlte, wie meine Hand zerquetscht wurde, und schrie vor Schmerz auf.

»Das wird dir eine Lehre sein!«, rief er und verpasste mir mit der Linken, meine Faust mit dem Stein weiterhin haltend, eine gewaltige Ohrfeige. Mir summte das Trommelfell, als hätte mir jemand ins Ohr geschrien. Nach dem zweiten Schlag wurde mir leichter im Kopf, und ich wäre in die Knie gegangen, hätte Wusar mich nicht an der Faust hochgehalten. Ich hörte Geschrei, und ich dachte, es sei das Pfeifen in meinem Ohr. Aber es war meine Mutter. Sie schlug Wusar ihre langen Fingernägel gleich unter den Augen tief ins Gesicht und zog sie mit einer schnellen Bewegung nach unten. Sie hinterließen eine dunkelrote Spur. Sofort ließ Wusar mich los, und ich fiel halb betäubt zu Boden. Er griff mit beiden Händen nach seinem Gesicht und keuchte wie ein verletztes Tier. Als er seine Handflächen betrachtete und sah, dass sie blutig waren, schrie er bestürzt auf.

»Verfluchte Hexe!«, brüllte er und schlug meiner Mutter mit der Faust auf die linke Wange. Der Hieb war so stark, dass sie sich um die eigene Achse drehte, ehe sie jammernd auf den Bauch fiel.

Ich schrie: »Anne!«

Wusar war rasend. Jetzt trat er sie in die Seite, nahm einen Stein, groß wie eine Wassermelone, und stemmte ihn mit beiden Händen über den Kopf. Meine Mutter sollte also die Erste sein, die in den Abgrund gestürzt wurde. Sie würde uns als Erste genommen werden, und mit diesem Bild von ihr würde ich für den Rest meines Lebens leben müssen: ein Stein, der ihren Schädel zerschmetterte. Ich schrie laut auf und unternahm einen letzten Versuch, die Zeit anzuhalten und alle übernatürlichen Kräfte zum Eingreifen zu ermuntern. Und ich schrie auch, um kein still duldender Zuschauer bei der Hinrichtung meiner Mutter zu sein.

Plötzlich ertönte ein Gewehrschuss, kurz darauf ein zweiter. Alle schauten auf, während das Echo der Schüsse über die Ebene hallte. Vor dem Baum, unter dem ich mich versteckt gehabt hatte, stand Hemo mit einem Gewehr in der Hand. Als Einziger konnte er hier für Hoffnung sorgen. Er konnte die Wölfe in ihre Höhlen zurückschicken und uns wegziehen vom Rand des Abgrunds.

»Schluss mit dem Wahnsinn, Wusar!«, rief Hemo, ohne die Emotionen in seiner Stimme zu unterdrücken. »Du bringst sie noch um! Im Namen Allahs, hör damit auf!«

Ich schaute zu meinem Bruder, der regungslos auf dem Bauch lag, die Arme neben seinem Körper ausgestreckt. Ein eiskalter Stich fuhr mir durchs Herz. Es war zu spät für ihn, er war bereits auf dem Boden der Schlucht angekommen. Drei Bauern mit blutigen Fingerknöcheln standen neben ihm, guckten unschuldig, als ginge sie das Ganze nichts an, als hätten sie ihn nur auf dem Weizenfeld gefunden.

Wusar sah Hemo keuchend an. Seine Brust hob und senkte sich schnell, während er den Stein immer noch hochgestemmt hielt und ihm das Blut vom Gesicht tropfte. »Halt dich da raus, Hemo!«, brüllte er. »Wir müssen zu Ende bringen, was wir angefangen haben.«

»Was ist in dich gefahren, Wusar? Du bist doch kein Mörder?«

»Diese Leute haben einen großen Fehler gemacht.«

Hemo richtete sein Gewehr auf ihn. »Ich warne dich, leg den Stein auf den Boden. Zwing mich nicht zu schießen.«

»Willst du mich niederschießen, weil ich unser Dorf, unser Land beschütze? Stehst du auf ihrer Seite?«

»Geh nach Hause, Wusar, und lass diese Menschen in Frieden.«

»Ich gehe nirgendwohin, bis sie das Dorf verlassen haben. Tot oder lebendig!«

»Wusar, ich warne dich zum letzten Mal!«

Wusar ließ den Stein zu Boden fallen und ging langsam auf Hemo zu. »Na los, schieß doch! Mach schon, erschieß mich!«

Ich hoffte, Hemo würde schießen. Der Araber, der meine Eltern verprügelt und meinen Bruder ermordet hatte, verdiente es.

»Leg das Gewehr weg, Hemo!« Es war die hohe Stimme, die ich erst seit Kurzem kannte, aber schon jetzt verfluchte. Es war die Stimme des Muhtar.

Ohne das Gewehr sinken zu lassen, drehte Hemo sich zu ihm um. »Wolltest du erst hier erscheinen, wenn die Leichen geborgen werden?«

»Leg das Gewehr weg«, sagte der Muhtar erneut und wischte sich mit einem Tuch den Schweiß von der Stirn.

»Wenn du die Gewehrschüsse nicht gehört hättest, wärst du nicht gekommen, oder? Gib es zu, Va, du hattest nicht vor einzugreifen.«

»Unsinn«, erwiderte der Muhtar mit seiner schneidenden Stimme. »Ich will nicht, dass in meinem Dorf gemordet wird.«

»Es hätte dir durchaus in den Kram gepasst.«

»Hüte deine Zunge!«, schrie der Muhtar. »Denk ja nicht, du könntest so mit mir reden. Leg sofort das Gewehr weg!«

Vielleicht sollte Hemo zuerst eine Kugel durch das Herz des Muhtar jagen. Er war für all das verantwortlich, er hatte nicht eingegriffen und uns diesen Barbaren ausgeliefert.

»Ich lege das Gewehr erst beiseite, wenn du alle aufgefordert hast, mit diesem Wahnsinn aufzuhören und nach Hause zu gehen. Und ich möchte, dass du die Verletzten versorgen lässt.«

»Hör nicht auf ihn!«, schrie Wusar. »Er ist ein Verräter!«

»Halt den Mund«, sagte der Muhtar. »Haltet alle beide den Mund.« Er schwieg einen Moment, als brauchte er Zeit, um zu entscheiden, wie er vorging. »Geh nach Hause, Wusar, und nimm die anderen mit.«

»Aber, Apo …«

»Tu, was ich sage, dämlicher Junge.«

Wusar hatte wie eine Bestie gewütet, und jetzt wurde er wie ein ungezogener Sohn zurechtgestutzt und nach Hause geschickt. Er winkte den Männern und stieg über den Körper meiner Mutter hinweg. Mit gesenktem Kopf trottete er heimwärts, ohne Hemo oder seinen Vater eines Blickes zu würdigen. Als er an Letzterem vorbeikam, gab dieser ihm einen Schlag auf den Hinterkopf und sagte, er solle Hilfe für die Verletzten schicken. Die meisten Bauern folgten Wusar, einige blieben bei der immer noch am Boden liegenden Bäuerin.

Hemo schulterte das Gewehr und eilte zu meinem Vater, der immer noch auf der Seite lag. Er kniete bei ihm nieder. »Selim, wie geht es dir? Sag bitte was!«

Mit geschlossenen Augen erwiderte mein Vater: »Yusuf … mein Sohn.«

Ich deutete mit meiner schmerzenden Hand auf meinen Bruder, wagte aber nicht, zu ihm hinüberzuschauen. In der Vision, die vor mir auftauchte, wurde sein Körper bereits von Geiern in Fetzen gerissen. Während Hemo zu ihm lief, kroch ich zu meinem Vater und schlang die Arme um ihn. Ich drückte meinen Kopf sanft an seinen und fragte: »Wie geht es dir, Baba?«

Er stöhnte. »Schmerzen … große Schmerzen … mein Sohn.« Er atmete schwer und sprach, als wären dies seine letzten Worte. Blut lief ihm aus Nase und Mund, und seine Unterlippe war geplatzt. Ich wischte ihm den Sand von Augen und Stirn und gab ihm einen Kuss auf die Wange. »Bleib ruhig.« Meine Stimme zitterte. »Schone deine Kräfte.«

Ich hörte meine Mutter schluchzen. Sie hockte auf dem Boden. Ihr Kopftuch war heruntergerutscht, und voller Verzweiflung hielt sie sich die Hände vors Gesicht. »Allah … sie haben meinen Sohn ermordet«, jammerte sie. »Ach, mein Sohn … ach! Allah, was haben wir nur verbrochen?«

Ich stolperte zu ihr und legte meinen Kopf an ihre Schulter. Aber sie schaute nicht auf und jammerte weiter. Ihr linkes Auge war angeschwollen auf die Größe eines reifen Pfirsichs. Ich wusste nicht, was ich tun oder sagen sollte, darum wiederholte ich, was ich auch zu meinem Vater gesagt hatte. »Bleib ruhig, Anne, bleib ruhig.«

»Er braucht rasch Hilfe!«, rief Hemo. »Er lebt, aber er ist schwer verletzt.«

41

Sie hatten meinen Bruder in eines der stickigen Zimmer in unserem Haus gelegt, wo er unter einer dicken Decke zwei Tage lang ununterbrochen schlief. Sein Gesicht war voller Beulen, Schrammen und Wunden, und wenn man nicht gewusst hätte, was ihm widerfahren war, hätte man denken können, er wäre beim Bergsteigen Hunderte Meter in die Tiefe gestürzt. Alle zwei Stunden erneuerte meine Mutter das feuchte Tuch auf seiner Stirn. Hemos Meinung nach hatte er eine Gehirnerschütterung und mehrere gebrochene Rippen. Das sei auch der Grund, warum er so schwer atme. Keiner machte jedoch den Vorschlag, die weite Fahrt ins Krankenhaus nach Muş zu unternehmen. Er würde sie nicht überstehen, fürchteten wir, aber außer meiner Mutter traute sich keiner, das laut auszusprechen.

Niedergeschlagen lauschten wir ihren Klagen. »Wieder muss ich ein Kind begraben. Warum hast du nicht mich zu dir genommen, Allah? Warum durfte nicht ich das Opfer sein?« Ungeachtet ihres lilafarbenen Auges schlug sie sich immer wieder verzweifelt mit beiden Händen auf den Kopf. Sie verfluchte den Muhtar, Wusar und die Besetzer unseres Landes und wünschte ihnen einen raschen und unsanften Tod. »Diese Barbaren, sie wollten mich zur Witwe machen und mir meinen Sohn rauben. Mögen sie ewig in der Hölle schmoren!«

Nur ab und zu überstimmte das ängstliche Weinen meiner

Schwester die Klagen meiner Mutter. Elida hatte sich so erschreckt, als sie uns nach dem Kampf sah, dass sie stundenlang weinte. Sie war nicht zu beruhigen, und weil ich nicht wusste, was ich sonst tun sollte, hielt ich sie eine ganze Zeit lang im Arm, während ich zugleich versuchte, mir den Schmerz in meiner rechten Hand zu verbeißen. Im Wohnzimmer lag mein Vater auf einer Matratze, dort, wo er sonst saß. Wenn wir da waren, schlief er nicht, sondern starrte hinauf zu den Deckenbalken. Er sagte kaum etwas, und wenn meine Mutter ihn fragte, wie es ihm gehe, sagte er nur: »Ich atme noch.« Er aß fast nichts und trank nur, wenn ihn meine Mutter dazu drängte. »Du hast den Angriff der Bestie überlebt, aber jetzt stirbst du vor Hunger und Durst«, sagte sie, und das wiederholte sie so lange, bis er sich stützen ließ, um ein paar Schlucke zu trinken und ein wenig Brot zu essen. Hemo meinte zunächst, er habe auch eine Gehirnerschütterung davongetragen, doch später, als mein Vater nicht über Kopfschmerzen klagte, beschränkte er seine Diagnose auf ein paar verstauchte Rippen und Gesichtsverletzungen.

Ab und zu rief meine Mutter, ohne jemanden im Besonderen anzusprechen: »Wie lange müssen wir noch in diesem verdammten Dorf aushalten?« Als wieder einmal niemand darauf reagierte, sagte sie: »Selim, wir müssen fort aus diesem Dorf, ehe es unser Tod wird, ehe man uns hier begraben muss. Beim nächsten Mal kommen wir nicht mit dem Leben davon.« Mein Vater erwiderte darauf nichts, und sie fuhr fort: »Selim, ich weiß, dass du mich hörst! Sag, dass wir dieses Dorf verlassen.«

Erst nachdem sie ihre Worte ein paarmal mit lauter Stimme wiederholt hatte, sagte mein Vater leise: »Wir lassen uns nicht verjagen ... wir bleiben hier ... es ist jetzt unser Zuhause.«

So verliefen die Gespräche zwischen meinen Eltern nach dem Drama auf dem Feld. Es schien, als befände sich mein Vater tagelang in einem Schockzustand. Wahrscheinlich fragte er sich verzweifelt, wann das Ganze schiefgegangen war und was er anders hätte machen müssen. Was er aber genau dachte, sagte er keinem. Auch nicht

Hemo, der stundenlang neben ihm saß. Er besuchte uns öfter als gewöhnlich und brachte größere Mengen an Essen mit. Doch niemand bekam einen Bissen herunter.

Eines frühen Nachmittags wurde die Tür ohne vorheriges Klopfen geöffnet, und der Muhtar erschien. Hemo stand sofort auf, ging zu ihm hin und sagte mit abwehrender Geste: »Jetzt nicht, jetzt nicht!« Ehe der Muhtar etwas erwidern konnte, hatte Hemo ihn energisch nach draußen bugsiert und etwas zu ihm gesagt, was wir nicht hören konnten. Daraufhin ging der Muhtar kopfschüttelnd fort.

Ab und zu erzählte Hemo unvermittelt Geschichten aus den Jugendjahren meines Vaters in Hemgin. Etwa, welche große Hilfe er seiner Mutter beim Wiederaufbau des Dorfes gewesen war und dass er selten mit anderen Kindern spielte, weil er so schnell erwachsen wurde. Aber die Erinnerung an seine Jugend und seine Mutter zauberte kein Lächeln auf das Gesicht meines Vaters. Keiner sprach an auf Hemos Erzählungen. Meine Mutter hockte im Schneidersitz da und wiegte den Oberkörper hin und her. Sie unterbrach ihn nicht in seinem Monolog, der manchmal stundenlang dauerte.

Gelegentlich sang er auch, anstatt zu erzählen. Als er dies das erste Mal tat, sah ich erstaunt auf. Es waren dieselben Lieder, die mein Vater immer gesungen hatte, bevor er sein Bein verlor. Jetzt wusste ich, woher die Lieder kamen.

Am dritten Tag wachte mein Bruder hustend auf. »Wo bin ich?«, rief er immer wieder ängstlich. Er hatte keine Erinnerung an das Drama auf dem Acker. Meine Mutter versuchte, ihn zu beruhigen, doch als er ihr geschwollenes Auge sah, fragte er erschrocken, was ihr passiert sei. Sie erzählte ihm zunächst nichts von dem Kampf auf dem Feld, sondern behauptete, er sei infolge eines unglücklichen Sturzes ohnmächtig geworden. Erst nach einigen Tagen fragte sie ihn, ob er sich an das Gespräch mit den Bauern auf dem Feld erinnern könne. Er schüttelte jedoch den Kopf und fragte: »Welches Gespräch?«

Während der darauffolgenden Tage lag er meistens im Bett.

Nachts fuhr er manchmal aus dem Schlaf hoch und rief: »Aufhören! Aufhören!« Als kehrten die Erinnerungen an die finsteren Erlebnisse langsam zurück, ohne jedoch in seinem Kopf ein stimmiges Ganzes zu bilden. Die Angst in seiner Stimme war grauenerregend.

Am Morgen konnte mein Bruder nicht sagen, was er geträumt hatte. Er guckte verwundert, als ich ihm erzählte, dass er mitten in der Nacht schreiend aufgewacht war. Er stand nur auf, um zur Latrine zu gehen, und nur ich durfte ihn dabei stützen. Draußen sah er sich nervös um. Vielleicht spürte er, dass die Barbaren, die ihn beinahe totgeschlagen hatten, nicht weit waren.

Einige Tage nach dem Kampf auf dem Acker wurde mitten in der Nacht plötzlich laut an unsere Tür gepocht. Es waren mindestens sechs kräftige Hammerschläge, auf die, nach einer kurzen Unterbrechung, noch eine Reihe weiterer Schläge folgte. Alle waren sofort hellwach.

»Sie kommen mich holen! Sie holen mich!«, rief mein Bruder in panischer Angst. Elida fing an zu weinen, und mein Herz schlug so heftig wie bei der Schlacht auf unserem Land.

»Selim!«, rief meine Mutter. »Selim!« Mein Vater sagte nur: »Ich höre es.« Er blieb liegen, als hoffte er, dass das Klopfen von allein aufhören würde. Als auf einmal wieder nächtliche Stille herrschte, hatte meine Mutter den Mut aufzustehen. »Ich schau nach«, sagte sie resolut. Ich hielt sie am Arm fest und bat sie: »Tu's nicht, Anne! Das ist gefährlich.« Aber sie ließ sich nicht beirren und ging entschlossen wie zu ihren besten Zeiten in Sobyan zur Haustür. Mein Vater forderte sie auf, ins Bett zurückzukehren, aber sie ignorierte ihn. Sie entriegelte die Tür, griff den Stock, der dort stand, und nahm all ihren Mut zusammen. Kraftvoll stieß sie die Tür auf. Es war niemand da. Unerschrocken und mit erhobenem Stock machte sie ein paar Schritte in die Dunkelheit. »Ihr miesen Feiglinge!«, rief sie. »Wo steckt ihr?«

Ich flehte sie an, wieder ins Haus zu kommen, doch sie blieb so lange vor der Tür stehen, bis mein Vater sie mit seiner schwachen Stimme rief. Nachdem sie die Tür wieder hinter sich zugezogen hatte, sagte sie, die Bewohner von Hemgin dürften nicht den Eindruck gewinnen, dass wir uns fürchteten. »Denn dann sind wir verloren.«

42

Als am nächsten Abend wieder gegen die Tür geschlagen wurde, wollte meine Mutter Yusuf erzählen, was sich auf unserem Land abgespielt hatte. Mein Vater protestierte. »Dafür ist es noch zu früh«, sagte er, ohne sie anzusehen. »Der Junge ist noch nicht so weit.«

Aber meine Mutter beharrte darauf. »Selim, die Sache ist noch nicht vorbei. Sie werden uns nicht in Ruhe lassen. Für seine Sicherheit ist es wichtig, dass er weiß, was los ist, dass wir von Feinden umzingelt sind.«

Mein Vater sah sie schweigend an.

»Und ich möchte, dass Hemo uns ein Gewehr gibt.«

Mein Vater fuhr auf. »Kommt nicht infrage! Ich will kein Gewehr im Haus haben!«

»Aber, Selim …«

»Nein, das bringt nur Unglück.«

»Selim, ich …«

»Nein, Aşme!« Er schlug mit der Faust auf den Boden. »Ich will nichts mehr davon hören.«

Wir erschraken wegen seiner lauten Stimme. »Aber ich werde Yusuf berichten, was passiert ist«, sagte meine Mutter und stand auf.

Mein Bruder hörte sich ihre Geschichte mit großen Augen an und rieb sich dabei die schmerzenden Rippen. »Hemo hat uns also gerettet«, sagte er leise. Ich hörte, wie er schluckte. »Er hat uns das Leben gerettet.«

»Ja«, sagte meine Mutter. »Wir schulden ihm unendlichen Dank.«

»Lebt sie noch?«

»Wer?«

»Die Frau, der ich den Stein an den Kopf geworfen habe.«

Meine Mutter nickte. »Gott sei Dank, ja. Ich wage nicht, mir vorzustellen, was sonst mit uns passiert wäre. Hemo hat erzählt, dass sie aufgewacht ist, aber noch im Bett bleiben muss. Möge Allah ihr die Kraft geben, rasch wieder gesund zu werden.«

Mein Bruder starrte vor sich hin und sagte dann mit erregter Stimme: »Ich will nicht länger hierbleiben. Daye, wir müssen so schnell wie möglich weg.«

Und ehe sie etwas erwidern konnte, sagte ich: »Anne, ich will auch zurück nach Sobyan.«

Meine Mutter nickte erschöpft. Ihr Gesicht sah grau aus, und sie sprach langsam und weniger kräftig als sonst. »Ich weiß, auch ich möchte zurück, aber es geht nicht. Noch nicht.«

»Warum nicht?«, wollte mein Bruder wissen.

»Apo will nicht zurück.«

»Aber Baba hört doch immer auf das, was du sagst«, warf ich hoffnungsvoll ein.

»Nein, Miran, nicht, wenn es um solche Dinge geht.«

»Sprich mit ihm!«, beharrte mein Bruder.

»Das habe ich schon getan, und nicht nur ein Mal.«

»Und was hat er gesagt?«, fragte mein Bruder.

»Apo sagt: ›Dies ist nun unser Zuhause.‹ Mehr nicht.« Sie sprach die Worte aus, als hätte sie sich mit seiner Entscheidung abgefunden. Als wäre unser Schicksal besiegelt.

»Aber sie werden uns nicht in Ruhe lassen«, entgegnete mein Bruder. »Du hast es selbst gesagt. Das Klopfen an der Tür ist noch gar nichts. Bloß eine Warnung.«

»Wovor?«, fragte ich, ohne die Angst in meiner Stimme zu verbergen.

»Was glaubst du, Mehmet?« Ich sah den Schorf und die Beulen in seinem Gesicht und zuckte die Achseln. »Dass sie uns etwas antun werden, wenn wir nicht weggehen!«

Ich wollte nichts lieber als das Dorf sofort verlassen. Es war mir egal, dass Besila dann aus meinem Leben verschwand. Auch sie konnte mich in diesem Dorf nicht halten.

»Ich möchte nicht, dass ihr allein unterwegs seid«, sagte meine Mutter plötzlich streng. »Wenn ihr hinausgeht, dann nur zusammen oder in Begleitung von Hemo oder mir.«

Ich vermutete, dass mein Bruder protestieren würde, doch er sagte: »Und ich will nicht, dass du allein rausgehst, Daye. Für dich ist es auch zu gefährlich.«

»Mir tun sie nichts«, erwiderte meine Mutter.

Mein Bruder stieß ein spöttisches Lachen aus. »Was sollen sie dir denn noch antun? Du wärst tot, wenn Hemo nicht eingegriffen hätte.«

»So weit wird es nicht noch einmal kommen.«

»Hoffentlich nicht. Deshalb dürfen wir kein Risiko eingehen.«

Meine Mutter nickte. Sie sah zufrieden aus. Vielleicht beruhigte sie zu hören, dass wir eine Front bildeten.

»Aber das reicht nicht«, sagte mein Bruder. »Wir müssen noch weitere Maßnahmen ergreifen.«

»Es ist ein Anfang«, sagte meine Mutter.

Mein Vater wollte, dass wir einander auch zur Latrine begleiteten. »Ich habe das Gefühl, sie umkreisen unser Haus«, sagte er. Niemand protestierte.

Mit der Öllampe in der Hand ging ich an jenem Abend mit meiner Mutter zur Latrine. Die Sonne war gerade untergegangen, aber die Umgebung wurde vom orangefarbenen Himmel noch schwach beleuchtet. Dies war der Moment, in dem die Schwalben den Luftraum den Fledermäusen überließen. Allerdings war es nicht leicht festzustellen, wann das genau passierte. Denn obwohl die Fledermäuse flatterten und niemals an die Zierlichkeit einer Schwalbe herankamen, konnte nur ein geübtes Auge die Tiere in der Dämmerung voneinander unterscheiden. Erst wenn es vollkommen dunkel geworden war, konnte man sagen, ob es eine Fledermaus war, die ganz kurz im Schein der Öllampe zu sehen war.

»Wo immer wir auch sind, der Himmel bleibt wunderschön«, sagte meine Mutter, nach oben schauend. Ich folgte ihrem Beispiel und musste an Sobyan denken. Ich fragte mich, ob der Himmel dort auch orangefarben war.

»Ich könnte stundenlang hier stehen, aber ich muss dringend«, sagte sie plötzlich eilig. Sie befahl mir, in einiger Entfernung zur Latrine stehen zu bleiben, und fügte murmelnd hinzu: »Nicht einmal ihre Notdurft kann eine Frau in diesem Dorf in Ruhe verrichten.«

In dem Augenblick, als sie sich umdrehte, sauste etwas Dunkles unmittelbar an ihrem Kopf vorbei. Einen Moment lang dachte ich, es handele sich um eine Fledermaus. Doch als das Ding mit dumpfem Knall auf den Boden fiel, wusste ich, das war etwas anderes. Meine Mutter stieß einen kurzen Schrei aus und wendete sich erschrocken um. »Was war das? Was war das?«

Das Ding war ein paar Meter durchs Gras gerollt. Es war ein Stein, mächtig wie ein großer Granatapfel. In der Richtung, aus der er geflogen war, sah ich noch einen dunklen Schatten davonhuschen.

»Schau, Anne, da!«, sagte ich, auf die dunkle Gestalt deutend. »Da!«

»Ich hab ihn gesehen«, sagte sie. »Möge Allah ihn für seine dumme Tat strafen.« Sie sagte das mit jener Verbissenheit, die ihre Stimme färbte, seit wir den Boden von Hemgin betreten hatten.

»Hat er dich getroffen?«

»Nein«, sagte sie gleichmütig. »Aber hätte er mich getroffen, gäbe es mich bestimmt nicht mehr.«

»Lass uns reingehen«, sagte ich ängstlich.

»Zuerst muss ich unbedingt aufs Klo«, sagte sie und fügte, als sie meinen furchtsamen Blick sah, hinzu: »Dieser Angsthase kommt bestimmt nicht zurück. Und wenn, dann ruf deinen Bruder.«

Meine Mutter zog die knarrende Latrinentür hinter sich zu, und ich hoffte, dass sie schnell fertig sein würde. Normalerweise hielt ich mir, aus Angst vor peinlichen Geräuschen, die Ohren zu, wenn jemand auf der Latrine war, doch die Furcht vor unseren Feinden hielt mich davon ab. Ich musste auf der Hut sein, sie umkreisten unser Haus, wie mein Vater gesagt hatte, und es blieb nicht mehr beim Hämmern auf die Tür. Dies war der nächste Schritt auf ihrem Weg. Ihr Ziel war, uns aus dem Dorf zu vertreiben.

Ich hörte, wie meine Mutter ein paarmal Wasser mit der Schale schöpfte, die stets im Zinneimer trieb. Das Geräusch von fließendem Wasser passte nicht zur abendlichen Stille. Es passte nicht zum Summen der Insekten, zu dem Rascheln der unsichtbaren Tiere und der Gefahr, die ich ahnte. Meine Mutter trat erleichtert ins Freie, wobei sie die nassen Hände an ihrem Rock abtrocknete. »Nimm den Stein mit ins Haus, dann können wir deinem Vater und Bruder zeigen, womit man mich ermorden wollte.«

Die beiden konnten nicht verstehen, warum wir sie nicht gerufen hatten. »Ich wäre sofort hinter ihm hergerannt«, sagte mein Bruder, der seine Tollkühnheit wiedergefunden hatte.

»Warum wart ihr so unvernünftig?«, fragte mein Vater.

Meine Mutter antwortete nicht.

»Nun sag schon.«

Meine Mutter errötete leicht und sagte: »Selim, bitte.« Sie schaute schamhaft auf den Boden. »Ich … ich musste so dringend.«

»Hemo und ich gehen morgen wieder zum Muhtar, um mit ihm zu reden. Es geht so nicht weiter!« Er rieb sich die stoppeligen Wangen. »Gut, lasst uns jetzt etwas essen.«

Hemo war im Laufe des Tages mit einem Beutel voller Gemüse und Bulgur da gewesen, aber nicht geblieben, um mit uns zu essen. Wir aßen jeden Tag dasselbe, es hing mir inzwischen zum Hals heraus. Mein Vater schaute lustlos auf seinen Teller. Seit dem Kampf auf dem Feld hatte er weiter an Gewicht verloren. Er war kaum noch der Schatten seiner selbst.

Ich nahm eine Portion Bulgur aus der großen Schüssel, als plötzlich jemand laut an die Tür klopfte. Alle hörten sofort auf zu essen. Wir sahen einander erschrocken an. Als es erneut klopfte, erhob sich meine Mutter.

»Nein, Daye, bleib sitzen«, sagte mein Bruder. »Ich werde nachsehen.«

Er ging mit großen Schritten zur Tür, entfernte den Riegel und nahm den Stock. Er schien seine Lungen voll Luft zu saugen, ehe er die Tür aufstieß.

Ein magerer alter Mann mit grauem Bart stand vor der Tür. Ich erkannte ihn sofort wieder. Es war der Mann, der auf dem Acker vergeblich versucht hatte, Wusar davon zu überzeugen, dass man uns anhören müsse.

»*Selam aleikum*, ich heiße Berz.« Er lächelte freundlich.

Mein Bruder ließ wortlos den Stock sinken und sah sich zu meinem Vater um.

»*Aleikum selam*«, sagte mein Vater, mit der gastfreundlichen Stimme, die ich so gut aus Sobyan kannte. »Willkommen, treten Sie ein.«

Mein Bruder ging einen Schritt zur Seite, und Berz kam herein. Meine Mutter überließ ihm sogleich ihren Platz und machte Tee.

»Bitte, essen Sie mit uns«, sagte mein Vater und deutete auf den niedrigen Tisch, obwohl das Essen kaum für uns reichte.

Berz verbeugte sich leicht und legte die Hand auf die Brust. »*Weşo war be*, ich habe schon gegessen.« Obwohl uns das Essen nicht schmeckte, verputzten mein Bruder und ich schnell das Gemüse und den Bulgur, ehe er es sich anders überlegte. Erst als mein Vater ihn fragte, was ihn zu uns führe, machte er Anstalten, etwas zu sagen.

Er sprach in traurigem Ton von dem Kampf auf dem Feld. »Das habe ich nie gewollt. Und vielleicht klingt es komisch, aber ich denke, selbst Wusar hat es letztendlich nicht gewollt.«

Mein Bruder sah ihn erstaunt an.

»Das Ganze ist uns aus der Hand geglitten«, sagte Berz mit gesenktem Kopf. »Vollkommen. Und das tut mir schrecklich leid.«

Mein Vater nickte.

»Ich habe Ihren Vater noch gekannt«, fuhr Berz fort. »Er war ein außergewöhnlicher Mann, der viel für unser Dorf getan hat. Hätte Wusar ihn kennengelernt, wäre die Sache anders verlaufen. Davon bin ich überzeugt.« Seine Augen wurden feucht. Nachdem er die Nase hochgezogen hatte, sagte er: »Ach, die Menschen werden viel zu schnell vergessen.«

Mein Vater erwiderte nichts. Er nickte nur und schien sich im nun freigesetzten Strom der Erinnerungen mittreiben zu lassen.

»Und ich bin derselben Ansicht wie Sie«, sagte der alte Mann plötzlich entschieden.

»Inwiefern?«, fragte mein Vater erstaunt, als könnte er sich nicht vorstellen, dass es noch jemanden gab, der in irgendeiner Hinsicht seiner Meinung war.

»Das Land gehörte Ihrem Vater, und …« Berz schwieg kurz, als zweifelte er, ob er seinen Satz zu Ende bringen sollte. »Und Sie haben ein Recht darauf.«

»Ich freue mich, das zu hören«, sagte mein Vater erleichtert.

»Aber ich fürchte, ich bin einer der wenigen, die das zugeben würden.«

»Warum?«

Berz dachte kurz nach. »Die Leute wollen das Land nicht verlieren, aber das haben Sie sich bestimmt selbst schon gedacht. Es ist fruchtbarer Boden, während der Boden in der weiteren Umgebung kaum brauchbar ist.«

»Aber ich möchte den Leuten das Land ja gar nicht wegnehmen.«

»Das weiß ich, Sie wollten reden, und wenn Sie Ihrem Vater auch nur ein bisschen ähnlich sind, dann sind Sie ein anständiger Mann. Aber die Bauern wollen nicht reden, sie wollen nicht verlieren, was sie haben.«

»Aber sie dürfen das Land weiterhin bebauen«, sagte mein Vater rasch. »Ich möchte dafür nur eine kleine Vergütung haben.«

»Auch deswegen bin ich gekommen«, sagte Berz. »Ich werde Ihnen fortan einen Teil meiner Ernte geben, weil ich finde, Sie haben ein Recht darauf. Es wird nicht viel sein, weil ich auch an meine Kinder und Enkel denken muss, aber ich glaube, es wird Ihnen weiterhelfen.«

Mein Vater lächelte. »Ich danke Ihnen, ich danke Ihnen sehr herzlich für Ihr Angebot und Ihr Verständnis. Sie sind ein guter Mensch.«

»Wusar ist ein Hitzkopf, der nur auf seinen Vater hört. Alte Männer wie ich zählen für ihn nicht. Niemand wagt es, ihm zu widersprechen.«

Ich musste an Atilla denken. So wie er den Bewohnern von Sobyan Angst einjagte, so verbreitete Wusar in Hemgin Schrecken. Jedes Dorf hatte seinen eigenen Tyrannen.

Mein Vater deutete auf den leeren Topf. »Es ist für mich nicht leicht, meine Familie hier zu ernähren, nicht einmal mit Hemos treuer Hilfe. Wir leben sehr bescheiden und einfach. Hin und wieder kaufe ich etwas Mehl und Joghurt, aber ich muss zusehen, nicht das ganze Geld auszugeben.«

»Alles wird gut«, sagte Berz. »Wenn Allah es will, wird alles gut … wenn Allah es will.«

43

»Komm, Miran, wir holen Wasser«, sagte meine Mutter.

Ich öffnete die Haustür und sog den starken Mistgeruch ein, der wie ein Schleier über dem Dorf lag. Obwohl die Sonne nicht durchkam, war es bereits am frühen Morgen warm.

Mein Blick fiel sofort auf das große Zelt, das vor dem Haus unserer Nachbarn gegenüber stand. Zu meinem Erstaunen war die ganze Straße entlang vor den meisten Häusern ein Zelt aufgestellt. »Wo kommen die Dinger plötzlich her?«, fragte ich.

»Keine Ahnung«, sagte meine Mutter. »Selim! Komm mal schnell!«

Mein Vater sah eine Zeit lang schweigend die Straße hinab und sagte: »Was ist hier los? Woher haben die alle auf einmal ein Zelt?«

Meine Mutter zuckte die Achseln. »Ich trau der Sache nicht«, sagte sie. »Miran und ich gehen Wasser holen. Vielleicht erfahren wir unterwegs etwas.«

Vertraut war an diesem Morgen nur der Mistgestank. Ansonsten war alles anders, denn nicht nur stand das ganze Dorf von einem Tag auf den anderen voll mit Zelten, sondern in der Ferne war auch das scharfe Geräusch von Stahl, der auf Stahl schlug, zu hören. Die Hunde lagen nicht faul auf der Seite wie sonst, sondern bellten unaufhörlich, als wollten sie uns vor heraufziehendem Unheil warnen. Manche liefen sogar hinter uns her, sodass ich meine Schritte beschleunigte. Aber meine Mutter hielt mich am Arm fest und sagte:

»Geh langsam, sonst fallen sie dich noch an.« Ich fragte, ob die Tiere tollwütig seien. »Nein«, antwortete sie entschieden, als hätte sie die Tiere eigenhändig untersucht. »Aber die Menschen schon.«

Wir trugen jeder einen Eimer und schauten uns mit großen Augen um. Auf beiden Seiten der Straße standen die gleichen Zelte. Manche wurden gerade von Männern aufgebaut, die ich noch nie gesehen hatte. Mit großen Hämmern schlugen sie eiserne Pflöcke in den Boden, an denen sie die Zeltplanen befestigten. Eine Gruppe von Männern und Frauen sah beifällig zu. Ich hatte Angst, jemand könnte uns etwas zurufen, einen Fluch oder eine falsche Anschuldigung, auf die meine Mutter in ihrer unerschrockenen Weise reagieren würde, wodurch das Ganze in kürzester Zeit eskalieren konnte. Doch zu meiner Beruhigung beachtete uns keiner.

Mein Herz schien einen Aussetzer zu machen: In der Nähe des Wasserhahns sah ich Besila vor ihrem Haus stehen. Als sie aufschaute, trafen sich unsere Blicke. Sie sah mit ihren mandelförmigen Augen zu mir herüber und deutete ein Lächeln an. Ich hob langsam den Arm und winkte ihr zu. Ich hatte Angst, sie könnte das Klopfen meines Herzens hören. Sie winkte kurz zurück, aber ihre Augen strahlten nicht so wie beim ersten Mal. Sie wandte den Kopf ab und ging rasch ins Haus. Hatte ich Enttäuschung in ihren Augen gesehen? In diesem Moment war ich mir sicher: Ich hatte sie verloren. Auch Besila betrachtete mich jetzt als Eindringling. Ich stolperte weiter, mit dem bitteren Gefühl der Leere.

Dieses Dorf hatte mir nichts mehr zu bieten.

Am Wasserhahn stand eine Gruppe von Frauen. Sie redeten heftig gestikulierend, als stritten sie sich darum, wem der letzte Tropfen zustand. Die meisten waren einen Kopf kleiner als meine Mutter, hatten aber Respekt einflößende Hüften und Brüste. Sie trugen lange, dunkle Röcke, einfach gefärbte Kopftücher und Blusen, die ihre Arme bedeckten. Als sie uns bemerkten, schauten sie mürrisch in unsere Richtung, als warteten sie seit Stunden vergeblich auf unser Kommen. In meinem Magen bildete sich ein Kloß, und ich schlug zögernd vor, später wiederzukommen, wenn weniger los war. Doch meine Mutter sagte: »Sollen sie denken, wir hätten Angst vor ihnen?«

Ich nahm all meinen Mut zusammen und ging widerwillig mit meiner Mutter auf die Frauen zu. Kurz bevor wir bei ihnen waren, kam Bewegung in die Gruppe, nachdem die größte der Frauen etwas gerufen hatte, was nach einem Befehl klang. Die Frauen flitzten wie nach Maiskörnern pickende Hühner hin und her, und als der Staub sich gelegt hatte, standen sie wie ein Schild um die Pumpe.

»Hat dein Mann dich geschlagen?«, fragte die große Frau und deutete auf das geschwollene Auge meiner Mutter. Ungläubig starrte ich sie an. Sie überragte die anderen und hatte breitere Schultern als mein Vater in seinen besten Tagen.

Meine Mutter antwortete nicht.

»He, Eindringling, ich rede mit dir! Hat dein verkrüppelter Mann dich geschlagen?«

Erneut reagierte meine Mutter nicht. Die große Frau machte ein paar Schritte auf uns zu, und ihr Blick wurde härter. Sie war fast genauso groß wie meine Mutter. Zwischen ihren Gesichtern war jetzt gerade noch genug Platz für eine Kinderfaust. Sie mussten den Atem der jeweils anderen riechen, die Wärme des anderen Körpers spüren. Meine Mutter ging auf die Provokation nicht ein und trat einen Schritt zur Seite. Aber die andere Frau folgte ihrem Beispiel. Sie sahen einander an, wie Steinböcke es tun, ehe sie hart mit den Köpfen zusammenstoßen. Ich wusste nicht, was ich tun sollte. Sollte ich mich zwischen die beiden stellen, um einen erneuten Kampf zu verhindern, oder war dies der Moment, mich als treuer Mitstreiter an die Seite meiner Mutter zu stellen? Ich wusste es nicht und tat darum, was ich so oft tat: Ich wartete ab, was passieren würde.

»Würdest du bitte beiseitegehen?«, bat meine Mutter ruhig.

»Antworte erst auf meine Frage.«

Ich sah nur den Rücken meiner Mutter, konnte mir aber gut vorstellen, wie sie jetzt guckte. Es war ein Blick voller Verachtung, der in Sobyan schon gereicht hätte, alle Frauen erschaudern zu lassen. Aber das hier war nicht Sobyan. Das war Hemgin, das Dorf mit seinen eigenen Regeln.

»Wir müssen nur zum Wasserhahn.«

»Was wollt ihr an unserem Wasserhahn?«

Ich hörte meine Mutter schnauben wie ein Pferd, das nach Tagen im Stall endlich auf die Weide gelassen werden will. Am liebsten hätte sie der Frau deutlich die Meinung gesagt, aber sie biss sich auf die Zunge.

»Wir brauchen Wasser. Meine Familie braucht Wasser.« Ihre Stimme klang, wie ich sie kaum kannte. Sie bat um Verständnis, um Mitleid.

Die Frau sah sie schweigend an. Eindringling, so hatte sie meine Mutter genannt. Ein Eindringling, der darauf aus war, ihr das Land wegzunehmen, den Lebensquell, aus dem sie ihre Familie ernährte. Und jetzt wollte dieser Eindringling sich am Wasserhahn des Dorfes bedienen, um den Durst seiner Familie zu löschen.

»Wir brauchen auch Wasser für unsere Familien.« Sie deutete auf die Frauen, die neben ihr standen.

»Natürlich, wir alle brauchen Wasser«, sagte meine Mutter ruhig. »Wir alle sind Menschen, und Menschen müssen trinken. Wir wollen einander also das Leben nicht schwer machen.«

Die Frau grinste. »Wie weise du sprichst. Hat man dich in eurem dämlichen Dorf gelehrt, so schlau zu reden?«

»Pass auf, was du sagst!«, fuhr meine Mutter sie plötzlich an. »Ich bitte dich noch einmal, beiseitezugehen.«

»Das mach ich nicht. Wir haben soeben beschlossen, dass unser Wasser nicht länger von Eindringlingen benutzt werden darf.«

Meine Mutter hob den rechten Zeigefinger und hielt ihn der Frau ganz nah vors linke Auge. »Ich warne dich«, sagte sie. »Wir können das hier friedlich regeln. Oder auch nicht. Dann werden wir ja sehen, wie tapfer du tatsächlich bist.«

Die Frau begegnete der sprachlichen Kraft meiner Mutter, und ihr Blick war nun, da der Zeigefinger wie ein geladenes Gewehr auf ihr Auge gerichtet war, schon weniger sicher. Ohne den Kopf zu bewegen, suchte sie Blickkontakt zur Frau rechts neben ihr, aber die sah stur geradeaus, als ginge sie das alles nichts an. Genauso verhielt sich die Frau links.

»Verschwinde, mieser Eindringling!«, schrie die Frau plötzlich mit sich überschlagender Stimme und schlug den Finger kraftvoll beiseite. Gleichzeitig trat sie meiner Mutter gegen das Schienbein. Sie stöhnte kurz auf, fing sich aber rasch wieder. Mit einer plötzlichen Bewegung steckte sie der Frau den anderen Zeigefinger ins rechte Auge. Die Frau stieß einen schrillen Schrei aus und schlug die Hände vors Gesicht. Sie beugte sich vor und jammerte, sie könne nichts mehr sehen. Dann brüllte sie: »Dreckige Hure, ich bring dich um!« Meine Mutter schlug ihr zweimal mit dem Eimer auf den Kopf. Die Frau stolperte rückwärts. Daraufhin schwang meine Mutter den Eimer in Richtung der anderen Frauen, doch ehe sie zuschlagen konnte, rannten die so schnell davon, wie ihre Entenfüße sie trugen. Zwei Frauen blieben wie versteinert stehen. »Nimm dir ruhig Wasser«, stotterten sie. »Bitte, nimm dir Wasser.«

44

Während wir die schwappenden Eimer nach Hause trugen, dachte ich an meine heldenhafte Großmutter, die vor langer Zeit am Brunnen ihren Peinigern mit dem Beil zu Leibe gerückt war.

»Man muss den Leuten zeigen, dass man keine Angst vor ihnen hat«, sagte meine Mutter zufrieden. »Und sie dürfen niemals das letzte Wort behalten.«

Sie hatte dasselbe aufbrausende Temperament und dieselbe scharfe Zunge wie die Frau, die ich nur aus den Geschichten meines Vaters kannte. Sie weigerte sich, über ihre Mutter zu reden, und wollte nicht einmal wissen, ob sie noch lebte oder bereits tot war. Mein Vater hatte seine Schwiegermutter selbst nie kennengelernt und all sein Einfühlungsvermögen und seine ganze Fantasie aufwenden müssen, um sich anhand der dürftigen Beschreibungen meiner Mutter ein Bild von ihr machen zu können.

»Hast du keine Angst, die Frau könnte nachher mit ihrem Mann zu uns kommen?«, fragte ich.

»Nein, das wagt sie nicht.«

»Und wenn doch?«

»Dann haben wir auf jeden Fall das Recht auf unserer Seite«, erwiderte meine Mutter überzeugt. »Und darauf kommt es an.«

Ihre Bemerkung verwirrte mich. Mein Vater hatte auch das Recht auf seiner Seite, als er mit den Bauern über sein Land sprechen wollte, und trotzdem wurden wir von Wusar und seinen Kumpanen verprügelt. Welchen Vorteil hatte es in Hemgin, das Recht auf seiner Seite zu haben?

Während ich darüber nachdachte, schaute ich mich immer wieder um, weil ich fürchtete, wir könnten verfolgt werden. Die alten Leute, die die Szene an der Pumpe kopfschüttelnd beobachtet hatten, warfen uns böse Blicke zu. Vermutlich machten sie uns für die große Unruhe im Dorf verantwortlich, die seit Wochen in der Luft lag. Ich ging schneller, um möglichst bald zu Hause zu sein, und hörte auch nicht auf meine Mutter, die mich ermahnte, langsamer zu gehen. Da rief plötzlich eine Männerstimme meinen Namen.

»Ma be gerdi, Mehmet.« Raywan stand lachend neben einem Zelt. Sein Fuß ruhte lässig auf einem eisernen Zeltpflock, und wie beim letzten Mal hatte er eine nicht angezündete Zigarette zwischen den Lippen. Seit er am Wasserhahn so streng zu mir gewesen war, hatte ich ihn nicht mehr gesehen. Sein Blick wanderte zu meiner Mutter hinüber. »Ma be gerdi, Aşme«, sagte er mit funkelnden Augen. »Wie geht es?« Er redete, als wäre er unerwartet einem guten Bekannten begegnet. Ich fragte mich, woher er meine Mutter kannte. Waren meine Eltern vielleicht auch bei ihm zu Besuch gewesen?

»Gerbe sılamet«, erwiderte meine Mutter zögernd. »Verzeihen Sie … ich glaube nicht, dass ich Sie kenne.«

»*Namê mı* Raywan. Unsere Blicke haben sich ein paarmal gekreuzt. Daran erinnerst du dich bestimmt. Wie geht es?«

Meine Mutter war auf der Hut. »Einigermaßen …«, sagte sie. Ihr Blick fiel auf das Zelt.

Raywan schaute besorgt. »Das klingt nicht gut. Stimmt etwas nicht?«

»Nichts, was Sie etwas angeht«, sagte meine Mutter. Sie deutete auf das Zelt. »Darf ich Sie fragen, wo die vielen Zelte herkommen? Sie stehen plötzlich überall.«

»Ach, die?« Raywan sah zum Zelt hinüber, als bemerkte er es erst jetzt. »Die Behörden in Varto haben sie geschickt, weil die Erde immer zittert.«

Meine Mutter sah ihn fragend an. »Was meinen Sie mit zittern?«

»In der letzten Zeit hat in der Umgebung des Dorfes die Erde oft gezittert. Man fürchtet, dass es bald ein Erdbeben gibt.«

Meine Mutter stellte den Eimer ab. »Ein Erdbeben?«

»Ja, ein Erdbeben«, sagte Raywan. »Aber das behaupten sie nun schon seit Jahren.«

»Wer?«

»Der Staat, wer sonst? Aber ich glaube nichts davon. Die wollen uns nur Angst einjagen.«

»Wo können wir ein solches Zelt bekommen?« Sie sprach so hastig, als dürfe sie keine Zeit verlieren.

»Beim Muhtar natürlich«, sagte Raywan und fügte spöttisch hinzu: »Habt ihr etwa keins bekommen? Mir hat man auch Decken, Sonnenblumenöl und Oliven gegeben.«

Meine Mutter sah ihn mit festem Blick an. »Komm, Miran, wir gehen.«

»Warte kurz, nicht so schnell«, sagte Raywan in neckendem Ton. »Wir können uns doch noch ein wenig unterhalten.«

»Wenn Sie sich unterhalten wollen, dann sollten Sie das tun, wenn mein Mann dabei ist.«

»Mir gefällt es gerade, dass ich dich ohne ihn treffe. Aber da wir schon mal von ihm reden: Was willst du eigentlich mit dem, Aşme? Was fängst du mit solch einem Hinkebein an?«

Der Blick meiner Mutter erstarrte. »Ich möchte nicht, dass Sie so über meinen Mann reden!«

»Ich verstehe dich nicht, Aşme, was kann eine so schöne Frau mit ihm anfangen? Du brauchst einen richtigen Mann, einen, der dich verwöhnen kann. Ich will dieser Mann für dich sein.« In triumphierender Haltung stand er da, wie ein Täuberich mit geschwollener Brust. Ich traute meinen Ohren nicht! Noch nie hatte ich einen Mann einen solchen Ton gegenüber einer Frau anschlagen hören, und schon gar nicht gegenüber meiner Mutter.

»Wie können Sie es wagen, so mit mir zu sprechen?« Ihre Stimme überschlug sich. »Auch noch im Beisein meines Sohnes! Schämen Sie sich nicht? Schämen Sie sich nicht, Raywan Bey?«

Er nahm die Zigarette aus dem Mund und hielt sie zwischen den Fingern seiner rechten Hand theatralisch in die Höhe. »Nur weil ich sage, wie schön du bist, und mich frage, was du mit einem solchen Mann willst? Weil ich dir einen Ausweg biete? Sag, was spricht dagegen?«

»Sie wissen ganz genau, was dagegenspricht. Ich warne Sie, passen Sie auf, was Sie sagen! Sehen Sie zu, dass mein Mann und mein älterer Sohn das nicht hören, denn sonst nimmt es für Sie ein böses Ende.«

»Haha! Dein Mann und dein älterer Sohn? Dass ich nicht lache! Haben sie von meinen Freunden noch nicht genug Prügel bekommen?«

Ich wollte etwas sagen, damit meine Mutter sah, dass ich sie verteidigte, aber ich brachte nichts anderes heraus als: »Lass meine Mutter in Frieden!« Ich versuchte den Ton, den ich meinen Bruder im Streit so oft hatte anschlagen hören, zu imitieren. Aber meine Stimme klang schwach und kindlich.

»Immer mit der Ruhe, Junge«, sagte Raywan, als regte ich mich wegen nichts auf. »Ich plaudere nur ein wenig mit deiner Mutter.«

»Miran, wir gehen!«, sagte meine Mutter. »Raywan Bey versteht sehr genau, was wir meinen.« Sie warf ihm einen letzten vernichtenden Blick zu.

Ich nahm meinen Eimer, und wir gingen. Raywan rief uns hinterher: »Denk darüber nach, Aşme!«

Nach ein paar Metern stellte meine Mutter ihren Eimer ab und sagte: »Kein Wort hierüber zu deinem Vater oder deinem Bruder! Verstanden, Miran? Kein Wort!«

45

»Ein Erdbeben?«, fragte mein Vater ungläubig.

Meine Mutter nickte. »Ja, deshalb wurden die Zelte geschickt. Der Muhtar gibt sie aus. Selim, du musst mit ihm reden.«

Mein Vater schaute vor sich hin. »Ja, ja.«

Als er sich nicht in Bewegung setzte, fragte sie: »Worauf wartest du? Wir haben keine Zeit zu verlieren.«

»Ich geh schon, ich geh schon.«

»Nimm Hemo mit.«

»Aşme, ich bin kein Kind mehr. Auch wenn mir ein Bein fehlt, so heißt das noch nicht, dass ich nicht für meine Familie sorgen kann.«

Doch in seinen Augen lag derselbe Blick wie damals, als meine Mutter ihn losschickte, um bei Atilla das Geld einzutreiben. Zögernd humpelte er zur Tür. Wahrscheinlich fürchtete er die Konfrontation mit dem Muhtar, der uns kein Zelt gegeben und uns nicht über das möglicherweise bevorstehende Erdbeben informiert hatte.

In Sobyan hatte ich ein paar Mal erlebt, dass die Erde zitterte. Ich lag immer schon im Bett, und meine Eltern behaupteten, ich hätte geträumt. Jetzt sah meine Mutter den Schrecken in meinem Blick.

»Hab keine Angst«, sagte sie. »Wir bekommen auch ein Zelt.«

»Schlafen wir auch darin?«, fragte Elida aufgeregt, als freute sie sich darauf.

»Ja«, erwiderte meine Mutter. »Dazu ist das Zelt gedacht.« Das Lächeln konnte ihre Besorgtheit nicht verbergen. Es war der sorgenvolle Blick, mit dem sie die Dinge betrachtete, seit wir nach Hemgin gekommen waren.

»Er … er will uns kein Zelt geben«, sagte mein Vater. Er war außer Atem. »Der Muhtar … er will uns kein Zelt geben!«

Meine Mutter sah ihn entgeistert an. »Was denkt sich dieser Idiot? Er spielt mit dem Leben meiner Familie. Ich gehe auf der Stelle zu ihm und verlange ein Zelt!«

»Warte, Aşme«, sagte mein Vater. »Lass zuerst Hemo mit ihm reden.«

»Nein, Selim. Das regle ich allein. Er muss wissen, dass er zu weit gegangen ist!«

»Nimm wenigstens Yusuf oder Mehmet mit«, schlug mein Vater zaghaft vor.

»Ich rede allein mit dem Kerl«, sagte sie streitlustig. »Dann muss ich mich nicht zurückhalten.«

Während meine Mutter mit großen Schritten das Haus verließ und plötzlich zwei Köpfe größer zu sein schien, fragte ich mich erneut, was es in Hemgin wert war, das Recht auf seiner Seite zu haben.

Mein Vater, meine Schwester und ich hockten schweigend auf dem Teppich. Wahrscheinlich litt mein Vater zum soundsovielten Mal unter dem Gefühl, versagt zu haben, weil er es nicht einmal geschafft hatte, für seine Familie ein Zelt zu beschaffen. Nachdem wir eine ganze Weile geschwiegen hatten, wollte ich von ihm wissen, ob es ein Erdbeben geben würde.

»Nein, dann würden wir vorher ein Zittern spüren.«

Ich ließ die Worte auf mich wirken und überlegte, woher er das wusste.

Plötzlich hörten wir in der Nähe das durchdringende Geräusch von Stahl auf Stahl. Wir gingen zur Tür und sahen, wie meine Mutter den Männern, die früher am Tag Pflöcke in den Boden geschlagen hatten, Anweisungen gab.

»Hierhin. Nein, hier.«

Ungläubig schauten wir zu.

Kurze Zeit später stand das Zelt wie ein kleines Gebäude vor unserem Haus. Ich ging darum herum. Es war groß aus der Nähe. Der höchste Punkt reichte meinem Bruder bis an die Stirn.

»Hierin werden wir schlafen«, sagte meine Mutter und klopfte mit der flachen Hand zufrieden auf die Zeltwand. »Es ist zu gefährlich, im Haus zu übernachten.«

Wie hatte sie wohl den Muhtar dazu gebracht, das Zelt herauszurücken? Als mein Vater das von ihr wissen wollte, erwiderte sie lediglich, wir hätten das Recht auf unserer Seite und er habe keine andere Wahl gehabt. Ich hatte sie schon immer wegen ihres Mutes bewundert, aber in diesem Moment war ich unglaublich stolz auf sie.

»Und ich möchte auch nicht, dass ihr euch tagsüber im Haus aufhaltet«, fuhr meine Mutter fort. »Es heißt, es sei zu gefährlich, weil es jederzeit ein Erdbeben geben kann.«

Mein Bruder seufzte und schaute voller Abscheu auf das Zelt. »Wir können doch nicht den ganzen Tag in diesem Ding sitzen?«

»Yusuf, es ist zu unserer Sicherheit. Komm, zeig Miran und Elida das Innere.«

Mein Bruder blieb stocksteif stehen. Daraufhin trat ich vor, zog an den Schnüren der Öffnung und schlug die beiden nun lose hängenden Bahnen beiseite.

»Allah! Ist es hier warm!«, rief ich und zog meinen Kopf rasch wieder zurück. »Da drinnen ist es wie in einem Tandır!«

Elida fing an zu lachen. »Lass sehen!«, rief sie aufgeregt. Einige Momente später sprang sie im Zelt auf und ab. »Ich werde im Tandır gebraten«, kicherte sie. Ich ging zu ihr, nahm sie bei den Händen, und zusammen hüpften wir fröhlich im Zelt herum.

»Mehmet«, rief mein Bruder streng. »Benimm dich ein bisschen, du bist kein Kind mehr.«

Ich erstarrte und ließ sogleich Elidas Hände los.

»Wir haben außerdem noch ein paar Sachen bekommen«, sagte meine Mutter und deutete in eine Ecke. Dort standen zwei Gläser mit schwarzen Oliven und eine große Dose Sonnenblumenöl. Außerdem lagen da fünf gefaltete Decken. Das wunderte mich, denn es war viel zu warm, um unter einer Decke zu schlafen. Dann aber fiel mir ein, dass der Sommer nicht ewig dauern würde und dass sie wohl für die kalten Herbst- und Wintermonate gedacht waren. Meine Mutter trat ins Zelt hinein und holte ein Olivenglas. Sie drehte den Deckel ab und nahm eine Olive heraus, von der das Öl herabtriefte. »Hier«, sagte sie zu mir. »Probier mal.«

Ich betrachtete das kleine schwarze Ding, das sie in der Hand hielt, skeptisch. Noch nie hatte ich eine Olive gesehen – und gegessen schon gar nicht.

»Pass aber auf, sie hat einen Stein«, sagte mein Vater. »Vorsichtig beißen.«

»Ja, sonst brichst du dir noch die Schneidezähne ab«, sagte meine Mutter, und um ihre Mundwinkel erschien tatsächlich so etwas wie ein Lächeln.

Ich steckte die Olive in den Mund. Von dem bitteren Seifengeschmack wurde mir schlecht. Sofort spuckte ich die Olive aus, was bei meinen Geschwistern für große Heiterkeit sorgte.

»Stell dich nicht so an, Miran«, sagte meine Mutter. »Oliven schmecken gut.« Sie steckte sich eine in den Mund. Den Stein warf sie auf den Boden. »Vielleicht wächst eines Tages ein schöner Olivenbaum an dieser Stelle«, sagte sie lachend.

Selbst als die Sonne untergegangen war, blieb es im Zelt warm. Meine Mutter hatte die Matten hineingelegt, die Decken, die wir im Sommer benutzten, aber im Haus gelassen. »Sonst ertrinken wir in unserem eigenen Schweiß.«

Fasziniert betrachteten Elida und ich die von innen beleuchteten Zelte in der Straße. Es war eine magische Atmosphäre, eine Szenerie von Lichtfontänen, um die herum Dutzende von Nachtfaltern flatterten. Jemand, der sich hierher verirrt hätte, könnte sich fälschlicherweise in Hemgin willkommen fühlen. Zwei Öllampen erleuchteten unser Zelt und lockten große, langbeinige Fliegen an. Immer wieder flogen sie gegen die Zeltplane. Es klang, als würde jemand mit dem Finger auf den Stoff tippen, um uns zu ärgern.

Als mein Bruder ins Zelt kam, protestierte er sofort. »Ich schlafe lieber auf meiner Matte unter einem Baum. In dieser Hitze kriege ich kein Auge zu.«

»Kommt gar nicht infrage, es ist viel zu gefährlich, draußen zu schlafen«, erwiderte meine Mutter.

Ich saß in Unterhosen auf meiner Matte, aber der Schweiß floss an meinem Körper hinab. Als alle sich hingelegt hatten, löschte mein Vater die Öllampen. Die stickige Luft hatte sich sehr bald mit dem säuerlichen Geruch unserer Körper vermischt. Es fühlte sich an, als drückte mir jemand die Kehle zu. Ich atmete flach und lauschte den Geräuschen der nächtlichen Insekten. Ich hörte meinen Vater schnarchen, und zum ersten Mal fiel mir auf, wie schwer meine Mutter atmete. Hin und wieder murmelte mein Bruder etwas vor sich hin. Nur Elida schlief geräuschlos. Trotz der Hitze war sie wie immer zu mir herübergekrochen und hatte ihren warmen Körper eng an mich geschmiegt. Ich verstand nicht, wie die anderen schlafen konnten. Hatten sie keine Angst, nachts überfallen zu werden?

Am nächsten Morgen weckte mich die gleißende Sonne, die das Zelt in einen Backofen verwandelt hatte. Meine Matte war schweißgetränkt, und vom Geruch im Zelt wurde einem schlecht. Alle schliefen noch. Ich stieg über Arme und Beine, löste die Schnüre an der Vorderseite und schnappte gierig nach frischer Luft.

In den darauffolgenden Nächten schliefen wir auch im Zelt, bis mein Bruder sagte, er werde von nun an wieder im Haus übernachten. Als meine Mutter Einwände erhob, sagte er, dem ganzen Dorf habe man grundlos Angst eingejagt. »Die Erde hat nicht ein Mal gezittert, und trotzdem hocken wir in diesem stinkenden Zelt und schwitzen wie die Tiere. Ich schlafe erst wieder hier drin, wenn der Boden zu zittern beginnt.«

Er war durch nichts zu erweichen, und meine Mutter schaffte es nicht, ihn von seinem Vorhaben abzubringen. Und so schlief er als Einziger im Haus. Uns war aufgefallen, dass abends immer weniger Zelte beleuchtet waren, obwohl der Muhtar die Leute aufgefordert hatte, auf gar keinen Fall in den Häusern zu schlafen. Seine Warnung, die Häuser auch tagsüber zu meiden, wurde bereits nach einem Tag in den Wind geschlagen.

»Fast alle im Dorf schlafen wieder drinnen«, sagte meine Mutter, nach vier Tagen sich fügend. »Wir wollen auch wieder im Haus übernachten. Hier im Zelt ist es nicht auszuhalten.«

Mein Vater nickte.

»Aber sobald ich spüre, dass der Boden zittert, schlafen wir wieder alle im Zelt.«

46

An den Abenden, an denen Hemo nicht mit uns aß, war die Spannung zwischen meinen Eltern fühlbar. Sogar Elida bemerkte es. Das Lächeln, mit dem ich ihr so oft die Sorgen genommen hatte, konnte sie nicht mehr beruhigen. Ich fürchtete, dass all dies nur ein Vorbote war, eine Warnung vor noch größerem Unglück.

Nach dem letzten Vorfall mit dem Stein, der meine Mutter um ein Haar getroffen hätte, bot Hemo meinem Vater ein Gewehr an. Doch der lehnte ab, trotz unserer flehentlichen Bitten. Er ließ nicht mit sich reden, so wie es für ihn auch kein Thema war, aus Hemgin wegzugehen. Seit er sein Bein verloren hatte, legte er eine Entschlossenheit an den Tag, die nicht zu seinem sanftmütigen und nachgiebigen Charakter passte. Er war nicht länger der Ehemann, der Befriedigung daraus schöpfte, es seiner Frau recht zu machen. In entscheidenden Momenten setzte er jetzt seinen Willen durch.

Als meine Mutter eines Abends fragte, was wir in Hemgin verloren hatten, reagierte er nicht. Alle waren bereits mit dem Essen fertig, aber mein Vater starrte desinteressiert in seine Schüssel, in der die Suppe längst kalt geworden war.

»Was sollen wir um Himmels willen in diesem Dorf?«, fragte meine Mutter erneut. »Sollen wir bis zu unserem Tod bei Hemo und Berz betteln?«

»Nein«, erwiderte er ruhig. »Wir werden etwas anderes tun.«

»Was denn?«

»Wir werden wieder Vieh halten«, sagte er, als läge es auf der Hand, als hätten wir es wissen können, hätten wir nur besser aufgepasst.

Meine Mutter sah ihn an. Sie schien unsicher, ob das sein Ernst war oder ob er einen Scherz machte. »Vieh halten?«

Ich verstand ihn nicht. Das bisschen Geld, das wir von Atilla bekommen hatten, reichte meiner Meinung nach nicht, um Vieh zu kaufen. Wir hatten kaum genug zu essen, in Hemgin hatte ich gelernt, wie es war, hungrig ins Bett zu gehen. Und jetzt wollte er Vieh halten?

Mein Vater schlürfte lustlos einen Löffel kalte Suppe. »Ja, Aşme, wir werden wieder Vieh halten.«

»Selim, es tut mir leid, aber hast du vielleicht den Verstand verloren? Wie willst du das bewerkstelligen?«

»Das wirst du schon sehen.«

»Hätten wir dann nicht besser unser Vieh nach Hemgin treiben sollen, anstatt es zu verkaufen?«, fragte mein Bruder.

»Das ist nicht der richtige Moment für Witze, Yusuf«, sagte meine Mutter.

»Ich mache keine Witze. Ich glaube, Atilla lacht sich immer noch tot, weil er sich für ein Taschengeld unser Vieh unter den Nagel gerissen hat.«

Er hatte recht, aber das wollte ich nicht laut sagen. Wenn meine Mutter und mein Bruder sich zusammentaten, wollte ich meinem Vater nicht in den Rücken fallen, obwohl es mir mehr Mühe als je zuvor bereitete, ihn nicht im Stich zu lassen.

Plötzlich klopfte es laut an der Tür. Meine Mutter sah meinen Vater erschrocken an, und mein Bruder, der beim letzten Mal freiwillig die Tür geöffnet hatte, blieb sitzen.

»Komm vors Haus, Selim Uslu!«

Es war die Stimme, die ich nie vergessen und die für immer mit dem Kampf auf dem Land meines Großvaters verbunden sein würde. Es war Wusars Stimme.

»Wir wissen, dass du da bist«, brüllte Wusar. »Komm heraus, Selim!«

Wusars Stimme dröhnte wie ein plötzlicher Herbststurm durch die geschlossene Tür ins Haus. Er war nicht allein. Stimmen von Männern, die aufgeregt diskutierten, waren zu hören.

Mein Vater legte ruhig den Löffel zurück in die Suppenschale und wischte sich den Mund mit dem Handrücken ab. Doch so gelassen er sich auch gab, ich sah die Angst in seinen Augen.

»Nein, Selim«, sagte meine Mutter. »Du gehst nicht nach draußen.«

»Ich hab keine Wahl, Aşme«, sagte er in gleichmütigem Ton. »Wir können nicht immer weglaufen. Sie werden uns nie in Ruhe lassen.«

»Apo …«, sagte mein Bruder. »Bitte, öffne die Tür nicht.« Nie zuvor hatte ich die Stimme meines Bruders sich überschlagen hören. »Er ist nicht gekommen, um zu reden, und er ist nicht allein.«

»Yusuf hat recht«, sagte meine Mutter und drückte Elida fest an sich. »Wir dürfen die Tür auf gar keinen Fall öffnen.«

»Wir müssen Hilfe holen«, sagte ich plötzlich, mich über mich selbst wundernd. »Wir müssen Hemo Bescheid sagen. Ich kann durch die Hintertür raus und zu ihm laufen.«

»Mehmet hat recht«, sagte mein Bruder. »Das ist unsere einzige Chance.«

»Nein!«, sagte mein Vater resolut. »Mehmet geht nirgendwohin. Das ist viel zu gefährlich.«

»Dann gehe ich«, sagte mein Bruder. »Ihr bleibt alle hier drinnen, und ich hole Hemo.«

Meine Eltern nickten mit ängstlichem Blick.

Wusar donnerte wieder an die Tür. »Selim, lanet bo, mach auf! Es gibt keinen Ausweg für dich!«

»Ich hole jetzt Hemo«, sagte mein Bruder, als müsste er sich selbst noch einmal Mut machen. Er sah meinen Vater eindringlich an und sagte: »Apo, versprich mir, dass du die Tür nicht aufmachst.«

Mein Vater sah Yusuf betrübt an, als sähe er ihn zum letzten Mal.

Sein Sohn war dabei, ein Mann zu werden, und setzte sich erneut unerschrocken für seine Familie ein.

Mein Bruder nahm den Kopf meines Vaters in beide Hände, als wäre er es, der zu seinem Sohn sprach, und sagte: »Apo, versprich es mir!«

Mein Vater nickte. »Ich verspreche es, mein Sohn.«

Die wütende Stimme Wusars erfüllte erneut das Haus. »Selim! Meine Geduld geht zu Ende. Ich warne dich. Komm heraus wie ein Mann und stell dich deinem Schicksal!«

Mein Bruder verschwand zur Hintertür. Wahrscheinlich konnte er gerade noch hören, dass Wusar immer kräftiger gegen die Tür zu schlagen begann. Sie zitterte im Rahmen, und der Balken, der als Riegel diente, schien jeden Moment durchbrechen zu können. In Gedanken sah ich Wusar und seine Kumpane wie hungrige Bestien ins Haus stürmen und uns der Reihe nach umbringen. Ich dachte an Elida und meine Mutter. Was konnte ich tun, um sie zu beschützen? Was konnte ich tun, um meinen armen Vater zu beschützen?

Ich bekam keine Luft. Es war so weit: Unser Ende war gekommen. Hier in Hemgin würde alles enden, hier würden wir sterben. Und hier in diesem Haus würde unser Fleisch verbrennen, und unsere Lungen würden sich mit dem dichten Rauch der brennenden Balken füllen. Und zur Strafe würde ich als Letzter sterben und mit ansehen müssen, wie meine Eltern und meine Schwester den Flammen zum Opfer fielen. Niemand konnte uns noch retten.

Wusar begann laut zu zählen: »Fünf … sechs … sieben … acht …«

»Halt!«, rief mein Vater. »Hör auf! Es reicht, ich komme.« Er stand auf und bückte sich nach seinen Krücken, aber meine Mutter hielt ihn fest.

»Selim«, sagte sie mit zitternder Stimme, »sei bitte vorsichtig.«

Ich stand auch auf. »Baba … ich gehe mit dir.« Vielleicht ermordeten sie ihn nicht, wenn sein jüngerer Sohn an seiner Seite war. Vielleicht zeigten diese Barbaren dann Erbarmen.

Mein Vater sah mich mit den traurigen Augen an, die zu ihm gehörten, seit er sich in einen anderen Mann verwandelt hatte. Er war zum Spielball des Schicksals geworden, das ihn wie eine Fluse ziellos hin und her blies. Und wir folgten ihm willenlos und kamen dem Abgrund immer näher.

»Mehmet, bleib du bei Daye und Elida und hab keine Angst.« Er sah mich an, als nähme er Abschied von mir, und dann sagte er die Worte, denen ich schon längst kein Vertrauen mehr schenkte. »Alles wird gut.«

Er humpelte zur Haustür. Plötzlich war es totenstill. Wusar hämmerte nicht länger gegen die Tür, und auch die Gespräche der Männer draußen waren verstummt. Einen Moment lang hätte man meinen können, alles sei in bester Ordnung und mein Vater gehe an einem ganz normalen Abend zur Tür, um draußen auf der Latrine seine Notdurft zu verrichten.

Meine Mutter drückte Elida und mich fest an sich, und wir beobachteten, wie mein Vater den Balken wegnahm und die Tür langsam öffnete. Wusar füllte den ganzen Rahmen aus. Er hielt eine brennende Fackel in der Hand, deren Glut seinem Gesicht mit der eingedellten Stirn etwas Unmenschliches verlieh. Ein Wesen, das der Hölle entflohen war.

»Selim Uslu«, sagte der Dämon von Hemgin und hielt die Fackel näher an das Gesicht meines Vaters. »Da bist du endlich.«

Hinter ihm standen fünf Männer, von denen zwei ebenfalls brennende Fackeln trugen. Mindestens drei von ihnen waren auch beim Kampf auf dem Acker dabei gewesen. Sie hatten sich damals wie hungrige Wölfe auf meinen Bruder gestürzt.

»Ja, Wusar«, sagte mein Vater mit einer Stimme, in der keine Angst, sondern Schicksalsergebenheit mitschwang. »Hier bin ich. Lass uns reden.«

Wusar schaute über die Schulter meines Vaters ins Haus. Sein kalter Blick fiel erst auf mich und dann auf meine Mutter. »Es gibt nichts, worüber wir reden könnten«, sagte er viel ruhiger als beim vorigen Mal. »Ich bin hier, um dich ein letztes Mal zu warnen.«

»Eine letzte Warnung?«

»Ja, ich sage dir jetzt ein letztes Mal, was ich von dir erwarte, und wenn du das nicht tust, komme ich wieder, um die Arbeit zu beenden.«

»Ich höre«, erwiderte mein Vater, als spielte es für ihn keine Rolle mehr, was Wusar sagen wollte.

»Ich verlange, dass du Hemgin verlässt.« Er deutete auf uns. »Ich verlange, dass du Hemgin zusammen mit deiner Familie verlässt.« Er spuckte unmittelbar vor meinem Vater auf den Boden. »Du hast zwei Tage Zeit.«

»Wir gehen nicht weg«, sagte mein Vater sofort.

Wusar tat, als hätte er diese Worte nicht gehört. »Und wenn ihr nicht innerhalb von zwei Tagen verschwunden seid, dann kommen wir mit Fackeln wieder, stecken euer Haus an und schleifen eure verbrannten Körper der Reihe nach aus dem Dorf.«

Der Geruch der brennenden Fackeln erfüllte zunehmend das Haus. Vielleicht roch es so in der Hölle.

»Warum sollten wir gehen?«, fragte mein Vater ganz harmlos, als wäre es ihm noch nicht klar.

»Weil ihr nicht hierhergehört!«, brüllte Wusar. »Für Eindringlinge, die nur Unruhe stiften, ist hier kein Platz!«

»Aber wir tun doch niemandem etwas Böses. Wir versuchen nur, uns eine Existenz aufzubauen, ohne jemandem zur Last zu fallen.«

Wusars Augen leuchteten durch die Glut der Fackeln rot auf. »Du wagst es, mir ins Gesicht zu lügen, Krüppel! Ihr bringt Unruhe. Dein Sohn hat eine unserer Frauen fast ermordet. Dank Allah hat sie überlebt, sonst hätten wir euer Haus sofort angezündet.«

»Das war nicht unsere Absicht. Es … es war ein Unfall.«

»Schweig! Du hast es auf unser Land abgesehen, wir können dich nicht in unserer Mitte dulden.«

»Ich habe es überhaupt nicht auf euer Land abgesehen, ich …«

Wusar rammte meinem Vater um ein Haar die Fackel ins Gesicht, sodass dieser vor Schreck fast nach hinten fiel. »Ich sagte, schweig,

Krüppel! Ich bin nicht gekommen, um mit dir über das Land zu reden.«

Einer seiner Kumpane wurde unruhig und rief plötzlich: »Lass uns das Haus jetzt anstecken. Du hast doch gehört, er will nicht gehen!«

Wusar wandte sich zu dem Betreffenden um. »Nicht so ungeduldig«, sagte er. »Wir sind anständige Menschen. Sie bekommen zwei Tage Zeit.«

Er sah meinen Vater grinsend an. »Du bist doch ein Geschichtenerzähler?«

Mein Vater schien kurz zu überlegen, was er darauf antworten sollte. »Nein«, sagte er schließlich.

»Lüg nicht! Ich habe gehört, dass du in deinem Dorf jeden Abend Geschichten erzählt hast.«

»Das war früher.«

»Nun, Geschichtenerzähler, kennst du die Geschichte von dem Mann, der nach Jahren in sein Geburtsdorf zurückkehrt?«

Mein Vater schüttelte den Kopf.

Wusar tat erstaunt. »Was bist du für ein Dengbej? Jeder kennt die Geschichte.«

»Ich nicht.«

»Gut, ich werde sie dir erzählen«, sagte Wusar. »Ihm fehlte ein Bein!« Er drehte sich zu seinen Spießgesellen um und sah dann wieder zu meinem Vater. »Ihm fehlte ein Bein!« Dann brach er in Lachen aus. Es war dröhnend laut und stellte sogar das Lachen des Schlachters Atilla in den Schatten. Wie auf Kommando fingen auch Wusars Begleiter an zu lachen. »Erzähl die Geschichte ruhig, wenn du wieder in deinem Dorf bist«, sagte Wusar mit zufriedenem Blick. »Du hast zwei Tage, um für immer zu verschwinden. Zwei Tage!«

Als ich schon nicht mehr damit rechnete, hörte ich auf einmal Hemos Stimme. »Lass ihn in Frieden, Wusar!« Mit einem Gewehr in der Hand war er herbeigeeilt und keuchte nun. Mein Bruder stand hinter ihm.

»Ah, Hemo, du kommst schon wieder zu spät. Selim und ich hatten ein gutes Gespräch, und ich habe ihm auch eine schöne Geschichte erzählt, die er noch nicht kannte.« Breit grinsend legte er eine Hand auf die Schulter meines Vaters. »Ich bin überzeugt, er ist mir dankbar dafür.«

»Hör mit dem Unsinn auf und lass die Leute in Frieden.«

»Ich lass sie ja in Frieden, aber wenn sie in zwei Tagen nicht verschwunden sind, wissen sie, was sie erwartet.«

»Ich werde nicht zulassen, dass du sie vertreibst«, rief Hemo mit kräftiger Stimme. »Das werde ich niemals zulassen!«

»Vielleicht ist es an der Zeit, dass du auch aus Hemgin wegziehst, alter Mann. Du stehst auf der falschen Seite. Für jemanden, der mit dem Feind gemeinsame Sache macht, ist hier kein Platz!«

»Du bist verrückt geworden, Junge!«, sagte Hemo. »Und du glaubst, niemand könnte dich aufhalten. Aber da irrst du dich. Du machst einen großen Fehler!«

Wusar entfernte sich gemächlich und sagte: »In zwei Tagen werden wir sehen, wer sich geirrt hat.«

47

Wenn es regnete, wurde Hemgin ein anderes Dorf. Das Heuschreckenorchester hüllte sich in Schweigen, und die Hunde bellten nicht mehr. Nur das Geräusch von Tropfen, die auf die verlassenen Zelte fielen, war hörbar. Es klang wie der Trommelwirbel, der die Ankunft eines Heeres ankündigte.

Ich wartete auf die Rückkehr meines Vaters. Hemo hatte ihn am frühen Morgen abgeholt. Sie wollten zusammen den Muhtar über das Ultimatum informieren, das dessen Sohn uns gestellt hatte. Nach Wusars Abgang hatte mein Vater kampfesbereit gerufen, er werde verlangen, dass der Muhtar seinen Sohn zur Ordnung rief und unsere Sicherheit garantierte. Aber am nächsten Morgen hatte er nur geistesabwesend vor sich hin gestarrt und auf seinem Stammplatz im Wohnzimmer hektisch eine Zigarette nach der anderen geraucht. Als hätte er nach der unruhigen Nacht, in der meine Mutter unaufhörlich jammerte, jede Hoffnung auf ein gutes Ende verloren.

Hemo hatte angeboten, bei uns Wache zu halten, aber mein Vater hatte den Kopf geschüttelt und gemeint, die Männer würden in dieser Nacht nicht wiederkommen. Und erneut hatte mein Vater zu verstehen gegeben, dass er von Waffen nichts hielt. Hemo hatte erwidert, wir müssten etwas unternehmen und könnten nicht untätig abwarten, bis sie in zwei Tagen wieder vor unserer Tür stünden.

»Aber was sollen wir tun?«, hatte mein Vater gefragt.

»Es gibt zwei Möglichkeiten«, hatte Hemo geantwortet. »Die

erste ist, Hemgin zu verlassen. Es ist das Beste, was du tun kannst, Selim. Verlass das Dorf, geh weg aus Hemgin, ehe es zu spät ist.«

»Nein, Hemo«, hatte mein Vater schlicht erwidert. »Wir gehen nicht weg. Sag, welche andere Möglichkeit haben wir?«

»Dich bewaffnen und die Leute um Hilfe bitten. Hör mir gut zu, Selim. Wusar und seine Männer werden kaum auf nennenswerten Widerstand treffen, wenn die Verteidigung nur aus Yusuf, dir und mir besteht. Dann ziehen wir bestimmt den Kürzeren.«

»Es gibt noch eine Möglichkeit«, hatte mein Vater gesagt, als spielte er seinen letzten Trumpf aus. »Wir reden mit dem Muhtar.«

Hemo hatte den Kopf geschüttelt. »Ach, Selim, das ist sinnlos. Es würde mich nicht wundern, wenn Wusar im Auftrag seines Vaters handelt.«

Doch mein Vater ließ sich nicht von seiner Meinung abbringen. »Aber er kann doch nicht zulassen, dass sein Sohn unser Haus anzündet?«

»Meinetwegen, Selim«, hatte Hemo schließlich gesagt, als es schon nach Mitternacht war. »Aber dann machen wir ihm ordentlich Feuer unterm Hintern.«

Nachdem Hemo gegangen war, hatte ich mein Heft genommen und hineingeschrieben: *Ich habe Angst. Ich will zurück nach Sobyan.*

Am Morgen hatte meine Mutter zum wiederholten Mal darauf gedrungen, aus Hemgin wegzugehen. »Wenn du es nicht für mich tun willst, dann tu es für unsere Kinder. Selim, bitte, ich flehe dich an.« Doch als mein Vater darauf nicht reagierte und nur vor sich hin starrte, war für sie das Maß voll. Sie hatte geschrien, mit Schüsseln und Schalen geworfen und ihn kräftig geschüttelt. Wie eine Wahnsinnige hatte sie ihm ins Gesicht gebrüllt: »Du bist verrückt geworden, Selim Uslu! Du willst uns alle in den Tod treiben! Möge Allah wissen, was in deinem Kopf vorgeht.« Als erneut nichts kam, hatte sie mit einer Stimme tief aus dem Innern zu ihm gesagt: »Ich werde nicht warten, bis meine Familie ermordet wird. Ich verlasse dich, Selim, und die Kinder nehme ich mit.«

Mein Vater, der noch nie die Hand gegen meine Mutter erhoben hatte, packte sie daraufhin beim Handgelenk und zog sie grob zu Boden. Mit aufeinandergebissenen Zähnen zischte er sie an: »Pass auf, was du sagst, Aşme! Wenn du noch ein Mal drohst, mich zu verlassen, dann tu ich dir etwas an. Ich schwöre, dann vergesse ich mich selbst.«

Meine Mutter hatte gekreischt: »Selim, lass mich los! Du tust mir weh!« Doch erst als mein Bruder rief, er solle aufhören, ließ er sie los.

48

Meine Mutter behandelte meinen Vater wie Luft. Sie beachtete weder seinen traurigen Blick noch den ausgemergelten Leib und richtete das Wort ausschließlich an Hemo. »Was hat der Muhtar gesagt?«

Ich schaute zu Hemo und erkannte zum ersten Mal einen alten Mann, der davon ausgegangen war, seine letzten Jahre in Einsamkeit zu verbringen. Er hatte wahrscheinlich nicht mehr mit der Rückkehr meines Vaters gerechnet. Dessen Geschichten entsprachen der Wahrheit: Hemo war bereit, alles für ihn zu geben. Und obwohl es mich beruhigte, in Hemo einen Verbündeten zu haben, war ich bedrückt, weil wir sein friedliches Dasein durcheinandergebracht hatten.

»Er ist davon überzeugt, dass sein Sohn es nicht so gemeint hat«, sagte Hemo. »Wir sollten es als einen Einschüchterungsversuch betrachten.«

Meine Mutter guckte ungläubig. »Einschüchterungsversuch? Sein Sohn will uns bei lebendigem Leib verbrennen!«

»Er sagte, die Dorfbewohner sind immer noch wütend, weil Yusuf Sosime verletzt hat, und er kann das sogar verstehen«, fuhr Hemo unerschütterlich fort.

»Aber das war ein Unfall«, sagte meine Mutter, als versuchte sie, Hemo von dieser Tatsache zu überzeugen. »Außerdem hat Wusar den ersten Stein geworfen. Das habt ihr doch bestimmt erwähnt?«

»Natürlich. Der Muhtar geht nicht davon aus, dass irgendetwas passiert, und er sieht daher keinen Grund einzugreifen.« Hemo schwieg kurz. »So wie ich gestern schon sagte: Ich fürchte, er hat hierbei seine Finger im Spiel. Von ihm können wir nichts erwarten.«

Meine Mutter stand auf und spreizte verzweifelt die Arme. »Was sollen wir jetzt tun? Warten, bis sie mit Fackeln vor der Tür stehen und uns das Haus über dem Kopf anzünden?«

»Ich bringe euch Waffen«, sagte Hemo entschlossen. »Es tut mir leid, Selim, aber wenn du kein Gewehr tragen willst, muss Yusuf es eben tun.«

Die Augen meines Bruders leuchteten sofort auf, und ehe mein Vater protestieren konnte, sagte meine Mutter: »Das ist höchste Zeit.«

Hemo strich sich über den Bart. »Ich werde meinen Bruder Nandar und ein paar Freunde aus seinem Dorf bitten, uns zu helfen. Sonst haben wir keine Chance.«

»Das können wir doch nicht von ihm verlangen!«, rief mein Vater.

»Nandar weiß, dass du für mich wie ein eigener Sohn bist. Wenn er hört, dass du in Schwierigkeiten steckst, wird er keinen Moment zögern. Ich mache mich sofort auf den Weg, um ihm Bescheid zu sagen. Das Gewehr lasse ich euch hier für den Fall, dass etwas passiert. Selim, mit deinem Einverständnis gebe ich es Yusuf.«

Mein Vater seufzte tief und resigniert. Dann nickte er kaum wahrnehmbar.

Hemo gab meinem Bruder das Gewehr. »Yusuf, kannst du damit umgehen?«

Ich hatte meinen Bruder nie mit einem Gewehr schießen sehen und dachte, er habe davon genauso wenig Ahnung wie ich. Doch zu meiner Verwunderung sagte er: »Natürlich, kein Problem.« Als hätte Hemo ihn gebeten, eine Ziege zu melken. Stolz ergriff er das Gewehr mit beiden Händen. Es schien zu ihm zu gehören wie ein Schlachtermesser zu Atilla oder eine Sense zu den Bauern auf dem Weizenfeld. Hemo packte meinen Bruder bei den Schultern und sagte in eindringlichem Ton: »Ich vertraue darauf, dass du es nur im Notfall benutzt.«

»Sei unbesorgt«, sagte mein Bruder. »Ich werde vernünftig damit umgehen.«

»Du bist jetzt ein Mann«, sagte Hemo. »Ein Mann, der seine Familie beschützen muss.«

Als mein Bruder und ich am Nachmittag vom Wasserhahn nach Hause kamen, hockte dort ein uns unbekannter Mann im Schneidersitz. Seine großen Hände ruhten auf den Knien, und er blickte einfach vor sich hin. Neben ihm lag ein großes Gewehr.

»Yusuf, Mehmet, dies ist mein jüngerer Bruder Nandar.« Hemo deutete stolz auf den Mann, der ihm in keinerlei Hinsicht ähnlich war. Nandars Haar war pechschwarz, und trotz seines Stoppelbartes und der buschigen Augenbrauen strahlten seine Augen etwas Jungenhaftes aus. Obwohl er saß, konnte man sehen, dass er überdurchschnittlich groß war.

Mein Bruder reichte ihm die Hand. »Ma be gerdi, Nandar *ap*«, sagte er freundlich. »Willkommen in unserem Haus.« Er hörte sich älter an, als wäre er der Herr des Hauses. Nandar nickte kurz und gab eine Art Knurren von sich. Ob er überhaupt sprechen konnte?

Meine Hand verschwand in seiner, und ich spürte die immense Kraft, die in seinem Körper steckte. »Ma be gerdi«, sagte ich, wobei ich ihn kaum anzusehen wagte.

Während die Härte aus seinem Blick verschwand und er mich herzlich anlächelte, legte er mir eine Hand auf den Kopf und sagte mit sanfter Stimme: »Gerbe sılamet, Mehmet.« Nun sah ich, dass er unter dem linken Auge eine lange Narbe hatte.

»Als ich Nandar erzählte, worum es geht, war er sofort bereit zu kommen«, sagte Hemo.

»Mein Bruder betrachtet euch als seine Familie«, sagte Nandar, als müsste er sein rasches Kommen erläutern. »Das bedeutet, dass ihr auch meine Familie seid, und wenn meine Familie Probleme hat, kann ich nicht tatenlos bleiben.«

»Ich habe die Freunde, die ich um Hilfe bitten wollte, nicht angetroffen«, sagte Hemo. »Aber Nandar bleibt so lange wie nötig. Wir werden abwechselnd bewaffnet vor eurem Haus Wache halten.«

Vielleicht trauten sich Hemos Freunde nicht, uns zu helfen, vielleicht fürchteten sie Wusar und seine Kumpane, und Hemo wollte uns das nicht eingestehen.

»Wir sind sehr dankbar, dass du gekommen bist«, sagte meine Mutter mit bewegter Stimme. »Ich mache rasch etwas zu essen, bestimmt hast du Hunger.« Sie schaute sich nervös um. Vielleicht fragte sie sich, wie sie das hinbekommen sollte angesichts eines Gastes, der seiner Größe wegen bestimmt für drei essen konnte. Aber ich wusste, was notfalls geschah: Meine Eltern würden auf ihre Mahlzeit verzichten. Der Gast musste wie ein Fürst behandelt werden, er musste den Tisch immer gesättigt verlassen. Mein Vater hatte dies in Sobyan so oft betont und in seine Geschichten eingewoben, dass auch ich bereit war, für unsere Gäste Hunger zu leiden.

»Ich brauche nicht viel«, sagte Nandar. Er klang wie ein Soldat, der weiß, dass in schwierigen Zeiten das Überleben wichtiger als die Sättigung ist. »Gib mir nur, was übrig bleibt.«

Meine Mutter protestierte, doch Hemo meinte sogleich, sie müsse sich wegen Nandar keine Sorgen machen. »Mein Bruder ist wie aus Stein.« Er klopfte ihm kräftig auf die Schulter. »Zur Not kommt er eine Woche ohne Essen aus.«

Ohne jemanden im Besonderen anzusprechen, fragte Nandar: »Zu wie vielen waren sie?«

»Wusar hatte fünf Männer bei sich«, erwiderte mein Bruder.

»Insgesamt also sechs«, sagte Nandar gleichmütig. »Und sie waren nicht bewaffnet?«

Mein Bruder schüttelte den Kopf. »Sie hatten nur Fackeln bei sich.«

Nandar nickte selbstbewusst. »Das ist überschaubar.«

Obwohl wir an diesem Abend den Riegel nicht vor die Tür schoben, schlief ich zum ersten Mal seit langer Zeit wieder ohne Angst. Nandar hielt mit seinem großen Gewehr Wache.

49

Die dunklen Wolken, aus denen es am Vortag unaufhörlich geregnet hatte, waren von der Sonne vertrieben worden. Der Schlamm war getrocknet, und die Heuschrecken machten sich wieder bemerkbar. Für jeden anderen wäre dies vielleicht ein verheißungsvoller Tag gewesen. Für uns war es der Tag, an dem wir Hemgin verlassen oder in einem brennenden Haus unser Schicksal erleiden mussten.

Nandar war in aller Frühe von Hemo abgelöst worden und schlief nun in dessen Haus. Meine Mutter ging angespannt hin und her, während sich mein Vater neben dem Zelt mit Hemo und meinem Bruder unterhielt. Hemo hatte sein Gewehr geschultert und schaute die Straße hinunter.

»Ich nehme an, sie kommen wie beim letzten Mal am Abend«, sagte er. »Aber wir müssen auf alles vorbereitet sein.«

»Vielleicht kommen sie ja auch gar nicht«, meinte mein Vater zu meinem Erstaunen. Er sprach die Worte zögerlich aus, als wollte er nur nicht unerwähnt lassen, dass es auch diese Möglichkeit gab und der Muhtar vielleicht doch recht hatte. Aus dem Augenwinkel sah ich, wie mein Bruder ärgerlich den Kopf schüttelte. Doch er hielt den Mund und ersparte meinem Vater die Schmach, in Hemos Beisein kritisiert zu werden.

»Selim, sie werden kommen, daran zweifle ich nicht«, sagte Hemo. Dann wandte er sich an meine Mutter. »Aşme, ich bringe dich nachher zusammen mit Elida und Mehmet in mein Haus. Dort seid ihr sicherer. Wir werden alles tun, um es zu verhindern, aber wenn eine brennende Fackel auf euer Haus geworfen wird, kann es blitzschnell in Flammen stehen.«

Obwohl ich Angst hatte und hoffte, er werde mein Angebot ablehnen, fragte ich Hemo: »Soll ich nicht hierbleiben?« Ich wollte zeigen, dass ich kein Angsthase war und auch ein wenig von dem Mut hatte, über den mein Bruder im Übermaß verfügte. Aber noch ehe Hemo etwas erwidern konnte, verpasste meine Mutter mir einen Schlag auf den Hinterkopf. »Halt den Mund, Miran. Sag nicht so lächerliche Dinge.«

Beschämt schaute ich auf den Boden, und Hemo sagte väterlich zu mir: »Du passt auf deine Mutter und deine Schwester auf.«

»Was ist euer Plan?«, fragte meine Mutter besorgt.

»Nandar und ich werden sie vor dem Haus erwarten. Selim und Yusuf stehen hinter uns.«

»Bewaffnet?«

Hemo nickte. »Yusuf wird das Gewehr tragen, das ich ihm gegeben habe.«

Ich sah Angst in den Augen meiner Mutter. Sie zog Hemo näher zu sich heran. »Und Selim?«, flüsterte sie. »Was wird aus ihm, wenn das Ganze außer Kontrolle gerät?«

»Er möchte unbedingt dabei sein«, sagte Hemo hinter vorgehaltener Hand. »Ich konnte es ihm nicht ausreden.«

»Ich höre euch!«, sagte mein Vater plötzlich scharf. »Du musst dir meinetwegen keine Sorgen machen, Aşme. Ich bin noch Manns genug, mich selbst zu verteidigen und auszuteilen, wenn es nötig sein sollte.« Der Geschichtenerzähler, der nichts mit Gewehren zu tun haben wollte, war nun Teil einer bewaffneten Verteidigungslinie.

Mein Bruder glühte vor Stolz. Wie Hemo trug er sein Gewehr geschultert. »Apo hat recht«, sagte er. Seine Stimme klang tiefer als sonst. »Wir kommen schon zurecht.« Aber mehr noch als um meinen Bruder machte ich mir um meinen Vater Sorgen. Im Kampf wäre er für die Irren mit den Fackeln kein ernst zu nehmender Gegner.

Nandar war aufgestanden und kam nun mit großen Schritten aus der Richtung von Hemos Haus auf uns zu. Erst jetzt sah ich, wie beeindruckend seine Erscheinung war. An Größe übertraf er sogar Atilla, und doch bewegte er sich geschmeidig und leicht, wie ein Raubtier, das geräuschlos durch unbekanntes Jagdterrain schleicht.

»Selam«, sagte er mit noch wärmerer Stimme als am Vortag. »Se kena rında?«

»Gut«, sagte mein Vater. »Aber du hast kaum geschlafen.«

Er lächelte. »Ich brauche nur ein paar Stunden.«

Hemo klopfte seinem jüngeren Bruder wieder auf die Schulter. »Ja, mehr braucht dieser große Junge nicht.« Und erneut sah ich den stolzen Blick in seinen Augen, den stolzen Blick, den ich von meinem eigenen Bruder nicht kannte.

In Hemos Haus war es dunkel und warm. Es war offensichtlich, dass dort jahrelang ein Mann ohne Frau gelebt hatte. In der Luft hing ein säuerlicher Geruch, es war staubig und stickig. Auf einer dünnen Matratze mit fleckig braunem Laken lag eine für die Jahreszeit zu dicke Decke. Dort mussten wir schlafen, wenn es schlecht lief.

»Anne, hier stinkt es«, sagte Elida und hielt sich die Nase zu. »Ich will zurück nach Hause.« Bis jetzt hatte sie sich tapfer gehalten. Es war das erste Mal, dass sie sich beschwerte, und sie hatte recht: Der Geruch in diesem Haus war unerträglich.

»Ich lasse die Tür auf, damit frische Luft hereinkommt«, sagte meine Mutter.

Ich starrte in den Himmel. Bald würden die Fledermäuse auftauchen, und mit ihnen kam auch die Gefahr näher.

Ich schaute in Richtung unseres Hauses, das etwa dreißig Meter entfernt war. Nandar stand einige Schritte vor der offenen Tür und hielt das Gewehr vor sich, bereit, einen Schuss abzufeuern. Hemo hingegen hatte sein Gewehr lässig geschultert und sah sich ruhig um. Die Spitze seiner Zigarette leuchtete rot in der langsam einsetzenden Dunkelheit. Mein Bruder stand hinter ihm, gleich vor der Tür, und ließ seinen Blick unruhig schweifen. Meinen Vater entdeckte ich nicht.

»Möge Allah ihnen Kraft und Mut geben«, sagte meine Mutter und drückte mich an sich. »Und möge Allah über uns wachen.«

»Anne, ich habe Angst«, sagte ich.

Ich hoffte, meine Mutter würde tröstende Worte finden und mir die Angst nehmen, doch sie erwiderte nur: »Ich auch.«

Es war beinahe dunkel. Fledermäuse flatterten durch die Straßen und änderten den Kurs, wenn sie gegen einen Baum zu prallen drohten.

»Was meinst du, wann kommen sie?«, fragte ich meine Mutter.

»Ich weiß es nicht.«

Eine Zeit lang hörte ich nichts anderes als die Geräusche der Insekten und das unruhige Atmen meiner Mutter, bis sie plötzlich sagte: »Still, ich höre etwas.«

Ich hielt den Atem an. Viel früher, als ich erwartet hatte, erklangen in der Ferne tiefe Männerstimmen. Um besser hören zu können und weil ich mich nicht traute, in die Richtung zu schauen, aus der die Stimmen kamen, lauschte ich mit geschlossenen Augen. Langsam wurde das Geräusch lauter.

Als hätte unsere letzte Stunde geschlagen, sagte meine Mutter: »Da sind sie!«

Die Dämonen waren aus ihren Höhlen gekrochen.

Ich öffnete die Augen und sah in der Ferne brennende Fackeln in der Dunkelheit tanzen. Auf und nieder bewegten sich die Stöcke mit dem Höllenfeuer, das nach den Balken unseres Hauses lechzte. Es war nicht zu erkennen, ob Hemo oder Nandar wussten, dass es losging. Meine Mutter rannte ins Haus, holte die Öllampe aus dem Zimmer und wandte sich in die Richtung unseres Hauses. Sie hielt die freie Hand vor die kleine Flamme und zog sie wieder weg. Das wiederholte sie einige Male. Ich verstand nicht, was sie damit bezweckte, bis Hemo seine Öllampe vom Boden nahm und sie in die Höhe hielt.

Mir war, als wanderte ein Stein langsam durch meine Speiseröhre hinab. Ich drehte meinen Kopf in die andere Richtung. Im schwachen Schein der Fackeln wurden Konturen sichtbar. Zuerst erkannte ich Wusar. Ihm folgte eine große Gruppe von Männern. Offensichtlich hatte er mehr Spießgesellen um sich versammeln können als beim letzten Mal. Vielleicht hatte das herumschwirrende Gerücht, dass unser Haus in Flammen aufgehen sollte, sie angelockt.

Meine Mutter zerrte mich am Arm nach drinnen und legte den Riegel vor. Schwer atmend lehnte sie sich mit dem Rücken gegen die Tür. »Seid ganz leise«, sagte sie und löschte die Lampe. »Sie dürfen nicht wissen, dass wir hier sind.« Mit einem Schlag war es im Haus stockfinster.

»Anne, Anne!« Die panikerfüllte Stimme meiner Schwester gellte durch den Raum. Ich hörte, wie meine Mutter tastend zu ihr hinüberkroch. »Pssst, leise, Elida«, flüsterte sie.

Ich presste mein Ohr gegen die Tür und hörte nun Schritte. Sie klangen nicht wie normale Schritte, sondern wie die Hufe einer wild gewordenen Kälberherde.

»Sie sind ganz nah«, sagte ich so leise wie möglich.

»Still«, zischte meine Mutter.

Einen Moment lang wirkte es, als hätten die Männer die Richtung geändert und kämen direkt auf uns zu. Erschrocken stolperte ich rückwärts, bis ich auf meine Mutter und Elida stieß, doch dann wurde das Geräusch schwächer. Als ich mein Ohr wieder vorsichtig an die Tür hielt, hörte ich, wie die Gruppe sich in Richtung unseres Hauses bewegte.

Plötzlich verstummte das Dröhnen der Schritte, und nur die Geräusche der Nacht waren noch zu hören. Doch nicht lange, und Wusars polternde Stimme ertönte.

»Selim, komm heraus!«

»Verschwinde, Wusar! Du hast hier nichts zu suchen!« Hemo klang anders. Es war Gift in seiner Stimme.

»Halt dich da raus, Verräter!«

»Ich warne dich«, rief Hemo entschlossen. »Wenn du dich an ihnen vergreifst, bekommst du es mit uns zu tun!«

Es folgte eine kurze Stille.

»Ich habe die Nase voll, Hemo! Immer, wenn ich zu Selim gehe, treffe ich dich. Und jetzt hast du sogar seinem Sohn ein Gewehr in die Hand gedrückt, und neben dir steht ein Riese von einem Kerl, der mich anschaut, als wollte er mir eine Kugel in den Kopf jagen. Was soll ich davon halten?«

Ich hörte ein unruhiges Gemurmel sich erheben, so als sähen die Männer hinter Wusar erst jetzt, dass Hemo, Nandar und mein Bruder bewaffnet waren.

»Das ist mein Bruder, und ich denke, es liegt auf der Hand, wozu die Waffen dienen.«

»Geh nach Hause, Hemo«, sagte Wusar, als böte er ihm einen Ausweg. »Geh nach Hause und nimm deinen Bruder mit. Dann werde ich vergessen, dass ich euch hier getroffen habe.«

»Nein, Wusar, wir bleiben so lange, bis ihr meine Familie in Frieden lasst.«

»Deine Familie? Hast du schon vergessen, wer deine wirkliche Familie ist, Hemo?«

»Ich warne dich! Zieh dich zurück mit deinen Leuten!«

»Und wenn wir das nicht tun, wollt ihr uns dann alle wegen dem Krüppel und seiner Familie erschießen?«

»Wenn es sein muss.«

Wieder erhob sich aus der Männerschar ein unruhiges Gemurmel. Ich konnte nicht verstehen, was sie sagten. Meine Hände langten nach dem Türriegel. Vorsichtig schob ich ihn beiseite, wobei ich jeden Moment einen Klaps auf die Hand erwartete. Doch meine Mutter unternahm nichts, bis ich die Tür vorsichtig öffnete. Da spürte ich plötzlich ihre kräftigen Finger in meinem Nacken und ihre Hand auf meinem Mund. Ich erstarrte.

»Still! Kein Wort, Miran«, flüsterte sie. »Du bleibst hier stehen, sonst jagst du uns alle in den Tod.«

Nachdem sie mich losgelassen hatte, zog ich die Tür zögernd ein wenig weiter auf, bis ich durch einen Spalt hinausspähen konnte. Mein Atem stockte: Es waren viel mehr Männer, als ich gedacht hatte. Ich sah Hemo und Nandar bewegungslos wie einen Schutzschild vor unserem Haus stehen. Mein Bruder befand sich ein paar Schritte hinter ihnen. Selbst aus der Entfernung erkannte ich, dass von seinem Mut nichts mehr übrig war. Er war geschrumpft zu einem ängstlichen Jugendlichen, der das Gewehr ungeschickt in den Händen hielt. Er stand nicht aufrecht wie Hemo und Nandar, und kaum wahrnehmbar bewegte er sich immer weiter in Richtung Tür.

»Das will ich erst einmal sehen«, sagte Wusar.

»Zieh ab mit deinen Männern!«, rief Hemo. »Euer Vorhaben ist sinnlos.«

Doch Wusar ignorierte ihn und trat, nervös die Fackel schwenkend, einen Schritt vor. »Selim, komm heraus!«

»Du brauchst nicht so zu schreien«, hörte ich meinen Vater gefasst sagen. »Ich bin hier.« Langsam humpelte er aus dem Haus und sprach, als wäre alles in bester Ordnung, als stünde nicht Wusar vor dem Haus und riefe ihn, sondern Ibrahim.

»Ich gebe dir und deiner Familie noch eine letzte Chance, das Dorf zu verlassen, ohne dass unangenehme Dinge geschehen.« Es schien, als wäre der Tonfall meines Vaters auf Wusar übergegangen. »Was immer ihr auch denken mögt, wir sind anständige Menschen.«

»Wir gehen nicht weg«, erwiderte mein Vater entschlossen. Das letzte Wort in dieser Sache war gesprochen, und es schien ihm egal zu sein, wenn noch fünfzig Dorfbewohner mit Fackeln zu den anderen hinzustießen. Ich sah zu Nandar, der noch nichts gesagt hatte.

Plötzlich wurde es in der Menge hinter Wusar unruhig. Rufe ertönten, und jemand in der vordersten Reihe brüllte: »Lasst ihn in der Hölle schmoren!«

Eine brennende Fackel flog flackernd durch die Luft und über die Köpfe von Wusar und Nandar hinweg. Sie schlug am Türrahmen neben meinem Vater und meinem Bruder auf. Funken stoben in alle Richtungen. Es fehlte nicht viel, und sie wäre im Haus gelandet. Mein Vater schloss die Tür, und Nandar stürmte wie ein Steinadler im Sturzflug auf den Mann zu, der die Fackel geworfen hatte, und schlug ihm mit großer Kraft den Gewehrkolben auf den Schädel. Mit einem dumpfen Geräusch fiel der Mann zu Boden. Entrüstung in der Menge. Nandar eilte mit raschen Schritten zurück und rief: »Lasst euch das eine Warnung sein! Der Nächste bekommt eine Kugel!«

»Stirb, du Mistkerl!«, schrie jemand. Dann knallte ein Gewehrschuss. Fast im gleichen Moment brüllte Nandar wie ein verletztes Tier. Mein Magen zog sich zusammen. Nandar ließ das Gewehr sinken, beugte sich stöhnend nach vorn und drückte die rechte Hand auf den linken Oberarm. Ich dachte, er ginge in die Knie, doch er richtete sich wieder auf und feuerte rasch und präzise wie ein Scharfschütze einen Schuss ab. Ein jämmerlicher und lang gezogener Schrei erklang und hallte durch das ganze Dorf. Ein Mann fiel hintenüber, gab schreckliche gurgelnde Geräusche von sich und blieb regungslos liegen. Nach einem Augenblick unnatürlicher Stille rannten einige Männer mit Fackeln in Richtung Wasserhahn davon, als würden sie nun ihrerseits gejagt. Drei Männer folgten ihnen, den Körper des Getroffenen stolpernd forttragend.

Etwa zehn Männer blieben übrig und wichen langsam zurück. Nur Wusar verharrte laut fluchend an seinem Platz. Plötzlich ergriff ein Mann das Gewehr des Getroffenen. Es sah drollig aus, als hielte er es zum ersten Mal in den Händen und fragte sich nun, wozu es wohl diente. Ungeschickt richtete er es auf Nandar und feuerte. Von dem Knall schien er selbst zu erschrecken.

Ich kniff kurz die Augen zusammen im Reflex. Dann sah ich, dass niemand getroffen worden war. Ehe der Mann auch nur in Erwägung ziehen konnte, noch einmal zu schießen, hatte Nandar bereits geschossen. Er traf den Mann in die rechte Hand, wodurch das Gewehr in die Luft geschleudert wurde. Klagend sah dieser auf den blutigen Stumpf anstelle seiner Hand. Mir drehte sich der Magen um.

Mit zitternder Stimme flüsterte meine Mutter mir zu, ich solle die Tür schließen. Aber obwohl ich kurz davor war, mich zu übergeben, wollte ich alles sehen.

Der Bauer stolperte davon und brüllte: »Meine Hand … meine Hand!« Mein Vater und mein Bruder starrten voller Grausen auf den Mann ohne Hand. Sie waren zurückgewichen und standen mit dem Rücken zur Tür.

Ich erstarrte, als plötzlich kurz nacheinander zwei Schüsse ertönten. Es war Hemo, der in die Luft geschossen hatte. »Verschwindet, bevor hier alles außer Kontrolle gerät!«, rief er. »Verschwindet, ehe es Tote gibt. Haut ab, sage ich euch!«

Alle Männer ergriffen die Flucht, als wäre ihr Widerstand endgültig gebrochen. Nur Wusar nicht. »Das werdet ihr mir büßen!«, schrie er, während er sich langsam rückwärtsbewegte. »Und wenn es mich das Leben kostet!«

50

Ich öffnete die Augen. Meine Mutter und Elida lagen neben mir auf der Matratze. Klebrige Laken bedeckten unsere Körper. In unmittelbarer Nähe saß Yusuf mit geschlossenen Augen auf einem Stuhl. Sein Gewehr ruhte auf den Oberschenkeln. Er hatte die ganze Nacht über uns gewacht.

Ich schlich zur Haustür, schob so vorsichtig wie möglich den Riegel beiseite und öffnete sie langsam. Das grelle Morgenlicht blendete mich. Obwohl der Tag kaum begonnen hatte, war die Hitze unerträglich. Die Straße sah aus wie immer. Ein paar Hunde beschnüffelten sich gegenseitig, und in der Ferne sah ich Kinder spielen. Nichts erinnerte an den schrecklichen Abend. Wenn ich daran dachte, spürte ich einen bitteren Geschmack im Mund, und mir wurde übel.

Ich sah Hemo, der auf einem Hocker vor unserem Haus saß. Er lehnte mit dem Rücken am Türrahmen, sein Kinn ruhte auf der Brust. Nach ihren Heldentaten von gestern empfand ich tiefe Bewunderung für Nandar und ihn. Ich schaute mich um und trat dann mit nackten Füßen vors Haus. Der heiße Staub wärmte meine Fußsohlen.

Als ich vor Hemo stand, beschloss ich, ihn zu wecken. »Guten Morgen«, sagte ich laut.

Der Körper des alten Mannes regte sich sofort, als wenn ein Schuss gefallen wäre. Hemo fiel beinahe vom Hocker, als er nach seinem Gewehr griff und sich unruhig umsah. »Guten Morgen …

Mehmet«, sagte er zerstreut. »Ich … ich habe nur kurz die Augen zugemacht.«

Ich musste mich beherrschen, um nicht in Lachen auszubrechen. »Soll ich deinen Bruder fragen, ob er dich ablöst?«

Er gähnte ausgiebig mit weit aufgerissenem Mund, sodass man seine braunen Zähne sehen konnte. »Nein, lass ihn lieber schlafen.« Er reckte sich und machte dabei schmatzende Geräusche.

Ich ging zu unserem Haus, öffnete die Tür und sah meinen Vater auf seinem Stammplatz sitzen. Er rauchte. Nandar lag laut schnarchend rücklings auf einer Decke. Sein linker Oberarm war mit Stofffetzen von einem alten Hemd meines Vaters verbunden.

»Guten Morgen, Baba«, flüsterte ich.

Mein Vater nickte, und ohne seine Stimme zu dämpfen, fragte er: »Schläft Daye noch?«

»Ja, und Elida und Bao auch.«

»Bist du allein hergekommen?«

Ich wollte nicht lügen und nickte.

»Mehmet, du weißt doch, dass es gefährlich ist, allein über die Straße zu gehen? Vor allem nach gestern Abend.« Der scharfe Ton und sein strenger Blick erschreckten mich. »Weck Daye rasch auf, damit sie Frühstück macht. Und bitte Hemo, dich zu begleiten.«

Ich hatte erwartet, dass mein Vater mich fragen würde, wie es mir ging und wie ich nach den schrecklichen Ereignissen des vergangenen Abends geschlafen hatte. Ich starrte ihn verwundert an.

»Worauf wartest du?« Das klang noch schärfer. Ich drehte mich schnell um und ging zusammen mit Hemo zu seinem Haus.

Wir saßen alle um den Teppich herum. Nur Nandar wachte draußen.

»Selim, hier seid ihr nicht mehr sicher«, sagte Hemo müde. »Ich weiß nicht, wie lange Nandar und ich euch noch beschützen können nach dem, was gestern passiert ist. Sie werden mit noch mehr Leuten wiederkommen, und nur Allah weiß, was dann geschehen wird. Es ist besser, wenn ihr geht.«

»Wir bleiben hier«, sagte mein Vater, ohne Hemo anzusehen. »Wir können nicht weg.« Er sagte es, als stünden wir nach einer langen Flucht, von unseren Verfolgern umzingelt, an einem tiefen Abgrund.

»Selim, bitte«, flehte meine Mutter, wobei sie ihre Hände zum Himmel erhob. »Lass uns hier weggehen, heute noch. Ehe sie uns ermorden, ehe sie uns der Reihe nach abschlachten.«

Mein Vater reagierte nicht.

»Sie hat recht«, sagte Hemo. »Sie werden mit mehr Waffen wiederkommen, und Nandar und ich werden sie nicht zurückhalten können.«

»Das wagen sie nicht«, sagte mein Vater, ohne jemanden anzusehen. »Nach gestern werden sie es nicht wagen wiederzukommen.«

Hemo sah ihn fragend an. »Wie kommst du darauf?«

»Sie haben gesehen, dass wir bereit sind zu töten«, sagte mein Vater. »Dass wir bereit sind, unser Leben einzusetzen.« Er nahm einen tiefen Zug von seiner Zigarette und atmete den Rauch durch die Nase wieder aus. Deutlicher denn je wurde mir bewusst, dass mein Vater sich verändert hatte. Er hatte dem Tod in die Augen gesehen, und er meinte alles verloren zu haben. Er war bereit, das letzte bisschen, was ihm noch geblieben war, zu verteidigen. Um jeden Preis.

Hemo packte meinen Vater beim Kragen und zog ihn unsanft zu sich heran. »Verdammt, Selim, sprich nicht vom Tod, wenn es um deine Familie geht! Was ist in dich gefahren? Hast du den Verstand verloren?«

Die Zigarette fiel meinem Vater aus der Hand und brannte ein Loch in den Teppich, aber er reagierte nicht, ebenso wenig wie auf Hemos Worte. Er ließ sie ungerührt über sich ergehen.

»Sieh mich an, Selim!«, brüllte Hemo. »Sieh mich verdammt noch mal an, Selim!« Er keuchte schwer, und ich dachte, er würde meinem Vater gleich eine verpassen, doch dann sagte er ruhiger: »Ich fürchte, Wusar wird wiederkommen, um sich zu rächen. Wir müssen etwas unternehmen.«

Ich hatte das grauenerregende Bild von einem wütenden Wusar vor Augen, der mit einem Messer auf meinen Vater einsticht.

»Wenn du es nicht für mich tust, tu es für deine Kinder«, rief meine Mutter verzweifelt. »Tu es für deine wunderbaren Kinder.« Sie deutete mit ratlosem Blick auf uns, als müsste sie ihn daran erinnern, dass er der Vater war, dass er drei Kinder hatte, die ängstlich auf seine erlösenden Worte warteten.

Endlich sah mein Vater meine Mutter an. Mit bebender Stimme sagte er: »Aşme … liebe Aşme, wir können nicht weggehen. Wo sollen wir denn hin? Sag es mir.« Man musste nicht genau hinhören, um die Verzweiflung in seiner Stimme zu erkennen.

»Ihr könnt doch nach Sobyan zurückkehren«, schlug Hemo vor.

»Nein!«, rief mein Vater plötzlich heftig. »Ausgeschlossen!«

»Warum nicht?«

»Dort … haben wir nichts mehr.«

Ich wollte einwenden, dass wir doch ein Haus in Sobyan besaßen und Freunde hatten, die uns helfen würden. Ich wollte sagen, dass man uns dort nicht als Eindringlinge betrachtete. Aber ich schwieg, denn er würde jetzt keinen Widerspruch von seinem jüngeren Sohn dulden. Und vielleicht schwieg ich auch, weil ich mich, wo er mit seiner Ansicht ganz allein war, nicht gegen ihn stellen wollte.

»Aber was habt ihr hier?«, fragte Hemo. Er verbarg sein Unverständnis nicht.

Mein Vater strich sich nervös über den Beinstumpf. Vielleicht hatte er sich diese Frage zuvor nicht gestellt. Nach einer Weile sagte er: »Land.« Als erinnerte er sich auf einmal daran, weswegen wir hergekommen waren. »Wir haben hier Land und ein Haus. Wir haben die Chance, von vorn anzufangen.« Dann sah er Hemo an. Seine Unterlippe zitterte. »Und wir haben dich, Hemo. Unseren einzigen Verwandten.«

»Lieber Selim«, sagte meine Mutter mit sanfter Stimme, »es ist nicht schlimm, sich einzugestehen, dass wir es hier nicht geschafft haben. Es ist nicht schlimm, an den Ort zurückzukehren, den man verlassen hat. Keiner in Sobyan wird komisch gucken, wenn sie hören, was hier passiert ist.«

»Es tut mir leid, Aşme … aber ich kann nicht. Wir können nicht immer vor unseren Problemen fliehen. Wir müssen hier ein Auskommen finden.«

»Aber hier können wir nicht mehr tun … als sterben.«

Draußen ertönte plötzlich eine hohe Stimme, die mir bekannt vorkam. »Runter mit dem Gewehr, du Barbar. Ich will mit Selim reden!«

Keuchend und mit schweißnasser Stirn erschien der Muhtar in der Tür. Zwei unbekannte Männer begleiteten ihn. Nandar ließ das Gewehr sinken, als Hemo ihm zunickte.

»Was fällt euch ein, in meinem Dorf auf Menschen zu schießen?«, schrie er. »Seid ihr wahnsinnig geworden?«

Alle begannen, laut durcheinanderzureden, sodass nichts zu verstehen war. Meine Mutter, mein Vater und Hemo versuchten, einander zu übertönen, bis Hemo wild mit den Armen wedelte und rief: »Ruhe! Lasst mich das Wort führen.« Er wandte sich an den Muhtar. »Wie kannst du es wagen, uns zu fragen, ob wir wahnsinnig geworden sind? Wir haben dich gewarnt und dich aufgefordert, deinen Sohn zur Ordnung zu rufen. Wir haben dich auf die Gefahr hingewiesen, wir …«

Der Muhtar unterbrach ihn unwirsch. »Verdammt, Hemo, wir haben zwei Schwerverletzte im Dorf! Das habt ihr angerichtet!«

»Sehr bedauerlich«, sagte Hemo ganz ruhig.

»Bedauerlich? Es ist schrecklich!«, brüllte der Muhtar. »Ihr seid zu weit gegangen! Viel zu weit!«

»Nein, Va, dein Sohn und seine Männer sind zu weit gegangen«, sagte Hemo, erhob sich vom Stuhl und deutete drohend auf den Muhtar. »Sie waren drauf und dran, Selims Haus anzuzünden, sie haben sogar eine brennende Fackel darauf geworfen. Sollten wir ihnen etwa tatenlos dabei zusehen? Sag! Wer sind hier die Barbaren?«

»Und außerdem«, sagte Nandar plötzlich mit seiner tiefen Stimme, »haben sie den ersten Schuss abgefeuert. Das sollten wir nicht vergessen.«

»Ich habe etwas anderes gehört«, sagte der Muhtar entschieden. »Laut meinem Sohn und den anderen hat dein Bruder mit dem Schießen angefangen.«

»Unsinn!«, sagte Hemo resolut. »Zuerst wurde Nandar in den Arm getroffen, danach erst hat er das Feuer erwidert.«

»Ich habe keinen Grund, an den Worten der Dorfbewohner zu zweifeln«, sagte der Muhtar. »Vor allem, wenn ich bedenke, was ihr angerichtet habt. Ihr seid für dieses Elend verantwortlich. Ihr und dieser verkrüppelte Mann!«

Ich sah zu meinem Vater. Seine Hand ballte sich zur Faust. »Nein, Va!«, rief er wütend, während er sich mühsam erhob. »Wenn jemand für dieses Elend verantwortlich ist, dann bist du es. Wir haben dich immer wieder gebeten einzugreifen, aber du hast dich jedes Mal geweigert. Du hast es geschehen lassen. Du hast deinem Sohn den Auftrag dazu gegeben!«

Der Kopf des Muhtar wurde so rot wie das Innere eines Granatapfels. »Pass auf, was du sagst, Krüppel! Wer bist du, dass du in meinem Dorf so zu mir sprichst?«

»Du bist ein unfähiger Muhtar und ein verachtenswerter Mensch.« Mein Vater deutete mit zitternder Hand in die Höhe. »Und Allah ist unser Zeuge. Du wirst dich vor ihm, dem Allmächtigen, verantworten müssen.«

»Schweig!«, rief der Muhtar. »Ich bin gekommen, um euch zu sagen, dass ihr mein Dorf verlassen müsst, ehe ihr jemanden ermordet! Das gilt auch für dich, Hemo. Es gibt hier keinen Platz mehr für dich.«

Ohne seine Krücken zu nehmen, hüpfte mein Vater schnell auf den Muhtar zu. Mit einem verzweifelten Schrei warf er sich auf ihn. Vergeblich versuchte der Muhtar, ihn in den Schwitzkasten zu nehmen. Als das nicht gelang, schlug er meinem Vater laut brüllend mit den Fäusten auf den Rücken. Ungläubig schaute ich zu. Während Hemo und Nandar zu meinem Vater eilten, gab der Muhtar ihm einen Stoß, sodass er nach hinten fiel und hart mit dem Kopf auf die Erde schlug. Wieder hatte ein Dorfbewohner meinen Vater zu Boden gestreckt. Aber diesmal bewegte er sich nicht mehr. Seine Arme lagen wie dürre Äste neben seinem Körper. Hemo tätschelte ihm ein paarmal die Wange. »Selim! Selim!«

Meine Mutter hatte die Hände vors Gesicht geschlagen, mein Bruder saß wie versteinert auf seinem Platz. Nandar fragte gefasst: »Atmet er noch?«

Stöhnend öffnete mein Vater die Augen. Er versuchte, sich aufzurichten, aber Hemo hielt ihn zurück und sagte: »Ruhig, Selim, du bist hart aufgeschlagen, bleib lieber kurz liegen.« Dann wandte er sich dem Muhtar zu, der erschrocken zusah. »Verschwinde, Va, und bring deinen Sohn verdammt noch mal zur Vernunft! Sonst nimmt es ein böses Ende mit ihm.«

»Du hast gehört, was er gesagt hat«, mischte sich Nandar ein. Er packte den Muhtar kraftvoll bei den Schultern und schob ihn zur Tür.

»Finger weg!«, schrie dieser. »Lass mich los, du Barbar!«

Die beiden Männer, die die ganze Zeit vor dem Haus gewartet hatten, sahen schweigend zu. Nach einem kräftigen Stoß in den Rücken stand der Muhtar draußen.

»Ich will deinen Sohn und seine Männer hier nicht mehr sehen«, sagte Nandar wie ein General, der mit seinem geschlagenen Gegner spricht. »Ich schwöre dir, dann bringe ich sie um.«

51

Während der ersten Tage schlief ich mit meiner Mutter und Elida in Hemos Haus. Meine Mutter hatte die klebrigen Laken gewechselt und zwei zusätzliche Matten für uns mitgenommen. Mein Bruder wachte nachts über uns. Eine Öllampe brannte mit kleiner Flamme. Ab und zu legte er sich hin und schloss die Augen, doch die meiste Zeit hörte ich ihn unruhig durchs Haus schlurfen.

Hemo und Nandar hielten abwechselnd Wache vor unserem Haus. Im Gegensatz zu Hemo saß Nandar nie auf dem Hocker. Er stand da wie ein Wachsoldat und ging hin und wieder bis zu Hemos Haus und wieder zurück, wobei er die Umgebung in Augenschein nahm. Gelegentlich machte er auch eine Runde ums Haus, um sicher zu sein, dass wir nicht von hinten angegriffen wurden.

Manchmal erlaubte Hemo meinem Vater, ihm Gesellschaft zu leisten. Doch wenn dessen Augen zufielen und die nächtliche Stille ihn in die Welt seiner Träume zwang, schickte Hemo ihn wieder hinein. Und im Morgengrauen hieß er auch Nandar sich schlafen zu legen, sodass er allein die Geburt des neuen Tags erwarten konnte.

Wenn mein Bruder mitten in der Nacht die Haustür öffnete, um hinauszuschauen, fuhr ich jedes Mal aus unruhigen Träumen auf. »Allah, bitte wache über uns«, hörte ich ihn flüstern.

Manchmal waren draußen unbekannte Stimmen zu hören, laute Schreie, die uns Angst einflößen sollten. »Verschwindet, ihr miesen Eindringlinge!«, riefen sie, oder: »Ihr werdet in Hemgin bei lebendigem Leibe verbrennen!« Und Steine wurden nachts geworfen, die Dellen in unserer Tür hinterließen. Aber es erschien keine Menschenmenge, wie wir befürchteten, und es wurde auch nicht geschossen.

Jeden Morgen hörte ich Hemo auf meinen Vater einreden, und jedes Mal, wenn ich dachte, er habe ihn zur Einsicht gebracht, sagte mein Vater, wir könnten nicht weggehen. Wenn mein Vater gerade einmal nicht in der Nähe war, hörte ich Hemo im Flüsterton mit meiner Mutter reden. Er sagte, er habe allabendlich Angst, Wusar würde mit seinen Spießgesellen wiederkommen, doch es sei nur eine Frage der Zeit, bis er meinen Vater davon überzeugen könne, dass er recht habe. Vielleicht sagte er das, um sie zu beruhigen, denn es passte nicht zum Verhalten meines Vaters.

Nach ungefähr einer Woche hatten wir uns merkwürdigerweise an unsere bedrohte Lage gewöhnt. Wir fürchteten die Nacht immer weniger, und wir lernten, mit der Angst umzugehen, dass jeden Moment etwas Unerwartetes passieren konnte. Wir wussten, dass wir uns auf den Mut und die Unerschrockenheit Nandars verlassen konnten.

Mein Vater wiederholte immer wieder, dass er recht gehabt habe. »Was habe ich euch gesagt? Sie kommen nicht wieder. Und bald kehrt wieder Normalität ein.«

Aber was war in Hemgin schon Normalität? Immerhin schliefen wir nach kaum einer Woche wieder zu Hause.

52

Ich stand vor unserem Haus und fragte mich, ob in der Nacht der Boden wirklich gezittert hatte. Ich dachte an meinen Traum, in dem sich die Erde nach einigen heftigen Stößen aufgetan hatte und unser Haus in einem riesigen Abgrund verschwunden war. Ich war hochgeschreckt, und es war mir so vorgekommen, als würde die Erde tatsächlich beben. Ganz kurz nur. Dann hatte ich das beruhigende Schnarchen meines Bruders gehört und mich wieder hingelegt.

»Geh raus zu Miran«, rief meine Mutter. Als ich mich umdrehte, bemerkte ich, wie sie Elida sanft zur Tür hinausschob.

»Warum, Anne?«, fragte Elida.

Meine Mutter zögerte einen Moment. »Ich will sauber machen.«

»Darf ich dir nicht helfen?«

»Heute nicht«, sagte sie eilig. »Es wird staubig, und ich möchte nicht, dass du dich schmutzig machst.«

Ich sah das Erstaunen in Elidas Augen.

»Los«, sagte meine Mutter und schob sie weiter. »Raus mit dir.«

Meine Mutter bemerkte meinen verwunderten Blick. Unaufgefordert sagte sie: »Ich habe so ein merkwürdiges Gefühl.« Sie sprach zögernd und wollte uns nicht unnötig Angst machen. Was immer es auch sein mochte, es war wichtig, ihr von der letzten Nacht zu erzählen. Ich hatte das Bedürfnis, von ihr beruhigt zu werden.

»Ich habe geträumt, dass der Boden zittert«, sagte ich rasch, als drängte die Zeit. »Aber als ich die Augen aufmachte, war alles ruhig.«

Ich meinte, Schrecken in ihren Augen zu sehen. Sie legte in einer langsamen Bewegung Elida eine Hand auf die Schulter und sagte stotternd: »Wir … wir müssen vorsichtig sein. Vielleicht sollten wir heute Nacht vorsichtshalber im Zelt schlafen. Ich … ich werde nachher mit Apo darüber reden. Bleib jetzt draußen, Elida … und haltet euch ein wenig vom Haus fern. Auf keinen Fall aber geht ihr ins Dorf. Verstanden?«

Ich schluckte. »Daye … was hast du vor?«

»Ich muss ein paar Vorbereitungen treffen. Mach dir keine Sorgen um mich, Miran. Wenn Elida und du nicht im Haus seid, kann ich sofort nach draußen fliehen, wenn ich etwas spüre, und muss mir um euch keine Sorgen machen.« Sie streichelte sanft meine Wange. Das letzte Mal hatte sie das in Sobyan getan. »Bestimmt hast du dir das Zittern nur eingebildet. Und jetzt spielt schön draußen. Ich bin hier bald fertig.«

Ich nahm Elida bei der Hand. Vor Hemos Haus bemerkte ich meinen Vater und meinen Bruder. Sie lauschten Hemo, der wild gestikulierte. Nandar stand einige Meter entfernt und beobachtete, die Hände in die Seiten gestemmt, die Umgebung, wie er es immer tat. Er war der Wachsame, er war unser Auge und unser Ohr, unser Beschützer. Ich fragte mich, ob ich ihnen auch von meinem Traum erzählen sollte, entschied mich aber dagegen, weil mein Bruder mich wahrscheinlich einen Angsthasen nennen würde. Nein, meine Mutter konnte ihnen davon berichten.

Auf dem staubigen Boden um uns herum wimmelte es nur so von schwarzen Ameisen. Ich hockte mich hin, um sie aus der Nähe zu betrachten. Für gewöhnlich liefen sie ordentlich in einer Reihe, aber jetzt rannten sie kreuz und quer durcheinander, als würde jemand mit einem Zweig in ihrem Nest herumstochern. Plötzlich begannen alle Hunde zu bellen. Nicht einer nach dem anderen, sondern alle zugleich, wie auf das Kommando eines unsichtbaren Hirten. Das Gebell war ohrenbetäubend. Elida presste die Hände auf ihre Ohren. Ein brüllender Esel drehte sich auf der Straße im Kreis, die Ziegen in einem nahen Stall meckerten ängstlich, und wie aus dem Nichts flog ein riesiger Schwarm Stare vorüber.

Die Erde wackelte und erwachte zum Leben.

Es war, als donnerten Tausende von wütenden Stieren durchs Dorf. Ich konnte mich kaum auf den Beinen halten. Risse taten sich in der Erde auf, tiefe Risse, die immer länger und breiter wurden. Klüfte öffneten sich.

Das Ende der Welt war gekommen. Wie in meinem Albtraum würden wir in einen der Abgründe stürzen. Der Fluch, der wahrscheinlich irgendwann einmal über dieses Dorf ausgesprochen worden war, würde auch uns zum Verhängnis werden, so wie er für meinen Großvater, seine Söhne und seine Tochter zum Verhängnis geworden war. Hier würde alles enden.

Ich zog Elida zu mir heran, drehte mich um und rief laut zu meiner Mutter ins Haus: »Anne, Anne! Schnell, raus! Komm raus!«

Unser Haus schwankte hin und her. Ich wollte zu meiner Mutter und sie herausholen, aber meine Beine bewegten sich nicht. Sie waren erstarrt, so wie mein übriger Körper. Das Einzige, was ich tun konnte, war, nach ihr zu rufen.

Sekundenlang war von allen Seiten das Geräusch einstürzender Trümmer und herzzerreißende Schreie zu hören.

Dann war es dunkel und still.

53

Dunkelheit.

Vollkommene Stille.

Die Erde hatte nicht nur unser Dorf, sondern auch die Sonne verschluckt.

Das einzige Geräusch, das ich hörte, war mein eigenes Atmen.

Feiner Staub senkte sich auf mein Gesicht, drang mir in die Nase und knirschte zwischen den Zähnen. Ich bekam keine Luft.

Wo waren wir? Waren wir in einer anderen Welt gelandet? Einer Welt ohne Licht und Geräusche?

Ich hatte keine Ahnung, wie lange das Erdbeben gedauert hatte, wie lange wir schon im Dunkeln hockten und seit wann alle Geräusche ausgestorben waren. Neben mir fragte Elida weinend: »Bao, was ist passiert?«

Es war so finster und staubig, dass ich sie nicht sah. Ich tastete nach ihr, nahm sie und drückte sie an mich. »Ein Erdbeben … ein Erdbeben«, keuchte ich, wobei noch mehr Staub in meinen Mund drang. Ich hustete, zog mein Hemd hoch und presste das Gesicht hinein. »Geht es dir gut, Elida? Alles in Ordnung? Hast du Schmerzen?«

Sie fing auch an zu husten.

»Tu dir das Hemd vors Gesicht, so wie ich.«

Ich fühlte, wie ihr kleiner Körper bebte, als sie fragte: »Anne … wo ist Anne?«

Ich wagte nicht, mir vorzustellen, dass meine Mutter es nicht rechtzeitig aus dem Haus geschafft hatte. Hastig zog ich Elida in die Richtung, von der ich annahm, dass dort unser Haus lag. Ich rief laut »Anne, Anne!«, trat versehentlich in eine Kuhle, stürzte vornüber und riss Elida mit zu Boden. Sie schrie. Rasch richteten wir uns wieder auf.

Es war die Stimme meines Bruders, die die Stille durchbrach. »Anne … Mehmet! Wo seid ihr? Alles in Ordnung bei euch?«

»Bao! Bao! Ich bin hier mit Elida. Wir sind unverletzt!«

»Wo? Wo seid ihr?«

»Hier, Bao! Hier!« Obwohl ich vermutete, dass er mich nicht sehen konnte, schwenkte ich die Arme.

»Bleib, wo du bist«, rief mein Bruder. »Und sprich weiter, ich komme zu euch.«

Dünne Lichtstrahlen drangen durch den langsam heruntersinkenden Staub. Die Sicht wurde immer besser. Ich sah meinen Bruder durch den grauen Nebel stapfen. Gleich müsste aus den Staubwolken unser Haus auftauchen, doch zu meinem Entsetzen entdeckte ich dort, wo es gestanden hatte, nichts als Trümmer. Meine Mutter war nirgendwo zu sehen.

Mein Bruder bemerkte meinen Blick und drehte sich mit einem Ruck um. Wie erstarrt schaute er auf den Schuttberg, bevor er schreiend hinrannte.

»Anne, Anne, hast du Schmerzen?«, rief er wenig später sehr erregt. »Tut es irgendwo weh?«

Ich konnte nicht glauben, was ich sah, als ich bei ihm war: Meine Mutter lag bis zu den Schultern begraben unter Trümmern, in einer merkwürdigen Haltung. Als wäre sie im Fallen von einer unsichtbaren Hand aufgefangen worden, die schnell noch Steine um sie herum aufgestapelt hatte. Ich sah Schrecken und vorsichtige Erleichterung in ihren Augen.

»Nein … ich bin nicht verletzt«, sagte sie bemerkenswert klar. Eine dicke Staubschicht bedeckte ihr Gesicht und ihr Kopftuch, hier und da mit geronnenem Blut vermischt. »Ich kann mich nur nicht bewegen. Wo sind Apo und Elida?«

»Elida ist hier«, sagte ich.

»Und Apo ist bei Hemo und Nandar«, sagte mein Bruder. »Ihnen fehlt nichts.«

»Gut, sehr gut.« Sie seufzte. »Nehmt jetzt die Steine von mir runter.«

»Nicht bewegen«, sagte mein Bruder. »Vielleicht hast du dir was gebrochen. Lass mich zuerst nach deinem Kopf sehen.«

Er löste das Kopftuch, nahm ihren Kopf in die Hände und inspizierte vorsichtig tastend die Kopfhaut. Dann nickte er beruhigend und sagte: »Nicht so schlimm. Nur oberflächliche Verletzungen.«

Der Reihe nach hob er dann die großen Steinbrocken empor, als wögen sie nichts, und warf sie beiseite. Während er wie ein Wilder schuftete, hörte ich die Stimme meines Vaters. Er rief den Namen meiner Mutter. So schnell er konnte, kam er, den Trümmern mühsam ausweichend, auf uns zu.

»Aşme … Liebste«, sagte er mit brüchiger Stimme. »Wie geht es dir? Wie geht es dir, Aşme?«

»Oh, Selim … zum Glück bist du unverletzt.« Meine Mutter begann zu weinen. Sie konnte nicht länger Haltung bewahren. »Ich habe mir solche Sorgen um euch gemacht.« Sie streckte die Arme nach ihm aus. Heftig keuchend trat mein Vater vor, beugte sich mühsam auf seinen Krücken zu ihr hinunter und küsste sie dreimal auf beide Hände.

»Hast du Schmerzen, Aşme?«, fragte er erneut. »Sag bitte, ob du Schmerzen hast.«

»Nein, Selim, ich stecke nur fest.«

Mein Bruder hatte den größten Teil der Trümmer entfernt, als meine Mutter plötzlich schrie: »Mein Fuß!«

»Vorsichtig, Yusuf, vorsichtig!«, sagte mein Vater erschrocken.

Meine Mutter lag nur noch bis zu den Knien unter dem Schutt. Mein Bruder, der sie mit einem Arm an sich drückte, schaute sich um und sagte: »Mehmet, fass du Daye bei der Taille, damit sie sich bei dir aufstützen kann. Dann nehme ich die Steine von ihren Beinen weg.«

Ich fühlte das Gewicht meiner Mutter auf meinen Schultern lasten. Je mehr Steine mein Bruder wegnahm, umso schwerer wurde sie. Meine Beine zitterten. Gerade als ich dachte, ich könnte sie nicht mehr halten, nahm mein Bruder sie mühelos auf die Arme. Geschickt stieg er über die Trümmer, trug sie zum Zelt, das wundersamerweise stehen geblieben war, und legte sie vorsichtig in das staubige Gras. Voller Bewunderung sah ich ihm zu.

Erst jetzt bemerkte ich, dass wir alle über und über mit Staub bedeckt waren. Mein Vater nahm behutsam ihren Fuß. Meine Mutter schrie auf.

»Selim«, sagte meine Mutter ängstlich, »ich fürchte, der Fuß ist gebrochen.« Tränen zogen Streifen über ihr staubiges Gesicht.

54

Hemgin war nach dem Erdbeben vom 18. August 1966 zum größten Teil zerstört. Kaum ein Haus stand noch. Nach ersten Schätzungen hatten rund sechzig Bewohner das Erdbeben nicht überlebt. Auch viele Tiere waren ums Leben gekommen. Viele Jahre später erfuhr ich, dass das Beben eine Stärke von 6,9 auf der Richterskala hatte und eines der stärksten war, die die Gegend jemals erschüttert hatten.

Das Geräusch jammernder Frauen und weinender Kinder erfüllte Hemgin und schnitt wie ein Messer in die Herzen der Menschen, auch der wenigen, denen der Verlust eines ihnen Nahestehenden erspart geblieben war. Von einem Moment auf den anderen gab es im Dorf lauter Witwen und Waisen, so wie vor Jahrzehnten, als mein Vater und seine Mutter nach ihrer Flucht in die Berge wieder nach Hemgin zurückkehrten.

In den ersten Stunden nach dem Beben entwickelte sich ein beispielloses Zusammengehörigkeitsgefühl. Alle halfen einander. Wir litten mit den Dorfbewohnern, die uns kurz zuvor noch so feindselig begegnet waren, und selbst als uns die Nachricht erreichte, dass unser größter Widersacher, Wusar, umgekommen war, empfanden wir zu meinem Erstaunen keine Erleichterung. Er und seine zehn und acht Jahre alten Söhne hatten keine Chance, als ihr Haus einstürzte. »Möge Allah sie in den Himmel aufnehmen«, sagte mein Vater, und ich hörte aufrichtiges Mitgefühl in seiner Stimme. Wusars Frau blieb als Witwe mit ihrer vierjährigen Tochter zurück.

Hemo untersuchte den Fuß meiner Mutter und schüttelte den Kopf. »Ich bin kein Arzt, aber ich denke, der Fuß ist gebrochen, und der Unterschenkel vielleicht auch.« Als er riet, das Bein vorsichtshalber zu schienen, protestierte meine Mutter heftig und ließ sich nicht davon abbringen, dass es sich nur um eine Verstauchung handelte. »Und wenn ich den Rest meines Lebens den Fuß hinter mir herschleife, mein Bein wird nicht geschient!«

Nandar und mein Bruder legten sie im Zelt auf eine Matte. Es war stickig dort, aber staubfrei. Hemo, Nandar, Yusuf und mein Vater machten sich anschließend auf den Weg ins Dorf, um dabei zu helfen, die Verletzten aus den Trümmern zu bergen. Elida und ich blieben bei meiner Mutter, die ganz verzweifelt war. »Oh, was soll jetzt bloß aus uns werden? Wo sollen wir hin?«, jammerte sie fortwährend. »Warum strafst du uns so, Allah? Womit haben wir das verdient?«

Ich fragte mich verzweifelt, ob sie je wieder normal würde gehen können oder ob sie sich in Zukunft auch auf Krücken würde bewegen müssen. Als ich kurze Zeit später vor das Zelt trat, klangen die Schreie um uns herum noch durchdringender. Ich schloss die Augen und hielt mir die Ohren zu. Unruhige Bilder schossen mir durch den Kopf: Risse in der Erde, mein Bruder in den sich verziehenden Staubwolken, unser eingestürztes Haus, meine verschüttete Mutter. Und plötzlich tauchte das Bild von Besila in meinen Gedanken auf. Hatte sie das Erdbeben überlebt? Ich schaute mich verzweifelt um. Was sollte ich tun?

Ich log meine Mutter an und sagte, ich wolle den anderen helfen. Noch ehe sie etwas erwidern konnte, war ich bereits auf dem Weg zum Wasserhahn. Erst jetzt wurde mir klar, was das Erdbeben tatsächlich angerichtet hatte. Der Ort hatte sich in eine Ruinenlandschaft verwandelt. Fast alles war zerstört. Zelte, die man zu nah bei den Häusern errichtet hatte, waren eingestürzt. Überall sah ich Menschen in blinder Panik Trümmer beiseiteräumen, wobei sie verzweifelte Rufe ausstießen, aus denen ich nur mit Mühe die Namen ihrer Lieben heraushörte. Mir stockte der Atem, als ich inmitten des Schutts einen Körper entdeckte, dessen Schädel zertrümmert war. Ich hatte nie zuvor eine Leiche gesehen. Ich glaubte, mich übergeben zu müssen, da hörte ich Schreie unter den Trümmern. Furcht einflößendes Gekreische von Frauen und Kindern, die mit dem Tod rangen. Während ich versuchte herauszufinden, woher es kam, bemerkte ich zwischen den Trümmern zermalmte Arme und Beine, aus denen Knochen ragten. Ich lief, immer wieder strauchelnd, weg und sah Menschen mit klaffenden Kopfverletzungen und zerrissenen Kleidern. Manche schrien verzweifelt, während andere mich erschüttert ansahen und sich bewegten, als würden sie gleich zusammenbrechen.

Ich kletterte über Trümmerteile und wich den Menschen aus, deren Gesichter ich nicht sehen wollte. Alles war wie grau verschleiert. Plötzlich lag Raywans großer Körper vor mir. Zum ersten Mal hatte er keine Zigarette zwischen den Lippen. Seine Augen waren geschlossen. Aus Ohren und Mund strömte Blut. Ein alter Mann beugte sich über ihn, rief seinen Namen und hob dabei die Hände gen Himmel. Eine Frau fiel auf die Knie und schlug kreischend mit den Händen auf den schuttbedeckten Boden. Ihre Hände begannen zu bluten, aber sie hörte nicht auf, auf den Boden zu schlagen, wobei ihr der Speichel aus dem Mund lief. Ich wusste nicht, was ich tun sollte. Ich war zwischen ihrem Schrei und dem des alten Mannes, der sich noch immer über Raywans Körper beugte, gefangen. Ich wollte weg. Ich musste Besila finden.

Über Trümmer stolpernd und ohne zu wissen, wo ich mich befand, bewegte ich mich weiter. Ich wagte kaum, den Blick zu heben, und schaute die ganze Zeit auf den Boden. Von allen Seiten drangen Schreie auf mich ein. Wie konnte ich diesem Wahnsinn entkommen? Ich wollte schon zu unserem Zelt zurückkehren, als ich in einiger Entfernung den Wasserhahn bemerkte, der nicht zusammengebrochen war. Ich stolperte in die Richtung, in der ich Besilas Haus vermutete, und ging um Schuttberge und verletzte Menschen herum.

Dann sah ich, was ich nie vergessen würde. Besilas Körper lag, von Staub bedeckt, zwischen Trümmern auf dem Boden. Ihre Locken waren unverändert, aber man konnte nicht mehr sehen, dass sie dunkelblond waren. Ihre Augen starrten ununterbrochen in den bewölkten Himmel. Das leuchtende Blau war dem Dunkelgrau der Wolken gewichen, das sich in ihren Augen spiegelte. Die aschgraue Farbe hatte sich auf den ganzen Körper gesenkt und in Haut und Poren festgesetzt.

Schaudernd machte ich mich daran, den sie umgebenden Schutt zu entfernen. Der aufwirbelnde Staub brachte mich zum Husten. Ich riss mir die Hände an den kantigen Steinen auf, die ich immer schneller beiseitewarf. Ein paarmal fiel ich hin, aber ich machte so lange weiter, bis in den Ruinen von Hemgin ein kleiner freier Platz entstanden war.

Erschöpft sank ich auf die Knie. Vielleicht bildete ich es mir nur ein, doch es kam mir so vor, als wiesen Besilas Mundwinkel ein wenig nach oben, als lächelte sie mich ein letztes Mal an. Zögernd streckte ich meine Hand nach ihrem Gesicht aus, um ihr die Augen zu schließen, zuckte jedoch im letzten Moment zurück. Ich fürchtete, sie könnte sich kalt anfühlen, und diese Berührung würde mich ein Leben lang verfolgen. Verzweifelt schaute ich mich um, ging in ein leeres Zelt und fand dort eine Decke. Ein letztes Mal betrachtete ich Besilas vollkommenes Gesicht und breitete dann die Decke über sie.

55

Der Muhtar eilte wie ein Besessener durchs Dorf und erkundigte sich bei jedem eingestürzten Haus nach der Zahl der Toten und Verwundeten. Ohne sich vorher bemerkbar zu machen, kam er in unser Zelt. »Lebt ihr noch? Gibt es Verletzte?«

»Nur ich bin verletzt«, erwiderte meine Mutter gelassen.

Er fragte nicht, was ihr fehlte. Er selbst hatte tiefe Schnittwunden an Kopf und Hals.

»Wusar … dein Sohn«, stotterte meine Mutter. »Möge er bei Allah sein.«

Der Muhtar nickte. »Ich erwarte euch bei Sonnenuntergang auf dem Dorfplatz«, sagte er erstaunlich ruhig. »Ich habe etwas zu verkünden.«

Als die Dämmerung einsetzte, kamen Hemo, Nandar, mein Vater und Yusuf zurück. Sie konnten kaum noch stehen und waren nicht wiederzuerkennen. Vom Wegräumen der Trümmer waren ihre Hände blutig. Sogar Nandar war erschöpft und ließ sich seufzend vor unserem Zelt auf dem Boden nieder.

»Es ist entsetzlich«, sagte Hemo keuchend. »So viele Tote, so viele Verletzte. Schrecklich!«

Keiner sagte etwas. Jeder schaute düster vor sich hin. Kurze Zeit später, auf dem Dorfplatz, blickte der Muhtar, auf ein paar Trümmerstücken stehend, über die Menge. Laut bat er um Ruhe und sagte dann, das ganze Dorf sei zerstört, es gebe viele Tote und Verletzte.

Und weil ihm klar war, dass diese Informationen überflüssig waren, fügte er schnell hinzu, er gehe davon aus, dass der Staat dem Dorf sehr bald zu Hilfe eilen werde. »Bis dahin müssen wir uns gut umeinander kümmern, wir müssen uns gegenseitig helfen.« Zum ersten Mal lag Wärme in seiner Stimme. »Wir müssen uns nach dieser schrecklichen Katastrophe gegenseitig unterstützen.« Er schwieg einen Moment und starrte zu Boden. »Helft euren Nächsten, helft euren Nachbarn. Helft einander! Wir alle haben Verwandte und Freunde verloren.« Bei den letzten Worten ging seine Stimme unvermittelt in die Höhe. Er schlug sich eine Hand vors Gesicht, sprang von dem Trümmerhaufen herunter und eilte in Richtung seines Zeltes davon.

Während die ganze Nacht hindurch das Jammern der Frauen zu hören war, dachte ich nur an Besila.

Das Dorf schmorte in der Sonne. Der Geruch von verwesenden Leichen und Fäulnis hing in der Luft. In der gnadenlosen Augusthitze wurde der Gestank immer schlimmer. Um dem Ausbruch von Seuchen zuvorzukommen, wurden alle Toten so schnell wie möglich auf dem Friedhof hinter dem Dorf beigesetzt, wobei man die religiösen Riten, die normalerweise dazugehörten, auf ein Minimum beschränkte. Es blieb nicht bei den Toten, die gleich nach dem Erdbeben geborgen wurden. Einige Schwerverletzte, die man unter großen Mühen aus den Trümmern geholt hatte, starben einige Tage später doch.

Während der Tod uns seine Anwesenheit immer stärker spüren ließ und alle sich krampfhaft Mund und Nase zuhielten, führte ich meinen eignen Überlebenskampf. Nie zuvor hatte ich solchen Hunger empfunden. Er machte sich zunächst als stechender Schmerz im Bauch bemerkbar, der langsam in ein Schwindelgefühl überging. Ich hatte Halluzinationen. Manchmal glaubte ich, wieder in Sobyan zu sein, doch wenn ein ungünstiger Windstoß mir den widerlichen Gestank des Todes in die Nase trieb, wusste ich wieder, dass wir in der Hölle von Hemgin gefangen waren.

Mein Vater verteilte die Oliven und schärfte uns stets aufs Neue ein, sparsam damit zu sein. Zunächst weigerte ich mich, die Oliven zu essen. Zu gut erinnerte ich mich an ihren übelkeiterregenden, bitteren Geschmack. Doch als der Hunger unerbittlich wurde, schmeckten die bitteren Oliven wie himmlische Früchte. Am zweiten Tag nach der Katastrophe waren sie alle. Ich schloss die Augen und träumte von meinem Lieblingsgericht, das meine Mutter an Feiertagen in Sobyan gekocht hatte. In Gedanken sah ich das würzige Lammfleisch mit Bulgur und Gemüse. Als ich die Augen öffnete, glaubte ich, meine Gebete seien erhört worden, denn ich sah diese Delikatessen vor mir stehen, bis mein Bruder mich anstieß und sagte: »Warum starrst du sabbernd auf den Boden?«

Um meine Mutter zu beruhigen, sagte mein Vater, der Staat würde sehr bald Hilfe schicken. Er wiederholte es immer wieder, sogar wenn sie schlief, sodass ich dachte, er spreche im Fieberwahn. Aber die Hilfe kam nicht, und als ich glaubte, wir würden verhungern, trat Berz mit einem Brot in unser Zelt. Noch nie hatte ich mich so gefreut, ihn zu sehen. Über der Augenbraue klaffte eine große Wunde, und um den Kopf trug er einen Verband mit dunkelbraunen Flecken.

Er hielt uns das Brot hin. »Ihr habt bestimmt Hunger«, sagte er mit krächzender Stimme.

Wortlos riss mein Vater ihm das Brot aus der Hand, brach ein paar Stücke ab und verteilte sie unter uns. Obwohl das Brot staubig war, biss ich so schnell hinein, als fürchtete ich, es könnte sich zwischen meinen Fingern wie eine Halluzination auflösen. Es war steinhart.

»Es tut mir leid, das Brot ist alt«, sagte Berz entschuldigend. »Aber es wird weich, wenn es sich mit Speichel mischt.«

Die heulenden Frauen und Kinder trieben mich in den Wahnsinn. Ich verließ das Zelt und sah den rosafarbenen Himmel. Ohne das Gejammer hätte ich mir vorstellen können, dass alles in bester Ordnung war und die Erde nicht den Versuch unternommen hatte, uns alle zu verschlingen. Ich schloss die Augen und versuchte, mich auf andere Geräusche in der Umgebung zu konzentrieren. Ich versuchte, den erwachenden Insekten der Nacht und dem Rauschen der Bäume zu lauschen. Und plötzlich hörte ich den Gesang einer Amsel. Er klang bezaubernd. In Sobyan verlor ich mich im Frühling und Sommer oft in Träumen beim Gesang einer Amsel. Und jetzt, in den Ruinen von Hemgin, klammerte ich mich an die märchenhaften Töne und war für einen Moment davon überzeugt, dass es einen Ausweg gab. Wir hatten nicht ohne Grund überlebt.

Am dritten Tag ertönte ein merkwürdiges Geräusch, das ich noch nie gehört hatte. Es war der brummende Motor eines Geländewagens, der die Ankunft der Institution ankündigte, von der ich mir keine Vorstellung machen konnte, weil sie konsequent »der Staat« genannt wurde. Der Geländewagen hielt bei den ersten Trümmern von Hemgin. Schon bald wurde er von den schwereren Motoren der Lastwagen übertönt.

Der Konvoi bestand aus zwei großen Lastwagen, die Nahrung, Wasser, Medikamente, Decken und Zelte dabeihatten. Plötzlich erfüllte Hoffnung das Dorf. Hoffnung und Habsucht. Kinder rannten schreiend zu den Lastwagen und bettelten um etwas zu essen, und Erwachsene gerieten außer sich, als das Brot verteilt wurde. Es wurde geschubst, gezogen und geschlagen. Mein Bruder und Nandar mischten sich unerschrocken in das Chaos. Aus einiger Entfernung beobachtete ich, wie Nandar, kräftig mit den Armen rudernd, nach vorn stürmte, als bahnte er sich geschmeidig einen Weg durch ein dicht bewachsenes Weizenfeld. Mein Bruder sprang rasch in die Lücke, die sich hinter ihm auftat und sogleich von hysterischen Dorfbewohnern geschlossen wurde, die sich aufführten, als ginge es um Leben und Tod.

Die Leute vom »Staat« riefen auf Türkisch, wir sollten uns ruhig verhalten, aber die Dorfbewohner verstanden sie wahrscheinlich nicht, denn das Chaos schien nur größer zu werden. Die hungrigen Menschen traten und schlugen um sich, als wäre ein Stammeskrieg ausgebrochen. Die Begleiter des Konvois versuchten vergeblich, die Streitereien zu unterbinden.

Während das Durcheinander bei der Verteilung der Lebensmittel nicht abnahm, verschwand der Muhtar mit einem der Helfer in seinem Zelt. Kurze Zeit später gesellten sich weitere Helfer mit Konservendosen zu den beiden.

Als es nichts mehr zu verteilen gab, kehrten die Dorfbewohner mit gesenktem Haupt zu ihren Zelten zurück. Manchen war es gelungen, viele Dinge zu ergattern. Die Schwächeren mussten sich mit weniger zufriedengeben und hatten sich zudem neue Verletzungen zugezogen. Nandar und meinem Bruder war es gelungen, zwei große Kanister mit Wasser, acht Brote, ein paar Stücke Ziegenkäse, Dosen mit braunen Bohnen und einige zusätzliche Decken an Land zu ziehen. Das Gesicht meiner Mutter strahlte nach langer Zeit wieder, als sie die Sachen sah: »Jetzt müssen wir wenigstens nicht verhungern.«

Mein Bruder öffnete eine Dose mit Bohnen und hielt sie mir unter die Nase. Ohne zu zögern, fischte ich mit meinen schmutzigen Fingern die Bohnen heraus. Gierig steckte ich sie mir in den Mund und schluckte sie, fast ohne zu kauen, hinunter. Selbst als ich mich verschluckte und ein paarmal husten musste, fuhr ich unerschütterlich damit fort, Bohnen in mich hineinzustopfen. Zum ersten Mal seit Tagen war mein Magen wieder gefüllt.

Als ich kurze Zeit später gesättigt hinausging, sah ich, dass der Konvoi abgefahren war. Eine Unheil verkündende Stille herrschte im Dorf.

Am nächsten Morgen wurden alle aufgefordert, sich am frühen Nachmittag auf dem Dorfplatz einzufinden. Der Muhtar saß hinter einem improvisierten Tisch – eine halb zersplitterte Tür, die auf ein paar Kisten lag. In der sengenden Mittagshitze wischte er sich mit einem Taschentuch den Schweiß von der Stirn. Auf seinem beigefarbenen Hemd waren alte Blutflecken zu sehen. Wie viele andere hatte auch er sich seit dem Erdbeben nicht waschen oder umziehen können.

Eine große Gruppe von Menschen stand vor dem Muhtar in der prallen Sonne. Alle warteten darauf, dass er etwas sagte, doch er starrte schweigend auf die Tischplatte, als wäre er in tiefes Grübeln versunken. Als jemand zu fragen wagte, warum wir herbestellt worden waren, schaute der Muhtar auf. Erst jetzt schien er die Menge zu bemerken. Er stieg auf die Kiste, auf der er gesessen hatte, räusperte sich und sagte: »Vielen Dank für euer Kommen. Ich habe eine wichtige Mitteilung. Weil Hemgin eines der am schwersten betroffenen Dörfer ist, hat der *devlet* beschlossen, uns zu helfen. Ihr alle habt zu essen und zu trinken bekommen ...«

Er wurde von einem Mann unterbrochen, der in mitleiderregendem Ton rief, er habe keine Lebensmittel erhalten. »Ich hab nur Prügel abbekommen, Muhtar, und bin immer noch hungrig!«

»Schweig!«, brüllte der Muhtar. »Lass mich zu Ende reden. Der Devlet hat beschlossen, euch auch noch auf andere Weise zu helfen.« Er hielt einen Umschlag empor und wedelte damit so kräftig herum, dass er das Gleichgewicht zu verlieren drohte. »Jede Familie bekommt von mir einen Umschlag mit tausend Lira.« Jubel und Applaus stiegen aus der Menge auf. »Wartet, wartet, hört mir zu!«, rief der Muhtar. »Die tausend Lira sind für einen Neubeginn gedacht, in Hemgin oder anderswo. Ich werde nachher die Umschläge verteilen, und ich bitte euch, je Familie eine Person nach vorne zu schicken. *Eine* Person!« Erneut wischte sich der Muhtar über die Stirn und deutete auf einen Mann, der mit einem Blatt in der Hand neben ihm stand. »Uskel hält genau fest, welche Familie einen Umschlag erhalten hat.«

Als der Muhtar zu Ende gesprochen hatte, entstand plötzlich ein Gedränge. Die Menschen schoben und zogen. »Nicht drängeln!«, kommandierte der Muhtar vergeblich. »Es gibt genug Geld für jede Familie! Nicht drängeln!«

Erst als Nandar und Hemo sich einmischten und die Leute zur Ordnung riefen, kehrte einigermaßen Ruhe ein. Vor dem Tisch des

Muhtar bildete sich eine ungeordnete Reihe, in der überwiegend Männer standen, aber auch zwölf Frauen. Wahrscheinlich waren sie Witwen. Mit zusammengelegten Händen und traurigem Blick schauten sie auf den Boden.

Auch mein Vater hatte sich angestellt. Erschöpft stützte er sich auf seine Krücken, während die Sonne auf seinen Schädel brannte. Seine Mütze hatte er nicht aufgesetzt, und sein immer dünner werdendes Haar konnte die Kopfhaut nicht schützen. Zu meiner Beruhigung stand Hemo hinter ihm. Der Erste in der Reihe nannte laut seinen Vor- und Nachnamen, als meldete er sich in einer Kaserne, und der Mann, den der Muhtar Uskel genannt hatte, notierte etwas auf dem Zettel. Anschließend überreichte der Muhtar dem vor ihm Stehenden einen Umschlag. »Verwende es klug«, sagte er in befehlendem Ton. Die Dorfbewohner, die einen Umschlag in Empfang nahmen, nickten untertänig und sagten: »Weşo war be, mein Muhtar, vielen Dank!«

Als mein Vater vor ihm stand, schaute der Muhtar ihn schweigend an. Er fuhr sich zum soundsovielten Mal mit dem Taschentuch über die Stirn und nahm dann quälend langsam einen Schluck aus seiner Wasserflasche. Weder hatte er jemandem zu trinken angeboten noch dafür gesorgt, dass die Wartenden mit Wasser versorgt wurden.

»Na, Selim, denkst du noch immer, dass es ein weiser Entschluss war, nach Hemgin zurückzukehren?«

Ich sah, wie sehnsüchtig mein Vater auf die Wasserflasche blickte. Damit unser Wasser nicht zu schnell aufgebraucht wurde, trank er so wenig wie möglich.

»Bekomme ich noch eine Antwort, oder ziehst du es vor, keinen Umschlag zu erhalten?« Der Muhtar trank die Flasche leer und seufzte provozierend genüsslich.

Mein Bruder schnaubte aufgebracht neben mir. »Dieser Mistkerl«, murmelte er. »Wenn er ihm nicht sofort den Umschlag gibt, setzt es was.« Ich sah seine geballten Fäuste. Bei jedem Atemstoß blähten sich seine Nasenflügel vor Wut. Ich hoffte, dass er sich im Zaum hielt.

Mein Vater sagte zögernd: »Nein, ich …«

Der Muhtar unterbrach ihn sofort. »Du denkst, es war kein kluger Entschluss?«

»Lass mich ausreden«, erwiderte mein Vater rasch. »Ich wollte sagen, es tut mir nicht leid.«

Der Muhtar deutete auf die Umgebung. »Trotz allem? Trotz allem, was euch widerfahren ist? Was uns widerfahren ist?«

»Lass ihn in Frieden!«, rief Hemo. »Gib ihm den Umschlag, damit es weitergeht.«

»Reg dich nicht auf, Hemo, ich unterhalte mich nur kurz mit Selim.«

Hemo warf ihm einen zornigen Blick zu. »Das ist nicht der richtige Moment, Va. Sieh dir die Schlange hinter mir an, wir schmelzen in der Sonne!«

Der Muhtar ignorierte Hemo und sah meinen Vater wieder an. »Heraus damit, Selim.«

»Das … dieses Erdbeben hätte es überall geben können«, sagte mein Vater. »Auch in Sobyan.«

Ein Schauder durchfuhr mich. Ich hatte noch nicht daran gedacht, dass Sobyan vielleicht auch betroffen war. Wie ging es Ali? Lebte er noch? Stand unser Haus noch? Am liebsten wäre ich so schnell wie möglich nach Sobyan zurückgekehrt. Beunruhigt sah ich mich um.

»Was hast du?«, fragte mein Bruder.

»Nichts«, erwiderte ich und versuchte, den Gedanken an Sobyan vorläufig zu verdrängen.

»Denkst du das wirklich?«, fragte der Muhtar grinsend.

»Ja, davon bin ich überzeugt«, antwortete mein Vater auf einmal entschlossen.

Der Muhtar schwieg einen Moment. »Ich will ehrlich sein. Einen Moment habe ich gezweifelt, ob ich dir einen Umschlag geben soll. Du weißt, wie ich über dich denke. Du hast dem Dorf wenig Gutes gebracht. Nach eurer Ankunft sind hier viele unangenehme Dinge geschehen. Und du weißt, wer in meinen Augen dafür verantwortlich ist.«

»So, es reicht, Va!«, rief Hemo. »Lass ihn in Frieden!«

Der Muhtar erhob sich mit einem Ruck von seinem Platz und rief resolut: »Halt dich da raus, Hemo! Ich rede, bis ich fertig bin.« Er setzte sich wieder hin. »Ihr wart in Hemgin nicht willkommen. Aber ich muss zugeben, dass euer Einsatz nach dem Erdbeben mich beeindruckt hat. Du und dein Sohn, ihr habt zusammen mit Hemo und Nandar viel Hilfe geleistet. Ihr habt Menschen in der Not geholfen, die nicht besonders gastfreundlich zu euch gewesen waren. Das verlangt nach Großherzigkeit. Ich möchte mich als Muhtar im Namen des ganzen Dorfes bei euch bedanken.«

Ich konnte nicht glauben, was ich da hörte. Der Muhtar streckte meinem Vater die Hand entgegen, und nachdem sie sich die Hände geschüttelt hatten und mein Vater den Umschlag in Empfang genommen hatte, sagte der Muhtar: »Wir wollen hinter uns lassen, was in der Vergangenheit geschehen ist. Wir haben einander nun bitter nötig.«

56

Anfang September verließen die ersten Familien Hemgin. Sie flohen unter anderem aus Angst vor der Kälte, die mit Beginn des Herbstes einbrechen würde. Vor allem aber fürchteten alle den anatolischen Winter, der in ein paar Monaten bevorstand. Würden die Zelte genug Schutz vor der eisigen Kälte bieten?

Die Familien, die das Dorf verließen, nahmen Uskels Dienste in Anspruch. Sein Pferd hatte die Katastrophe überlebt, und sein Wagen war nach einigen Reparaturen wieder einsatzbereit. Gegen ein kleines Entgelt brachte er die Menschen in ein paar Stunden zur asphaltierten Straße, wo sie auf ein Lastauto warteten, das sie nach Muş brachte. Dort bestiegen sie den Zug und fuhren weiter nach Istanbul, Ankara oder Mersin. Als der Exodus aus dem Dorf einsetzte, kündigte eine kühle Brise den nahenden Herbst an. Nachts war es kalt in unserem Zelt. Dick eingepackt unter zwei schweren Decken fragte ich mich, wann wir wohl fortgehen würden.

Allmählich besserte sich der Zustand meiner Mutter. Ihr Fuß schmerzte weniger, obwohl sie mitunter starke Stiche verspürte. Im ungünstigsten Fall mussten wir warten, bis sie wieder ganz genesen war, und dann waren wir dazu verurteilt, den Winter in Hemgin zu verbringen.

Ungeachtet unserer schwierigen Lage betete sie immer wieder für das Wohlergehen unserer Freunde in Sobyan. Sie sprach das Gebet, als fühlte sie, dass das Erdbeben auch sie getroffen hatte. Ihre Stimme zitterte. »Allah, bitte sorge gut für unsere Freunde und Lieben in Sobyan. Gib ihnen den Mut und die Kraft, weiterzumachen.«

Ich fragte meine Mutter, warum wir nicht nach Sobyan zurückgingen. Sie sah mich an, als fände sie meine Frage überflüssig. »Miran«, sagte sie laut seufzend, »stell nicht so dumme Fragen.«

Ich hatte heimlich gehofft, sie habe gute Nachrichten aus Sobyan erhalten, dass Sobyan wie durch ein Wunder verschont geblieben war und dass sie mit meinem Vater besprochen hatte, dorthin zurückzukehren. Aber ihre Antwort raubte mir alle Hoffnung.

Wir hockten im Zelt. Mein Vater und Elida sahen zu, wie meine Mutter und ich braune Bohnen aßen. Sie schmeckten schon lange nicht mehr so gut wie zu Anfang. Er leugnete es zwar, aber mein Vater aß so wenig wie möglich, damit unsere Vorräte möglichst lange hielten. Wahrscheinlich würde er sich zu Tode hungern, um uns einen Tag länger Nahrung zu schenken. Hätte meine Mutter ihn nicht gedrängt, hin und wieder etwas zu essen, sein Schicksal wäre längst besiegelt gewesen.

»Wir gehen nach Mersin«, sagte mein Vater plötzlich.

Meine Mutter hörte auf zu kauen. »Was?«

»Mersin«, sagte mein Vater, und seine Augen strahlten, wie sie es seit Langem nicht getan hatten. »Wir gehen nach Mersin.« Er sprach die Worte aus, als hätte er nach intensivem Nachdenken plötzlich die Lösung für unsere Probleme gefunden. »Ich habe dort Bekannte.«

Meine Mutter schluckte die Bohnen hinunter und sagte dann resolut: »Nein, wir gehen nicht nach Mersin.«

Er sah sie erstaunt an. »Warum nicht?«

Sie atmete tief ein und sagte: »Wir machen jetzt ein Mal, was ich für richtig halte. Du wolltest unbedingt das Vieh verkaufen, du wolltest unbedingt nach Hemgin.« Sie breitete theatralisch die Arme aus. »Sieh, was es uns gebracht hat. Nein, Selim, ich höre nicht noch einmal auf dich. Deine Sturheit hat uns um ein Haar das Leben gekostet. Es reicht! Es reicht, Selim! Ich würde es mir nie verzeihen, wenn ich erneut einer deiner Anwandlungen zustimme. Ich werde von nun an tun, was mir für unsere Kinder das Beste zu sein scheint.«

Ich dachte, mein Vater würde nun heftig protestieren, aber er sagte nur: »Sag mir, wo du hinwillst, Aşme.«

»Ich will nach Izmir.«

Izmir. Diesen Namen hörte ich zum ersten Mal in meinem Leben.

»Aber das liegt am anderen Ende des Landes.«

»Das ist mir egal«, sagte meine Mutter. »Vielleicht ist das ja gerade gut.«

Mein Vater hob ein paar Steinchen auf und dachte nach.

»Ich habe mit Hemo darüber gesprochen« fuhr meine Mutter fort. »Er meint, Izmir ist eine große Stadt, in der es uns gut gehen könnte. Er sagte auch, dass Izmir am Meer liegt, am Ägischen Meer.«

»Am Ägäischen Meer«, verbesserte mein Vater sie.

»Ja, so nannte er es. Er sagte auch, dass es in der Stadt herrliche Palmen gibt und eine Bucht, in der viele Schiffe fahren. Er meint, es ist eine Stadt, wie wir sie noch nie gesehen haben. Muş sei nichts dagegen, sagt er.«

Mein Vater murmelte leise: »I-z-m-i-r.« Dann sah er auf und sagte, sich fügend: »Gut, lasst uns nach Izmir gehen.«

Ich traute meinen Ohren nicht, und auch meine Mutter schaute überrascht.

»Ist das dein Ernst, Selim?«, fragte sie mit ungläubiger Stimme. »Ist das wirklich dein Ernst?«

»Ja, vielleicht ist es besser, wenn wir jetzt einmal deinem Gefühl folgen: Meine Entscheidungen haben uns wenig Gutes gebracht.« Er starrte kurz auf den Boden. »Vielleicht ist es auch gut, den Osten hinter uns zu lassen.«

Von dem Moment an versuchte ich nur noch, mir eine Vorstellung von Izmir zu machen, der Stadt, die am Meer lag, am Meer, das ich nie gesehen hatte und nur aus Geschichten kannte. Der Stadt mit den Palmen, der Bucht und den Booten. Izmir konnte uns von dem Elend erlösen, das uns nun schon so lange verfolgte. Mein Herz machte einen Sprung, wenn ich an die Stadt dachte, deren Name sofort magisch klang. Als ich ihn das erste Mal laut aussprach, ging ein warmes Prickeln durch mich hindurch.

»Izmir«, sagte ich freudestrahlend. »Ja, ich will auch nach Izmir!«

57

Vor der Abfahrt hatte meine Mutter ein paar Dosen braune Bohnen und Brot in einen Beutel getan und Wasser in einen kleineren Kanister gefüllt. Die wenigen Kleider und Dinge, die wir aus der Ruine unseres Hauses hatten retten können, waren in einen Koffer und in einen Baumwollsack gepackt. Außerdem hatten wir ein paar Decken und Matten aufgerollt und mit einem Strick zusammengebunden. Tagelang suchte ich noch vergeblich in den Trümmern nach meinem Heft und den Büchern über Küçük Mehmet.

Hemo und Nandar waren gekommen, um Abschied von uns zu nehmen. Alle zusammen standen wir vor unserem Zelt.

»Selim, ich bin überzeugt, dass Izmir ein guter Ort für euch ist«, sagte Hemo mit einem breiten Lächeln. »Es ist eine große Stadt, wo Yusuf und Mehmet eine gute Arbeit finden können. Mein Freund Orhan Aslan kann euch bestimmt helfen, eine Wohnung zu finden.« Er gab meinem Vater einen Zettel, auf dem Orhans Adresse stand. Mein Vater steckte ihn in seine Jackentasche, ohne einen Blick darauf zu werfen. Für seine Augen waren die Buchstaben auf dem Papier rätselhafte Zeichen ohne jede Bedeutung. Obwohl er nie darüber gesprochen hatte, war ich davon überzeugt, dass ihn dies als Geschichtenerzähler überaus bedrückte.

»Orhan«, wiederholte mein Vater.

»Er ist ein anständiger Kerl«, sagte Hemo. »Sagt ihm, dass ich euch geschickt habe, und grüßt ihn sehr herzlich von mir. Und da ist noch was.« Er machte eine Pause. »Ich möchte, dass du dies von mir annimmst.« Er zog den Umschlag, den er vom Muhtar erhalten hatte, aus der Innentasche seiner Jacke. »Ihr werdet es in Izmir gut gebrauchen können.«

»Nein, Hemo«, erwiderte mein Vater. »Das kann ich wirklich nicht annehmen.«

Hemo ergriff die Hand meines Vaters und drückte den Umschlag hinein. »Ihr braucht es nötiger als ich. Bitte, Selim, das ist das Letzte, was ich noch für euch tun kann. Tu mir den Gefallen.«

»Aber du, Hemo? Was ist mit dir?«

»Ein Mann in meinem Alter braucht nicht viel.«

Mein Vater schluckte. »Danke, Hemo, ich … ich weiß nicht, wie ich es sagen soll.« Seine Stimme zitterte. »Du hast so viel für uns getan, mehr, als ich jemals von dir hätte verlangen dürfen. Du hast wie ein Vater für uns gesorgt. Ohne dich hätten wir es niemals geschafft.« Er schwieg und wischte sich die Tränen von den Wangen. »Ich möchte dir aus tiefstem Herzen danken … aber ich weiß nicht, ob ich damit meine Dankbarkeit ausreichend zum Ausdruck bringe. Ich …«

Ehe mein Vater den Satz beenden konnte, packte Hemo ihn bei den Schultern. »Du musst dich für nichts bedanken, mein Sohn. Ich werde euch vermissen.«

Die beiden umarmten einander wortlos. Ich sah den Rücken meines Vaters und wie sein Körper zuckte. Ich wollte nicht weinen, Hemo sollte mich nicht als Jungen in Erinnerung behalten, der beim Abschied schluchzte, aber ich konnte die Tränen nicht zurückhalten.

»Komm mit uns nach Izmir, Hemo«, sagte mein Vater. »Du gehörst zu uns.«

Ich hoffte, Hemo würde einwilligen, doch er schüttelte den Kopf. »Nein, Selim, ich bin ein alter Mann. Und Hemgin ist meine Heimat. Ich werde hier gebraucht, ich werde noch einmal beim Wiederaufbau meines Dorfes helfen.«

»Aber wer sorgt später für dich?«

Er klopfte meinem Vater auf den Rücken. »Ich komm schon klar, Selim, mach dir meinetwegen keine Sorgen.«

Mein Vater humpelte zu Nandar hinüber. »Nandar, in unserer schwierigsten Zeit bist du uns zu Hilfe gekommen und hast dein eigenes Leben für uns aufs Spiel gesetzt. Niemals habe ich einen Mann getroffen, der so viel Mut und Kraft besaß wie du. Ich möchte mich bei dir, auch im Namen meiner Familie, aus tiefstem Herzen bedanken.« Es war lange her, dass mein Vater die Sätze so geschmeidig aneinandergereiht hatte. Für einen Moment ähnelte er wieder dem Geschichtenerzähler aus Sobyan.

»Du brauchst dich nicht zu bedanken«, sagte Nandar mit ruhiger, tiefer Stimme. »Ihr seid meine Verwandten. Möge Allah euch segnen, und möge euer Weg nach Izmir ohne Hindernisse sein.«

Auch Nandar und mein Vater umarmten einander, während meine Mutter Hemo weinend in die Arme fiel. Ich stand mit meinem Bruder und Elida da und wusste nicht recht, wie ich mich verhalten sollte. Von Ali hatte ich keinen Abschied nehmen müssen, aber jetzt kam ich nicht darum herum.

Hemo hob Elida hoch und küsste sie auf die Stirn. »Sei immer so artig, liebe Elida«, sagte er. Dann umarmte er erst meinen Bruder und drückte ihm, ohne etwas zu sagen, einen Kuss auf die Stirn, dann tat er dasselbe bei mir. Ich spürte die Energie, die noch in seinem alten Körper steckte. Sein Griff war kräftig und liebevoll, und seine Lippen auf meiner Stirn fühlten sich rau an. Er packte meinen Bruder und mich gleichzeitig bei der Schulter und sah uns eindringlich an. »Yusuf, Mehmet, ihr seid jetzt junge Männer. Passt gut auf eure Eltern und eure kleine Schwester auf. Nicht nur während der Reise, sondern auch in Izmir. Und habt immer ein Auge auf den anderen. Ich verlasse mich auf euch!«

Nachdem Nandar uns ebenfalls kräftig an sich gedrückt hatte, bestiegen wir den Pferdewagen. Als wir wegfuhren, schüttete Hemo hinter uns eine Schüssel Wasser aus, um unsere Reise zu segnen.

58

Ohne Ankündigung zog Uskel plötzlich die Zügel straff, woraufhin der Pferdewagen ruckartig zum Stillstand kam.

»Steigt hier aus«, sagte er kurz angebunden.

»Hier? Bist du dir sicher?«, fragte meine Mutter erstaunt.

»Ja.«

Zwei Stunden zuvor hatten wir Hemgin verlassen, und mich ergriff ein Gefühl großer Erleichterung. Nicht ein Mal hatte ich mich umgesehen, ich wollte das Dorf oder das, was davon noch übrig war, nicht mal vom Pferdewagen aus sehen. Nie wieder wollte ich Hemgin sehen. Ich hatte mir vorgenommen, den Blick nur auf den Weg vor uns zu richten, als könnten die Palmen von Izmir jeden Moment am Horizont auftauchen.

»Aber ich habe noch keinen einzigen Lastwagen gesehen«, sagte meine Mutter.

»Hier setze ich alle ab«, erwiderte Uskel, ohne seine Unlust zu verbergen. »Von hier aus fahren alle per Anhalter nach Muş.«

Während wir uns verzweifelt umschauten, rief mein Bruder: »Was ist das für eine gottverlassene Gegend?«

Er hatte recht. Weit und breit nichts als mit Steinen übersäte, dürre Landschaft. In der Ferne ragten rotbraune Berge gen Himmel, und ein kühler Wind fegte über die kahle Ebene. Von ein paar verdorrten Sträuchern abgesehen, gab es keine Pflanzen zu entdecken. Als sei der Boden tot und als habe kein Mensch je einen Fuß hierher gesetzt.

»Uskel Bey«, sagte meine Mutter mit eindringlicher Stimme, »ich möchte, dass du weiterfährst. Dieser Ort lässt mich erschaudern.«

Uskel sah meinen Vater verärgert an. Als er nichts sagte, fragte Uskel: »Selim Bey, was sagst du dazu?«

Mein Vater schaute sich ein paar Sekunden lang um, als betrachtete er erst jetzt die Umgebung, und nickte ihm dann freundlich zu. »Würdest du bitte noch ein Stück weiterfahren?«

Uskel schlug murmelnd mit der Gerte auf den Hintern des Pferdes und rief: »Hüa, hüa!« Das Tier setzte sich sofort in Bewegung, und mit einem Ruck fuhr der Wagen wieder los. Nach etwa zehn Minuten hielt Uskel erneut an.

»Weiter fahre ich nicht«, sagte er entschieden. »Oder ihr müsst mir mehr bezahlen.«

»Nein, nein, wir steigen aus«, sagte mein Vater rasch, ehe meine Mutter erneut protestieren konnte.

Die Stelle, an der Uskel jetzt angehalten hatte, war ebenso verdorrt und kahl wie die vorige, doch wehte hier, wenn das überhaupt möglich war, ein noch rauerer Wind. Es war Niemandsland, in dem kein Leben möglich schien. Sogar die Sonne mied diesen Ort. Ich schaute zu den dunkelgrauen Wolken und fürchtete, jeden Moment könnte ein Herbstschauer auf uns herunterregnen.

Wortlos fuhr Uskel davon. Wir legten unsere Sachen an den Wegesrand, bedeckten unsere Gesichter, um sie vor Sand und Staub zu schützen, und schauten in die Richtung, aus der die Lastwagen kommen mussten.

Mein Bruder fluchte. »Verdammt! Ich glaube, der Kerl hat uns betrogen!«

Niemand reagierte. Meine Mutter setzte sich an den Straßenrand und streckte, laut stöhnend, die Beine aus. Elida und ich folgten ihrem Beispiel.

»Es war der Blick in seinen Augen, dieser Uskel taugt nichts«, sagte mein Bruder scharf. »Er hat uns nicht einmal eine gute Reise gewünscht.«

Meine Mutter zog einen Schuh aus und rieb sich mit schmerzverzerrtem Gesicht den Fuß.

Elida beobachtete sie besorgt. »Tut es weh, Anne?«

»Geht schon.« Sie bemühte sich, tapfer zu sein.

Mein Vater legte eine Hand auf ihren Fuß und massierte ihn zärtlich. »Versuche, ihn so wenig wie möglich zu belasten«, sagte er. »Dann heilt er schneller.«

Seit dem Erdbeben hatten wir uns nicht mehr richtig waschen können. Mit dem wenigen Wasser, über das wir verfügten, konnten wir uns nur den Staub aus dem Gesicht spülen. Hätte unsere Nachbarin von gegenüber nicht angeboten, auch unsere Kleider im Bach zu waschen, würden wir immer noch in denselben staubigen Sachen herumlaufen.

Mein Bruder ging unruhig auf und ab. »Was ist das für eine Straße? Hier fahren überhaupt keine Lastwagen entlang.«

»Du musst Geduld haben, mein Sohn«, sagte mein Vater. »Bis Izmir ist es noch weit.«

Obwohl ich Hemo und Nandar schon zu vermissen begann, war ich nach wie vor erleichtert, dass wir Hemgin hinter uns gelassen hatten. Für mich war Hemo der Großvater, nach dem ich mich so lange gesehnt hatte. Und jetzt, da ich mich an ihn gewöhnt hatte, war er wieder aus meinem Leben verschwunden.

Nach einer Weile setzte sich mein Bruder hin. Schweigend lauschten wir dem heulenden Wind und schützten unsere Gesichter vor dem herumfliegenden Sand. Meinem Gefühl nach wurden wir Stunden vom Wind gegeißelt.

»Hier kommen wir niemals weg«, sagte mein Bruder nach einer Weile hoffnungslos. Er stand auf. »Ich bin mir sicher, der Hund hat uns betrogen!«

»Ruhig, Yusuf!«, rief meine Mutter streng. »Wir müssen Geduld haben. Dein Schimpfen hilft uns nicht weiter.«

»Aber wir sitzen hier schon seit Ewigkeiten, und kein einziger Lastwagen ist vorbeigekommen. Wie lange wollt ihr noch warten?«

Er erinnerte mich wieder an den rebellischen Jugendlichen, der er bei seiner Rückkehr aus Muş gewesen war. Ich hoffte, dass er nicht in sein altes Verhalten zurückfiel. Doch was, wenn er recht hatte und kein Lastwagen kam? Was, wenn wir die Nacht an dieser finsteren Stelle verbringen mussten?

Verzweifelt schaute ich die Straße entlang. In der Ferne bemerkte ich einen dunklen Punkt am Horizont, der immer größer wurde.

»Da!«, rief ich. »Seht!«

Kurze Zeit später konnten wir erkennen, dass es sich um einen Lastwagen handelte. Mein Bruder sprang sofort auf, stellte sich mitten auf die Straße und winkte wie wild mit den Armen. Wenig später hielt der Lastwagen lärmend bei uns an. Der Fahrer saß so hoch, dass ich mich auf die Schultern meines Bruders hätte stellen müssen, um ihn berühren zu können. Es war offensichtlich, dass er schon öfter Leute nach Muş mitgenommen hatte. Er stieg aus und sagte in fließendem Zazaki: »Ab hier kostet es nach Muş fünf Lira pro Person.«

Mein Vater fragte erschrocken: »So viel? Können wir uns nicht einigen auf …«

»Tut mir leid, das ist der feste Preis«, erwiderte er mit einem entspannten Lächeln. Seine leuchtenden Augen verrieten, dass er sich über die unerwartete Gelegenheit, in dieser verlassenen Gegend Passagiere aufnehmen zu können, freute.

Mein Vater holte den Umschlag aus der Innentasche seiner Jacke und überreichte ihm zögernd ein paar Scheine. Der Fahrer bot ihm daraufhin eine Zigarette an. »Um zu feiern, dass wir miteinander ins Geschäft gekommen sind«, sagte er herzlich. »Leider habe ich hier vorn keinen Platz mehr, mein Onkel und mein Neffe sitzen neben mir. Ihr werdet im Laderaum Platz nehmen müssen.«

Mein Vater hielt die Zigarette in die ihm angebotene Flamme des Feuerzeugs und nickte: »Kein Problem.«

Der Laderaum war nicht nur tief und breit, sondern auch dunkel und schmutzig. Es roch penetrant nach Mist und Diesel. Mir wurde sofort schlecht. In den Seitenwänden gab es in Augenhöhe keine Öffnungen, sodass wir während der ganzen Fahrt nicht hinaussehen konnten.

Mein Bruder betrachtete den Laderaum ungläubig. »Wir sind doch keine wilden Tiere, dass wir hier eingesperrt werden?«

»Der Mann sagt, die Fahrt nach Muş dauert weniger als eine Stunde«, sagte mein Vater ruhig und zog an seiner Zigarette.

Mein Bruder kniff sich die Nase zu. »Aber in diesem Gestank halte ich es nicht einmal zwei Minuten aus!«

Er hatte recht. Ich zog mir das Hemd über die Nase und nahm auf einem großen Stück Karton Platz, welches der Fahrer wahrscheinlich für Passagiere dorthin gelegt hatte. Meine Eltern setzten sich neben mich, während Elida sich auf meinem Schoß niederließ. Als der Wagen plötzlich losfuhr, erfüllte ohrenbetäubender Motorlärm den Laderaum. Der Laster schaukelte wie wild hin und her, als wären wir missliebige Passagiere, die er aus dem Laderaum zu werfen versuchte. Alle paar Meter fuhr er durch ein Schlagloch oder über einen Stein, was uns mehrere Zentimeter hoch in die Luft schleuderte und dann wieder hart landen ließ. Meine Eingeweide schienen jedes Mal ein wenig mehr zu verrutschen.

»Geht es dir gut, Elida?«, fragte ich nach einer Weile.

Ihr Gesicht war leichenblass. »Mir ist fürchterlich schlecht«, erwiderte sie mit zitternder Stimme.

Ich sprang sogleich auf und schob sie von mir weg. »Musst du dich übergeben?«

Sie nickte und begann zu husten. Ich führte sie rasch in den hintersten Winkel des Laderaums, rieb ihr über den Rücken und sagte: »Keine Angst, Elida, lass es einfach raus.« Kaum hatte ich die Worte ausgesprochen, übergab sie sich heftig. Sie spuckte eine ziemliche Menge braungelben Breis aus. Ich war erstaunt, dass so viel aus ihrem kleinen Magen kam, denn meinem Gefühl nach hatte sie in den letzten Tagen kaum etwas gegessen. Ich sah die undefinierbaren Nahrungsbrocken, die ihr Magen ausgestoßen hatte, und ein widerlicher süßsaurer Geruch stieg mir in die Nase. »Komm, du musst ein wenig Wasser trinken.«

Erschöpft ließ sie sich auf den Karton fallen. Meine Mutter goss Wasser aus dem Kanister in ihre linke Hand und wusch damit den Schmutz aus Elidas Mundwinkeln. Dann trank Elida ein paar Schlucke und legte sich stöhnend auf die Seite.

Der Lastwagen schien immer ungestümer zu fahren. Ein paarmal knallte ich mit dem Kopf hart gegen die Wand des Laderaums, was ein merkwürdig dumpfes Geräusch verursachte, das meinen Bruder in Lachen ausbrechen ließ. Nach einiger Zeit hörten wir Gehupe, das von anderen Lastwagen zu stammen schien. Bald darauf erklangen mehrere Hupen und vereinigten sich zu einer Kakofonie hupender Autos und Lastwagen.

»Ich glaube, wir sind da«, sagte mein Vater.

Wenig später hielt der Lastwagen mit quietschenden Bremsen an. Nun drang das Geräusch sprechender Menschen an unser Ohr. Als Erstes erkannte ich unsere eigene Sprache, das Zazaki. Außerdem hörte ich Türkisch und noch eine dritte Sprache. Ich war ziemlich sicher, dass es sich dabei um Kurdisch handelte. Es ähnelte jedenfalls der Sprache der kurdischen Händler, die nach Sobyan kamen.

Es rumpelte. Unter lautem Getöse wurde die Ladeklappe geöffnet. Gespannt schaute der Fahrer ins Innere, als wäre er nicht sicher, ob wir noch lebten. Dann bemerkte er unsere schafsartigen Blicke und sagte: »Willkommen in Muş!«

59

Die Sonne schien fröhlich, und auf den Straßen wimmelte es von Menschen, die wie Ameisen durcheinanderliefen. Der Verkehr machte einen Höllenlärm. Der Gestank im Laderaum, der sich in meiner Nase festgesetzt hatte, wurde sofort von dem seltsamen Geruch der Stadt vertrieben, der mir wie ein schwüler Frühlingssturm entgegenschlug. Durch die Autoabgase hindurch erschnupperte ich den Duft der Garküchen, in denen auf einem kleinen Holzkohlegrill Fleischspieße gebraten und Kastanien geröstet wurden. Und ich roch die Spezereien in den Gewürzläden. Voller Verwunderung starrte ich auf das Farbenmeer der vielen Gemüse- und Teppichläden auf beiden Seiten der Straße. Ein Junge in meinem Alter pries lauthals riesige Wassermelonen an, die auf einer Plane übereinandergestapelt lagen. Die langsam die Straße entlangkriechenden Autos hupten in einem fort, ohne dass die querenden Fußgänger auch nur aufgeschaut hätten.

Bei meinem ersten und bisher einzigen Besuch in Muş war ich nur bis zum Krankenhaus gekommen. Jetzt hatten wir seit Stunden nichts gegessen, und ich hätte mich am liebsten auf einen der Grills gestürzt und so viel Fleisch in mich hineingestopft, bis ich nicht mehr konnte. Mein Bruder deutete mit großen Augen auf das Ende der Straße und schlug vor, in einem Lokal zu essen, das er noch aus seiner Zeit in der Stadt kannte. »Da gibt es das beste Fleisch weit und breit.«

Doch mein Vater schüttelte resolut den Kopf. »Wir müssen so schnell wie möglich den Bahnhof finden.«

Während Yusuf und ich sehnsüchtig zu den Garküchen schauten, sprach mein Vater einfach einen Passanten an und fragte ihn hastig auf Zazaki, wo der Bahnhof sei. Der Mann, der einen dunklen Anzug trug, schaute ihn fragend an. Als er dann stotternd versuchte, seine Frage ins Türkische zu übersetzen, konnten mein Bruder und ich uns das Lachen nicht verkneifen. Seine Aussprache war die eines Bauern aus Sobyan, der zum ersten Mal ein paar Worte Türkisch spricht, ohne zu wissen, was sie bedeuten. Auch der Mann musste lachen. »Ah … haha, Sie wollen zum Bahnhof. In diese Richtung.« Er deutete zum Ende der Straße und zeigte mit einer Handbewegung, dass wir dort rechts abbiegen mussten. Mein Vater schüttelte ihm beidhändig die Hand und bedankte sich, als hätte der Mann ihm soeben angeboten, uns persönlich nach Izmir zu bringen.

»Du hättest auch mich fragen können«, sagte mein Bruder kopfschüttelnd.

Mein Vater entschuldigte sich, aber ich hatte den leisen Verdacht, er wollte uns nur zeigen, dass er in dieser fremden Stadt zurechtkam.

Mein Bruder warf sich den großen Sack mit unseren Sachen über den Rücken, trug mit der anderen Hand ein paar aufgerollte Matten an einem Strick und sagte, wir sollten ihm folgen. Ich hielt den Koffer in der einen und den Beutel mit dem trockenen Brot und den geschmacklosen braunen Bohnen in der anderen Hand. Trotz ihres schmerzenden Fußes und der Proteste meines Vaters bestand meine Mutter darauf, die zusammengerollten Decken selbst zu tragen. Und während Schweißperlen auf ihrer Stirn glänzten und ihre Wangen sich immer mehr röteten, machte sie mit schmerzverzerrtem Gesicht immer nur ein paar Schritte, um danach kurz auszuruhen. Auf unserem langsamen Marsch durch die belebten Straßen fiel mir das Lied über Muş wieder ein:

Das ist Muş mit seinen steilen, unwegsamen Straßen.
Wer dorthin geht, kehrt nie mehr zurück.

Vor einem Gemüseladen standen lauter Kisten mit frischen Obst- und Gemüsesorten, die ich nie zuvor gesehen hatte. Dann kamen wir an einer Bäckerei vorbei, aus der es herrlich duftete und in der verschieden geformte Brote in hölzernen Regalen lagen. Und während ein kleiner Mann hastig mit einem silbernen Tablett mit vielen vollen Teegläsern von einem Geschäft zum anderen eilte, warf ich einen Blick in eine Schlachterei, wo Männer in langen weißen Mänteln große Fleischstücke zerschnitten.

Von einem Minarett herab wurde mit einer Art Sprechgesang zum Gebet gerufen. Als ich das erste Mal in Muş war, hatte mir meine Mutter von der Aufgabe des Muezzins in der Moschee erzählt. Mir gefiel dieser Gesang, der wie ein Lied mit großer Hingabe dargeboten wurde. Als ich fragte, warum wir in Sobyan keinen Muezzin hätten, erwiderte meine Mutter: »Sunniten gehen in die Moschee, wir Aleviten haben die *cem*.«

Wehmütig dachte ich an die Cem in Sobyan. Zweimal im Jahr kam der weise *pir* zu Besuch, und es wurden religiöse Versammlungen abgehalten. Der Pir erzählte dann über das Alevitentum und leitete das Gebet. Es wurde auch auf der Saz gespielt, und Männer und Frauen tanzten gemeinsam den *semah*.

»Da ist er!«, rief mein Bruder.

In meiner Vorstellung war der Bahnhof von Muş ein großes, schmuckes Gebäude, in dem es von Menschen wimmelte. Tatsächlich aber war er klein und unscheinbar, und wenn man nicht aufpasste, ging man daran vorbei. Auch das Innere machte nicht viel her. Die leere Halle war kaum größer als der Dorfplatz von Hemgin, und nur eine Handvoll Menschen verlor sich darin.

»Da müssen wir hin«, sagte mein Bruder. Er deutete auf einen alten grauen Mann, der in einer Ecke der Halle in einer hölzernen Kabine saß. Er trug einen schwarzen Anzug, und seine Brille hatte die dicksten Gläser, die ich jemals gesehen hatte. Ohne sich mit meinem Vater zu besprechen, räusperte sich Yusuf und sagte in fließendem Türkisch: *»Iyi günler, beyefendi.«* Er wartete auf eine Reaktion des alten Mannes, aber der blickte nicht auf. »Ich möchte fünf Fahrkarten nach Izmir.«

»Ah … Izmir!«, sagte der alte Mann und schaute ein paar Sekunden verträumt vor sich hin, als hätte er plötzlich nach vielen Jahren den Namen seiner Jugendliebe vernommen. »Was für eine Stadt!« Der Mann legte eine Hand auf die meines Bruders. »Mein Junge, hör zu, ich kann es mir nicht vorstellen, denn wer einmal in Izmir war, hat in Muş nichts mehr zu suchen, aber ich muss es dich dennoch fragen: Möchtest du auch Karten für eine Rückfahrt?«

Lächelnd schüttelte mein Bruder den Kopf.

»Sehr weise. Wann willst du abreisen?«

»Sofort, wenn das möglich ist.«

Langsam führte der Mann den Zeigefinger zum Mund und leckte mit der Zungenspitze daran. Dann blätterte er lange in einem abgewetzten Büchlein, aus dem sich einige Seiten gelöst hatten. »Hier hab ich es!«, sagte er und reckte triumphierend den Zeigefinger in die Höhe. »Der Zug fährt heute Abend um sieben. So, das macht zusammen fünfundsiebzig Lira.«

Mein Vater und mein Bruder sahen einander erschrocken an.

»Was ist?«, fragte meine Mutter.

»Die Fahrkarten sind sehr teuer«, erwiderte mein Vater.

Vielleicht hoffte er, sie würde am Ende doch noch auf seinen Vorschlag eingehen und sagen, sie sei einverstanden damit, nach Mersin zu gehen, der Stadt seiner Wahl.

»Aber, Selim, hast du etwa gedacht, die Fahrt wäre kostenlos? Gib ihm das Geld«, sagte sie streng. »Hinter uns warten noch andere Leute.«

Mein Vater griff seufzend in seine Brusttasche. Er zählte die Scheine zwei Mal auf den Tresen des Schalters und überreichte sie dann dem alten Mann. Der nahm sie ihm rasch aus der Hand, als fürchtete er, mein Vater könnte es sich im letzten Moment anders überlegen.

Ich strahlte, nicht nur, weil wir die Karten, die uns in ein neues

Leben führten, schon so gut wie in Händen hielten, sondern auch, weil ich das Gespräch auf Türkisch zwischen meinem Bruder und dem alten Mann vollständig verstanden hatte.

Der alte Mann legte die Geldscheine in eine Schublade, riss ein paar Blätter aus einem anderen Buch und begann, gemächlich darauf zu schreiben. Nach ein paar Minuten legte er den Stift mit einem zufriedenen Blick hin und sagte: »Der Zug fährt aus Gleis eins. Gute Reise!«

Wir blieben in der Bahnhofshalle stehen, wo es angenehm kühl war, und deponierten unsere Sachen in einer Ecke. Meine Mutter ließ sich stöhnend auf den Boden sinken und rieb sich den schmerzenden Fuß. »Ich kann keinen Schritt mehr gehen.« Mit besorgtem Gesicht setzte sich mein Vater neben sie.

»Apo, gibst du mir Geld für Essen und Trinken?«, fragte mein Bruder.

Ehe mein Vater etwas erwidern konnte, sagte meine Mutter: »Wir haben noch zu essen im Beutel.«

»Anne, das trockene Brot und die braunen Bohnen kann ich nicht mehr sehen.« Er machte ein Gesicht, als bekäme er gleich Magenkrämpfe.

Mein Vater gab ihm ein paar Geldscheine und sagte, er solle nicht alles ausgeben. Kurze Zeit später gingen Yusuf und ich durch die belebte Straße, wo der Lastwagenfahrer uns abgesetzt hatte. Während ich den köstlichen Geruch von frischem Brot einsog, mussten meine Ohren sich an den Verkehrslärm und die schreienden Verkäufer gewöhnen. Mein Blick fiel auf einen großen durchsichtigen Behälter mit einer dunkelroten Flüssigkeit, der auf dem Tresen einer Gaststätte stand. Ein Mann hielt ein Glas unter den Hahn, betätigte einen Hebel, und die Flüssigkeit ergoss sich ins Glas. »Da! Was ist das?«

»Ah, das ist Maulbeersaft«, antwortete mein Bruder. »Möchtest du ein Glas?«

Maulbeeren. Ich musste wieder an Sobyan denken, an Ali, mit dem ich so oft Maulbeeren gepflückt und gegessen hatte, bis ich

Bauchschmerzen bekam. »Ja«, erwiderte ich. »Den hab ich noch nie getrunken.«

Der Saft war eiskalt, und einen Moment kam es mir so vor, als wäre meine Kehle mit einem Schlag gefroren. Doch der Geschmack der süßen Maulbeeren und die Erinnerung an Alis lachendes Gesicht wärmten mich schnell von innen.

»Ein Bier«, sagte mein Bruder und deutete auf eine braune Flasche, die im Kühlschrank hinter der Theke stand. »Bitte gleich öffnen.«

Der Verkäufer drückte einen Öffner auf den Flaschenhals und entfernte mit einer geschickten Bewegung den Deckel. Gierig trank mein Bruder die Flasche leer und wischte sich mit dem Handrücken den Mund ab. Erstaunt sah ich ihn an. Er bestellte sofort eine zweite Flasche und fragte, ob ich auch einen Schluck wollte. Ich sah ihn zögernd an. In unserem Dorf hatte ich weder Bier gesehen noch davon gehört. Da er darauf bestand, trank ich einen ordentlichen Schluck und verzog sogleich das Gesicht.

Mein Bruder lachte laut auf. »Man muss sich erst daran gewöhnen, aber dann trinkt man es wie Wasser!« Er nahm mir die Flasche aus der Hand und leerte sie mit ein paar Schlucken. Wir kauften eine Flasche Wasser und gingen wieder hinaus. Ein Junge in meinem Alter ging vorbei, er war barfuß und trug einen zerrissenen Pullover. Auf seinem kahl geschorenen Kopf balancierte er ein Brett, und darauf lagen Teigwaren mit Sesam. Sie sahen aus wie kleine Räder.

»Simiiiiit!«, rief er. »Herrliche Simiiiiit!«

»Deswegen sind wir gekommen«, sagte mein Bruder mit aufleuchtenden Augen. »Simit! Du wirst staunen.« Er tippte den Jungen an. »Gib mir fünf. Nein, gib mir ruhig sieben.« Er blinzelte mir zu. »Dann essen wir beide ein bisschen mehr.« Ich lächelte.

»Natürlich, *abi*«, sagte der Junge mit zufriedenem Blick. »Such sie dir selber aus.«

Den Geschmack meines ersten Simit würde ich nie mehr vergessen. Vielleicht lag es am Hunger, vielleicht auch am Reisefieber, dass mir sofort klar war: Dies ist das Beste, was ich bisher in meinem Leben gegessen habe. Ich riss große Stücke davon ab und steckte sie mir in den Mund. Es war, als würde ich jedes einzelne Sesamkorn schmecken und als prickelte hin und wieder sogar ein Hauch von Honig meine Geschmackspapillen. Vor lauter Gier biss ich mir immer wieder auf die Finger.

Kurze Zeit später gingen wir zur Bahnhofshalle zurück. Meine Mutter rief entrüstet, sie habe sich Sorgen gemacht. Doch als mein Bruder ihr einen Simit gab, stürzte sie sich darauf wie ein hungriges Dorfkind.

60

Wir standen auf dem Bahnsteig und warteten, als plötzlich ein seltsames Maschinengeräusch zu hören war. Dann sahen wir ein riesiges stählernes Ungeheuer, das mit höllischem Lärm in den Bahnhof einfuhr. Schwarzer Rauch strömte aus dem breiten Schornstein, und aus den Flanken stiegen große weiße Dampfwolken auf, die den Bahnsteig in dichten Nebel hüllten. Dann ertönte ein ohrenbetäubender Pfiff, als wollte das Ungetüm uns befehlen, Abstand zu halten, und vor Schreck gingen wir alle ein paar Schritte zurück.

Im Zug hatten wir ein eigenes Abteil mit sechs Sitzplätzen. Ich saß am Fenster mit Elida auf dem Schoß. Es war draußen bereits dunkel, als der Zug seufzend Dampf ausspuckte und sich langsam in Bewegung setzte. Vor Aufregung klopfte mir das Herz bis in den Hals. Endlich begann die Reise in unser neues Leben.

Noch ehe der Zug losfuhr, waren meine Eltern eingeschlafen. Meine Mutter hatte den Kopf ans Fenster gelegt, und mein Vater lehnte sich an sie. Neben mir hing Yusuf schlaff auf seinem Sitz. Wenn er ausatmete, stieg mir der übelkeiterregende Geruch von Bier in die Nase.

Ich schaute aus dem Fenster, doch es war, abgesehen von ein paar Laternenpfählen und den erleuchteten Häusern in der Ferne, fast nichts zu sehen. Wenig später sah ich nur noch eine große schwarze Fläche und mein Spiegelbild im Fenster. Mir wurde bewusst, dass wir alles hinter uns gelassen hatten. Gut drei Tage würden wir mit dem

Zug unterwegs sein. Und deutlicher denn je begriff ich, dass Ali und ich uns wahrscheinlich nie wiedersehen würden. Nie würde ich ihm sagen können, dass es mir leidtat, und nie könnte ich ihm versichern, dass er immer mein bester Freund bleiben würde, was auch geschehen mochte. Und während ich in Gedanken durch Sobyan ging, wusste ich, dass ich nie Hirte werden würde. Jahrelang hatte ich davon geträumt, in die Fußstapfen meines Vaters zu treten und wie er Vieh zu halten. Und obwohl ich dafür vielleicht nicht talentiert war, hatte ich auch heimlich geträumt, eines Tages Geschichten zu erzählen. Ich wusste, ich war kein Redner, ich war eher ein Zuhörer, und Zuhörer verwandelten sich meines Wissens nicht in Geschichtenerzähler. Doch das spielte jetzt keine Rolle mehr, denn alles würde anders werden. In Izmir lebten keine Hirten und, soweit ich wusste, auch keine Geschichtenerzähler.

Ich legte meinen Kopf an das kühle Fenster und schloss die Augen. Und während ich dem monotonen Geräusch des Zuges lauschte, fiel ich in einen tiefen Schlaf.

Ich spürte ein grelles, warmes Licht auf meinem Gesicht und glaubte zu träumen. Doch als ich meine Augen öffnete und mich aufrichtete, schaute ich direkt in die brennende Sonne. Ich hielt die linke Hand vor die zusammengekniffenen Augen, und erst als die Lichtflecken vor meinen Augen verschwunden waren, sah ich die ausgedehnten Wiesen voller Tulpen in roten, gelben und violetten Farben. Wie verzaubert betrachtete ich die Landschaft, die sich immer wieder veränderte. Flüsse, Wälder und weitläufige Hügel zogen vorüber, und hin und wieder tauchten inmitten von goldgelben Weizenfeldern, auf denen Bauern arbeiteten, kleine Dörfer auf. Und hoch oben am Himmel kreisten Adler über ihrem Revier.

Ich öffnete das Fenster und zwängte meinen Kopf hinaus. Der Wind blies mir so kräftig ins Gesicht, dass meine Wangen zu flattern begannen. Als ich mich wieder zurückzog, fing Elida an zu kichern. Mein ganzes Gesicht war voller Ruß. Mit dem Zeigefinger malte sie

Streifen hinein und lachte dann so herzlich, dass die übrige Familie davon angesteckt wurde.

Kurze Zeit später fuhren wir einen steilen Hügel hinauf, und der Zug wurde immer langsamer, bis er schließlich nur noch in Schrittgeschwindigkeit vorwärtskam. Das stählerne Ungetüm keuchte, als wäre es erschöpft und der gewaltige Anstieg zu schwierig. Viele Passagiere ergriffen die Gelegenheit, um kurz auszusteigen und sich die Beine zu vertreten. Manche spazierten in aller Ruhe den Hügel hinauf und ließen den Zug sehr bald hinter sich, während wieder andere sich ordentlich reckten, um sich dann der Länge nach ins Gras zu legen.

Nach ein paar Stunden erreichten wir einen Bahnhof. Im Zug wurde es unruhig. Menschen gingen mit Koffern und Taschen im Gang hin und her. Ich schob meinen Kopf durch das Fenster und roch schon bald Essensduft. Eine Frau auf dem Bahnsteig klopfte an unser Fenster und hielt mit bittendem Blick weiße Weintrauben in die Höhe. Und wie aus dem Nichts erschien eine zweite Frau, die uns eilig rote Äpfel entgegenstreckte. Mein Vater gab meinem Bruder ein paar Geldscheine und nickte ihm zu. Heißhungrig schlug ich kurze Zeit später meine Zähne in einen saftigen Apfel. Danach stopfte ich mir den Mund mit süßen Weinbeeren voll. Ein Mann tickte mit einem Zinnbecher ans Fenster und bot uns für ein paar Kuruş Wasser an. Mein Bruder gab ihm ein paar Münzen, woraufhin der Mann den Becher in einen Wasserbehälter tauchte und mir reichte. Nachdem ich mit zwei Bechern meinen Durst gestillt hatte, setzte ich mich hin, und derselbe Becher ging, nachdem er immer wieder gefüllt worden war, von Hand zu Hand.

61

Als ich am nächsten Morgen die Augen öffnete, roch ich Äpfel. Unser ganzes Abteil war vom Duft der roten Äpfel erfüllt. Mein Bruder hatte den Kopf aus dem Fenster gestreckt. Ich stellte mich neben ihn.

»Guten Morgen, Schlafmütze«, sagte er, ohne mich anzusehen. »Ich denke, wir sind beinah da.« Ich sah schwarze Rußstreifen auf seinem Gesicht.

»Wie kommst du darauf?«

»Ich rieche schon das Meer.«

»Wirklich?«, fragte ich aufgeregt.

»Natürlich nicht, Dummkopf«, sagte er lachend. »Das war nur ein Scherz.«

Ich setzte mich wieder und fragte meinen Vater, wo meine Mutter und Elida waren. Er blickte aus dem Fenster. Seine Lippen bewegten sich lautlos, er schien ein Gespräch mit sich selbst zu führen. Erst als ich meine Frage wiederholte, sah er erschrocken auf und stotterte, sie seien zur Toilette gegangen. Ich schaute aus unserem Abteil heraus in den Gang und sah Menschen auf dem Boden schlafen. Als meine Mutter und Elida kurze Zeit später wieder da waren, kam der Schaffner vorbei und sagte, wir würden in etwa einer Viertelstunde in Izmir ankommen.

»Mal sehen, ob Izmir wirklich so schön ist, wie immer behauptet wird«, sagte mein Bruder.

Schon bald tauchte am Horizont ein riesiges Gebäude auf. Sein

Schornstein war so hoch wie die Hügel hinter unserem Dorf. Ich fragte: »Dort, ist das Izmir?«

»Ich weiß es nicht.«

In der Ferne waren nun mehr Gebäude zu erkennen. Dann fuhren wir an Fabriken vorbei. Dunkle Rauchwolken stiegen aus ihren Schornsteinen, und auf einem Fabrikgelände standen große Lastwagen in Reihen nebeneinander. Weiter hinten sah man eine viel befahrene Straße. Ich fragte mich, wann wir endlich das Meer und die Palmen sehen würden. Wir kamen an Häusern mit mindestens vier Stockwerken vorbei. Auf den Balkonen trockneten bunte Kleidungsstücke an langen Wäscheleinen. In der überwältigenden Hitze des Vormittags hingen die Bewohner in kurzen Hosen und Unterhemden faul über dem Balkongeländer und betrachteten den vorbeidröhnenden Zug. Manche hoben die Hand. Ein paar Jungs spielten Fußball auf einem sandigen Platz, Mädchen standen in einem Kreis beisammen und tuschelten. Ich tippte meinen Bruder an und deutete auf zwei Jungen mit Fahrrädern, die mit dem Zug um die Wette fuhren. Sie standen in den Pedalen und strampelten mit aller Kraft, doch als sie immer weiter zurückfielen, bremsten sie erschöpft und winkten uns hinterher. Ich winkte zurück und dachte unwillkürlich an unseren Empfang in Hemgin.

»Izmir!«, rief der Schaffner. »Izmir! Endstation!«

Wieder herrschte reger Betrieb auf dem Gang.

»Wir müssen aussteigen«, sagte meine Mutter aufgeregt. »Macht euch fertig.«

Mein Bruder nahm den Sack mit unseren Sachen aus der Gepäckablage, öffnete die Tür unseres Abteils und zwängte sich in den Gang. Langsam nahm mein Vater seine Krücken und erhob sich behäbig. Mein Bruder stellte den Sack auf den Boden, spreizte die Arme und schob die Leute, die um ihn herumstanden, beiseite.

»Macht Platz!«, rief er laut. »Macht Platz für einen alten Mann mit Krücken!«

Ein alter Mann mit Krücken. So also sah er unseren Vater, und so sahen ihn die anderen Reisenden wahrscheinlich auch. Ich hoffte, dass mein Vater ihn nicht verstanden hatte, dass dieses eine Mal sein Türkisch nicht ausreichte, um die Bemerkung zu verstehen. Vorsichtig humpelte er in Richtung Ausgang, so als wäre alles in bester Ordnung, als ginge es nicht um ihn. Meine Mutter trug mir auf, Elida bei der Hand zu nehmen und meinem Vater zu folgen. Ich wollte vorschlagen, lieber zu warten, bis alle ausgestiegen waren, sodass mein Vater den Zug in aller Ruhe verlassen konnte, traute mich aber nicht zu protestieren und ergriff rasch den Koffer.

Der kleine dunkle Raum vor den Türen war voll von ungeduldigen Menschen. Starker Schweißgeruch hing in der Luft, in den sich der durchdringende Geruch von Zigarettenrauch mischte. Seit wir Hemgin verlassen hatten, schien es, als ob alle Männer, denen wir begegneten, rauchten. Jemand schubste mich kräftig in den Rücken. Als ich mich ärgerlich umschaute, bemerkte ich, dass es Yusuf war. Er sah mich mit einem breiten Grinsen an und sagte: »Na, findest du es spannend, Kleiner?«

»Es geht«, log ich, schwindelig vor Aufregung. Ich versuchte mir vorzustellen, wie es sein würde, die ersten Schritte in Izmir zu machen. Mit laut quietschenden Bremsen kam der Zug zum Stehen. Ein Reisender, der im Gedränge gegen die Tür gedrückt wurde, betätigte den Hebel, und die Türen öffneten sich. Alle drängten, um nach draußen zu gelangen. Mein Vater wurde geschubst und gestoßen und konnte sich nur mit Mühe auf den Beinen halten. Verärgert bahnte sich mein Bruder den Weg zu ihm und schob ein paar Leute zurück. »Habt ihr keine Manieren?«, rief er. »Lasst ihr denn einen Mann mit Krücken nicht zuerst aussteigen?«

Nachdem ein paar Fahrgäste meckernd zurückgewichen waren, sprang mein Bruder auf den Bahnsteig, um meinem Vater beim Aussteigen zu helfen. Kurze Zeit später stand auch ich mit dem Koffer in der einen und Elidas feuchtem Händchen in der anderen Hand auf dem Bahnhof von Izmir.

62

Wir standen in der sengenden Sonne auf dem Bahnhofsvorplatz und schauten uns voller Verwunderung um. Es war offensichtlich, dass Muş im Vergleich zu Izmir ein winziges Dorf war. Hier wimmelte es von Menschen, und alle schienen es eilig zu haben. Oft sah es aus, als würden sie zusammenstoßen, aber im letzten Moment wichen sie einander geschickt aus, als spielten sie alle ein Spiel, dessen Regeln ich nicht kannte. Männer in dunklen Anzügen und mit großen Sonnenbrillen gingen in der Gluthitze vorüber, tupften sich mit Taschentüchern die Stirn oder zogen stoisch an ihren Zigaretten. Junge Frauen in bunten Kleidern flanierten mit zierlichen Schritten vorüber und fächelten sich mit Fächern Luft zu. Ich starrte voller Bewunderung und mit einem gewissen Gefühl des Begehrens auf ihre langen Beine und ihr blondes Haar, das in der Herbstsonne golden glänzte. Sie sahen blendend aus.

Es war Herbst, aber Izmir brodelte.

In der bedrängenden Menschenmasse schufteten die Verkäufer in den Garküchen, um auf ihren Tageslohn zu kommen. Im Schweiße ihres Angesichts verkauften sie gegrilltes Fleisch, geröstete Kastanien und allerlei Teigwaren. Jungen in meinem Alter priesen die »leckerste, beste Limonade von Izmir« an. Und ich entdeckte etwas, was ich noch nie gesehen hatte: Muscheln. Ein Mann hatte sie in einer großen Schüssel mit Zitronen auf einen Tisch gestellt und rief: »*Midye!* Midye! Frisch aus dem Ägäischen Meer.« In der Nähe der Schüssel lernte ich einen neuen Geruch kennen: einen leicht salzigen Duft, der alle anderen Gerüche überlagerte. So musste das Meer riechen.

Ohne etwas zu sagen, ging mein Bruder zu einem der Stände und kaufte von dem Geld, das übrig war, fünf Simits und fünf kleine Flaschen *ayran*. Und während wir heißhungrig die Simits vertilgten, tastete ich mit Blicken die Umgebung ab. Ich sah weder das Meer noch die Palmen, von denen Hemo so geschwärmt hatte. Wohl aber bemerkte ich beigefarbene Tauben, die einen schwarzen Streifen im Nacken hatten. Sie tippelten herum und pickten nervös mit den Schnäbeln auf den Boden, und wenn ein Fußgänger zu nahe kam oder ein Kind versuchte, sie zu fangen, flogen sie zu Dutzenden gleichzeitig empor, um ein kleines Stück entfernt wieder zu landen. Und hoch über uns sah ich Möwen annähernd bewegungslos in der Luft stehen. Wie die Adler über Sobyan schlugen sie nicht mit den Flügeln und schwebten dennoch. Autos, Lastwagen und große Busse umrundeten hupend und mit großer Geschwindigkeit den Platz.

»Was machen wir jetzt, Apo?«, fragte mein Bruder.

Mein Vater betrachtete eine Zeit lang ruhig die Umgebung, als suchte er nach Hinweisen, griff dann in seine Jackentasche und holte die beiden Umschläge mit Geld sowie den Zettel hervor, den Hemo ihm gegeben hatte.

»Hol nicht immer so auffällig die Umschläge heraus«, sagte mein Bruder und schaute sich nervös um. »Das hier ist nicht Sobyan. Ehe du dich's versiehst, werden sie dir aus der Hand gerissen.«

»Yusuf hat recht«, sagte meine Mutter. »Wenn uns das Geld gestohlen wird, sind wir verloren.« Sie sah uns streng an. »Wir sind jetzt in Izmir, hier ist alles anders. Wir müssen vorsichtig sein und gut aufeinander aufpassen.«

Mein Bruder nahm meinem Vater den Zettel aus der Hand und las laut den Namen vor, der darauf stand. »Orhan Aslan. Willst du zu ihm gehen?«

»Ja, Hemo meint, er kann uns helfen, eine Wohnung zu bekommen. Aber wie finden wir ihn?«

»Ganz einfach«, sagte mein Bruder und deutete auf eine Reihe von Taxis am Rand des Platzes. »Wir nehmen ein Taxi.«

Wir luden unsere Sachen in den Wagen eines jungen Fahrers, der uns begeistert begrüßte. Er hatte breite Koteletten und einen dünnen Schnurrbart. Seine Haare waren mit viel Fett nach hinten gekämmt, und er roch so frisch wie eine Zitrone. Er fragte, wo wir herkämen. Als mein Bruder erzählte, dass wir aus einem Dorf in der Nähe von Varto kamen, sah der Chauffeur ihn fragend an.

»Varto?«

»Kennst du Muş?«, fragte mein Bruder.

Der Fahrer lächelte und klopfte meinem Bruder herzlich auf die Schulter. »*Kardeş,* natürlich kenne ich Muş. Viele meiner Verwandten wohnen dort.« Als wollte er seine Worte unterstreichen, stimmte er ein Lied über Muş an, woraufhin die beiden in Lachen ausbrachen.

Er streckte meinem Bruder die Hand hin und sagte mit breitem Grinsen: »Ich heiße Mustafa.«

»Yusuf, angenehm.«

Nachdem wir eingestiegen waren, gab Mustafa kräftig Gas, und wir fuhren mit quietschenden Reifen los. Durch das offene hintere Fenster atmete ich den Geruch der Stadt ein, aber das Meer roch ich nicht. Vielleicht lag es an dem euphorischen Gefühl oder an meiner Sehnsucht nach dem Meer, dass ich in diesem Moment nicht nur meine Eltern, sondern auch mich selbst erstaunte, indem ich laut meine ersten Worte auf Türkisch sprach. »Mustafa Abi«, sagte ich, »wo ist das Meer?«

Er sah mich im Rückspiegel an. »Das Meer?«

»Ja, das Meer.«

»Das Meer ist nicht weit entfernt. Willst du es sehen?«

Ich nickte, aber mein Bruder sagte: »Das muss nicht sein, fahr einfach weiter.«

»Es wäre kein Problem«, sagte Mustafa und zog an seiner Zigarette, während er den Wagen lässig mit einer Hand lenkte. »Es ist nur ein kleiner Umweg.«

»Aber …«

Ehe mein Bruder den Satz beenden konnte, unterbrach Mustafa ihn. »Sei unbesorgt, Kardeş«, sagte er und blinzelte mir im Rückspiegel zu. »Wenn mein kleiner Freund das Meer sehen will, dann zeigen wir ihm doch das Meer. Für Freunde aus Muş ist das im Preis inbegriffen.«

Bald darauf zeigte sich uns das dunkelblaue Meer in seiner ganzen Pracht. Mit großen Augen betrachtete ich die trägen Wogen und die meterhohen Palmen, die in einer endlosen Reihe entlang der Küste in der Sonne glänzten. Kleine Ruderboote dümpelten auf dem Wasser, und Angler warfen vom Ufer aus ihre Leinen ins Meer, während die Möwen hinter der Fähre herflogen, von der aus die Passagiere ihnen Brotstücke zuwarfen. Ich sog die Luft tief in meine Lungen und erlebte zum ersten Mal den Geruch des Meeres. Es roch anders als die Muscheln, frischer und kräftiger.

Es roch nach Freiheit. Und nach Glück.

63

In einem hügeligen Viertel setzte Mustafa uns in einer Seitenstraße ab. Beim Abschied sagte er zu meinem Bruder, er würde ihn gern in Izmir herumführen. »Ich bin immer am Bahnhofsvorplatz, komm vorbei, dann stelle ich dich ein paar Freunden vor.«

Sie schüttelten einander freundschaftlich die Hand. Als mein Vater ihn bezahlen wollte, lehnte er das ab. »Nein, nein, *amca*. Von Freunden aus Muş nehme ich für die erste Fahrt kein Geld.« Er holte unser Gepäck aus dem Kofferraum, während Yusuf die aufgerollten Decken vom Schoß meiner Mutter nahm. Mustafa machte eine elegante Verbeugung und stieg in den Wagen. Ehe er wegfuhr, streckte er die Hand aus dem Fenster und sagte mit einem breiten Grinsen: »*Hoşça kalın.*«

Mein Bruder warf einen Blick auf den Zettel, schaute am Haus hinauf, vor dem wir standen, und drückte dann auf die Türklingel. Das künstliche Geräusch eines pfeifenden Vogels erklang und wurde langsam wieder leiser. Ein etwa sechzigjähriger Mann mit buschigen Augenbrauen öffnete die Tür. Er betrachtete uns schweigend und sagte dann: »*Evet?*«

Mein Vater fragte ihn auf Zazaki, ob er Orhan Aslan sei, woraufhin der Mann mürrisch nickte. Doch als Hemos Name fiel, leuchteten seine Augen sogleich auf.

»Ach, warum habt ihr nicht gleich gesagt, dass ihr Freunde von Hemo seid? Kommt rein, kommt rein!« In seinem Wohnzimmer standen zwei lederne Sofas und ein länglicher Beistelltisch. Darüber hing ein märchenhafter Kronleuchter, der aus vielen Hundert kleinen Kristallen bestand. Seine Frau war jünger als er und erinnerte mich an die Frauen auf dem Bahnhofsvorplatz. Sie sprenkelte uns nach Zitronen duftendes Eau de Cologne in die Hände. Dann brachte sie Tee und Baklava, die laut Orhan von Sevinç stammten. »Die beste Patisserie von Izmir.«

Orhan sprach über das große Erdbeben von Varto und wollte wissen, ob Hemgin auch betroffen war und wie es Hemo ging. Mein Vater erzählte daraufhin die ganze Geschichte, so wie nur er das konnte. Für kurze Zeit war er wieder der Geschichtenerzähler, an den in Sobyan und seiner Umgebung niemand heranreichte. Das Erdbeben, die Verwüstungen im Dorf, die vielen Opfer und die Hilfe des Staates, alles wurde erwähnt. Ausführlich berichtete mein Vater von den schrecklichen Dingen, die wir erlebt hatten, aber er erzählte zum Glück nichts von den Versuchen der Dorfbewohner, uns zu vertreiben.

»Ach, Hemo … mein teurer Hemo«, sagte Orhan mit bewegter Stimme. »Ich habe nichts anderes von ihm erwartet. Nie wieder bin ich einem so uneigennützigen und noblen Mann begegnet.«

In der langen Pause, die darauf folgte, kam meine Mutter zur Sache. »Wir brauchen dringend eine Wohnung. Hemo sagte, du kannst uns dabei helfen.«

Orhan sagte, eine Wohnung zu finden, das sei nicht leicht in Izmir. Nachts würden in den *gecekondu* viele illegale Häuser gebaut, aber die seien von schlechter Qualität. »Es tut mir leid, das sagen zu müssen, aber wenn ich euch hier so sitzen sehe, glaube ich nicht, dass ihr in der Lage seid, ein Haus zu bauen.« Mein Vater lächelte müde und sagte, die Reise sei sehr lang gewesen und wir seien erschöpft. Orhan schwieg einen Moment. Dann sagte er, seine Tante sei vor ein paar Wochen gestorben. »Sie wohnte in einem kleinen Haus mit einem großen Garten. Es ist hier in der Nähe, und es steht jetzt leer. Wenn ihr wollt, gehen wir hin und schauen es uns an. Und wenn es euch zusagt, könnt ihr dort eine Weile bleiben, bis ihr etwas Größeres gefunden habt. Was haltet ihr davon?«

Mein Vater sah meine Mutter fragend an. »Danke, herzlichen Dank«, sagte sie. »Damit würdest du uns einen großen Dienst erweisen.«

»Hemos Freunden helfe ich gern, vor allem, wenn sie auch aus Hemgin kommen.«

Ich pulte mit der Zunge die Baklavareste aus den Zähnen und lehnte mich entspannt auf dem Sofa zurück. Als ich meine Mutter mit einem Lächeln zu meinem Vater hinüberschauen sah, der sich ein ganzes Stück Baklava in den Mund warf und begierig Tee trank, da hatte ich das deutliche Gefühl, dass wir das Unheil endlich hinter uns gelassen hatten.

Kurze Zeit später überquerten wir die viel befahrene Straße, auf der Mustafa uns zu Orhans Haus gebracht hatte. Auf beiden Seiten gab es kleine Geschäfte, in denen die unterschiedlichsten Dinge verkauft wurden, zum Beispiel Vorhänge, Ventilatoren und Holzkohle, aber auch Brot, Gemüse und Obst. An fast jeder Straßenecke gab es einen Barbier. Und in einem großen Teehaus spielten Männer im blauen Rauch der Zigaretten und der Wasserpfeifen *okey* und *tavla*.

Wir bogen in eine schmale Sackgasse ein und gingen etwa fünfzig Meter bis zu einem kleinen Haus mit roten Dachziegeln. Unser Haus in Sobyan war mindestens doppelt so groß gewesen. Die Haustür lag tiefer als die Straße. Über vier Stufen stiegen wir zu dem schmalen Weg hinab, der nach drei Metern bei der Toilette endete. Wenn man die Arme spreizte, dann berührten die Fingerspitzen der einen Hand die Fassade und die der anderen eine zwei Meter hohe Mauer. Dahinter lag Brachland, wo das Unkraut wie wild wucherte.

Orhan steckte den Schlüssel ins Schloss, drehte ihn ein paarmal kräftig und öffnete die knarrende Tür. »Geh nur hinein, Selim Bey«, sagte er.

»Nein, meine Frau und meine Tochter sollen zuerst hineingehen«, sagte mein Vater. »Das bringt Glück.« Er winkte meiner Mutter und

Elida, die zu kichern anfing. Nach den beiden betraten Yusuf und ich das Haus. Wir standen sofort in der Küche, wo es ein kleines Waschbecken und einen Tisch mit vier Stühlen gab. Ein Gaskocher mit zwei Flammen stand auf einem Tischchen, darunter eine große Gasflasche. Neben dem Gaskocher entdeckte ich einen kleinen Kühlschrank, kaum einen Meter hoch. Eine Tür gegenüber vom Eingang führte in den Garten. Links von der Eingangstür befand sich das Schlafzimmer, wo in der einen Ecke ein großes Doppelbett stand, mit weißen Laken bezogen. Beige Gardinen und dicke braune Vorhänge hingen am Fenster, und davor war ein Einzelbett aufgestellt. Auf einem Schwarz-Weiß-Foto schauten drei Generationen einer Familie starr vor sich hin, als hätten sie soeben eine schlechte Nachricht erhalten und seien nun in ihren besten Kleidern auf dem Weg zu einer Trauerfeier. Das Wohnzimmer war der größte Raum im Haus. Obwohl die Bewohnerin schon vor ein paar Wochen gestorben war, war nirgends Staub zu sehen, so als hätte hier am Morgen unserer Ankunft in Izmir noch jemand sauber gemacht. An der Wand über dem Sofa hing ein Perserteppich, in dem purpurfarbene und rote Töne vorherrschten. Zwei Ledersessel standen am Fenster. Der dicke Vorhang war mit lilafarbenen und gelben kugelförmigen Figuren verziert und der Vinylfußboden schwarz-weiß kariert. Im großen Geschirrschrank in der Ecke stand ein Teeservice aus Porzellan: sechs Tassen und Untertassen, eine Teekanne und eine Zuckerdose.

Orhan nahm einen Bilderrahmen vom Buffet, auf dem außerdem Bücherstapel lagen und ein Radio stand. »Das ist meine Tante Zeynep.« Schweigend betrachtete er das Foto der Frau mit welligem Haar, als ginge ihm eine schöne Erinnerung durch den Kopf. Dann stellte er den Rahmen wieder hin. »Auf dem Foto ist sie viel jünger.«

»Deine Tante war eine sehr schöne Frau«, sagte meine Mutter. »Wohnte sie hier allein?«

»Ihr Mann ist früh gestorben, noch ehe sie Kinder bekommen hatten. Sie hat nicht wieder geheiratet. Meine Tante konnte gut allein sein. Sie las viel und hörte stundenlang Radio, dort im Sessel am Fenster. Sie war nicht einsam, ihre Schwestern besuchten sie regelmäßig und blieben dann über Nacht. Darum steht auch ein zusätzliches Bett im Schlafzimmer.« Orhan hielt inne, als erwartete er eine Frage, dann sagte er händereibend: »Bevor ihr sagt, ob ihr das Haus nehmt, zeige ich euch den Garten. Solltet ihr noch zweifeln, so wird er den Ausschlag geben.«

Wir gingen zurück in die Küche. Mit einer theatralischen Gebärde öffnete Orhan die Tür in den Garten. Vor uns erstreckte sich ein Meer von bezaubernden Farben. Exotische Blumen, außergewöhnliche Pflanzen und Obstbäume gaben eine paradiesische Szenerie ab. Der Garten, in den man über eine kleine Steintreppe gelangte, war mindestens zehn Meter lang und fiel am anderen Ende steil zur Mauer an der tiefer gelegenen Straße ab. In der Mitte stand ein majestätischer Zitronenbaum, dessen Früchte zu Dutzenden im Sonnenlicht glänzten. Granatäpfel zogen die Äste des Granatapfelbaumes herab, und am Feigenbaum hingen reife bläulich-violette Feigen.

»Meine Tante verbrachte die meiste Zeit hier draußen. Wenn es nicht regnete, hielt sie sich hier auf. Stundenlang wässerte sie ihren Garten, und jedem Baum und jeder Pflanze schenkte sie gleich viel Aufmerksamkeit.« Orhan war ein paar Schritte hinuntergegangen und schaute zu uns herauf, wo wir voller Bewunderung immer noch auf dem Absatz vor der Tür standen. »Na, habe ich zu viel versprochen?«

»Nein, nein«, sagte meine Mutter, und eilig fügte sie hinzu: »Ich hätte nicht zu träumen gewagt, in Izmir etwas so Schönes zu finden.« Ohne sich mit uns zu beraten, sagte sie: »Ja, hier wollen wir sehr gerne wohnen.«

»Fein«, sagte Orhan. »Ich werde natürlich alle Fotos mitnehmen. Die Betten, Tische, Stühle und das Sofa können stehen bleiben, wenn ihr es wünscht. Ebenso wie der Kühlschrank und das Radio.«

»Das wäre sehr schön«, sagte mein Vater. »Wir werden sehr vorsichtig mit den Sachen umgehen.«

»Ach, das sind nur Dinge, und in einem Haus mit Kindern muss gelebt werden«, sagte Orhan. »Außerdem war meine Tante ein Mensch, der gerne mit anderen teilte.«

»Wie viel Miete möchtest du haben?«, fragte mein Vater.

»Nicht viel. Meine Tante gab mir vierzig Lira im Monat. Ich schlage vor, ihr zahlt mir dasselbe.«

»Bist du dir sicher?«, fragte meine Mutter.

»Ja, natürlich«, sagte Orhan, stieg die paar Stufen herauf und schüttelte meinem Vater herzlich die Hand. »Ich freue mich, euch helfen zu können, und für mich ist es ein angenehmer Gedanke, dass hier verlässliche Leute wohnen.«

»Ich weiß gar nicht, was ich sagen soll«, sagte mein Vater. »Wir sind dir für deine schnelle Hilfe sehr dankbar.«

Orhan hielt lächelnd den Schlüssel in die Luft. »Und der ist für die Frau des Hauses.«

64

Die ersten Tage in dem kleinen Haus vergingen wie im Traum. Die Herbstsonne schien ausgiebig in den Garten, und Elida und ich suchten uns die besten Feigen und Granatäpfel und verputzten sie begierig. Meine Mutter pflückte jeden zweiten Tag eine Zitrone und presste den Saft einer Hälfte in eine Schale. Dann benetzte sie ihre Hände mit dem Zitronensaft und verteilte ihn auf Armen, Hals und Wangen. Als wollte sie auf diese Weise die bedrückenden Erinnerungen an Hemgin auf Distanz halten.

Nach einigen Tagen sagte sie, wir könnten nicht ewig von dem Geld leben, das wir von Hemo und dem Muhtar bekommen hatten. Sie sah meinen Bruder und mich an und meinte, es sei gut, wenn wir uns um eine Stelle kümmerten. »Ich fürchte, für Apo wird es schwierig, eine Arbeit zu finden«, fügte sie hinzu.

Mein Vater protestierte sogleich. »Ich finde schon etwas«, sagte er kämpferisch. »Ihr werdet schon sehen!«

Am Morgen zog er stets in aller Frühe los, um erst heimzukehren, wenn es bereits dämmerte. Doch mit jedem Abend wirkte er mutloser. Zwar zeigte er sich am nächsten Morgen wieder davon überzeugt, dass es ihm diesmal gelingen würde, aber seine Zuversicht nahm allmählich ab. Er fragte in Geschäften, Restaurants und sogar in Fabriken nach, doch was er auch unternahm, er konnte keine Arbeit finden. »Wer braucht denn auch schon einen Krüppel?«, sagte er eines Abends niedergeschlagen. »Sie wollen nur jugendliche Männer, die so flink sind wie junge Ziegen.« Ohne Überzeugung in der Stimme sagte meine Mutter, er dürfe nicht aufgeben.

Nach ein paar Wochen entdeckten meine Mutter und ich ihn das erste Mal in einem Teehaus. Er hatte seinen Stuhl an einen Tisch geschoben, an dem Okey gespielt wurde, und er saß, die Hände auf den Knien, daneben wie ein Kind, das zuschauen darf, wenn die Männer fluchend und rauchend ihre Partien spielen. Zunächst hielt er meiner Mutter noch entgegen, er ruhe sich im Teehaus nur von den Anstrengungen aus, doch später bekannte er geradeheraus, dass er seine Tage im Teehaus verbrachte.

»Wenn du nur bloß nicht um Geld spielst«, sagte meine Mutter drohend. »Wage es nicht, Selim, denn ich schwöre dir, dann kommst du mir nicht mehr ins Haus!«

Im Teehaus mochte man ihn. Anfangs gewann immer der Spieler, neben dem er saß, sodass man in ihm einen Glücksbringer sah. Jeder wollte, dass er sich zu ihm setzte, und man spendierte ihm den ganzen Tag lang Tee und Kleinigkeiten zu essen. Man sorgte so gut für ihn, dass er langsam zunahm und nicht mehr aussah wie jemand im Hungerstreik. Im Teehaus wurde vor allem Türkisch gesprochen, obwohl an manchen Tischen in gedämpftem Ton auch Zazaki und Kurdisch zu hören war. Alle genossen es, wenn mein Vater nach einiger Zeit mit seinem beschränkten Türkisch und seiner kindlichen Aussprache versuchte, Geschichten zu erzählen. Und wenn er nicht weiterkam, suchte er zum Vergnügen der Männer laut nach Worten, die er auf Türkisch nicht kannte. Abends beklagte meine Mutter sich darüber, dass er stank. »Du riechst wie ein voller Aschenbecher«, sagte sie vorwurfsvoll. »Und nach altem Schweiß.« Sie kochte dann Wasser, füllte es in einen Eimer und schleppte meinen Vater zur Toilette, wo sie ihn mit einem Seifenstück wusch. Er protestierte nie und ließ, auf einem Hocker sitzend, geduldig ihre kräftigen Finger über seinen mageren Körper gleiten.

Mein Bruder teilte uns nach einer Woche stolz mit, er habe eine Stelle in einem Restaurant im Viertel Karşıyaka gefunden. Er arbeitete lange Schichten von zehn Uhr am Vormittag bis elf Uhr abends. Anfangs kam er müde, aber mit einem Lächeln nach Hause. Er war jetzt der Ernährer unserer Familie. Den größten Teil seines Lohns gab er meiner Mutter, die das Geld in einem Versteck aufbewahrte. Dann fand auch ich eine Stelle. Ich konnte bei einem Gemüsestand auf einem Markt in der Nähe unseres Häuschens anfangen. Noch vor Sonnenaufgang musste ich zusammen mit meinem Chef und seinem Bruder den Stand aufbauen und dann den ganzen Tag Gemüse- und Obstkisten vom Lieferwagen zum Stand schleppen. Obwohl er mir nicht viel bezahlte und ich für einen Dreizehnjährigen wahrscheinlich zu lange arbeitete, mochte ich meinen Chef und hatte Vergnügen an der Arbeit. Er behandelte mich gut und spendierte mir mittags in einer Garküche gegenüber immer *lahmacun* und *börek*. Manchmal musste ich die vollen Taschen der Kunden nach Hause tragen, und dann bekam ich meistens ein Trinkgeld. Anfangs traute ich mich nicht, mit ihnen zu sprechen, weil ich Angst hatte, sie könnten mich wegen meines Türkisch auslachen. Doch schon bald versuchte ich es mit kurzen Sätzen und stellte fest, dass niemand komisch guckte. Der eine oder andere fragte, wo ich herkäme. Zunächst sagte ich immer, ich sei in Sobyan geboren, aber da niemand unser Dorf kannte, nannte ich später immer Varto, woraufhin alle sofort vom Erdbeben sprachen und wissen wollten, ob ich Verwandte verloren hätte. Das ging mir sehr bald auf die Nerven, und ich erkor Muş zu meinem Geburtsort.

Den größten Teil meines Verdienstes bekam meine Mutter, aber die Trinkgelder und ein wenig von meinem Lohn behielt ich für mich. Dieses Geld tat ich in ein verschließbares Glas und vergrub es im Garten. Ich hatte mir überlegt, davon später Kleidung oder andere Dinge zu kaufen, für die meine Eltern wahrscheinlich kein Geld hatten. Und vielleicht könnte ich irgendwann mein Schulgeld damit bezahlen.

Nach ein paar Wochen kam mein Bruder immer später von der Arbeit heim, bis er irgendwann ganze Nächte wegblieb und ich ihn erst morgens, wenn ich zur Arbeit ging, nach Hause wanken sah. Wenn meine Mutter ihn darauf ansprach, entschuldigte er sich zuerst noch und sagte, er sei nach der Arbeit mit Kollegen im Restaurant hängen geblieben und habe die Zeit aus den Augen verloren. Doch später reagierte er gereizt, wenn sie von ihm Auskunft verlangte. Er sagte, in seinem Alter schulde er ihr keine Rechenschaft. Morgens stank sein Atem nach Alkohol, und hin und wieder beobachtete ich, wie er sich in der Gasse vor unserem Haus übergab. Er überließ meiner Mutter immer weniger Geld, bis er ihr schließlich in manchen Wochen überhaupt nichts gab. Wenn sie ihn dann laut beschimpfte, sagte er, er benötige das Geld selbst für Kleidung und Essen, doch ich wusste, dass er es in Wirklichkeit für Alkohol ausgab. Außerdem hatte ich den Verdacht, dass er spielte.

Mein Vater kümmerte sich nicht um ihn. Nur wenn meine Mutter sich verzweifelt an ihn wandte und sagte, auch ihm dürfe das Verhalten seines älteren Sohnes nicht gleichgültig sein, seufzte er: »Daye hat recht. Tu, was sie sagt.« Dabei beließ er es. Er drehte das Radio lauter, legte die Hände ineinander und starrte vom Sessel aus in den Garten.

Ich spürte, dass mein Bruder sich allmählich wieder von uns entfernte. Obwohl ich davor zurückschreckte, nahm ich mir immer wieder vor, mit ihm darüber zu sprechen. Doch mal kam er mit einem Kater nach Hause, wenn ich zur Arbeit musste, oder aber er lag tagsüber stundenlang auf dem Sofa und schlief seinen Rausch aus. Und wenn ich ihn in den Abendstunden auf den steinernen Stufen in den Garten traf, sagte er: »Ich weiß, was du sagen willst, Mehmet, aber ich habe jetzt keine Lust, darüber zu reden.« Dann schauten wir schweigend zu, wie die Sonne hinter den Dächern in der Ferne unterging.

65

Mein Vater saß am Fenster und schaute in den Garten, wo die Pflanzen und Bäume die letzten Sonnenstrahlen des Tages auffingen. Aus dem Radio, das er einschaltete, wenn er am späten Nachmittag aus dem Teehaus kam, erklangen dramatische Lieder von Sängern, deren Besonderheit endlose Ausflüge in stimmliche Höhen waren. Mein Bruder lag schon den ganzen Nachmittag auf dem Sofa und schlief. Ich fragte mich, ob meine Eltern den penetranten Alkoholgeruch nicht wahrnahmen, der aus seinen Poren drang. Wenn man unser Haus betrat, konnte man meinen, man käme in eine Brauerei.

Meine Mutter trat mit einem Spatel in der Hand ins Wohnzimmer und rief: »Yusuf, verdammt noch mal, steh auf!«

Sogar mein Vater hob erschrocken den Kopf.

»Schrei nicht so«, sagte mein Bruder ächzend, ohne die Augen zu öffnen. »Ich höre dich auch so.«

»Du hast lange genug da rumgelegen. Nicht einmal die Straßenköter in Hemgin schlafen so lange.« Sie schaute ihn an, als würde sie ihn gleich vom Sofa ziehen und seinen Kopf in einen Eimer mit kaltem Wasser stecken. »Warum bist du heute nicht zur Arbeit gegangen?«

Mein Bruder drehte sein Gesicht zur Rückenlehne des Sofas und sagte: »Lass mich in Ruhe.«

Sie schlug mit dem Spatel auf ihre Handfläche. »Antworte mir, Yusuf! Warum bist du nicht zur Arbeit gegangen?«

»Ich bin krank.«

Hätte mein Bruder die Augen geöffnet, dann hätte er gesehen, dass ihre Augen Funken sprühten. Sie schlug sich immer fester auf die Handfläche und machte ein paar Schritte vorwärts. »Bist du krank, oder hast du zu viel getrunken?«

Er antwortete nicht.

»Verdammt, Yusuf, glaubst du etwa, wir sind blöd? Du kommst jeden Tag erst am frühen Morgen nach Hause und stinkst nach Alkohol. Und du hast nicht einmal genug Anstand, dir das Erbrochene aus dem Gesicht zu wischen. Wo sind deine Manieren geblieben? Hast du die etwa in diesem Dorf zurückgelassen?«

Mein Bruder fuhr in die Höhe und rief: »Was kümmert es dich? Ich arbeite und gebe euch Geld. Was wollt ihr noch von mir?«

»Wir erwarten, dass du dich wie ein Mann benimmst und deine Familie unterstützt. Und dass du Miran und Elida ein Vorbild bist. Ist das etwa zu viel verlangt?« Sie schwieg einen Moment. »Und warum gibst du uns seit ein paar Wochen so wenig Geld?«

Mein Bruder seufzte müde. »Das habe ich dir doch schon so oft gesagt, ich muss Kleider und Essen kaufen. Ich kann in Izmir doch nicht in den Lumpen herumlaufen, die ich im Dorf getragen habe.«

»Yusuf, wir kommen kaum über die Runden«, sagte meine Mutter jetzt ruhiger, »während du alles, was du verdienst, sofort ausgibst.«

»Das ist nicht wahr! Ich gebe dir jede Woche genug Geld für die Einkäufe.«

Ich schaute zu meinem Vater. Er saß teilnahmslos in seinem Sessel und summte, in den Garten starrend, die Musik aus dem Radio mit. In Izmir war der Sessel sein Thron geworden. Manchmal traf ich ihn dort auch mitten in der Nacht an, wenn ich aufstand, um zur Toilette zu gehen. Dann wusste ich nicht, ob er schlief oder wegen Schlaflosigkeit auf die stürmischen Monate, die hinter uns lagen, zurückschaute.

»Halt den Mund, Yusuf! Lüg nicht!« Die Stimme meiner Mutter erreichte eine nicht gekannte Lautstärke. Sogar mein Bruder erschrak. »Wenn das Geld aus den Umschlägen alle ist, haben wir nichts mehr zum Leben. Also hör auf zu trinken und das Geld zu verschwenden!«

Mein Bruder erhob sich. »Wenn es so schlecht um uns steht, warum geht ihr dann nicht selbst arbeiten?« Er deutete auf meinen Vater. »Warum hockt er den ganzen Tag im Sessel oder im Teehaus?«

»Sag nicht etwas derart Lächerliches, Yusuf! Du weißt, dass Apo hier keine Arbeit findet.«

»Ja, das sagt er immer, aber in der Stadt gibt es genug Menschen wie ihn, die ihr Brot verdienen.«

»Wovon sprichst du?«, fragte meine Mutter.

»Da gibt es Leute, denen auch ein Bein oder sogar beide Beine fehlen und die dennoch versuchen, Geld zu verdienen.«

»Ich weiß nicht, wovon du sprichst.«

»Geh einfach einmal in die Stadt und sieh es dir mit eigenen Augen an, dass es Leute ohne Gliedmaßen gibt, die auf der Straße Geld verdienen.«

Ich hoffte, ich irrte mich, und er meinte nicht das, woran ich dachte. Vielleicht war er noch betrunken, oder er war tatsächlich krank, und sein Hirn war in Mitleidenschaft gezogen, doch ehe ich etwas sagen konnte, sagte meine Mutter: »Aber was tun diese Menschen denn?«

»Sie tun nichts, überhaupt nichts. Das ist ja gerade das Schöne«, erwiderte mein Bruder mit einem breiten Lächeln, als hätte er soeben die Lösung für unsere Probleme gefunden. »Sie sitzen den ganzen Tag da mit einer Schale vor sich, und die vorbeigehenden Leute werfen hin und wieder ein paar Münzen hinein.«

Meine Mutter schüttelte ganz langsam den Kopf, während sie etwas Unverständliches murmelte und die Augen zusammenkniff. »Sag mir, dass das nicht wahr ist«, sagte sie dann deutlich hörbar. »Allah, sag mir, dass ich mich verhört habe.« Sie schwieg einen Moment, und als sie die Augen wieder öffnete, brüllte sie: »Was für ein Sohn bist du? Was für ein dämlicher, undankbarer Sohn?« Ehe er reagieren konnte, schleuderte sie den Spatel in seine Richtung. Das hölzerne Ding verfehlte seinen Kopf nur knapp und knallte gegen die Wand. »Du mieser Schuft! Willst du, dass dein Vater betteln geht? Ist es das, was du willst?«

Nie zuvor hatte sie ihm so gnadenlos eine Standpauke gehalten. Ich sah die Farbe aus seinem Gesicht schwinden. Vielleicht hatte er gemeint, so etwas ungestraft sagen zu können, so wie er auch ungestraft bis zur Morgendämmerung fortblieb. Und vielleicht war er ja völlig verrückt geworden und hatte geglaubt, sie würde ihn für seine Idee loben. Jetzt wusste er, dass er zu weit gegangen war.

»Es ist … ich meine …«, stotterte er mit unschuldig erhobenen Händen. »Du darfst … du darfst es nicht als Betteln betrachten.«

Ich konnte nicht glauben, was sich vor meinen Augen abspielte. Mein Bruder hatte nicht einmal so viel Anstand, zu warten, bis mein Vater einmal nicht da war. Er sprach, als ginge es nicht um seinen eigenen Vater, sondern um einen nichtsnutzigen Nachbarn, der sich weigerte, für seine Familie die Ärmel hochzukrempeln. Ich spürte, dass ich etwas sagen, dass ich meinen Vater verteidigen musste.

»Bao, ich verstehe dich nicht. Warum sagst du so etwas?«, fragte ich.

Doch ehe er antworten konnte, sagte meine Mutter: »Sag mir, wie ich es betrachten soll. Lanet bo, sag es mir!«

Er starrte auf den Boden. Seine Haare fielen ihm vor die Augen. »Die Leute können ihm Geld geben, wenn sie wollen … er muss sie nicht darum bitten. Ich meine … er muss nicht seine Hand aufhalten. Das ist kein Betteln … denke ich.«

Mein Vater drehte sich zum ersten Mal um und sagte ruhig: »Wenn du möchtest, dass dein Vater sich auf die Erde setzt und bettelt, dann mach ich das. Aber dann musst du mir versprechen, mit dem Trinken aufzuhören und Daye nicht länger Sorgen zu bereiten.«

»Sag nichts, Selim!«, rief meine Mutter. »Überlass das mir. Der Junge weiß nicht, wovon er spricht. Er spuckt in den Brunnen, aus dem er sein Leben lang getrunken hat.« Sie sah meinen Bruder wütend und voller Verachtung an. »Möge Allah dich strafen! Möge er dafür sorgen, dass deine Kinder dir dereinst antun, was du uns antust. Mögen sie dich verraten und im Stich lassen! Das hättest du verdient!«

Die Worte meiner Mutter erschreckten mich. Noch nie hatte ich sie etwas Derartiges sagen hören. Mein Bruder sah immer noch auf den Boden, und seine Arme hingen schlaff am Körper herab. Verzweifelt fragte ich mich, was jetzt passieren würde, wie es nun weiterging.

»Hau ab!«, sagte meine Mutter. »Ich will dich hier nicht mehr sehen! Du bist erst wieder willkommen, wenn du deinem Vater mit Respekt begegnest.«

Mein Bruder sah sie mit einem traurigen Blick an, der um Gnade flehte. »Aber ich bin krank.«

»Hau ab, Yusuf! Ehe ich meine Selbstbeherrschung vollkommen verliere. Ich will dich hier nicht mehr sehen. Verschwinde!«

Er nahm seine Jacke vom Boden und verließ mit großen Schritten das Haus.

Ich hatte Angst, meinen Bruder nie wiederzusehen.

66

Nach zwei Tagen war mein Bruder noch immer nicht nach Hause zurückgekehrt. Jeden Morgen hoffte ich vergeblich, ihm auf dem Weg zur Arbeit zu begegnen. Nach Feierabend ging ich bei den zahlreichen Teehäusern und Garküchen in der Hauptstraße vorbei, doch er war nirgends zu sehen.

Meine Mutter bedauerte ihren Wutausbruch mit jeder Stunde mehr. Während sie unruhig im Haus umherging, machte sie sich laut Vorwürfe, ihren älteren Sohn endgültig vertrieben zu haben.

»Alles wird gut«, sagte mein Vater immer wieder. »Glaub mir, Aşme, der Junge kommt wieder, sobald seine Wut verraucht ist und er kein Geld mehr hat.« Vom Sessel aus streichelte er ihr übers Bein. »Alles wird gut.« Er sagte dies in einem so selbstverständlichen Ton, dass ich glaubte, Yusuf könnte jeden Moment in der Tür stehen.

Doch als er auch am dritten Tag nicht kam, schlug ich vor, dass ich zu seiner Arbeitsstelle ging und mich in der Stadt nach ihm umsah. Meine Mutter war nicht begeistert. Sie fürchtete, auch ich könnte verloren gehen und von der großen Stadt verschlungen werden. Doch als ich darauf beharrte und ihr versicherte, dass ich den Weg in die Stadt kannte und mich nicht verirren würde, da Hunderte von *dolmuş*-Bussen in unser entlegenes Viertel fuhren, stimmte sie seufzend zu. Mein Vater schärfte mir ein, vorsichtig zu sein, und drückte mir einen Kuss auf die Stirn, und wenig später hielt ich auf der Hauptstraße einen Dolmuş an.

Es war ein schwüler Herbsttag. Der übervolle Dolmuş kochte vor Hitze. Männer mit Schweißflecken unter den Achseln hielten sich mühsam an den Griffen über ihren Köpfen fest und stießen in den Kurven immer wieder gegeneinander. Ich klammerte mich an den oberen Rand einer Sitzlehne, holte ein paar Münzen aus der Hosentasche, tippte einen Fahrgast vor mir an und sagte: *»Bir kişi.«* Dieser gab das Geld an einen alten Mann weiter und wiederholte meine Worte. Der alte Mann streckte seinen Arm einem etwa sechzehnjährigen Jungen entgegen, der neben dem Fahrer saß und dessen Aufgabe es war, das Fahrgeld zu kassieren. Alle drei-, vierhundert Meter hielt der Bus an, wenn ein Passagier *»Müsait bir yerde«* rief oder wenn auf der Straße jemand die Hand hob. So dauerte die Fahrt in die Stadt ewig.

Ich stieg an der Endhaltestelle aus, wo mindestens zwanzig Dolmuş-Busse nebeneinanderstanden, und ging zur großen Geschäftsstraße von Karşıyaka, wo mein Bruder arbeitete. Dort herrschte ein Gedränge wie auf einem orientalischen Basar. In der großen Menge stießen fortwährend Menschen gegeneinander. Von einer eindeutigen Laufrichtung konnte keine Rede sein. Kleine, etwa sechsjährige Jungen mit schmutzigen Gesichtern boten Taschentücher zum Verkauf an. Auf nackten Füßen verfolgten sie Passanten und jammerten in mitleiderregendem Ton: »*Lütfen beyefendi*, kaufen Sie mir bitte ein Taschentuch ab.«

Von der Straße aus warf ich einen Blick in das Restaurant, wo mein Bruder arbeitete. Das kleine Lokal war gerammelt voll. Zögernd ging ich hinein und sah mich um, doch konnte ich meinen Bruder nicht entdecken. Ich nahm all meinen Mut zusammen und fragte einen Kellner, der mit raschen Schritten zwei Schalen Suppe zu einem Tisch brachte, ob Yusuf da sei. Er sah mich flüchtig an, stellte die Schalen vor zwei Gästen ab und fragte mich dann: »Ist er dein Bruder?«

Ich nickte. Der Kellner wischte sich mit dem Handrücken den Schweiß von der Stirn und sagte, ohne einen Hehl aus seiner Wut zu machen: »Er ist seit vier Tagen nicht zur Arbeit erschienen. Sag deinem unzuverlässigen Bruder, dass ich ihn hier nicht mehr sehen will.« Ohne auf eine Erwiderung zu warten, ging er zum Tresen, wo noch weitere dampfende Schüsseln auf ihn warteten.

Anschließend schlenderte ich stundenlang durch die lange Geschäftsstraße. In dem mich umgebenden Lärm versuchte ich, meine Gedanken zu ordnen. Plötzlich fiel mir ein, dass der Taxifahrer Mustafa gesagt hatte, er sei oft beim Bahnhofsvorplatz zu finden. Vielleicht wusste er, wo mein Bruder war.

Auf dem Bahnhofsvorplatz herrschte weniger Treiben als bei unserer Ankunft in Izmir. Nur ein paar Garküchen waren in Betrieb, und die Reihe der Taxis war nicht so lang. Mustafa war nirgends zu sehen. Erschöpft setzte ich mich unter einem Baum auf eine Bank und zog die Schuhe aus.

Später machte ich mich auf den Rückweg zur Haltestelle des Dolmuş und kam dabei an einer unauffälligen Buchhandlung vorüber. Im bescheidenen Schaufenster sah ich Bücher für Erwachsene mit bedrückenden dunklen Umschlägen. In einer Ecke standen auch ein paar Kinderbücher. Ich traute meinen Augen kaum, als ich ein Buch über den kleinen Mehmet entdeckte. *Küçük Mehmet in der Stadt* stand auf dem Umschlag. Aufgeregt betrat ich den Laden und sah noch mehr Exemplare auf einem Lesetisch liegen. Ich nahm eins und betrachtete lächelnd das fröhliche Gesicht des kleinen Mehmet. Mein Namensvetter war also auch in die Stadt gezogen. Gleich danach fiel mein Blick auf einen anderen Tisch, wo viele Hefte in verschiedenen Farben und Größen ausgestellt lagen. Ich blätterte in einem roten Heft mit festem Umschlag. Die schneeweißen Seiten mit horizontalen blauen Linien leuchteten hell in dem schummrigen Raum. Sofort verspürte ich den Drang, dem Papier Wörter anzuvertrauen, Wörter, die seit unserer Abfahrt nach Izmir in meinem Kopf aufgetaucht waren, aber keinen Ausweg hatten finden können. Wörter über Izmir, über unser neues Haus und über Ali. Ich trug das Buch und das Heft zur Kasse und kaufte außerdem noch einen Kugelschreiber.

Auf der Rückfahrt ergatterte ich im Dolmuş einen Sitzplatz. Während wir langsam durch die schmalen Straßen fuhren, tastete ich in der Hoffnung, meinen Bruder zu sehen, mit den Blicken die Umgebung ab. Leider vergeblich.

Als sie mich ohne Yusuf zurückkommen sah, brach meine Mutter in Tränen aus. Sie fragte mit sich überschlagender Stimme, ob ich ihn überall gesucht und auch bei seiner Arbeit nachgefragt hatte. Ich erwiderte so ruhig wie möglich, ich sei sogar bis zum Bahnhof gegangen und hätte stundenlang die Stadt nach ihm abgesucht.

Beim Abendessen wurde nicht gesprochen. Ich hatte erwartet, meine Mutter würde etwas zur Situation sagen oder mein Vater eine beruhigende Bemerkung machen, aber beide starrten nur mit leerem Blick vor sich hin, als hätten sie soeben die Nachricht erhalten, man habe die Leiche ihres Sohnes auf einer Müllhalde gefunden.

Nach dem Essen nahm ich mein Heft und hockte mich auf die Treppe zum Garten. Eine Weile schaute ich vor mich hin, dann setzte ich den Kugelschreiber aufs Papier und schrieb meine ersten Wörter in Izmir.

Ich hoffe, mein Bruder kehrt bald wieder.

Es klingelte an der Tür. Ich sprang auf und dachte, mein Wunsch sei schon in Erfüllung gegangen. Dann aber hörte ich, dass Orhan gekommen war, und setzte mich wieder hin. Orhan kam, um zu sehen, wie es uns ging. Ich lauschte kurz dem Gespräch zwischen ihm und meinen Eltern, doch schon bald hatte ich genug von der besorgten Stimme meiner Mutter und wandte mich wieder meinem Heft zu.

Heute war ich in Karşıyaka und habe meinen Bruder gesucht. Ich konnte ihn nicht finden. Ich habe Angst, aber ich will nicht weinen.

»Merhaba Mehmet«, sagte Orhan. »Was machst du?«

Ich sah auf, als wäre ich bei etwas Geheimnisvollem erwischt worden, und wollte mein Heft zuschlagen.

»Merhaba … Orhan Bey.« Ich überlegte kurz, was ich antworten sollte. Sollte ich ihm erzählen, dass ich nun nach langer Zeit wieder ein Tagebuch führte und aufgeschrieben hatte, wie sehr ich meinen Bruder vermisste?

»Ich … ich schreibe«, antwortete ich.

»Ja, das sehe ich«, sagte er lachend. »Wirst du vielleicht auch ein Geschichtenerzähler wie dein Vater?«

Ich blickte in mein Heft, auf die Sätze, die ich hingeschrieben hatte, und ließ Orhans Worte auf mich einwirken. Geschichtenerzähler. Genau wie mein Vater. Plötzlich sah ich Herrn Zengin wieder vor der Schultafel stehen. »Mach längere Sätze, Mehmet«, sagte er. »Erzähle mehr, mach eine Geschichte daraus. Ich weiß, dass du es kannst.«

Lächelnd sah ich zu Orhan auf. »Ja, ich werde auch Geschichtenerzähler.«

67

Es war noch nicht ganz hell, als ich zur Arbeit ging und in der Gasse zu unserem Haus einen Mann bemerkte. Ich erschrak. Er lehnte sich laut keuchend mit den Händen an die Mauer. Sein Kopf hing herab.

Mein Herz schlug wie wild. Als ich näher kam, sagte ich zögernd: »Bao?« Langsam schaute er auf, sodass im morgendlichen Dämmerlicht sein übel zugerichtetes Gesicht erkennbar wurde. Ich erstarrte. Sein linkes Auge war stark geschwollen, die Augenbraue darüber geplatzt, und seine Nase hatte einen unnatürlichen Knick. Geronnenes Blut bedeckte die Oberlippe.

»Bao!«, rief ich entsetzt. »Was ist passiert?«

»Mehmet …«, flüsterte er schwer atmend. »Hilf mir … ins Haus.«

Ich sah, dass die Haut auf seinen Fingerknöcheln aufgeschürft war. »Was ist passiert?«, wiederholte ich.

»Drecksäcke …«, sagte er stöhnend. »Ich … ich krieg sie schon noch.«

Ich legte eine Hand auf seinen Arm. »Wer war das?«

»Komm … hilf mir … erst mal.« Schwankend streckte er die Hand nach mir aus. Ich ergriff sie, woraufhin er mich zu sich heranzog und sich mit seinem ganzen Gewicht auf mich stützte. Ich spannte mich und wandte all meine Kraft auf, um nicht zu stürzen. Erst jetzt roch ich seine Fahne, deren Gestank beinahe noch von seinem Körpergeruch übertroffen wurde. Während wir zum Haus stolperten, rief ich meine Mutter, doch mein Bruder ermahnte mich zu schweigen. »Sei still! Die Nachbarn müssen mich nicht unbedingt so sehen.«

Nachdem ich an die Tür gepocht hatte, erschien meine Mutter im Morgengewand. Entsetzt rief sie: »Yusuf! Was haben sie mit dir gemacht? Was haben sie mit meinem hübschen Sohn gemacht? Allah, steh mir bei! Steh mir bei, Allah!«

Sie nahm vorsichtig seinen Kopf zwischen die Hände und drückte ihn an sich, doch mein Bruder sträubte sich dagegen. Er stieß einen Stuhl um, schwankte ins Wohnzimmer und ließ sich erschöpft aufs Sofa fallen. Mein Vater erhob sich aus seinem Sessel und hüpfte ohne Krücken zu ihm hin. Er tippte ihm ein paarmal auf die Brust und sagte sorgenvoll: »Yusuf, mein Sohn.« Aber mein Bruder antwortete nur mit einem Brummen und fiel bald darauf in einen tiefen Schlaf. Er wachte nicht einmal auf, als meine Mutter ihm mit einem feuchten Tuch das geronnene Blut aus dem Gesicht wusch. Er atmete schwer und murmelte hin und wieder etwas Unverständliches.

»Geh nur zur Arbeit, Miran«, sagte meine Mutter. »Vorläufig schläft er.« Verzweifelt sah sie meinen Vater an. »Was sollen wir bloß mit ihm machen, Selim?«

Als mein Chef kurze Zeit später mein bleiches Gesicht sah, fragte er, was los sei. Ich sagte, es gebe zu Hause Probleme, erzählte aber nicht, was passiert war. Er nickte und meinte, wenn ich mich ordentlich ranhielte, dürfte ich früher nach Hause.

Ich war über die Rückkehr meines Bruders zwar erleichtert, aber meine Sorgen waren nicht ganz verflogen. Ich fürchtete, dass er in Schwierigkeiten steckte und sich erneut Feinde gemacht hatte, die ihn nicht in Frieden lassen würden. Und wie sollte es weitergehen, jetzt, da er seine Arbeit verloren hatte? Das machte mich mit meinem armseligen Lohn praktisch zum Ernährer der Familie.

Als ich am frühen Nachmittag heimkam, war der Gestank im Haus unerträglich. Mein Bruder lag noch immer regungslos auf dem Sofa. Er schnarchte laut. Seine Jacke und seine Schuhe hatte meine Mutter nach draußen auf die Treppe gebracht.

»Ist er schon aufgewacht?«, fragte ich.

Meine Mutter schüttelte den Kopf. »Er hat die ganze Zeit nur geschlafen.«

Ich schaute zu meinem Bruder, meinem eigensinnigen Bruder, der uns immer wieder vor Probleme stellte. Was hatte er sich bloß dabei gedacht, so lange fortzubleiben? Und was war ihm widerfahren?

Nachdem wir gegessen hatten, hörten wir ihn auf einmal husten. Panisch bat er um Wasser. Elida brachte ihm sogleich ein Glas Wasser, das er trank, als wäre er tagelang durch die Wüste geirrt. »Mehr, mehr«, rief er, woraufhin Elida in die Küche eilte, um dann mit gleich zwei Gläsern wiederzukommen. Nach dem letzten Schluck stellte er die Gläser auf den Boden und beugte sich vor, als müsste er sich jeden Moment übergeben. Eine Weile fixierte er einen Punkt auf dem Fußboden. Als er schließlich den Kopf hob, sah er, dass wir ihn anstarrten.

Er warf uns einen gereizten Blick zu. »Was ist? Wieso guckt ihr mich so an?«

»Yusuf, du hast deiner Mutter Sorgen bereitet«, sagte mein Vater mit sanfter Stimme. »Du hast uns allen Sorgen bereitet.«

Mein Bruder schwieg.

»Wo warst du die ganze Zeit?«, fragte meine Mutter scharf. Sie konnte ihre Wut nicht verbergen.

»Bei einem Freund.«

»Mustafa?«

»Nein.«

Sie sah ihn fragend an. »Bei wem denn?«

»Bülent.«

»Wer ist das?«

»Das sagte ich doch, ein Freund.«

Ehe sie etwas erwidern konnte, legte mein Vater ihr eine Hand auf den Arm und nickte ihr zu. Daraufhin ging sie in die Küche, um Tee zu machen.

»Wir sind froh, dass du wieder da bist, mein Sohn«, sagte mein Vater.

»Ich bin auch froh, Bao«, sagte ich.

Yusuf reagierte nicht. Ohne uns anzusehen, fuhr er sich lässig mit der Hand durch seine langen, fettigen Haare. Trotz seines bösen Blicks und einiger beschwichtigender Worte meines Vaters redete meine Mutter die ganze Zeit auf ihn ein wie zu ihren besten Tagen in Sobyan. Immer wieder fragte sie, was passiert sei und wer ihn so zugerichtet habe, und jedes Mal schüttelte er den Kopf, bis er schließlich einsah, dass er gegen ihre Hartnäckigkeit nicht ankam und sie ihn so lange fragen würde, bis er antwortete.

Er seufzte tief und sagte dann: »Ich kann nur sagen, dass ich einen Freund verteidigt habe und dass die anderen zu fünft waren.«

»Wer waren …«

Doch ehe sie den Satz beenden konnte, sagte mein Bruder: »Mehr sage ich nicht dazu.«

»Gut, ich lass dich erst einmal in Ruhe«, sagte meine Mutter, »wenn du versprichst, nie wieder fortzulaufen und nie wieder zu trinken.«

Mein Bruder senkte den Kopf und nickte kaum sichtbar.

68

Ich saß mit meinem Heft auf der Steintreppe zum Garten und lauschte der Amsel, die bei Sonnenuntergang immer in unseren Garten kam. Es war unvermeidbar: Bei ihrem Gesang wanderten meine Gedanken mit einem Gefühl der Schuld zu Ali. Seit unserer Ankunft in Izmir hatte ich die Erinnerung an meinen Freund meist weggeschoben. Das war meine Art, den Kummer auf Distanz zu halten und mich den Freuden, die wir während der ersten Wochen in Izmir erlebten, hinzugeben. Und als mein Bruder sich erneut von uns zu entfernen begann, konnte ich nicht noch mehr Schmerz in meinem Herzen zulassen. Es ging nicht anders, aber trotzdem verfluchte ich mich deswegen. Ich hatte unsere Freundschaft verraten.

Obwohl ich fühlte, dass Ali noch lebte, erfüllte mich die Vorstellung eines vom Erdbeben möglicherweise zerstörten Sobyan mit Grauen. Ich dachte auch an Bilal, Ibrahim, Hakan und sogar an Atilla. Hatten sie die Katastrophe überlebt? Und wie ging es unserem Vieh?

Seit mein Vater im Teehaus gute Nachricht vernommen hatte, war meine Hoffnung größer geworden. Ein Mann, der Verwandte in der Gegend von Sobyan hatte, berichtete, er habe gehört, in unserem Dorf sei kaum etwas zerstört worden und es habe nur wenige Verletzte gegeben. Ich wusste nicht, ob das stimmte, vielleicht hatte mein Vater es sich auch nur ausgedacht, um uns zu beruhigen, aber ich klammerte mich daran. Es bestärkte meine Überzeugung, dass Ali noch lebte und dass er mich ebenfalls nicht vergessen hatte.

Ich musste an Hemo denken, der mir der Großvater gewesen war, den ich nie gehabt hatte. Ich sah vor mir, wie er schuftete, um sein Haus wiederaufzubauen, Stein um Stein, während sein alter Körper ächzte. Und wie er zudem nicht zögerte, seinen Dorfgenossen helfend beizustehen, obwohl sie sich ihm gegenüber so feindselig verhalten hatten. Und ich dachte an Nandar. Nie wieder würde ich zwei so heldenhaften Menschen begegnen wie diesen beiden Brüdern.

Und jetzt, da mein Herz geöffnet war, sah ich auch Besila vor mir. Dachte sie, dort, wo sie nun war, an mich?

Während ich der Amsel lauschte, die ihre letzten Töne an diesem Tag pfiff, kam mir erneut Ali in den Sinn. Würde ich ihn jemals wiedersehen? Ich schlug mein Heft auf.

Eines Tages kehre ich zurück nach Sobyan, um Ali zu besuchen.

Vielleicht hatten wir dann beide eine Familie. Lächelnd würden wir auf unsere Kindheit zurückblicken und alte Geschichten ausgraben. Und vielleicht erzählte er mir dann, dass er auch nach Izmir ziehen wollte. Ich würde ihm einen Arm um die Schulter legen und sagen, dass ich ihm dabei helfen würde. Er würde mit seiner Familie ein Haus in meiner Nähe finden, und wir würden uns wieder täglich sehen, Ali und ich. Unsere Freundschaft würde ewig halten.

69

Ich hatte meinen Vater mit nach Karşıyaka genommen, um ihn aus seinem alltäglichen Trott zu reißen und ihm das Meer zu zeigen. Von einer Bank aus schauten wir auf die dunklen Wogen, die wild ans Ufer schlugen. Ein Mann mit hochgeschlagenem Kragen und einer Angelschnur in der Hand schaute reglos wie ein Reiher aus das aufgewühlte Wasser. In der Luft, jetzt die Domäne unbändiger Wolken, waren keine Möwen zu sehen. Sie saßen ungewöhnlich ruhig auf dem Dach des Fähranlegers, als dächten sie über ihre Sünden nach. Seit einer Woche erhob sich dann und wann ein kühler Herbstwind, der die letzte warme Luft vertrieb und die Ankunft der kälteren Jahreszeiten ankündigte. Ich war neugierig auf meinen ersten Winter in Izmir.

Die frische Brise ließ mich erschaudern. Ich zog mit beiden Händen den Schal fester um meinen Hals.

»Ist dir kalt?«, fragte mein Vater.

»Ein wenig«, erwiderte ich. »Und dir?«

»Nein.«

Er trug die schwarze Jacke, die ich von meinem ersparten Geld gekauft und ihm vor ein paar Tagen geschenkt hatte. Für einen Spottpreis hatte ich sie in einem Geschäft für gebrauchte Kleider erworben. Die Besitzerin war Stammkundin des Gemüsestands und hatte mir einen großzügigen Rabatt gewährt. Mein Vater hatte das Präsent mit Tränen in den Augen angenommen und voller Rührung gesagt, er wolle das erste Geschenk seines Sohnes immer in Ehren halten. Endlich konnte er die fadenscheinige graue Jacke ersetzen, die er schon seit meiner Kinderzeit trug.

»Nach der fürchterlichen Flucht als Kind in die Berge ist mir nie wieder kalt gewesen«, fuhr er plötzlich mit knarzender Stimme fort. Er rieb sich die grauen Stoppeln, die nur noch hier und da rötlich schimmerten. Dann legte er die Hände zusammen und ließ sie auf seinem Schoß ruhen. »Dort in den Bergen habe ich die Kälte des Todes gespürt.«

Wir schwiegen wieder. Mir wurde klar, dass ich eine alte Wunde aufgerissen hatte. Besorgt beobachtete ich ihn aus dem Augenwinkel. Mein Vater war nicht mehr der, der er gewesen war. In weniger als einem Jahr war er ein alter Mann geworden. Leute, die uns zusammen sahen, hielten ihn vermutlich für meinen Großvater. Die Furchen auf seiner Stirn waren tiefer geworden und die grauen Haare dünner. Braune Flecken schmückten seit Kurzem seine Handrücken, und obwohl er wieder ein wenig zugenommen hatte, war er noch immer mager und wirkte verletzlich. Mit jedem Tag bewegte er sich weniger sicher auf seinen Krücken, und wenn er rauchte, wurde er regelmäßig von Hustenanfällen geschüttelt, die ihm den Atem nahmen. In seinem Sessel am Fenster befand er sich in seiner eigenen Welt und dachte wahrscheinlich immer wieder an die Zeit, die weit hinter ihm lag. Ab und zu murmelte er den Namen einer Person, die niemand kannte. Er sang nicht mehr, und nur ganz gelegentlich erzählte er uns noch eine Geschichte, die er vermutlich seit seiner Kinderzeit kannte und schon des Öfteren in Sobyan vorgetragen hatte. Tief in seinem Inneren steckte noch immer ein meisterhafter Geschichtenerzähler, doch seine Stimme hatte an Kraft verloren. Das aber bemerkten nur die wenigen Glücklichen, die ihn schon in seinen ruhmreichen Jahren gehört hatten.

Ein Midye-Verkäufer kam mit einer Schüssel Muscheln vorüber. Ich hatte Hunger und war neugierig, wie Muscheln schmeckten. Vor allem aber wollte ich zum ersten Mal im Leben meinen Vater einladen. Ich winkte den Verkäufer heran und bestellte zwei Portionen.

»Hast du Geld?«, fragte mein Vater.

Ich nickte lächelnd.

Der Verkäufer füllte zwei spitze Tüten aus Zeitungspapier und reichte sie uns. Ich gab ihm eine Lira. Als ich meinen Vater ratlos auf die Muscheln starren sah, erklärte ich ihm, man müsse sie aufbrechen und das Innere herausholen. So hatte ich es andere schon oft tun sehen. Ich klemmte die Tüte zwischen meine Beine, nahm ein großes Exemplar und machte es ihm vor. Verwundert betrachtete ich die geöffnete Muschel aus der Nähe. Mit leichtem Ekel stellte ich fest, dass sie etwas von einem Hühnerorgan hatte, und erst jetzt bemerkte ich den Reis darauf. Ich aß sie aus der Schale und kostete meine erste Muschel. Während ich aufs Meer hinaussah, genoss ich ihren einzigartigen, leicht salzigen Geschmack.

»Herrlich!«, sagte ich. »Findest du nicht?«

Mein Vater bekam die Muschel nicht auf. Ohne zu zögern, nahm ich sie ihm aus der Hand, brach die Muschel auf und reichte sie ihm. Er lächelte und aß das Weichtier aus der Schale. Als er langsam zu kauen begann, machte er ein bedenkliches Gesicht. Einen Moment fürchtete ich, er würde sie ausspucken, doch zu meiner Beruhigung meinte er, sie schmecke ihm gut.

»Vielen Dank, mein Sohn. Ich werde nie vergessen, wer mir meine erste Muschel gegeben hat.«

Wir aßen schweigend weiter, während ein immer kälterer Wind uns umwehte. Plötzlich sagte mein Vater: »Mein Sohn, ich will dir schon seit einiger Zeit etwas sagen.« Er schluckte und starrte aufs Meer. Die Ruderboote schaukelten unruhig auf und ab. »In meinem Leben habe ich viel verloren … mehr, als gut ist für einen Mann. Meine Eltern, meine Brüder und meine Schwester.« Er schwieg einen Moment, als fiele es ihm schwer, das Folgende auszusprechen. »Und deine Mutter und ich haben Zilda und die Zwillinge verloren. Drei Kinder. Und das ist das Schlimmste. Die eigenen Kinder begraben müssen.« Er wandte den Kopf ab. »Aber das war offenbar nicht genug. Nach dem Unfall habe ich alles verloren, mein Haus, mein Vieh und mein Land.« Seine Stimme zitterte. »Vor allem aber habe ich mich selbst verloren. Ich weiß nicht mehr, wer ich bin, ich weiß nicht mehr, was ich in diesem Leben tun soll, in dieser fremden Stadt.« Mein Vater sah mich an. Seine Augen waren feucht. »Aber, mein Sohn, trotz allem bin ich voller Hoffnung, ich bin voller Hoffnung für die Zukunft. Weißt du, warum?«

»Warum, Baba?«

»Weil ich an dich glaube. Du bist meine Hoffnung, du wirst von den Möglichkeiten Gebrauch machen, die Izmir dir bietet, von Möglichkeiten, die ich nie hatte. Du wirst hart arbeiten und es zu etwas bringen, weil du gesehen hast, wie es ist, wenn man alles verliert und nichts mehr hat. Du wirst zu einem respektierten Mann heranwachsen und Arzt oder Rechtsanwalt werden.«

Ich spürte einen Brocken in der Kehle, den ich nicht hinunterschlucken konnte. Mein Vater sagte laut, was ich schon die ganze Zeit empfunden hatte: Er zählte auf mich. Aber konnte ich seine Erwartungen erfüllen? Ich war schon froh, auf dem Markt ein paar Lira für unsere Familie verdienen und von dem Trinkgeld ein wenig sparen zu können. Wie sollte ich Rechtsanwalt oder Arzt werden, nachdem ich kaum anderthalb Jahre in einem unbedeutenden Dorf in Ostanatolien zur Schule gegangen war, das in Izmir niemand kannte? Aber dies war nicht der Moment, meine Bedenken zu äußern, ich wusste, ich musste jetzt etwas anderes sagen.

Ich hatte Angst, meine Stimme könnte zittern. »Baba«, sagte ich, »ich verspreche, ich werde immer hart arbeiten … und mein Bestes tun, um es zu etwas zu bringen.«

Mein Vater streichelte mir die Wange. »Du bist anders mein Sohn, du bist nicht wie dein Bruder. Seinetwegen mache ich mir große Sorgen, aber du bist vernünftig. Was ich dir jetzt sage, darfst du ihm gegenüber niemals erwähnen.« Er schwieg einen Moment und sagte dann: »Du warst immer derjenige, an den ich geglaubt habe, an dich habe ich immer große Erwartungen geknüpft.«

Mein Vater legte mir eine Hand aufs Bein und sprach dann die

Worte, die ich nie vergessen würde: »Mein Sohn, es ist nun an dir, für uns zu sorgen.«

Hier in dieser Stadt mit dem gewaltigen Meer und den goldenen Palmen mussten wir es schaffen. Hier mussten wir den Fluch abschütteln, der so lange auf unserer Familie gelegen hatte.

Das war nun meine Aufgabe.

Die Fähre löste sich langsam vom Pier und fuhr, den Wellen entgegen, zum anderen Ufer der Bucht, nach Konak. Die Möwen auf dem Anleger breiteten ihre Flügel aus und kreisten wenig später über der Fähre.

Ich nahm die Hand meines Vaters und drückte sie sanft.

»Alles wird gut«, sagte ich. »Alles wird gut, lieber Baba.«

Dank

Zuerst möchte ich meinen Eltern Aynur Tarhan und Hasan Isik aus tiefstem Herzen danken. Ohne ihre Unterstützung wäre das Buch nie entstanden. Die vielen Geschichten, die sie mir über ihre Eltern und ihre Jugendzeit in der Osttürkei erzählt haben, waren nicht nur wie eine Entdeckungsreise durch die eigene Familiengeschichte, sondern auch die Bausteine für diesen Roman. Zahllose Stunden habe ich mich mit ihnen unterhalten und mir Notizen gemacht. Viele ihrer Geschichten haben in bearbeiteter Form einen Platz in diesem Buch erhalten. Aber ich möchte betonen, dass der Roman Fiktion ist. Dasselbe gilt für die darin vorkommenden Personen und ihre Namen.

Ich möchte meiner Schwester Hülya für ihr grenzenloses Vertrauen und ihre Ermutigungen danken. Sie hat aus der Nähe miterlebt, wie *Das Licht im Land meines Vaters* sich von einem Traum zu einem Roman entwickelte. Meinem Onkel Usso Isik bin ich dankbar für die farbenreichen und anschaulichen Schilderungen seiner Jugendzeit im Dorf.

Meinen Literaturagenten Willem Bisseling und Paul Sebes danke ich für ihr großes Vertrauen und dafür, dass sie vom ersten Moment an für mich eingetreten sind.

Großen Dank schulde ich meiner Verlegerin Elsa den Boer. Sie gab mir von Anfang an das Gefühl, dass mein Manuskript bei ihr in guten Händen ist. Ich danke ihr für ihre Sympathie und Geduld und dafür, dass sie an mich geglaubt hat. Die vielen Anregungen und die wertvolle Kritik von Elsa und Willem waren unverzichtbar.

Ich danke meinem Freund und Kollegen Deniz Kuypers, der mir mit seinen außergewöhnlichen Geschichten immer ein Vorbild war. Meinem Freund Mike habe ich zu verdanken, dass ich im Jahr 2004 einen Kurs in kreativem Schreiben besuchte. Der Dozent Peter van Beek meinte, ich hätte das Zeug zum Schreiben. Ich werde nie vergessen, wie er zu mir sagte: »Du schaffst das.«

Schließlich danke ich meinen Freunden Robert, Erkan, Eddie, Remie, Sirfraz und Ibo. Sie haben mich immer unterstützt und ermutigt.

Glossar

Zazaki

Ague – Wasser
Ap – Onkel
Apo – Vater
Bao – älterer Bruder
Bra – Bruder
Cem – religiöse Versammlung der Aleviten
Daye – Mutter
Dengbej – Geschichtenerzähler und Sänger
Lavaş – pfannkuchenartiges Brot
Non – Brot
Pir – weise, religiöse Person bei den Aleviten
Semah – mystischer Tanz der Aleviten, der von Frauen und Männern gemeinsam getanzt wird
Tandır – Lehmofen
Tezek – getrockneter Dung
Yayla – Hochebene, Alm
Gatere to – Gruß dessen, der weggeht
Gerbe sılamet – guten Tag (als Antwort auf einen Gruß)
Hekşen kero – Dank für ein Essen, das man bekommt
Helal bo – nichts zu danken (als Antwort darauf)
Lanet bo – verdammt noch mal
Ma be gerdi – guten Tag
Namê mı – ich heiße
Se kena rında? – wie geht es?
Şew baş – guten Abend
Weşo war be – ich danke Ihnen

Türkisch

Amca – Onkel
Baklava – süßes Gebäck aus Blätterteig
Bey – Herr
Beyefendi – mein Herr
Börek – Pastete, Teigtasche

Devlet – Staat
Dolmuş – kleiner Bus
Gecekondu – Armenviertel, Slum
Hoca – Lehrer
Kardeş – Bruder
Kazık – spitzes Folterwerkzeug
Lahmacun – türkische Pizza
Midye – Muschel
Muhtar – Dorfvorsteher
Okey – Rummikub
Saz – türkisches Saiteninstrument
Sünnetçi – Beschneider
Tavla – Backgammon

Aferin – bravo, gut gemacht
Bir kişi – eine einzelne Person
Evet – ja
Günaydın – guten Morgen
Hoşça kalın – auf Wiedersehen
Iyi günler – guten Tag
Lütfen – bitte (bei Frage oder Bitte)
Merhaba – hallo
Müsait bir yerde – an einem geeigneten Ort

Allgemein

Alevitentum – eine liberale Strömung innerhalb des Islam. Die Aleviten haben eine (religiös-)humanistische Lebensauffassung
Sunnitentum – Hauptströmung des Islam

»Raffiniert und meisterhaft erzählt – vergleichbar mit den besten Romanen von John le Carré.« Kirkus Reviews

Ha Jin
Verraten
Deutsche Erstausgabe
Aus dem Amerikanischen
von Susanne Hornfeck
368 Seiten
Gebunden mit Schutzumschlag
22,99 € [D] / 23,70 € [A]
ISBN 978-3-7160-2725-7

Die dramatische Geschichte eines chinesisch-amerikanischen Doppelspions – und die seiner amerikanischen Tochter, die nach dem Tod ihres Vaters seine Spuren verfolgt und herausfindet, dass er über ein halbes Jahrhundert hinweg nicht nur das Schicksal ihrer Familie bestimmte.

Ha Jin, ausgezeichnet mit dem National Book Award und zweimal mit dem PEN/Faulkner Award, zählt zu den wichtigsten Stimmen der amerikanischen Gegenwartsliteratur.

»Selten hat mich ein Buch auf so verzweifelt-poetische Weise die Atmosphäre im Paris der fünfziger Jahre empfinden lassen.« Julia Schoch

Daniel Anselme
Adieu Paris
Deutsche Erstausgabe
Aus dem Französischen
von Julia Schoch
208 Seiten
Gebunden mit Schutzumschlag
18,– € [D] / 18,50 € [A]
ISBN 978-3-7160-2719-6

Paris, Weihnachten 1956: Drei Soldaten kehren für ein paar Tage aus dem Algerienkrieg zurück. Wie Fremde in der eigenen Stadt schlagen sie sich in den Cafés an der Rive Gauche die Nächte um die Ohren, verzweifelt auf der Suche nach einer Möglichkeit, dem unausweichlichen Schicksal des Krieges zu entgehen.

ARCHE